古典文學經典名著

西遊記

下冊 〔全三冊〕

吳承恩 〔著〕

黎庶 〔注釋〕

第六十七回

拯救駝羅禪性穩　脫離穢污道心清

話說三藏四眾，躲離了小西天，欣然上路。行經個月程途，正是春深花放之時，見了幾處園林皆綠暗，一番風雨又黃昏。三藏勒馬道：「徒弟啊，天色晚矣，往那條路上求宿去？」行者笑道：「師父放心。若是沒有借宿處，我三人都有些本事，叫八戒砍草，沙和尚扳松，老孫會做木匠，就在這路上搭個蓬庵，好道也住得年把。你忙怎的！」八戒道：「哥呀，這個所在，豈是住場！滿山多虎豹狼蟲，遍地有魑魅魍魎。白日裡尚且難行，黑夜裡怎生敢宿？」行者道：「呆子！越發不長進了！不是老孫海口，只這條棒子，攛在手裡，就是塌下天來，也撐得住！」

師徒們正然講論，忽見一座山莊不遠。行者道：「好了！有宿處了！」長老問：「在何處？」行者指道：「那樹叢裡不是個人家？我們去借宿一宵，明早走路。」長老欣然促馬，至莊門外下馬。只見那柴扉緊閉。長老敲門道：「開門，開門。」裡面有一老者，手拖藜杖，足踏蒲鞋，頭頂烏巾，身穿素服，開了門，便問：「是甚人在此大呼小叫？」三藏合掌當胸，躬身施禮道：「老施主，貧僧乃東土差往西天取經者。適到貴地，天晚，特造尊府假宿一宵。萬望方便方便。」老者道：「和尚，你

要西行，卻是去不得啊。此處乃小西天。若到大西天，路途甚遠。且休道前去艱難，只這個地方，已

此難過。」三藏問：「怎麼難過？」老者用手指道：「我這莊村西去三十餘里，有一條稀柿衕，山名

七絕。」三藏道：「何為『七絕』？」老者道：「這山徑過有八百里，滿山盡是柿果。古云：『柿樹

有七絕：一，益壽；二，多陰；三，無鳥巢；四，無蟲；五，霜葉可玩；六，嘉實；七，枝葉肥

大。』故名七絕山。我這敝處地闊人稀，那深山亙古無人走到。每年家熟爛柿子落在路上，將一條夾

石胡同，盡皆填滿。又被雨露雪霜，經黴過夏，作成一路污穢。這方人家，俗呼為稀屎衕。但刮西

風，有一股穢氣，就是淘東圊（廁所）也不似這般惡臭。如今正值春深，東南風大作，所以還不聞見

也。」三藏心中煩悶不言。

行者忍不住，高叫道：「你這老兒甚不通便！我等遠來投宿，你就說出這許多話來唬人！十分你

家窄逼沒處睡，我等在此樹下蹲一蹲，也就過了此宵；何故這般絮聒？」那老者見了他相貌醜陋，便

也擰住口，驚嗔嗔的，硬著膽，喝了一聲，用藜杖指定道：「你這廝，骨撾臉，磕頷頭，塌鼻子，凹

頷腮，毛眼毛睛，癆病鬼，不知高低，尖著個嘴，敢來衝撞我老人家！」行者陪笑道：「老官兒，你

原來有眼無珠，不識我這癆病鬼哩！相法云：『形容古怪，石中有美玉之藏。』你若以言貌取人，乾

淨差了。我雖醜便醜，卻倒有些手段。」老者道：「你是那方人氏？姓甚名誰？有何手段？」行者笑

道：

「我祖居東勝大神洲，花果山前自幼修。
身拜靈台方寸祖，學成武藝甚全周：

也能攪海降龍母，善會擔山趕日頭；

縛怪擒魔稱第一，移星換斗鬼神愁。

偷天轉地英名大，我是變化無窮美石猴！」

老者聞言，回嗔作喜。躬著身，便教：「請！請入寒舍安置。」遂此，四眾牽馬挑擔，一齊進去。只見那荊針棘刺，鋪設兩邊；二層門是磚石壘的牆壁，又是荊棘苫蓋；入裡才是三間瓦房。老者便扯椅安坐待茶，又叫辦飯。少頃，移過桌子，擺著許多麵筋、豆腐、芋苗、蘿白、辣芥、蔓菁、香稻米飯，醋燒葵湯，師徒們盡飽一餐。吃畢，八戒扯過行者，背云：「師兄，這老兒始初不肯留宿，今返設此盛齋，何也？」行者道：「這個能值多少錢！到明日，還要他十果十菜的送我們哩！」八戒道：「不羞！憑你那幾句大話，哄他一頓飯吃了，明日卻要跑路，他又管待送你的怎的？」行者道：「不要忙，我自有個處治。」

不多時，漸漸黃昏，老者又叫掌燈。行者躬身問道：「公公高姓？」老者道：「姓李。」行者道：「貴地想就是李家莊？」老者道：「不是，這裡喚做駝羅莊，共有五百多人家居住。別姓俱多，惟我姓李。」行者道：「李施主，府上有何善意，賜我等盛齋？」那老者起身道：「才聞得你說會拿妖怪，我這裡卻有個妖怪，累你替我們拿拿，自有重謝。」行者就朝上唱個喏道：「承照顧了！」八戒道：「你看他惹禍！聽見說拿妖怪，就是他外公也不這般親熱，預先就唱個喏！」行者道：「賢弟，你不知。我唱個喏就是下了個定錢，他再不去請別人了。」

三藏聞言道：「這猴兒凡事便要自專。倘或那妖精神通廣大，你拿他不住，可不是我出家人打誑

語麼？」行者笑道：「師父莫怪，等我再問了看。」那老者道：「還問甚？」行者道：「你這貴處，地勢清平，又許多人家居住，更不是偏僻之方，有甚麼妖精，敢上你這高門大戶？」老者道：「實不瞞你說。我這裡久矣康寧。只這三年六月間，忽然一陣風起，那時人家甚忙，打麥的在場上，插秧的在田裡，俱著了慌，只說是天變了。誰知風過處，有個妖精，將人家牧放的牛馬吃了，豬羊吃了，見雞鵝囫圇嚥，遇男女夾活吞。自從那次，這二年常來傷害。長老啊，你若有手段，拿了他，掃淨此土，我等決然重謝，不敢輕慢。」行者道：「這個卻是難拿。」八戒道：「真是難拿，難拿！我們乃行腳僧，借宿一宵，明日走路，拿甚麼妖精！」老者道：「你原來是騙飯吃的和尚！初見時誇口弄舌，說會換斗移星，降妖縛怪，及說起此事，就推卻難拿。」

行者道：「老兒，妖精好拿，只是你這方人家不齊心，所以難拿。」老者道：「怎見得人心不齊？」行者道：「妖精攪擾了三年，也不知傷害了多少生靈。我想著每家只出銀一兩，五百家可湊五百兩銀子，不拘到那裡，也尋一個法官（法師）把妖拿了，卻怎麼就甘受他三年磨折？」老者道：「若論說使錢，好道也羞殺人！我們那家不花費三五兩銀子！前年曾訪著山南裡有個和尚，請他到此拿妖，未曾得勝。」行者道：「那和尚怎的拿來？」老者道：

「那個僧伽，披領袈裟。先談《孔雀》，後念《法華》。香焚爐內，手把鈴拿。正然念處，還相應，驚動妖邪。風生雲起，徑至莊家，僧和怪鬥，其實堪誇：一遍一拳搗，一遍一把抓。和尚還相應，相應沒頭髮。須臾妖怪勝，徑直返煙霞。原來曬乾疤。我等近前看，光頭打的似

個爛西瓜！」

行者笑道：「這等說，吃了虧也。」老者道：「他只拼得一命，還是我們吃虧，與他買棺木殯葬，又把些銀子與他徒弟。那徒弟心還不歇，至今還要告狀，不得乾淨！」行者道：「再可曾請甚麼人拿他？」老者道：「舊年又請了一個道士。」行者道：「那道士怎麼拿他？」老者道：「那道士：

　　頭戴金冠，身穿法衣。令牌敲響，符水施為。驅神使將，拘到妖魑。狂風滾滾，黑霧迷迷。即與道士，兩個相持。鬥到天晚，怪返雲霄。乾坤清朗朗，我等眾人齊。出來尋道士，淬死在山溪。撈得上來大家看，卻如一個落湯雞！」

　　行者笑道：「這等說，也吃虧了。」老者道：「他也只捨得一命，我們又使殼悶數錢糧。」行者道：「不打緊，不打緊，等我替你拿他來。」老者道：「你若果有手段拿得他，我請幾個本莊長者與你寫個文書：若得勝，憑你要多少銀子相謝，半分不少；如若有虧，切莫和我等放賴，各聽天命。」行者笑道：「這老兒被人賴怕了。我等不是那樣人。快請長者去。」

　　那老者滿心歡喜，即命家僮，請幾個左鄰、右舍、表弟、姨兄、親家、朋友，共有八九位老者，都來相見。會了唐僧，言及拿妖一事，無不欣然。眾老問：「是那一位高徒去拿？」行者叉手道：「是我小和尚。」眾老悚然道：「不濟！不濟！那妖精神通廣大，身體狼�🐯。你這個長者，瘦瘦小小，還不彀他填牙齒縫哩！」行者笑道：「老官兒，你估不出人來。我小自小，結實，都是『吃了磨刀水的，秀氣在內』哩！」眾老見說，只得依從道：「長老，拿住妖精，你要多少謝禮？」行者道：

「何必說要甚麼謝禮！俗語云：『說金子幌眼，說銀子傻白，說銅錢腥氣！』我等乃積德的和尚，決不要錢。」眾老道：「既如此說，都是受戒的高僧。既不要錢，豈有空勞之理！我等各家俱以魚田為活。若果降了妖孽，淨了地方，我等每家送你兩畝良田，共湊一千畝，坐落一處，你師徒們在上起蓋寺院，打坐參禪，強似方上雲游。」行者又笑道：「越不停當！但說要了田，就要養馬當差，納糧辦草，黃昏不得睡，五鼓不得眠。好倒弄殺人也！」眾老道：「諸般不要，卻將何謝？」行者道：「我出家人，但只是一茶一飯，便是謝了。」眾老喜道：「這個容易。但不知你怎麼拿他。」行者道：「他但來，我就拿住他。」眾老道：「那怪大著哩！上拄天，下拄地；來時風，去時霧。你卻怎生近得他？」行者笑道：「若論呼風駕霧的妖精，我把他當孫子罷；若說身體長大，有那手段打他！」

正講處，只聽得呼呼風響，慌得那八九個老者，戰戰兢兢道：「這和尚盬醬口（說不吉利話有應驗）！說妖精，妖精就來了！」那老兒李開了腰門，把幾個親戚，連唐僧，都叫：「進來！進來！妖怪來了！」唬得那八戒也要進去，沙僧也要進去。行者兩隻手扯住兩個道：「你們忒不循理！出家人，怎麼不分內外！站住！不要走！跟我去天井裡，看看是個甚麼妖精。」八戒道：「哥啊，他們都是經過帳的，風響便是妖來。他都去躲，我們又不與他有親，又不相識，又不是交契故人，看他做甚？」原來行者力量大，不容說，一把拉在天井裡站下。那陣風越發大了。好風：

倒樹摧林狼虎憂，翻江攪海鬼神愁。掀翻華岳三峰石，提起乾坤四部洲。
村舍人家皆閉戶，滿莊兒女盡藏頭。黑雲漠漠遮星漢，燈火無光遍地幽。

慌得那八戒戰戰兢兢，伏之於地，把嘴拱開土，埋在地下，卻如釘了釘一般。沙僧蒙著頭臉，眼也難睜。

行者聞風認怪，一霎時，風頭過處，只見那半空中隱隱的兩盞燈來，即低頭叫道：「兄弟們！風過了！起來看！」那呆子扯出嘴來，抖抖灰土，仰著臉，朝天一望，見有兩盞燈光，忽失聲笑道：「好耍子！好耍子！原來是個有行止的妖精！該和他做朋友！」沙僧道：「這般黑夜，又不曾覿面相逢，怎麼就知好歹？」八戒道：「古人云：『夜行以燭，無燭則止。』你看他打一對燈籠引路，必定是個好的。」沙僧道：「你錯看了。那不是一對燈籠，是妖精的兩隻眼亮。」這呆子就唬矮了三寸，道：「爺爺呀！眼有這般大啊，不知口有多少大哩！」行者道：「賢弟莫怕。你兩個護持著師父，待老孫上去討他個口氣，看他是甚妖精。」八戒道：「哥哥，不要供出我們來。」

好行者，縱身打個唿哨，跳到空中。執鐵棒，厲聲高叫道：「慢來！慢來！有吾在此！」那怪見了，挺住身軀，將一根長槍亂舞。行者執了棍勢，問道：「你是那方妖怪？何處精靈？」那怪更不答應，只是舞槍。行者又問，又不答，只是舞槍。行者暗笑道：「好是耳聾口啞！不要走！看棍！」那怪更不怕，亂舞槍遮攔。在那半空中，一來一往，一上一下，鬥到三更時分，未見勝敗。八戒、沙僧，在李家天井裡，看得明白。原來那怪只是舞槍遮架，更無半分兒攻殺。行者一條棒不離那怪的頭上。八戒笑道：「沙僧，你在這裡護持，讓老豬去幫打幫打，莫教那猴子獨干這功，領頭一鍾酒。」好呆子，就跳起雲頭，趕上就築。那怪物又使一條槍抵住。兩條槍，就如飛蛇掣電。八戒誇獎道：「這妖精好槍法！不是『山後槍』，乃是『纏絲槍』；也不是『馬家槍』，卻叫做個『軟柄槍』！」行者道：「呆子莫胡談！那裡有個甚麼『軟柄槍』！」八戒道：「你看他使出槍尖來架住我槍，卻不見搠柄的槍

們，不見槍柄，不知收在何處。」行者道：「或者是個『軟柄槍』；但這怪物還不會說話，想是還未歸人道，陰氣還重。只怕天明時陽氣勝，他必要走。但走時，一定趕上，不可放他。」八戒道：「正是！正是！」

又鬥多時，不覺東方發白。那怪不敢戀戰，回頭就走。行者與八戒，一齊趕來，忽聞得污穢之氣旭人，乃是七絕山稀柿衕也。八戒道：「是那家淘毛廁哩！唗！臭氣難聞！」行者捂著鼻子，只叫：「快快趕妖精！快快趕妖精！」那怪物攛過山頭，現了本相，乃是一條紅鱗大蟒。你看他：

眼射曉星，鼻噴朝霧。密密牙排鋼劍，彎彎爪曲金鉤。頭戴一條肉角，好便似千千塊瑪瑙攢成；身披一派紅鱗，卻就如萬萬片胭脂砌就。盤地只疑為錦被，飛空錯認作虹霓。歇臥處有腥氣沖天，行動時有赤雲罩體。大不大，兩邊人不見東西；長不長，一座山跨占南北。

八戒道：「原來是這般一個長蛇！若要吃人啊，一頓也得五百個，還不飽足！」行者道：「那軟柄槍乃是兩條信标。我們趕他軟了，從後打出去！」這八戒縱身趕上，將鈀便築。那怪物一頭鑽進窟裡，還有七八尺長尾巴丟在外邊。八戒放下鈀，一把撾住道：「著手！著手！」盡力氣往外亂扯，莫想扯得動一毫。行者笑道：「呆子！放他進去，自有處置，不要這等倒扯蛇。」八戒怨道：「才不放手時，半截子已是我們的了！是這般縮了，卻怎麼得他出來？這不是叫做沒蛇弄了！」行者道：「這廝身體狼秔，窟穴窄小，斷然轉身不得，一定是個照直攛的，定有個後門出頭。你快去後門外攔住，等我在前門外打。」

那呆子真個一溜煙，跑過山頭。果見有個孔窟，他就緊定腳。還不曾站穩，不期行者在前門外使棒子往裡一搗，那怪物護疼，徑往後門攛出。八戒未曾防備，被他一尾巴打了一跌，莫能掙挫得起，睡在地下忍疼。行者見窟中無物，搴著棍，穿進去叫趕妖怪。那八戒聽得吆喝，自己害羞，忍著疼，爬起來，使鈀亂撲。行者見了，笑道：「妖怪走了，你還撲甚的了？」八戒道：「老豬在此『打草驚蛇』哩！」行者道：「活呆子！快趕上！」

二人趕過澗去，見那怪盤做一團，豎起巨口，要吞八戒。八戒慌得往後便退。這行者反迎上前，被他一口吞之。八戒捶胸跌腳，大叫道：「哥耶！傾了你也！」行者在妖精肚裡，支著鐵棒道：「八戒莫愁，我叫他搭個橋兒你看！」那怪物躬起腰來就似一道路東虹。八戒道：「雖是像橋，只是沒人敢走。」行者道：「我再叫他變做個船兒你看！」在肚裡將鐵棒撐著肚皮。那怪物肚皮貼地，翹起頭來，就似一隻贛保船。八戒道：「雖是像船，只是沒有桅篷，不好使風。」行者道：「你讓開路，等我叫他使個風你看。」又在裡面盡著力把鐵棒從脊背上一搠將出去，約有五七丈長，就似一根桅桿。那廝忍疼掙命，往前一攛，比使風更快，攛回舊路，下了山，有二十餘里，鑽將出來塵埃，動蕩不得，嗚呼喪矣。八戒隨後趕上來，又舉鈀亂築。行者把那物穿了一個大洞，鑽將出來道：「呆子！他死也死了，你還築他怎的？」八戒道：「哥啊，你不知我老豬一生好打死蛇？」遂此收了兵器，抓著尾巴，倒拉將來。

卻說那駝羅莊上李老兒與眾等，對唐僧道：「你那兩個徒弟，一夜不回，斷然傾了命也。」三藏道：「決不妨事。我們出去看看。」須臾間，只見行者與八戒拖著一條大蟒，吆吆喝喝前來，眾人卻才歡喜。滿莊上老幼男女，都來跪拜道：「爺爺！正是這個妖精，在此傷人！今幸老爺施法，斬怪除

邪，我輩庶各得安生也！」眾家都是感激，東請西邀，各各酬謝。師徒們被留住五七日，苦辭無奈，方肯放行。又各家見他不要錢物，都辦些乾糧果品，騎騾壓馬，花紅彩旗，盡來餞行。此處五百人家，到有七八百人相送。

一路上喜喜歡歡，不時到了七絕山稀柿衕口。三藏聞得那般惡穢，又見路道填塞，道：「悟空！似此怎生度得？」行者捂著鼻子道：「這個卻難也。」三藏見行者說難，便就眼中垂淚。李老兒與眾上前道：「老爺勿得心焦。我等送到此處，都已約定意思了。令高徒與我們降了妖精，除了一莊禍害，我們各辦虔心，另開一條好路，送老爺過去。」行者笑道：「你這老兒，俱言之欠當。你初然說這山徑過有八百里，你等又不是大禹的神兵，那裡會開山鑿路！若要我師父過去，還得我們著力，你們都成不得。」三藏下馬，道：「悟空，怎生著力麼！」行者笑道：「眼下就要過山，卻也是難；若說再開條路，卻又難也。須是還從舊胡同過去。只恐無人管飯。」李老兒道：「長老說那裡話！憑你四位擔擱多少時，我等俱養得起，怎麼說無人管飯！」行者道：「既如此，你們去辦得兩石米的乾飯，再做些蒸飯饃饃來。等我那長嘴和尚吃飽了，變了大豬，拱開舊路，我師父騎在馬上，我等扶持著，管情過去了。」

八戒聞言，道：「哥哥，你們都要圖個乾淨，怎麼獨教老豬出臭？」三藏道：「悟能，你果有本事拱開胡同，領我過山，注你這場頭功。」八戒笑道：「師父在上，列位施主們都在此，休笑話。我老豬本來有三十六般變化。若說變輕巧華麗飛騰之物，委實不能；若說變山、變樹、變石塊、變土墩、變賴象、科豬、水牛、駱駝，真個全會。只是身體變得大，肚腸越發大。須是吃得飽了，才好幹事。」眾人道：「有東西！有東西！我們都帶得有乾糧、果品、燒餅、餶飿在此。原要開山相送的。

且都拿出來，憑你受用。待變化了，行動之時，我們再著人回去做飯送來。」八戒滿心歡喜，脫了皂直裰，丟了九齒鈀，對眾道：「休笑話，看老豬幹這場臭功。」好呆子，捻著訣，搖身一變，果然變做一個大豬。真個是：

> 嘴長毛短半脂膘，自幼山中食藥苗。
> 黑面環睛如日月，圓頭大耳似芭蕉。
> 修成堅骨同天壽，煉就粗皮比鐵牢。
> 罷罷鼻音呱詁叫，喳喳喉響噴喝哮。
> 白蹄四隻高千尺，劍鬣長身百丈饒。
> 從見人間肥豕彘，未觀今日老豬魈。
> 唐僧等眾齊稱贊，羨羨天蓬法力高。

孫行者見八戒變得如此，即命那些相送人等，快將乾糧等物堆攢一處，叫八戒受用。那呆子不分生熟，一淘食之，卻上前拱路。行者叫沙僧脫了腳，好生挑擔，請師父穩坐雕鞍。他也脫了輪鞋，吩咐眾人回去：「若有情，快早送些飯來與我師弟接力。」那些人有七八百相送隨行，多一半有驟馬的，飛星回莊做飯；還有三百人步行的，立於山下遙望他行。原來此莊至山，有三十餘里；待回取飯來，又三十餘里，往回擔攔，約有百里之遙，他師徒們已此去得遠了。眾人不捨，催趕驟馬，進胡同，連夜趕至，次日方才趕上。叫道：「取經的老爺，慢行！慢行！我等送飯來也！」長老聞言，謝

之不盡，道：「真是善信之人！」叫八戒住了，再吃些飽食壯神。那呆子拱了兩日，正在飢餓之際。

那許多人何止有七八石飯食。他也不論米飯、麵飯，收積來一澇用之。飯餐一頓，卻又上前拱路。三

藏與行者、沙僧謝了眾人，分手兩別。正是：

駝羅莊客回家去，八戒開山過同來。

千年稀柿今朝淨，七絕胡同此日開。

三藏心誠神力擁，悟空法顯怪魔衰。

六欲塵情皆剪絕，平安無阻拜蓮台。

這一去不知還有多少路程，還遇甚麼妖怪，且聽下回分解。

第六十八回

朱紫國唐僧論前世　孫行者施為三折肱

善正萬緣收，名譽傳揚四部洲。智慧光明登彼岸，颼颼，靉靉雲生天際頭。諸佛共相酬，永住瑤台萬萬秋。打破人間蝴蝶夢，休休，滌淨塵氛不惹愁。

話表三藏師徒，洗污穢之胡同，上逍遙之道路，光陰迅速，又值炎天。正是：

海榴舒錦彈，荷葉綻青盤。

兩路綠楊藏乳燕，行人避暑扇搖紈。

進前行處，忽見有一城池相近。三藏勒馬叫：「徒弟們，你看那是甚麼去處？」行者道：「師父原來不識字，虧你怎麼領唐王旨意離朝也！」三藏道：「我自幼為僧，千經萬典皆通，怎麼說我不識字？」行者道：「既識字，怎麼那城頭上杏黃旗，明書三個大字，就不認得，卻問是甚去處何也？」

三藏喝道：「這潑猴胡說！那旗被風吹得亂擺，縱有字也看不明白！」行者道：「老孫偏怎看見？」

八戒、沙僧道：「師父，莫聽師兄搗鬼。這般遙望，城池尚不明白，如何就見是甚字號？」行者道：

「卻不是『朱紫國』三字？」三藏道：「朱紫國必是西邦王位，卻要倒換關文。」行者道：「不消講

了。」不多時，至城門下馬，過橋，入進三層門裡，真個好個皇州！但見：

門樓高聳，珠巷齊排。周圍活水通流，南北高山相對。六街三市貨資多，萬戶千家生意

盛。果然是個帝王都會處，天府大京城。絕域梯航至，遐方玉帛盈。形勝連山遠，宮垣接漢

清。三關嚴鎖鑰，萬古樂升平。

師徒們在那大街市上行時，但見人物軒昂，衣冠齊整，言語清朗，真不亞大唐世界。那兩邊做買

做賣的，忽見豬八戒相貌醜陋，沙和尚面黑身長，孫行者臉毛額廓，丟了買賣，都來爭看。三藏只

叫：「不要撞禍！低著頭走！」

八戒遵依，把個把子嘴揣在懷裡；沙僧不敢仰視；惟行者東張西望，緊隨唐僧左右。那些人有知

事的，看看兒就回去了。有那游手好閒的，並那頑童們，烘烘笑笑，都上前拋瓦丟磚，與八戒作戲。

唐僧捏著一把汗，只教：「莫要生事！」那呆子不敢抬頭。

不多時，轉過隅頭，忽見一座門牆，上有「會同館」（明朝接待各國使者的館舍）三字。唐僧道：「徒

弟，我們進這衙門去也。」行者道：「進去怎的？」唐僧道：「會同館乃天下通會通同之所，我們也

打攪得。且到裡面歇下。待我見駕，倒換了關文，再趕出城走路。」八戒聞言，掣出嘴來，把那些隨

看的人，唬倒了數十個。他上前道：「師父說的是。我們且到裡邊藏下，免得這伙鳥人吵嚷。」遂進館去。那些人方漸漸而退。

卻說那館中有兩個大使，乃是一正一副，都在廳上查點人夫，要往那裡接官，個個心驚，齊道：「是甚麼人？是甚麼人？往那裡走？」三藏合掌道：「貧僧乃東土大唐駕下，差往西天取經者。今到寶方，不敢私過，有關文欲倒驗放行，權借高衙暫歇。」那兩個館使聽言，屏退左右，一個個整冠束帶，下廳迎上相見。即命打掃客房安歇，教辦清素支應。三藏謝了。二官帶領人夫，出廳而去。手下人請老爺客房安歇，三藏便走。行者恨道：「這廝慵懶！怎麼不讓老孫在正廳？」三藏道：「他這裡不服我大唐管屬，又不與我國相連，況不時又有上司過客往來，所以不好留此相待。」行者道：「這等說，我偏要他相待！」

正說處，有管事的送支應來，乃是一盤白米、一盤白麵、兩把青菜、四塊豆腐、兩個麵筋、一盤乾筍、一盤木耳。三藏教徒弟收了，謝了管事的。管事的道：「西房裡有乾淨鍋灶，柴火方便，請自去做飯。」三藏道：「我問你一聲，國王可在殿上麼？」管事的道：「我萬歲爺爺久不上朝，今日乃黃道良辰，正與文武多官議出黃榜。你若要倒換關文，趁此急去，還趕上；到明日，就不能彀了，不知還有多少時伺候哩。」三藏道：「悟空，你們在此安排齋飯，等我急急去驗了關文回來，吃了走路。」八戒急取出袈裟關文。三藏整束了進朝，只是吩咐徒弟們，切不可出外去生事。

不一時，已到五鳳樓前。說不盡那殿閣崢嶸，樓台壯麗。直至端門外，煩奏事官轉達天廷，欲倒驗關文。那黃門官果至玉階前，啟奏道：「朝門外有東土大唐欽差一員僧，前往西天雷音寺拜佛求經，欲倒換通關文牒，聽宣。」國王聞言，喜道：「寡人久病，不曾登基；今上殿出榜招醫，就有高

僧來國！」即傳旨宣至階下。三藏即禮拜俯伏。國王又宣上金殿賜坐，命光祿寺辦齋。三藏謝了恩，將關文獻上。

國王看畢，十分歡喜道：「法師，你那大唐，幾朝君正？幾輩臣賢？至於唐王，因甚作疾回生，著你遠涉山川求經？」這長老因問，即欠身合掌道：「貧僧那裡：

　　三皇治世，五帝分倫。堯舜正位，禹湯安民。成周子眾，各立乾坤。分國稱君。邦君十八，分野邊塵。後成十二，宇宙安淳。因無車馬，卻又相吞。七雄爭勝，六國歸秦。天生魯沛，各懷不仁。江山屬漢，約法欽遵。漢歸司馬，晉又紛紜。南北十二，宋齊梁陳。列祖相繼，大隋紹真。賞花無道，塗炭多民。我王李氏，國號唐君。高祖晏駕，當今世民。河清海晏，大德寬仁。茲因長安城北，有個怪水龍神，刻減甘雨，應該損身。夜間托夢，告王救迨。王言准赦，早召賢臣。款留殿內，慢把棋輪。時當日午，那賢臣夢斬龍身。」

國王聞言，忽作呻吟之聲，問道：「法師，那賢臣是那邦來者？」三藏道：「就是我王駕前丞相，姓魏名徵。他識天文，知地理，辨陰陽，乃安邦立國之大宰輔也。因他夢斬了涇河龍王，那龍王告到陰司，說我王許救又殺之，故我王遂得促病，漸覺身危。魏徵又寫書一封，與我王帶至冥司，寄與酆都城判官崔珏。少時，唐王身死，至三日復得回生。虧了魏徵，感崔判官改了文書，加王二十年壽。今要做水陸大會，故遣貧僧遠涉道途，詢求諸國，拜佛祖，取《大乘經》三藏，超度孽苦升天

也。」那國王又呻吟嘆道：「誠乃是天朝大國，君正臣賢！似我寡人久病多時，並無一臣拯救。」長老聽說，偷睛觀看，見那皇帝面黃肌瘦，形脫神衰。長老正欲啟問，有光祿寺官，奏請唐僧奉齋。王傳旨，教：「在披香殿，連朕之膳擺下，與法師同享。」三藏謝了恩，與王同進膳進齋不題。

卻說行者在會同館中，著沙僧安排茶飯，並整治素菜。沙僧道：「茶飯易煮，蔬菜不好安排。」行者問道：「如何？」沙僧道：「油鹽、醬、醋俱無也。」行者道：「我這裡有幾文襯錢，教八戒上街買去。」那呆子躲懶道：「我不敢去。嘴臉欠俊，恐惹下禍來，師父怪我。」行者道：「公平交易，又不化他，何禍之有！」八戒道：「你才不曾看見獐智（情況）？在這門前扯出嘴來，你可曾看見那市上賣的是甚麼東西？」八戒道：「師父只教我低著頭，莫撞禍，實是不曾見。」行者道：「酒店、米鋪、磨坊、並綾羅雜貨不消說；著然又好茶房、麵店、大燒餅、大饃饃，飯店又有好湯飯、好椒料、好蔬菜，與那異品的糖糕、蒸酥、點心、卷子、油食、蜜食，無數好東西，我去買些兒

把人唬倒了十來個；若到鬧市叢中，也不知唬殺多少人是！」行者道：「你只知鬧市叢中，你可曾看見那市上賣的是甚麼東西？」八戒道：「師父只教我低著頭，莫撞禍，實是不曾見。」行者道：「酒店、米鋪、磨坊、並綾羅雜貨不消說；著然又好茶房、麵店、大燒餅、大饃饃，飯店又有好湯飯、好椒料、好蔬菜，與那異品的糖糕、蒸酥、點心、卷子、油食、蜜食，無數好東西，我去買些兒請你如何？」

那呆子聞說，口內流涎，喉嚨裡嚥嚥的咽唾，跳起來道：「哥哥！這遭我擾你，待下次趲錢，我也請你回席。」行者暗笑道：「沙僧，好生煮飯，等我們去買調和（調味料）來。」沙僧也知是要呆子，只得順口應承道：「你們去，須是多買些，吃飽了來。」那呆子撈個碗盞拿來。那人道：「這條街往西去，轉過拐角鼓樓，那鄭家雜貨店，憑你買多少，油、鹽、醬、醋、薑、椒、茶葉俱全。」

他二人攜手相攙，徑上街西而去。行者過了幾處茶房，幾家飯店，當買的不買，當吃的不吃。八

戒叫道：「師兄，這裡將就買些用罷。」那行者原是耍他，那裡肯買，道：「賢弟，你好不經紀（這裡指會算計）！再走走，揀大的買吃。」兩個人說說話兒，又領了許多人跟隨爭看，不時，到了鼓樓邊，只見那樓下無數人喧嚷，擠擠挨挨，填街塞路。八戒見了道：「哥哥，我不去了。那裡人嚷得緊，只怕是拿和尚的。又況是面生可疑之人，拿了去，怎的了？」行者道：「胡談！和尚又不犯法，拿我怎的？我們走過去，到鄭家店買些調和來。」八戒道：「罷！罷！罷！我不闖禍。這一擠到人叢裡，把耳朵桃了兩拄，唬得他跌跌爬爬，跌死幾個，我倒償命是！」行者道：「既然如此，你在這壁根下站定，等我過去買了回來，與你買素麵燒餅吃罷。」那呆子將碗盞遞與行者，把嘴拄著牆根，背著臉，死也不動。

這行者走至樓邊，果然擠塞。直挨入人叢裡聽時，原來是那皇榜張掛樓下，故多人爭看。行者擠到近處，閃開火眼金睛，仔細看時，那榜上卻云：

「朕西牛賀洲朱紫國王，自立業以來，四方平服，百姓清安。近因國事不祥，沉痾伏枕，淹延日久難痊。本國太醫院，屢選良方，未能調治。今出此榜文，普招天下賢士。不拘北往東來，中華外國，若有精醫藥者，請登寶殿，療理朕躬。稍得病愈，願將社稷平分，決不虛示。為此出給張掛。須至榜者。」

覽畢，滿心歡喜道：「古人云：『行動有三分財氣。』早是不在館中呆坐。即此不必買甚調和，且把取經事寧耐一日，等老孫做個醫生耍耍。」好大聖，彎倒腰，丟了碗盞，拈一撮土，往上颺去，

念聲咒語，使個隱身法，輕輕的上前揭了榜。又朝著巽地上吸口仙氣吹來，那陣旋風起處，他卻回身，徑到八戒站處，只見那呆子嘴拄著牆根，卻是睡著了一般。行者更不驚他，將榜文折了，輕輕揣在他懷裡，拽轉步，先往會同館去了不題。

卻說那樓下眾人，見風起時，各各蒙頭閉眼。不覺風過時，沒了皇榜，眾皆悚懼。那榜原有十二個太監，十二個校尉，早朝領出。才掛不上三四個時辰。被風吹去，戰兢兢左右追尋。忽見豬八戒懷中露出個紙邊兒來，眾人近前道：「你揭了榜耶？」那呆子猛抬頭，把嘴一撇，唬得那幾個校尉，跟跟蹌蹌，跌倒在地。他卻轉身要走，又被面前幾個膽大的扯住道：「你揭了招醫的皇榜，還不進朝醫治我萬歲爺，卻待何往？」那呆子慌慌張張道：「你兒子便揭了皇榜！你孫子便會醫治！」校尉道：「你懷中揣的是甚？」

那呆子卻才低頭看時，真個有一張字紙。展開一看，咬著牙罵道：「那猢猻害殺我也！」恨一聲，便要扯破，早被眾人架住道：「你是死了！此乃當今國王出的榜文，誰敢扯壞？你既揭在懷中，必有醫國之手，快同我去！」八戒喝道：「汝等不知。這榜不是我揭的，是我師兄孫悟空揭的。他暗暗揣在我懷中，他卻丟下我去了。若得此事明白，我與你尋他去。」眾人道：「說甚麼亂話！『現鐘不打打鑄鐘』？你現揭了榜文，教我們尋誰！不管你！扯了去見主上！」那伙人不分清白，將呆子推推扯扯。這呆子立定腳，就如生了根一般，十來個人也弄他不動。八戒道：「汝等不知高低！再扯一會，扯得我呆性子發了，你卻休怪！」

不多時，鬧動了街人，將他圍繞。內有兩個年老的太監道：「你這相貌稀奇，聲音不對，是那裡來的，這般村強？」八戒道：「我們是東土差往西天取經的。我師父乃唐王御弟法師，卻才入朝，倒

換關文去了。我與師兄來此買辦調和，我見樓下人多，未曾敢去，是我師兄教我在此等候。他原來見有榜文，弄陣旋風揭了，暗揣我懷內，先去了。」那太監道：「我頭前見個白面胖和尚，徑奔朝門而去，想就是你師父？」八戒道：「正是，正是。」太監道：「你師兄往那裡去了？」八戒道：「我們一行四眾。師父去倒換關文，我三眾並行囊、馬匹俱歇在會同館。師兄弄了我，他先回館中去了。」太監道：「校尉，不要扯他。我等同到館中，便知端的。」八戒道：「你這兩個奶奶知事。」眾校尉道：「這和尚委不識貨！怎麼趕著公公叫起奶奶來耶？」八戒笑道：「不羞！你這反了陰陽的！他二位老媽媽兒，不叫他做婆婆、奶奶，倒叫他做公公！」眾人道：「莫弄嘴！快尋你師兄去。」

那街上人吵吵鬧鬧，何止三五百，共扛到館門首。八戒道：「列位住了。我師兄卻不比我任你們作戲（戲耍）。他卻是個猛烈認真之士。汝等見了，須要行個大禮，叫他聲『孫老爺』，他就招架了。不然啊，他就變了嘴臉，這事卻弄不成也。」眾太監、校尉俱道：「你師兄果有手段，醫好國王，他也該有一半江山，我等合該下拜。」

那些閒雜人都在門外喧嘩。八戒領著一行太監、校尉，徑入館中。只聽得行者與沙僧在客房裡正說那揭榜之事要笑哩。八戒上前扯住，亂嚷道：「你可成個人！哄我去買素麵、燒餅、饃饃我吃，原來都是空頭！又弄甚麼皇榜，揭了甚麼皇榜，暗暗的揣在我懷裡，拿我裝胖！這可成個弟兄！」行者笑道：「你這呆子，想是錯了路，走向別處去。我過鼓樓，買了調和，急回來尋你不見，我先來了。在那裡揭甚皇榜？」八戒道：「現有看榜的官員在此。」說不了，只見那幾個太監、校尉朝上禮拜道：「孫老爺，今日我王有緣，天遣老爺下降，是必大展經綸手（指才能），微施三折肱（指醫術）。治得我王病愈，江山有分，社稷平分也。」

行者聞言，正了聲色，接了八戒的榜文，對眾道：「你們想是看榜的官麼？」太監叩頭道：「奴婢乃司禮監內臣。這幾個是錦衣校尉。」行者道：「這招醫榜，委是我揭的，故遣我師弟引見。既然你主有病，常言道：『藥不跟賣，病不討醫。』你去教那國王親來請我。我有手到病除之功。」太監聞言，無不驚駭。

校尉道：「口出大言，必有度量。我等著一半在此啞請，著一半入朝啟奏。」

當分了四個太監，六個校尉，更不待宣召，徑入朝，當階奏道：「主公萬千之喜！」那國王正與三藏膳畢清談，忽聞此奏，問道：「喜自何來？」太監奏道：「奴婢等早領出招醫皇榜，鼓樓下張掛，有東土大唐遠來取經的一個聖僧孫長老揭了，現在會同館內，要王親自去請他，他有手到病除之功。故此特來啟奏。」

國王聞言，滿心歡喜，就問唐僧道：「法師有幾位高徒？」三藏合掌答曰：「貧僧有三個頑徒。」國王問：「那一位高徒善醫？」三藏道：「實不瞞陛下說。我那頑徒，俱是山野庸才，只會挑包背馬，轉潤尋波，帶領貧僧登山涉嶺，或者到峻險之處，可以伏魔擒怪，捉虎降龍而已；更無一個能知藥性者。」國王道：「法師何必太謙？朕當今日登殿，幸遇法師來朝，誠天緣也。高徒既不知醫，他怎肯揭我榜文，教寡人親迎？斷然有醫國之能也。」叫：「文武眾卿，寡人身虛力怯，不敢乘輦；汝等可替寡人，敦請孫長老，看朕之病。汝等見他，切不可輕慢，稱他做『神僧孫長老』，皆以君臣之禮相見。」

那眾臣領旨，與看榜的太監、校尉徑至會同館，排班參拜。唬得那八戒躲在廂房，沙僧閃於壁下。那大聖，看他坐在當中，端然不動。八戒暗地裡怨惡道：「這猴猻活活的折殺也！怎麼這許多官

員禮拜，更不還禮，也不站將起來！」

不多時，禮拜畢，分班啟奏道：「上告神僧孫長老。我等俱朱紫國王之臣，今奉王旨，敬以潔禮參請神僧，入朝看病。」行者方才立起身來，對眾道：「你王如何不來？」眾臣道：「我王身虛力怯，不敢乘輦，特令臣等行代君之禮，拜請神僧也。」行者道：「既如此說，列位請前行，我當隨至。」眾臣各依品從，作隊而走。行者整衣而起。八戒道：「哥哥，切莫攀出我們來。」行者道：「我不攀你，只要你兩個與我收藥。」沙僧道：「收甚麼藥？」行者道：「凡有人送藥來與我，照數收下，待我回來取用。」二人領諾不題。

這行者即同多官，頃間便到。眾臣先走，奏知那國王，高捲珠簾，閃龍睛鳳目，開金口玉言，便問：「那一位是神僧孫長老？」行者進前一步，厲聲道：「老孫便是。」那國王聽得聲音凶狠，又見相貌刁鑽，唬得戰兢兢，跌在龍床之上。慌得那女官內宦，急扶入宮中，道：「唬殺寡人也！」眾官都嗔怨行者道：「這和尚怎麼這等粗魯村疏！怎敢就擅揭榜！」

行者聞言，笑道：「列位錯怪了我也。若像這等慢人，你國王之病，就是一千年也不得好。」眾臣道：「人生能有幾多陽壽？就一千年也還不好？」行者道：「他如今是個病君，死了是個病鬼，再轉世也還是個病人，卻不是一千年也還不好？」眾臣怒曰：「你這和尚，甚不知禮！怎麼敢這等滿口胡柴！」行者笑道：「不是胡柴。你都聽我道來：

望聞問切四般事，缺一之時不備全：

醫門理法至微玄，大要心中有轉旋。

第一望他神氣色，潤枯肥瘦起和眠；

第二聞聲清與濁，聽他真語及狂言；

三問病原經幾日，如何飲食怎生便；

四才切脈明經絡，浮沉表裡是何般。

我不望聞並問切，今生莫想得安然。」

那兩班文武叢中，有太醫院官，一聞此言，對眾稱揚道：「這和尚也說得有理。就是神仙看病，也須望、聞、問、切，謹合著神聖功巧也。」眾官依此言，著近侍傳奏道：「長老要用望、聞、問、切之理，方可認病用藥。」那國王睡在龍床上，聲聲喚道：「叫他去罷！寡人見不得生人面了！」近侍的出宮來道：「那和尚，我王旨意，教你去罷，見不得生人面哩。」行者道：「若見不得生人面啊，我會『懸絲診脈』。」眾官暗喜道：「懸絲診脈，我等耳聞，不曾眼見。再奏去來。」那近侍的又入宮奏道：「主公，那孫長老不見主公之面，他會懸絲診脈。」國王心中暗想道：「寡人病了三年，未曾試此，宣他進來。」近侍的即忙傳出道：「主公已許他懸絲診脈，快宣孫長老進宮診視。」行者卻就上了寶殿。唐僧迎著罵道：「你這潑猴，害了我也！」行者笑道：「好師父，我倒與你壯觀，你返說我害你？」三藏喝道：「你跟我這幾年，那曾見你醫好誰來！你連藥性也不知，醫書也未讀，怎麼大膽闖這個大禍！」行者笑道：「師父，你原來不曉得。我有幾個草頭方兒，能治大病，管情醫得他好便是。就是醫殺了，也只問得個庸醫殺人罪名，也不該死，你怕怎的！不打緊，不打緊，你且坐下看我的脈理如何。」

長老又道：「你那曾見《素問》（我國最早的中醫理著作）、《難經》（舊題戰國秦越扁鵲著，中醫學著作）、《本草》（即《本草綱目》，明李時珍著，中藥學名著）、《脈訣》（晉王叔和著，脈學專著），是甚般章句，怎生注解，就這等胡說散道，會甚麼懸絲診脈！」行者笑道：「我有金線在身，你不曾見哩。」即伸手下去，尾上拔了三根毫毛，捻一把，叫聲「變！」即變作三條絲線，每條各長二丈四尺，按二十四氣，托於手內，對唐僧道：「這不是我的金線？」近侍宦官在旁道：「長老且休講口，請入宮中診視去來。」行者別了唐僧，隨著近侍入宮看病。

正是那：心有秘方能治國，內藏妙訣注長生。畢竟這去不知看出甚麼病來，用甚麼藥品。欲知端的，且聽下回分解。

第六十九回

心主夜間修藥物　君王筵上論妖邪

話表孫大聖同近侍宦官，到於皇宮內院，直至寢宮門外立定。將三條金線與宦官拿入裡面，吩咐：「教內宮妃後，或近侍太監，先繫在聖躬左手腕下，按寸、關、尺（中醫切脈的三個部位，即寸口、關上、尺中）三部上，卻將線頭從窗櫺兒穿出與我。」真個那宦官依此言，請國王坐在龍床，按寸、關、尺，以金線一頭繫了，一頭理出窗外。行者接了線頭，以自己右手大指先托著食指，看了寸脈；次將中指按大指，看了關脈；又將大指托定無名指，看了尺脈；調停自家呼吸，分定四氣、五郁、七表、八里、九候、浮中沉、沉中浮，辨明了虛實之端，又教解下左手，依前繫在右手腕下部位。

行者即以左手指，一一從頭診視畢，卻將身抖了一抖，把金線收上身來。厲聲高呼道：「陛下左手寸脈強而緊，關脈澀而緩，尺脈芤（一種脈象）且沉；右手寸脈浮而滑，關脈遲而結，尺脈數（中醫指脈搏快）而牢。夫左寸強而緊者，中虛心痛也；關澀而緩者，汗出肌麻也；尺芤而沉者，小便赤而大便帶血也。右手寸脈浮而滑者，內結經閉也；關遲而結者，宿食留飲也；尺數而牢者，煩滿虛寒相持也。診此貴恙：是一個驚恐憂思，號為『雙鳥失群』之症。」那國王在內聞言，滿心歡喜。打起精

神，高聲應道：「指下明白！指下明白！果是此疾！請出外面用藥來也。」

大聖卻才緩步出宮。早有在旁聽見的太監，已先對眾報知。須臾，行者出來，唐僧即問如何。行者道：「診了脈，如今對症製藥哩。」眾官上前道：「神僧長老，適才說『雙鳥失群』之症，何也？」行者笑道：「有雌雄二鳥，原在一處同飛；忽被暴風驟雨驚散，雌不能見雄，雄不能見雌，雌乃想雄，雄亦想雌，這不是『雙鳥失群』也？」眾官聞說，齊聲喝采道：「真是神僧！真是神醫！」稱讚不已。當有太醫官問道：「病勢已看出矣，但不知用何藥治之？」行者道：「不必執方，見藥就要。」醫官道：「經云：『藥有八百八味，人有四百四病。』病不在一人之身，藥豈有全用之理！如何見藥就要？」行者道：「古人云：『藥不執方，合宜而用。』故此全徵藥品，而隨便加減也。」

那醫官不復再言。即出朝門之外，差本衙當值之人，遍曉滿城生熟藥鋪，即將八百八味每味三斤及藥碾、藥磨、藥羅、藥乳並乳鉢、乳槌之類都送至館中，一一交付收訖。

行者往殿上請師父同至館中製藥。那長老正自起身，忽見內宮傳旨，教閣下留住法師，同宿文華殿。待明朝服藥之後，病瘥酬謝，倒換關文送行。三藏大驚道：「徒弟啊，此意是留我做當頭（這裡義為人質）哩。若醫得好，歡喜起送；若醫不好，我命休矣。你須仔細上心，精虔製度也！」行者笑道：「師父放心，在此受用。老孫自有醫國之手。」

好大聖，辭了眾臣，逕至館中。八戒迎著笑道：「師兄，我知道你了。」行者道：「你知甚麼！」八戒道：「知你取經之事不果，欲作生涯無本，今日見此處富庶，設法要開藥鋪

哩。」行者喝道：「莫胡說！醫好國王，得意處辭朝走路，開甚麼藥鋪！」八戒道：「終不然，這八百八味藥，每味三斤，共計二千四百二十四斤，只醫一人，能用多少？不知多少年方吃得了哩！」行者道：「那裡用得許多？他那太醫院官都是些愚盲之輩，所以取這許多藥品，教他沒處捉摸，不知我用的是那幾味，難識我神妙之方也。」

正說處，只見兩個館使，當面跪下道：「請神僧老爺進晚齋。」行者道：「早間那般待我，如今卻跪而請之，何也？」館使叩頭道：「老爺來時，下官有眼無珠，不識尊顏。今聞老爺大展三折之肱（指高明的醫術），治我一國之主，若主上病愈，老爺江山有分，我輩皆臣子也，禮當拜請。」行者見說，欣然登堂上坐。八戒、沙僧分坐左右。擺上齋來。沙僧便問道：「師兄，師父在那裡哩？」行者笑道：「師父被國王留住作當頭哩。只待醫好了病，方才酬謝送行。」沙僧又問：「可有些受用麼？」行者道：「國王豈無受用！我來時，他已有三個閣老陪侍左右，請入文華殿去也。」八戒道：「這等說，還是師父大哩。他倒有閣老陪伴，我們只得兩個館使奉承。——且莫管他，讓老豬吃頓飽飯也。」兄弟們遂自在受用一番。

天色已晚。行者叫館使：「收了家伙，多辦些油蠟，我等到夜靜時，方好製藥。」館使果送若干油蠟，各命散訖。至半夜，天街人靜，萬籟無聲。八戒道：「哥哥，製何藥？趕早幹事。我瞌睡了。」行者道：「你將大黃取一兩來，碾為細末。」沙僧乃道：

「大黃味苦，性寒，無毒；其性沉而不浮，其用走而不守；奪諸郁而無壅帶，定禍亂而致太平；名之曰『將軍』。」

此行藥耳。但恐久病虛弱，不可用此。」行者笑道：「賢弟不知。此藥利痰順氣，蕩肚中凝滯之寒熱。你莫管我。你去取一兩巴豆，去殼去膜，搥去油毒，碾為細末來。」八戒道：

「巴豆味辛，性熱，有毒；削堅積，蕩肺腑之沉寒；通閉塞，利水穀之道路；乃斬關奪門之將，不可輕用。」

行者道：「賢弟，你也不知。此藥破結宣腸，能理心膨水脹。快製來，我還有佐使之味輔之也。」他二人即時將二藥碾細道：「師兄，還用那幾十味？」行者道：「不用了。」八戒道：「八百八味，每味三斤，只用此二兩，誠為起奪人了。」行者將一個花磁盞子，道：「賢弟莫講，你拿這個盞兒，將鍋臍灰刮半盞過來。」八戒道：「要怎的？」行者道：「藥內要用。」沙僧道：「小弟不曾見藥內用鍋灰。」行者道：「鍋灰名為『百草霜』，能調百病，你不知道。」那呆子真個刮了半盞，又碾細了。行者又將盞子，遞與他道：「你再去把我們的馬尿等半盞來。」八戒道：「要他怎的？」行者道：「要丸藥。」沙僧又笑道：「哥哥，這事不是耍子。馬尿腥臊，如何入得藥品？我只見醋糊為丸，陳米糊為丸，煉蜜為丸，或只是清水為丸，那曾見馬尿為丸？那東西腥腥臊臊，脾虛的人，一聞就吐；再服巴豆、大黃，弄得人上吐下瀉，可是耍子？」行者道：「你不知就裡。我那馬，不是凡馬。他本是西海龍身。若得他肯去便溺，憑你何疾，服之即愈。但急不可得耳。」八戒聞言，真個去到馬邊。那馬斜伏地下睡哩。呆子一頓腳踢起，襯在肚下，等了半會，全不見撒尿。他跑將來，對行者說：「哥啊，且莫去醫皇帝，且快去醫醫馬來。那亡人乾結了，莫想尿得出一點兒！」行者笑道：

「我和你去。」沙僧道：「我也去看看。」

三人都到馬邊，那馬跳將起來，口吐人言，厲聲高叫道：「師兄，你豈不知？我本是西海飛龍，因為犯了天條，觀音菩薩救了我，將我鋸了角，退了鱗，變作馬，馱師父往西天取經，將功折罪。我若過水撒尿，水中游魚，食了成龍；過山撒尿，山中草頭得味，變作靈芝，仙僮採去長壽；我怎肯在此塵俗之處輕拋卻也？」行者道：「兄弟謹言。此間乃西方國王，非塵俗也，亦非輕拋棄也。常言道：『眾毛攢裘。』要與本國之王治病哩。醫得好時，大家光輝。不然，恐俱不得善離此地也。」那馬才叫聲：「等著。」你看他往前撲了一撲，往後蹲了一蹲，咬得那滿口牙齒支支的響亮，僅努出幾點兒，將身立起。八戒道：「這個亡人！就是金汁子，再撒些兒也罷！那行者見有少半盞，道：「彀了！彀了！拿去罷。」沙僧方才歡喜。

三人回至廳上，把前項藥餌攪和一處，搓了三個大丸子。行者道：「兄弟，忒大了。」八戒道：「只有核桃大。若論我吃，還不彀一口哩！」遂此收在一個小盒兒裡。兄弟們連衣睡下，一夜無詞。

早是天曉。卻說那國王耽病設朝，請唐僧見了，即命眾官快往會同館參拜神僧孫長老取藥去。

多官隨至館中，對行者拜伏於地道：「我王特命臣等拜領妙劑。」行者叫八戒取盒兒，揭開蓋子，遞與多官。多官啟問：「此藥何名？好見王回話。」行者道：「此名『烏金丹』。」八戒二人，暗中作笑道：「鍋灰拌的，怎麼不是烏金！」多官又問道：「用何引子？」行者道：「藥引兒兩般都下得。有一般易取者，乃六物煎湯送下。」多官問：「是何六物？」行者道：

「半空飛的老鴉屁，緊水負的鯉魚尿，王母娘娘搽臉粉，老君爐裡煉丹灰，玉皇戴破的

頭巾要三塊，還要五根困龍鬚：六物煎湯送此藥，你王憂病等時除。」

多官聞言道：「此物乃世間所無者。請問那一般引子是何？」行者道：「用無根水送下。」眾官笑道：「這個易取。」行者道：「怎見得易取？」多官道：「我這裡人家俗論：若用無根水，將一個碗盞，到井邊，或河下，舀了水，急轉步，更不落地，亦不回頭，到家與病人吃藥，便是。」行者道：「井中河內之水，俱是有根的。我這無根水，非此之論，乃是天上落下者，不沾地就吃，才叫做『無根水』。」多官又道：「這也容易。等到天陰下雨時，再吃藥便罷了。」遂拜謝了行者，將藥持回獻上。

國王大喜，即命近侍接上來。看了道：「此是甚麼丸子？」多官道：「神僧說是『烏金丹』，用無根水送下。」國王便教宮人取無根水。眾官道：「神僧說，無根水不是井河中者，乃是天上落下不沾地的才是。」國王即喚當駕官傳旨，教請法官求雨。眾官遵依出榜不題。

卻說行者在會同館廳上，叫豬八戒道：「適間允他天落之水，才可用藥，此時急忙，怎麼得個雨水？我看這王，倒也是個大賢大德之君，我與你助他些兒雨下藥，如何？」八戒道：「怎麼樣助？」行者道：「你在我左邊立下，做個輔星。」又叫沙僧，「你在我右邊立下，做個弼宿。等老孫助他些無根水兒。」好大聖，步了罡訣，念聲咒語，早見那正東上，一朵烏雲，漸近於頭頂上。叫道：「大聖，東海龍王敖廣來見。」行者道：「無事不敢捻煩，請你來助些無根水與國王下藥。」龍王道：「大聖呼喚時，不曾說用水，小龍隻身來了，不曾帶得雨器，亦未有風雲雷電，怎生降雨？」行者道：「如今用不著風雲雷電，亦不須多雨，只要些須引藥之水便了。」龍王道：「既如此，待我打兩個噴

嚏，吐些涎津溢，與他吃藥罷。」行者大喜道：「最好！最好！不必遲疑，趁早行事。」那老龍在空中，漸漸低下烏雲，直至皇宮之上，隱身潛相，嗅一口津唾，遂化作甘霖。那滿朝官齊聲喝采道：「我主萬千之喜！天公降下甘雨來也！」國王即傳旨，教：「取器皿盛著。不拘宮內外及官大小，都要等貯仙水，拯救寡人。」你看那文武多官並三宮六院妃嬪與三千彩女，八百嬌娥，一個個擎杯托盞，舉碗持盤，等接甘雨。那老龍在半空，運化津涎，不離了王宮前後。將有一個時辰，龍王辭了大聖回海。眾臣將杯盂碗盞收來，也有等著一點兩點者，也有一點不曾等著者，共合一處，約有三盞之多，總獻至御案。真個是異香滿襲金鑾殿，佳味熏飄天子庭！

那國王辭了法師，將著「烏金丹」並甘雨至宮中，先吞了一丸，吃了一盞甘雨；再吞了一丸，又飲了一盞甘雨；三次，三丸俱吞了，三盞甘雨俱送下。不多時，腹中作響，如轆轤之聲不絕，即取淨桶，連行了三五次，服了些米飯，倚倒在龍床之上。有兩個妃子，將淨桶撿看，說不盡那穢污痰涎，內有糯米飯塊一團。妃子近龍床前來報：「病根都行下來也！」國王聞此言，甚喜，又進一次米飯。少頃，漸覺心胸寬泰，氣血調和，就精神抖擻，腳力強健。下了龍床，穿上朝服，即登寶殿，見了唐僧，輒倒身下拜。那長老忙忙還禮。拜畢，以御手攙著，便教閣下：「快具簡帖，帖上寫朕『再拜頓首』字樣，差官奉請法師高徒三位。一壁廂大開東閣，光祿寺排宴酬謝。」多官領旨，具簡的具簡，排宴的排宴，正是國家有倒山之力，霎時俱完。

卻說八戒見官投簡，喜不自勝道：「哥啊，果是好妙藥！今來酬謝，乃兄長之功。」沙僧道：「二哥說那裡話！常言道：『一人有福，帶挈一屋。』我們在此合藥，俱是有功之人。只管受用去，再休多話。」咦！你看他弟兄們俱歡歡喜喜，徑入朝來。

眾官接引，上了東閣，早見唐僧、國王、閣老，已都在那裡安排筵宴哩。這行者與八戒、沙僧，對師父唱了個喏，隨後眾官都至。只見那上面有四張素桌面，都是吃一看十的筵席；前面有一張葷桌面，也是吃一看十的珍饈。左右有四五百張單桌面，真個排得齊整：

古云：「珍饈百味，美祿千鍾。瓊膏酥酪，錦縷肥紅。」寶妝花彩豔，果品味香濃。斗糖龍纏列獅仙，餅錠拖爐擺鳳侶。葷有豬羊雞鵝魚鴨般般肉，素有蔬肴筍芽木耳並蘑菇。幾樣香湯餅，數次透酥糖。滑軟黃粱飯，清新菰米糊。色色粉湯香又辣，般般添換美還甜。君臣舉盞方安席，名分品級慢傳壺。

那國王御手擎杯，先與唐僧安坐。三藏道：「貧僧不會飲酒。」國王道：「素酒。法師飲此一杯，何如？」三藏道：「酒乃僧家第一戒。」國王道：「法師戒飲，卻以何物為敬？」三藏道：「頑徒三眾代飲罷。」國王卻才歡喜，轉金卮，遞與行者。行者接了酒，對眾禮畢，吃了一杯。國王見他吃得爽利，又奉一杯。行者不辭，又吃了。國王笑道：「吃個三寶盅兒。」行者不辭，又吃了。國王又叫斟上，「吃個四季杯兒。」

八戒在旁，見酒不到他，忍得他口裡啯啯咽唾；又見那國王苦勸行者，他就叫將起來道：「陛下，吃的藥也虧了我，那藥裡有馬──」這行者聽說，恐怕呆子走了消息，卻將手中酒遞與八戒。八戒接著就吃，卻不言語。國王問道：「神僧說藥裡有馬，是甚麼馬？」行者接過口來道：「我這兄弟，是這般口敞。但有個經驗的好方兒，他就要說與人。陛下早間吃藥，內有馬兜鈴（一種中藥）。」國王問眾

官道：「馬兜鈴是何品味？能醫何症？」時有太醫院官在旁道：「主公——

兜鈴味苦寒無毒，定喘消痰大有功。

通氣最能除血蠱，補虛寧嗽又寬中。」

國王笑道：「用得當！用得當！豬長老再飲一杯。」呆子亦不言語，卻也吃了個三寶蠱。國王又

遞了沙僧酒，也吃了三杯，卻俱敘坐。

飲宴多時，國王又擎大爵，奉與行者。行者道：「陛下請坐。老孫依巡痛飲，決不敢推辭。」國

王道：「神僧恩重如山，寡人酬謝不盡。好歹進此一巨觥，朕有話說。」行者道：「有甚話說了，老

孫好飲。」國王道：「寡人有數載憂疑病，被神僧一貼靈丹打通，所以就好了。」行者笑道：「昨日

老孫看了陛下，已知是憂疑之疾，但不知憂驚何事？」國王道：「古人云：『家醜不可外談。』奈神

僧是朕恩主——惟不笑，方可告之。」行者道：「怎敢笑話，請說無妨。」國王道：「神僧東來，不

知經過幾個邦國？」行者道：「經有五六處。」又問：「他國之後，不知是何稱呼。」國王道：「國

王之後，都稱為正宮、東宮、西宮。」國王道：「寡人不是這等稱呼，將正宮稱為金聖宮，東宮稱為

玉聖宮，西宮稱為銀聖宮。現今只有銀、玉二后在宮。」行者道：「金聖宮因何不在宮中？」國王滴

淚道：「不在已三年矣。」行者道：「向那廂去了？」

國王道：「三年前，正值端陽之節，朕與嬪后都在御花園海榴亭下解粽插艾，飲菖蒲雄黃酒，看

鬥龍舟。忽然一陣風至，半空中現出一個妖精，自稱賽太歲，說他在麒麟山獬豸洞居住，洞中少個夫

人，訪得我金聖宮生得貌美姿嬌，要做個夫人，教朕快早送出。如若三聲不獻出來，就要吃寡人，後吃眾臣，將滿城黎民，盡皆吃絕。那時節，朕卻憂國憂民，無奈，將金聖宮推出海榴亭外，被那妖響一聲攝將去了。寡人為此著了驚恐，把那粽子凝滯在內；況又畫夜憂思不息，所以成此苦疾三年。今得神僧靈丹服後，行了數次，盡是那三年前積滯之物，所以這會體健身輕，精神如舊。今日之命，皆是神僧所賜，豈但如泰山之重而已乎！」

行者聞得此言，滿心喜悅，將那巨觥之酒，兩口吞之，笑問國王曰：「陛下原來是這等驚憂！今遇老孫，幸而獲愈。但不知可要金聖宮回國？」那國王滴淚道：「朕切切思思，無晝無夜，但只是沒一個能獲得妖精的。豈有不要他回國之理！」行者道：「我老孫與你去伏妖邪，那時何如？」國王跪下道：「若救得朕後，朕願領三宮九嬪，出城為民，將一國江山，盡付神僧，讓你為帝。」八戒道：

旁，見出此言，行此禮，忍不住呵呵大笑道：「這皇帝失了體統！怎麼為老婆就不要江山，跪著和尚？」行者急上前，將國王攙起道：「陛下，那妖精自得金聖宮去後，這一向可曾再來？」國王道：「他前年五月節攝了金聖宮，至十月間來，要取兩個宮娥，是說伏侍娘娘，朕即獻出兩個。至舊年三月間，又來要兩個宮娥；七月間，又要去兩個；今年二月裡，又要去兩個；不知到幾時又要來也。」

行者道：「似他這等頻來，你們可怕他麼？」國王道：「寡人見他來得多遭，一則懼怕，二來又恐有傷害之意，舊年四月內，是朕命工起了一座避妖樓。」行者道：「陛下不棄，可攜老孫去看那避妖樓一番，何如？」那國王即將左手攜著行者出席。

眾官亦皆起身。豬八戒道：「哥哥，你不達理！這般御酒不吃，搖席破坐的，且去看甚麼哩？」國王聞說，情知八戒是為嘴，即命當駕官抬兩張素桌面，看酒在避妖樓外伺候。呆子卻才不嚷，同師父、

沙僧笑道：「翻席去也。」

一行文武官引導，那國王並行者相攙，穿過皇宮到了御花園後，更不見樓台殿閣。行者道：「避妖樓何在？」說不了，只見兩個太監，拿兩根紅漆扛子，往那空地上掬起一塊四方石板。國王道：「此間便是。這底下有三丈多深，挖成的九間朝殿。內有四個大缸，缸內滿注清油，點著燈火，晝夜不息。寡人聽得風響，就入裡邊躲避，外面著人蓋上石板。」行者笑道：「那妖精還是不害你，若要害你，這裡如何躲得？」正說間，只見那正南上，呼呼的，吹得風響，播土揚塵。唬得那多官齊聲報怨道：「這和尚甚麼醬口（說不吉利的話而有應驗），講起甚麼妖精，妖精就來了！」

慌得那國王丟了行者，即鑽入地穴。唐僧也就跟入。眾官亦躲個乾淨。八戒、沙僧也都要躲，被行者左手扯住他兩個道：「兄弟們，不要怕得。我和你認他一認，看是個甚麼妖精。」八戒道：「可是扯淡！認他怎的？眾官躲了，師父藏了，國王避了，我們不去了罷，炫的是那家世！」那呆子左掙右掙，掙不得脫手，被行者拿定多時，只見那半空裡閃出一個妖精。你看他怎生模樣：

九尺長身多惡獰，一雙環眼閃金燈。兩輪查耳如撐扇，四個鋼牙似插釘。鬢繞紅毛眉豎焰，鼻垂糟準孔開明。髭髯幾縷朱砂線，顴骨崚嶒增面青。兩臂紅筋藍靛手，十條尖爪把槍擎。豹皮裙子腰間繫，赤腳蓬頭若鬼形。

行者見了道：「沙僧，你可認得他？」沙僧道：「我又不曾與他相識，那裡認得！」又問：「八戒，你可認得他？」八戒道：我又不曾與他會茶會酒，又不是賓朋鄰里，我怎麼認得他！」行者道：

「他卻像東嶽天齊手下把門的那個醮面金睛鬼。」八戒道：「不是！不是！」行者道：「你怎知他不是？」八戒道：「我豈不知，鬼乃陰靈也，一日至晚，交申酉戌亥時方出。今日還在巳時，那裡有鬼敢出來？就是鬼，也不會駕雲。縱會弄風，也只是一陣旋風耳，有這等狂風？或者他就是賽太歲也。」行者笑道：「好呆子！倒也有些論頭！既如此說，你兩個護持在此，等老孫去問他個名號，好與國王救取金聖宮來朝。」八戒道：「你去自去，切莫供出我們來。」行者昂然不答，急縱祥光，跳將上去。

咦！正是：安邦先卻君王病，守道須除愛惡心。畢竟不知此去，到於空中，勝敗如何，怎麼擒得妖怪，救得金聖宮，且聽下回分解。

第七十回

妖魔寶放煙沙火　悟空計盜紫金鈴

卻說那孫行者抖擻神威，持著鐵棒，踏著祥光，起在空中，迎面喝道：「你是那裡來的邪魔，待往何方猖獗！」那怪物厲聲高叫道：「吾黨不是別人，乃麒麟山獬豸洞賽太歲大王爺爺部下先鋒。今奉大王令，到此取宮女二名，伏侍金聖娘娘。你是何人，敢來問我！」行者道：「吾乃齊天大聖孫悟空。因保東土唐僧西天拜佛，路過此國，知你這伙邪魔欺主，特展雄才，治國祛邪。正沒處尋你，卻來此送命！」那怪聞言，不知好歹，展長槍就刺行者。行者舉鐵棒劈面相迎。在半空裡這一場好殺：

棍是龍宮鎮海珍，槍乃人間轉煉鐵。凡兵怎敢比仙兵，擦著些兒神氣洩。大聖原來太乙仙，妖精本是邪魔孽。鬼祟焉能近正人，一正之時邪就滅。那個弄風播土唬皇王，這個踏霧騰雲遮日月。丟開架手賭輸贏，無能誰敢誇豪傑！還是齊天大聖能，乒乒一棍槍先折。

那妖精被行者一鐵棒把根槍打做兩截，慌得顧性命，撥轉風頭，徑往西方敗走。

行者且不趕他，按下雲頭，來至避妖樓地穴之外，叫道：「師父，請同陛下出來。怪物已趕去矣。」那唐僧才扶著君王，同出穴外。見滿天清朗，更無妖邪之氣。那皇帝即至酒席前，自己拿壺把盞，滿斟金杯，奉與行者道：「神僧，權謝！權謝！」這行者接杯在手，還未回言，只聽得朝門外有官來報：「西門上火起了！」行者聞說，將金杯連酒望空一撇，當的一聲響亮，那個金杯落地。君王著了忙，躬身施禮道：「神僧，恕罪！恕罪！是寡人不是了！禮當請上殿拜謝，只因有這方便酒在此，故就奉耳。神僧卻把杯子撇了，卻不是有見怪之意？」行者笑道：「不是這話，不是這話。」少頃間，又有官來報：「好雨呀！才西門上起火，被一場大雨，把火滅了。滿街上流水，盡都是酒氣。」行者又笑道：「陛下，你見我撇杯，疑有見怪之意，非也。那妖敗走西方，我不曾趕他，他就放起火來。這一杯酒，卻是我滅了妖火，救了西城裡外人家，豈有他意！」

國王更十分歡喜加敬。即請三藏四眾，同上寶殿，就有推位讓國之意。行者笑道：「陛下，才那妖精，他稱是賽太歲部下先鋒，來此取宮女的。他如今戰敗而回，定然報與那廝。那廝定要來與我相爭。我恐他一時興動帥眾，未免又驚傷百姓，恐嚇陛下。欲去迎他一迎，就在那半空中擒了他，取回的人）軍馬到那裡探聽聲息，往來要行五十餘日。坐落南方，約有三千餘里。」行者聞言，叫：「八戒、沙僧，護持在此，老孫去來。」國王扯住道：「神僧且從容一日，待安排些乾糧烘炒，與你些盤聖後。但不知向那方去，這裡到他那山洞有多少遠近？」國王道：「寡人曾差『夜不收』（巡邏、偵察似這三千里路，斟酒在盂不冷，就打個往回。」國王道：「神僧，你不要怪我說。你這尊貌，卻像個纏銀兩，選一匹快馬，方才可去。」行者笑道：「陛下說得是巴山轉嶺步行之話。我老孫不瞞你說，猿猴一般，怎生有這等法力會走路也？」行者道：

「我身雖是猿猴數，自幼打開生死路。遍訪明師把道傳，山前修煉無朝暮。

倚天為頂地為爐，兩般藥物團烏兔。採取陰陽水火交，時間頓把玄關悟。

全仗天罡搬運功，也憑斗柄遷移步。退爐進火最依時，抽鉛添汞相交顧。

攢簇五行造化生，合和四象分時度。二氣歸於黃道間，三家會在金丹路。

悟通法律歸四肢，本來筋斗如神助。一縱縱過太行山，一打打過凌雲渡。

何愁峻嶺幾千重，不怕長江百十數。只因變化沒遮攔，一打十萬八千路！」

卻說行者將身一縱，早見一座高山，阻住霧角。即按雲頭，立在那巔峰之上。仔細觀看，好山：

沖天占地，礙日生雲。沖天處，尖峰矗矗；占地處，遠脈迢迢。礙日的，乃嶺頭松鬱鬱，生雲的，乃崖下石鱗鱗。松鬱鬱，四時八節常青；石鱗鱗，萬載千年不改。林中每聽夜猿啼，澗內常聞妖蟒過。山禽聲咽咽，山獸吼呼呼。山獐山鹿，成雙作對紛紛走；山鴉山鵲，打陣攢群密密飛。山草山花看不盡，山桃山果映時新。雖然倚險不堪行，卻是妖仙隱逸處。

那國王見說，又驚又喜，笑吟吟捧著一杯御酒遞與行者道：「神僧遠勞，進此一杯引意。」這大聖一心要去降妖，那裡有心吃酒，只叫：「且放下，等我去了回來再飲。」好行者，說聲去，唿哨一聲，寂然不見。那一國君臣，皆驚訝不題。

這大聖看看不厭，正欲找尋洞口，只見那山凹裡烘烘火光飛出，霎時間，撲天紅焰，紅焰之中冒出一股惡煙，比火更毒。好煙！但見那：

火光迸萬點金燈，火焰飛千條紅虹。那煙不是灶筒煙，不是草木煙，煙卻有五色：青紅白黑黃。熏著南天門外柱，燎著靈霄殿上梁。燒得那窩中走獸連皮爛，林內飛禽羽盡光。但看這煙如此惡，怎入深山伏怪王！

大聖正自恐懼，又見那山中迸出一道沙來。好沙，真個是遮天蔽日！你看：

紛紛絞絞遍天涯，鄧鄧渾渾大地遮。細塵到處迷人目，粗灰滿谷滾芝麻。採藥仙僮迷失伴，打柴樵子沒尋家。手中就有明珠現，時間刮得眼生花。

這行者只顧看玩，不覺沙灰飛入鼻內，癢斯斯的，打了兩個噴嚏，即回頭伸手，在岩下摸了兩個鵝卵石，塞住鼻子；搖身一變，變做一個鑽火的鷂子，飛入煙火中間，驀了幾驀，卻就沒了沙灰，煙火也息了。急現本相下來。又看時，只聽得丁丁東東的，一個銅鑼聲響。卻道：「我走錯了路也！這裡不是妖精住處。鑼聲似鋪兵之鑼。想是通國的大路，有鋪兵去下文書。且等老孫去問他一問。」

正走處，忽見是個小妖兒，擔著黃旗，背著文書，敲著鑼兒，急走如飛而來。行者笑道：「原來是這廝打鑼。他不知送的是甚麼書信，等我聽他一聽。」好大聖，搖身一變，變做個猛蟲兒，輕輕的

飛在他書包之上。只聽得那妖精敲著鑼，絮絮聒聒的自念自誦道：「我家大王，忒也心毒。三年前到朱紫國強奪了金聖皇后，一向無緣，未曾沾身，只苦了要來的宮女頂缸。兩個來弄殺了，四個來也弄殺了。前年要了，去年又要，今年又要；今年還要，卻撞個對頭來了。那個要宮女的先鋒被個甚麼孫行者打敗了，不發宮女。我大王因此發怒，要與他國爭持，教我去下甚麼戰書。這一去，那國王不戰則可，戰必不利。我大王使煙火飛沙，那國王君臣百姓等，莫想一個得活。那時我等占了他的城池，大王稱帝，我等稱臣，雖然也有個大小官爵，只是天理難容也！」

行者聽了，暗喜道：「妖精也有存心好的。似他後邊這兩句話說，『天理難容』，卻不是個好的？但只說金聖皇后一向無緣，未得沾身，此話卻不解其意。等我問他一問。」嚶的一聲，一翅飛離了妖精，轉向前路，有十數里地，搖身一變，又變做一個道童：

頭挽雙抓髻，身穿百衲衣。
手敲魚鼓簡，口唱道情詞。

轉山坡，迎著小妖，打個起手道：「長官，那裡去？送的是甚麼公文？」那妖物就像認得他的一般。住了鑼槌，笑嘻嘻的還禮道：「我大王差我到朱紫國下戰書的。」行者接口問道：「朱紫國那話兒，可曾與大王配合哩？」小妖道：「自前年攝得來，當時就有一個神仙，送一件五彩仙衣與金聖宮妝新。他自穿了那衣，就渾身上下都生了針刺，我大王摸也不敢摸他一摸。但挽著些兒，手心就痛，不知是甚緣故。自始至今，尚未沾身。早聞差先鋒去要宮女伏侍，被一個甚麼孫行者戰敗了。大王奮

怒，所以教我去下戰書，明日與他交戰也。」行者道：「怎的大王卻著惱呵？」小妖道：「正在那裡著惱哩。你去與他唱個道情詞兒解解悶也好。」

行者拱手抽身就走。那妖依舊敲鑼前行。行者就行起凶來，掣出棒，復轉身，望小妖腦後一下，可憐就打得頭爛血流漿迸出，皮開頸折命傾之！收了棍子，卻又自悔道：「急了些兒！不曾問他叫做甚麼名字，罷了！」卻去取下他的戰書，藏於袖內；將他黃旗、銅鑼，藏在路旁草裡；因扯著腳要往澗下捽時，只聽當的一聲，腰間露出一個鑲金的牙牌。牌上有字，寫道：

「心腹小校一名，有來有去。五短身材，扢撻臉，無鬚。長川懸掛，無牌即假。」

行者笑道：「這廝名字叫做有來有去，這一棍子，打得『有去無來』也！」將牙牌解下，帶在腰間，欲要捽下屍骸；卻又思量起煙火之毒，且不敢尋他洞府，即將棍子舉起，著小妖胸前搗了一下，挑在空中，徑回本國，且當報一個頭功。你看他自思自念，唿哨一聲，到了國界。

那八戒在金鑾殿前，正護持著王、師，忽回頭看見行者半空中將個妖精挑來，他卻怨道：「嗳！不打緊的買賣！早知老豬去拿來，卻不算我一功？」說未畢，行者按落雲頭，將妖精挑在階下。八戒跑上去，就築了一鈀道：「此是老豬之功！」行者道：「是你甚功？」八戒道：「莫賴我！我有證見！你不看一鈀築了九個眼子哩！」行者道：「你看可有頭沒頭。」八戒笑道：「原來有沒頭的！我道如何築他也不動動兒。」行者道：「師父在那裡？」八戒道：「在殿裡與王敘話哩。」行者道：「你且去請他出來。」八戒急上殿，點點頭。三藏即便起身下殿，迎著行者。行者將一封戰書，揣在

三藏袖裡道：「師父收下，且莫與國王看見。」

說不了，那國王也下殿，迎著行者道：「神僧孫長老來了！拿妖之事如何？」行者用手指道：「那階下不是妖精，被老孫打殺了也？」國王見了道：「是便是個妖屍，卻不是賽太歲。賽太歲寡人親見他兩次：身長丈八，膊闊五停；面似金光，聲如霹靂；那裡是這般鄙矮。」行者笑道：「陛下認得。果然不是。這是一個報事的小妖，撞見老孫，卻先打死，挑回來報功。」國王大喜道：「好！好！該算頭功！寡人這裡常差人去打探，更不曾得個的實。似神僧一出，就捉了一個回來，真神通也！」

行者道：「吃酒還是小事。我問陛下，金聖宮別時，可曾留下個甚麼表記？你與我些兒。」那國王聽說「表記」二字，卻似刀劍剜心，忍不住失聲淚下，說道：

「當年佳節慶朱明，太歲凶妖發喊聲。強奪御妻為壓寨，寡人獻出為蒼生。

更無會話並離話，那有長亭共短亭！表記香囊全沒影，至今撇我苦伶仃！」

行者道：「陛下在邇，何以為惱？那娘娘既無表記，他在宮內，可有甚麼心愛之物，與我一件也罷。」國王道：「你要怎的？」行者道：「那妖王實有神通。我見他放煙、放火、放沙，果是難收。縱收了，又恐娘娘見我面生，不肯跟我回國。須是得他平日心愛之物一件，他方信我，我好帶他回來。」國王道：「昭陽宮裡，梳妝閣上，有一雙黃金寶串，原是金聖宮手上帶的。只因那日端午，要縛五色彩線，故此褪下，不曾帶上。此乃是他心愛之物。如今現收在減妝盒裡。寡人

見他遭此離別，更不忍見；一見即如見他玉容，病又重幾分也。」行者道：「且休題這話。且將金串取來。如捨得，都與我拿去；如不捨，只拿一隻去也。」國王遂命玉聖宮取出。取出即遞與國王。國王見了，叫了幾聲「知疼著熱的娘娘」，遂遞與行者。行者接了，套在胳膊上。

好大聖，不吃得功酒，且駕筋斗雲，唿哨一聲，又至麒麟山上。無心玩景，徑尋洞府而去。正行時，只聽得人語喧嚷，即佇立凝睛觀看。原來那獬豸洞口把門的大小頭目，約摸有五百名，在那裡：

森森羅列，密密挨排。森森羅列執干戈，映日光明；密密挨排展旌旗，迎風飄閃。虎將熊師能變化，豹頭彪帥弄精神。蒼狼多猛烈，獺象更驍雄。狡兔乖獐掄劍戟，長蛇大蟒挎刀弓。猩猩能解人言語，引陣安營識汛風。

行者見了，不敢前進，抽身徑轉舊路。你道他抽身怎麼？不是怕他。他卻至那打死小妖之處，尋出黃旗、銅鑼、迎風捏訣，想像騰那，即搖身一變，變做那有來有去的模樣，乒乒敲著鑼，大踏步，一直前來，徑撞至獬豸洞。正欲看看洞景，只聞得猩猩出語道：「有來有去，你回來了？」行者只得答應道：「來了。」猩猩道：「快走！大王爺爺正在剝皮亭上等你回話哩。」行者聞言，拽開步，敲著鑼，徑入前門裡看處，原來是懸崖削壁石屋虛堂，左右有琪花瑤草，前後多古柏喬松。不覺又至二門之內，忽抬頭見一座八窗明亮的亭子，亭子中間有一張餕金的交椅，椅子上端坐著一個魔王，真個生得惡相。但見他：

幌幌霞光生頂上，威威殺氣迸胸前。口外撩牙排利刃，鬢邊焦髮放紅煙。眼突銅鈴欺太歲，手持鐵杵若摩天。嘴上髭鬚如插箭，遍體昂毛似迸氈。

行者見了，公然傲慢那妖精，更不循一些兒禮法。調轉臉，朝著外，只管敲鑼。妖王問道：「你來了？」行者不答。又問：「有來有去，你來了？」也不答應。妖王上前扯住道：「你怎麼到了家還篩鑼？問之又不答，何也？」行者把鑼往地下一攛道：「甚麼『何也，何也』！我說我不去，你卻教我去。行到那廂，只見無數的人馬列成陣勢，見了我，就都叫：『拿妖精！拿妖精！』把我推推扯扯，拽拽扛扛，拿進城去，見了那國王，國王便教『斬了』，幸虧那兩班謀士道：『兩家相爭，不斬來使。』把我饒了。收了戰書，又押出城外，對軍前打了三十順腿，放我來回話。他那裡不久就要來此與你交戰哩。」妖王道：「這等說，是你吃虧了。怪不道問你更不言語。」行者道：「卻不是怕，只為護疼，所以不曾答應。」妖王道：「那裡有多少人馬？」行者道：「我也唬昏了，又吃他打的，那裡曾查他人馬數目！只見那裡森森兵器擺列著：

弓箭刀槍甲與衣，干戈劍戟並纓旗。剝槍月鏟兜鍪鎧，大斧團牌鐵蒺藜。長悶棍，短窩槌，鋼叉銃炮及頭盔。打扮得翰鞋護頂並胖襖，簡鞭袖彈與銅錘。」

那王聽了笑道：「不打緊！不打緊！似這般兵器，一火皆空。你且去報與金聖娘娘得知，教他莫惱。今早他聽見我發狠，要去戰鬥，他就眼淚汪汪的不幹。你如今去說那裡人馬驍勇，必然勝我，且

寬他一時之心。」

行者聞言，十分歡喜道：「正中老孫之意！」你看他偏是路熟，轉過角門，穿過廳堂。那裡邊盡都是高堂大廈，更不似前邊的模樣。直到後面宮裡，遠見彩門壯麗，乃是金聖娘娘住處。直入裡面看時，有兩班妖狐、妖鹿，一個個都妝成美女之形，侍立左右。正中間坐著那個娘娘，手托著香腮，雙眸滴淚，果然是：

玉容嬌嫩，美貌妖嬈。懶梳妝，髮無油，蓬鬆堆雲鬢。努櫻唇，緊咬銀牙；皺蛾眉，淚淹星眼。一片心，只憶著朱紫君王；一時間，恨不離天羅地網。誠然是：自古紅顏多薄命，懨懨無語對東風！

冷淡了胭脂；髮無油，蓬鬆堆雲鬢。努櫻唇，緊咬銀牙；皺蛾眉，淚淹星眼。一片心，只憶著朱紫君王；（指女子黑髮）怕打扮，釵環不戴。面無粉，

行者上前打了個問訊道：「接唔。」那娘娘道：「這潑村怪，十分無狀！想我在那朱紫國中，與王同享榮華之時，那太師宰相見了，就俯伏塵埃，不敢仰視。這野怪怎麼叫聲『接唔』？是那裡來的這般村潑？」眾侍婢上前道：「太太息怒。他是大王爺爺心腹的小校，喚名有來有去。今早差下戰書的是他。」娘娘聽說，忍怒問曰：「你下戰書，可曾到朱紫國？」行者道：「我持書直至城裡，到於金鑾殿，面見君王，已討回音來也。」娘娘道：「你面君，君有何言？」行者道：「那君王敵戰之言，與排兵布陣之事，才與大王說了。只是那君王有思想娘娘之意，有一句合心的話兒，特來上稟。奈何左右人眾，不是說處。」

娘娘聞言，喝退兩班狐鹿。行者掩上宮門，把臉一抹，現了本相。對娘娘道：「你休怕我。我是

第七十回

妖魔寶放煙沙火　悟空計盜紫金鈴

東土大唐差往大西天天竺國雷音寺見佛求經的和尚。我師父是唐王御弟唐三藏。我是他大徒弟孫悟空。因過你國倒換關文，見你君臣出榜招醫，是我大施三折之肱，把他相思之病治好了。排宴謝我，打死小妖飲酒之間，說出你被妖攝來，我會降龍伏虎，特請我來捉怪，救你回國。那戰敗先鋒是我，打死小妖也是我。我見他門外凶狂，是我變作有來有去模樣，捨身到此，與你通信。」那娘娘聽說，沉吟不語。行者取出寶串，雙手奉上道：「你若不信，看此物何來。」娘娘一見垂淚。下座拜謝道：「長老，你果是救得我回朝，沒齒不忘大恩！」

行者道：「我且問你，他那放火，放煙，放沙的，是件甚麼寶貝？」娘娘道：「那裡是甚寶貝！乃是三個金鈴。他將頭一個幌一幌，有三百丈火光燒人；第二個幌一幌，有三百丈煙光熏人；第三個幌一幌，有三百丈黃沙迷人。煙火還不打緊，只是黃沙最毒。若鑽入人鼻孔，就傷了性命。」行者道：「利害！利害！我曾經著，打了兩個噴嚏，卻不知他的鈴兒放在何處？」娘娘道：「他那肯放下，只是帶在腰間，行住坐臥，再不離身。」行者道：「你若有意於朱紫國，還要相會國王，把那煩惱憂愁，都且權解，使出個風流喜悅之容，與他敘個夫妻之情，教他把鈴兒與你收貯。待我取便偷了，降了這妖怪，那時節，好帶你回去，重諧鸞鳳，共享安寧也。」那娘娘依言。

這行者還變作心腹小校，開了宮門，喚進左右侍婢。娘娘叫：「有來有去，快往前亭，請你大王來，與他說話。」好行者，應了一聲，即至剝皮亭，對妖精道：「大王，聖宮娘娘有請。」妖王歡喜道：「娘娘常時只罵，怎麼今日有請？」行者道：「那娘娘問朱紫國王之事，是我說：『他不要你了，他國中另扶了皇后。』娘娘聽說，故此沒了想頭，方才命我來奉請。」妖王大喜道：「你卻中用。待我剿除了他國，封你為個隨朝的太宰。」

行者順口謝恩，疾與妖王來至後宮門首。那娘娘歡容迎接，就去用手相攙。那妖王喏喏而退道：「大王請坐，我與你說。」妖王道：「有話但說不妨。」娘娘道：「我蒙大王辱愛，今已三年，未得共枕同衾。也是前世之緣，做了這場夫妻；誰知大王有外我之意，不以夫妻相待。我想著當時在朱紫國為后，外邦凡有進貢之寶，君看畢，一定與後收之。你這裡更無甚麼寶貝，左右穿的是貂裘，吃的是血食，那曾見綾錦金珠！只一味鋪皮蓋毯。或者就有些寶貝，你因外我，也不教我看見，也不與我收著，待你用時取出。且如聞得你有三個鈴鐺，想就是件寶貝，你怎麼走也帶著，坐也帶著？你就拿與我收著，未為不可。此也是做夫妻一場，也有個心腹相托之意。如此不相托付，非外我而何？」妖王大笑賠禮道：「娘娘怪得是！怪得是！寶貝在此，今日就當付你收之。」便即揭衣取寶。

行者在旁，眼不轉睛，看著那怪揭起兩三層衣服，貼身帶著三個鈴兒。他解下來，將些綿花塞了口兒，把一塊豹皮作一個包袱兒包了，遞與娘娘道：「物雖微賤，卻要用心收藏，切不可搖幌著他。」娘娘接過手道：「我曉得。安在這妝台之上，無人搖動。」叫：「小的們，安排酒來，我與大王交歡會喜，飲幾杯兒。」眾侍婢聞言，即鋪排果菜，擺上些獐犯鹿兔之肉，將椰子酒斟來奉上。那娘娘做出妖嬈之態，哄著精靈。

孫行者在旁取事，但挨挨摸摸，行近妝台，把三個金鈴輕輕拿過，慢慢移步，溜出宮門，徑離洞府。到了剝皮亭前，無人處，展開豹皮幅子看時，中間一個，有茶盅大；兩頭兩個，有拳頭大。他不知利害，就把綿花扯了。只聞得當的一聲響亮，骨都都的迸出煙火黃沙，急收不住，滿亭中烘烘火起。唬得那把門精怪，一擁撞入後宮，驚動了妖王，慌忙教：「去救火！救火！」出來看時，原來是

第七十回

妖魔寶放煙沙火　悟空計盜紫金鈴

有來有去去拿了金鈴兒哩。妖王上前喝道：「好賤奴！怎麼偷了我的金鈴寶貝，在此胡弄！」叫：「拿來！拿來！」那門前虎將、熊師、豹頭、彪帥、獺象、蒼狼、乖獐、狡兔、長蛇、大蟒、猩猩、帥眾妖一齊攢簇。

那行者慌了手腳，丟了金鈴寶貝，傳號令，教：「關了前門！」眾妖聽了，關門的關門，打仗的打仗。那行者難得脫身，那妖王收了寶貝，現出本相。掣出金箍如意棒，撒開解數，往前亂打。那行者搖身一變，變作個痴蒼蠅兒，釘在那無火處石壁上。眾妖尋不見。報道：「大王，走了賊也！走了賊也！」妖王問：「可曾自門裡走出去？」眾妖都說：「前門緊鎖牢拴在此，不曾走出。」妖王只說：「仔細搜尋！」有的取水潑水，有的仔細搜尋，更無蹤跡。妖王怒道：「是個甚麼賊子，好大膽，變作有來有去的模樣，進來見我回話，又跟在身邊，乘機盜我寶貝！早是不曾拿將出去！若拿出山頭，見了天風，怎生是好？」虎將上前道：「大王的洪福齊天，我等的氣數不盡，故此知覺了。」熊師上前道：「大王，這賊不是別人，定是那戰敗先鋒的那個孫悟空。想必路上遇著有來有去，傷了性命，奪了黃旗、銅鑼、牙牌，變作他的模樣，到此欺騙了大王也。」妖王道：「正是！正是！見得有理！」叫：「小的們，仔細搜求防避，切莫開門放出走了！」

這才是個有分教：弄巧翻成拙，作耍卻為真。畢竟不知孫行者怎麼脫得妖門，且聽下回分解。

第七十一回

行者假名降怪犼　觀音現像伏妖王

色即空兮自古，空言是色如然。人能悟徹色空禪，何用丹砂炮煉。

德行全修休懈，工夫苦用熬煎。有時行滿始朝天，永駐仙顏不變。

話說那賽太歲，緊關了前後門戶，搜尋行者。直嚷到黃昏時分，不見蹤跡。坐在那剝皮亭上，點聚群妖，發號施令，都教各門上提鈴喝號，擊鼓敲梆；一個個弓上弦，刀出鞘，支更坐夜。原來孫大聖變做個痴蒼蠅，釘在門旁。見前面防備甚緊，他即抖開翅，飛入後宮門首看處，見金聖娘娘伏在御案上，清清滴淚，隱隱聲悲。行者飛進門去，輕輕的落在他那烏雲散髻之上，聽他哭的甚麼。少頃間，那娘娘忽失聲道：「主公啊！我和你：

前生燒了斷頭香，今世遭逢潑怪王。拆鳳三年何日會？分鴛兩處致悲傷。

差來長老才通信，驚散佳姻一命亡。只為金鈴難解識，相思又比舊時狂。」

行者聞言，即移身到他耳根後，悄悄的叫道：「聖宮娘娘，你休恐懼。我還是你國差來的神僧孫長老，未曾傷命。只因自家性急，近妝台偷了金鈴，你與妖王吃酒之時，我卻脫身私出了前亭，忍不住打開看看。不期扯動那塞口的綿花，那鈴響一聲，迸出煙火黃沙。我就慌了手腳，把金鈴丟了，出原身，使鐵棒，苦戰不出。恐遭毒手，故變作一個蒼蠅兒，釘在門樞上，躲到如今。那妖王愈加嚴緊，不肯開門。你可去再以夫妻之禮，哄他進來安寢，我好脫身行事，別作區處救你也。」

娘娘一聞此言，戰兢兢，發似神揪，虛怯怯，心如杵築。淚汪汪的道：「你如今是人是鬼？」行者道：「我也不是人，我也不是鬼，如今變作個蒼蠅兒在此。你休怕，快去請那妖王也。」娘娘不信，淚滴滴，悄語低聲道：「你莫魘寐我。」行者道：「我豈敢魘寐（以幻象迷惑人）你？你若不信，展開手，等我跳下來你看。」那娘娘真個把左手張開，行者輕輕飛下，落在他玉掌之間，好便似：

蒳蓍蕊頭釘黑豆，牡丹花上歇游蜂；

繡球心裡葡萄落，百合枝邊黑點濃。

金聖宮高擎玉掌，叫聲：「神僧。」行者嚶嚶的應道：「我是神僧變的。」那娘娘方才信了。悄悄的道：「我去請那妖王來時，你卻怎生行事？」行者道：「古人云：『斷送一生惟有酒。』又云：『破除萬事無過酒。』酒之為用多端。你只以飲酒為上。你將那貼身的侍婢，喚一個進來，指與我看，我就變作他的模樣，在旁邊伏侍，卻好下手。」

那娘娘真個依言，即叫：「春嬌何在？」那屏風後轉出一個玉面狐狸來，跪下道：「娘娘喚春嬌

有何使令？」娘娘道：「你去叫他們來點紗燈，焚腦麝，扶我上前庭，請大王安寢也。」那春嬌即轉前面，叫了七八個怪鹿妖狐，打著兩對燈龍，一對提爐，擺列左右。娘娘欠身叉手，那大聖早已飛去。好行者，展開翅，徑飛到那玉面狐狸頭上，拔下一根毫毛，吹口仙氣，叫「變！」變作一個瞌睡蟲，輕輕的放在他臉上。原來瞌睡蟲到了人臉上，往鼻孔裡爬；爬進孔中，即瞌睡了。那春嬌果然漸覺困倦，立不住腳，搖樁打盹，即忙尋著原睡處，丟倒頭，只情呼呼的睡起。行者跳下來，搖身一變，變做那春嬌一般模樣，轉屏風，與眾排立不題。

卻說那金聖宮娘娘往前正走，有小妖看見，即報賽太歲道：「大王，娘娘來了。」那妖王急出剝皮亭外迎迓。娘娘道：「大王啊，煙火既息，賊已無蹤，深夜之際，特請大王安置。」那妖滿心歡喜道：「娘娘珍重。卻才那賊乃是孫悟空，他敗了我先鋒，打殺我小校，變化進來，哄了我們。我們這般搜檢，他卻渺無蹤跡，故此心上不安。」娘娘道：「那廝想是走脫了。大王放心勿慮，且自安寢去也。」妖精見娘娘侍立敬請，不敢堅辭，只得吩咐群妖，各要小心火燭，謹防盜賊，遂與娘娘徑往後宮。行者假變春嬌，從兩班侍婢引入。娘娘叫：「安排酒來與大王解勞。」妖王笑道：「正是，正是。快將酒來，我與娘娘壓驚。」

「假春嬌」即同眾怪鋪排了果品，整頓些腥肉，調開桌椅。那娘娘擎杯，這妖王也以一杯奉上，二人穿換了酒杯。「假春嬌」在旁，執著酒壺道：「大王與娘娘今夜才遞交杯盞，請各飲乾，穿個雙喜杯兒。」真個又各斟上，又飲乾了。「假春嬌」又道：「大王娘娘喜會，眾侍婢會唱的供唱，善舞的起舞來耶。」說未畢，只聽得一派歌聲，齊調音律，唱的唱，舞的舞。他兩個又飲了許多，娘娘叫住了歌舞。眾侍婢分班，出屏風外擺列；惟有「假春嬌」執壺，上下奉酒。娘娘與那妖王專說得是夫

妻之話。你看那娘娘一片雲情雨意，哄得那妖王骨軟筋麻。只是沒福，不得沾身。可憐！真是「貓咬尿胞空歡喜」！

敘了一會，笑了一會，娘娘問道：「大王，寶貝不曾傷損麼？」妖王道：「這寶貝乃先天搏鑄之物，如何得損！只是被那賊扯開塞口之綿，燒了豹皮包袱也。」娘娘說：「怎生收拾？」妖王道：「不用收拾，我帶在腰間哩。」「假春嬌」聞得此言，即拔下毫毛一把，嚼得粉碎，輕輕挨近妖王，將那毫毛放在他身上，吹了三口仙氣，暗暗的叫「變」！那些毫毛即變做三樣惡物，乃蝨子、虼蚤、臭蟲，攻入妖王身內，挨著皮膚亂咬。那妖王燥癢難禁，伸手入懷揣摸揉癢，用指頭捏出幾個蝨子來，拿近燈前觀看。娘娘見了，含忖道：「大王，想是襯衣禳了，久不曾漿洗，故生此物耳。」妖王慚愧道：「我從來不生此物，可可的今宵出醜。」娘娘笑道：「大王何為出醜？常言道：『皇帝身上也有三個御蝨』哩。且脫下衣服來，等我替你捉捉。」妖王真個解帶脫衣。

「假春嬌」在旁，著意看著那妖王身上，衣服層層皆有虼蚤跳，件件皆排大臭蟲；子母蝨，密密濃濃，就如螻蟻出窩中。不覺的揭到第三層見肉之處，那金鈴上紛紛垓垓的，也不勝其數。「假春嬌」道：「大王，拿鈴子來，等我也與你捉捉蝨子。」那妖王一則羞，二則慌，卻也不認得真假，將三個鈴兒遞與「假春嬌」。「假春嬌」接在手中，賣弄多時，見那妖王低著頭抖這衣服，他即將金鈴藏了，拔下一根毫毛，變作三個鈴兒，一般無二，拿向燈前翻檢。卻又把身子扭扭捏捏的，抖了一抖，將那蝨子、臭蟲、虼蚤，收了歸在身上，把假金鈴兒遞與那怪。那怪接在手中，一發朦朧無措，那裡認得甚麼真假，雙手托著那鈴兒，遞與娘娘道：「今番你卻收好了。卻要仔細仔細，不要像前番。」那娘娘接過來，輕輕的揭開衣箱，把那假鈴收了，用黃金鎖鎖了。卻又與妖王敘飲了幾杯酒，

教侍婢：「淨拂牙床，展開錦被，我與大王同寢。」那妖王諾諾連聲道：「沒福！沒福！不敢奉陪。我還帶個宮女往西宮裡睡去。娘娘請自安置。」遂此各歸寢處不題。

卻說「假春嬌」得了手，將他寶貝帶在腰間，現了本相，把身子抖一抖，收去那個瞌睡蟲兒，徑往前走，只聽得梆鈴齊響，緊打三更。好行者，捏著訣，念動真言，使個隱身法，直至門邊。又見那門上拴鎖甚密，卻就取出金箍棒，望門一指，使出那解鎖之法，那門就輕輕開了。急拽步出門站下，厲聲高叫道：「賽太歲！還我金聖娘娘來！」連叫兩三遍，驚動大小群妖，急急看處，前門開了，即忙掌燈尋鎖，把門兒依然鎖上，著幾個跑入裡邊去報道：「大王！有人在大門外嚷嚷鬧鬧的，直弄到天曉。忍聖娘娘哩！」那裡邊侍婢，即出宮門，悄悄的傳言道：「莫吆喝，大王才睡著了。」行者又在門前高叫，那小妖又不敢去驚動，手掄著鐵棒，上前打門。慌得那大小群妖，頂門的頂門，報信的報信。那妖王一覺方醒，只聞得亂攘攘的喧譁，起身穿了衣服，即出羅帳之外，問道：「嚷甚麼？」眾侍婢才跪下道：「爺爺，不知是甚人在洞外叫罵了半夜，如今卻又打門。」

妖王走出宮門，只見那幾個傳報的小妖，慌張張的磕頭道：「外面有人叫罵，要金聖宮娘娘哩！若說半個『不』字，他就說出無數的歪話，甚不中聽。見天曉大王不出，逼得打門也。」那妖道：「且休開門。你去問他是那裡來的，姓甚名誰。快來回報。」小妖急出去，隔門問道：「打門的是誰？」行者道：「我是朱紫國拜請來的外公，來取聖宮娘娘回國哩！」那小妖聽得，即以此言回報。那娘娘急那妖隨往後宮，查問來歷。原來那娘娘才起來，還未梳洗。早見侍婢來報：「爺爺來了。」那娘娘急整衣，散挽黑雲，出宮迎迓。才坐下，還未及問，又聽得小妖來報：「那來的外公已將門打破矣。」

那妖笑道：「娘娘，你朝中有多少將帥？」娘娘道：「在朝有四十八衛人馬，良將千員；各邊上元帥總兵，不計其數。」妖王道：「可有個姓外的麼？」娘娘道：「我在宮，只知內裡輔助君王，早晚教誨妃嬪，外事無邊，我怎記得名姓！」妖王道：「這來者稱為『外公』，我想著《百家姓》上，更無個姓外的。娘娘賦性聰明，出身高貴，居皇宮之中，必多覽書籍。記得那本書上有此姓也？」娘娘道：「止《千字文》上有句『外受傅訓』，想必就是此矣。」妖王喜道：「定是！定是！」即起身辭了娘娘，到剝皮亭上，結束整齊，點出妖兵，開了門，直至外面，手持一柄宣花鉞斧，厲聲高叫道：「那個是朱紫國來的『外公』？」行者把金箍棒攛在右手，將左手指定道：「賢甥，叫我怎的？」那妖王見了，心中大怒道：「你這廝……

> 相貌若猴子，嘴臉似猢猻。
>
> 七分真是鬼，大膽敢欺人！」

行者笑道：「你這個誑上欺君的潑怪，原來沒眼！想我五百年前大鬧天宮時，九天神將見了我，無一個『老』字，不敢稱呼；你叫我聲『外公』，那裡虧了你！」妖王喝道：「快早說出姓名甚誰，有些甚麼武藝，敢到我這裡猖獗！」行者道：「你若不問姓名猶可，若要我說出姓名，只怕你立身無地！你上來，站穩著，聽我道：

> 生身父母是天地，日月精華結聖胎。
> 仙石懷抱無歲數，靈根孕育甚奇哉。

當年產我三陽泰，今日歸真萬會諧。曾聚眾妖稱帥首，能降眾怪拜丹崖。

玉皇大帝傳宣旨，太白金星捧詔來。請我上天承職裔，官封『弼馬』不開懷。

初心造反謀山洞，大膽興兵鬧御階。托塔天王並太子，交鋒一陣盡猖衰。

金星復奏玄穹帝，再降招安敕旨來。封做齊天真大聖，那時方稱棟梁材。

又因攪亂蟠桃會，仗酒偷丹惹下災。太上老君親奏駕，西池王母拜瑤台。

情知是我欺王法，即點天兵發火牌。十萬凶星並惡曜，干戈劍戟密排排。

天羅地網漫山布，齊舉刀兵大會垓。惡鬥一場無勝敗，觀音推薦二郎來。

兩家對敵分高下，他有梅山兄弟儕。各逞英雄施變化，天門三聖撥雲開。

老君丟了金鋼套，眾神擒我到金階。不須詳允書供狀，罪犯摧殘長壽胎。

斧剁鎚敲難損命，刀輪劍砍怎傷懷。火燒雷打只如此，無計摧殘長壽胎。

押赴太清兜率院，爐中鍛煉盡安排。日期滿足才開鼎，我向當中跳出來。

手挺這條如意棒，翻身打上玉龍台。各星各象皆潛躲，大鬧天宮任我歪。

巡視靈官忙請佛，釋伽與我逞英才。手心之內翻筋斗，游遍周天去復來。

佛使先知賺哄我，被他壓住在天崖。到今五百餘年矣，解脫微軀又弄乖。

特保唐僧西域去，悟空行者甚明白。西方路上降妖怪，那個妖邪不懼哉！」

那妖王聽他說出悟空行者，遂道：「你原來是大鬧天宮的那廝。你既脫身保唐僧西去，你走你的

路去便罷了，怎麼羅織管事，替那朱紫國為奴，卻到我這裡尋死！」行者喝道：「賊潑怪！說話無

知！我受朱紫國拜請之禮，又蒙他稱呼管待之恩，我老孫比那王位還高千倍，他敬之如父母，事之如神明，你怎麼說出『為奴』二字！我把你這誑上欺君之怪！不要走！吃外公一棒！」那妖慌了手腳，即閃身躲過，使宣花斧劈面相迎。這一場好殺！你看：

金箍如意棒，風刃宣花斧。一個咬牙發狠凶，一個切齒施威武。這個是齊天大聖降臨凡，那個是作怪妖王來下土。兩個噴雲嗳霧照天宮，真是走石揚沙遮斗府（星宿名，又指北斗星，泛指高空）。往往來來解數多，翻翻覆覆金光吐。齊將本事施，各把神通賭。這個要取娘娘轉帝都，那個喜同皇后居山塢。這場都是沒來由，捨死忘生因國主。

他兩個戰經五十回合，不分勝負。那妖王見行者手段高強，料不能取勝，將斧架住他的鐵棒道：「孫行者，你且住了。我今日還未早膳，待我進了膳，再來與你定雌雄。」行者情知是要取鈴鐺，收了鐵棒道：「『好漢子不趕乏兔兒』，你去！你去！吃飽些，好來領死！」

那妖急轉身闖入裡邊，對娘娘道：「快將寶貝拿來！」娘娘道：「要寶貝何幹？」妖王道：「今早叫戰者，乃是取經的和尚之徒，叫做孫悟空行者，假稱『外公』。我與他戰到此時，不分勝負。等我拿寶貝出去，放些煙火，燒這猴頭。」娘娘說，心中悒突：欲不取出鈴兒，恐他見疑；欲取出鈴兒，正自躊躇未定，那妖王又催逼道：「快拿出來！」這娘娘無奈，只得將鎖鑰開了，把三個鈴兒遞與妖王。妖王拿了，就走出洞。娘娘坐在宮中，淚如雨下，思量行者不知可能逃得性命。兩人卻俱不知是假鈴也。

那妖出了門，就占起上風，叫道：「孫行者，休走！看我搖搖鈴兒！」行者笑道：「你有鈴，我就沒鈴？你會搖，我就不會搖？」妖王道：「你有甚麼鈴兒，拿出來我看。」行者將鐵棒捏做個繡花針兒，藏在耳內，卻去腰間解下三個真寶貝來，對妖王說：「這不是我的紫金鈴兒？」妖王見了，心驚道：「蹺蹊！蹺蹊！他的鈴兒怎麼與我的鈴兒就一般無二！縱然是一個模子鑄的，好道打磨不到，也有多個瘢兒，少個蒂兒，卻怎麼這等一毫不差？」又問：「你那鈴兒是那裡來的？」行者道：「賢甥，你那鈴兒卻是那裡來的？」妖王老實，便就說道：「我這鈴兒是⋯

行者笑道：「老孫的鈴兒，也是那時來的。」妖王道：「怎生出處？」行者道：「我這鈴兒是⋯

　　太清仙君道源深，八卦爐中久煉金。
　　結就鈴兒稱至寶，老君留下到如今。」

　　道祖燒丹兜率宮，金鈴摶煉在爐中。
　　二三如六循環寶，我的雌來你的雄。」

妖王道：「鈴兒乃金丹之寶，又不是飛禽走獸，如何辨得雌雄？但只是搖出寶來，就是好的！」行者道：「口說無憑，做出便見。且讓你先搖。」那妖王真個將頭一個鈴兒幌了三幌，不見火出；第二個幌了三幌，不見煙出；第三個幌了三幌，也不見沙出。妖王慌了手腳道：「怪哉！怪哉！世情變

了！這鈴兒想是懼內，雄見了雌，所以不出來了。」行者道：「賢甥，住了手，等我也搖搖你看。」好猴子，一把攥了三個鈴兒，一齊搖起。你看那紅火、青煙、黃沙，一齊滾出，紅焰焰，骨都都燎樹燒山！大聖口裡又念個咒語，望巽地上叫：「風來！」真個是風催火勢，火挾風威，紅焰焰，黑沉沉，滿天煙火，遍地黃沙！把那賽太歲嚇得魄散魂飛，走投無路，在那火當中，怎逃性命！

只聞得半空中厲聲高叫：「孫悟空！我來了也！」行者急回頭上望，原來是觀音菩薩，左手托著淨瓶，右手拿著楊柳，灑下甘露救火哩。慌得行者把鈴兒藏在腰間，即合掌倒身下拜。那菩薩將柳枝連拂幾點甘露，霎時間，煙火俱無，黃沙絕跡。行者叩頭道：「不知大慈臨凡，有失回避。敢問菩薩何往？」菩薩道：「我特來收尋這個妖怪物。」

行者道：「這怪是何來歷，敢勞金身下降收之？」菩薩道：「他是我跨的個金毛犼。因牧童盹睡，失於防守，這孽畜咬斷鐵索走來，卻與朱紫國王消災也。」行者聞言，急欠身道：「菩薩反說了。他在這裡欺君騙後，敗俗傷風，與那國王生災，卻說是消災，何也？」菩薩道：「你不知之。當時朱紫國先王在位之時，這個王還做東宮太子，未曾登基。他年幼間，極好射獵。他率領人馬，縱放鷹犬，正來到落鳳坡前，有西方佛母孔雀大明王菩薩所生二子，乃雌雄兩個雀雛，停翅在山坡之下，被此王弓開處，射傷了雄孔雀，那雌孔雀也帶箭歸西。佛母懺悔以後，吩咐教他拆鳳三年，身耽啾疾。那時節，我跨著這犼，同聽此言，不期這孽畜留心，故來騙了皇后，與王消災。至今三年，冤愆滿足，幸來救治王患。我特來收此怪。」行者道：「菩薩，雖是這般故事，奈何他玷污了皇后，敗俗傷風，壞倫亂法，卻是該他死罪。今蒙菩薩親臨，饒得他死罪，卻饒不得他活罪。讓我打他二十棒，與你帶去罷。」菩薩道：「悟空，你既知我臨凡，就當看我分上，一發都饒了罷；也算你一番降

妖之功。若是動了棍子，他也就是死了。」行者不敢違言，只得拜道：「菩薩既收他回海，再不可令他私降人間，貽害（留下禍害）不淺！」

那菩薩才喝了一聲：「孽畜！還不還原，待何時也！」只見那怪打個滾，現了原身，將毛衣抖抖，菩薩騎上。菩薩又望項下一看，不見那三個金鈴。菩薩道：「悟空，還我鈴來。」行者道：「老孫不知。」菩薩喝道：「你這賊猴！若不是你偷了這鈴，莫說一個悟空，就是十個，也不敢近身！快拿出來！」行者笑道：「實不曾見。」菩薩道：「既不曾見，等我念念《緊箍兒咒》。」那行者慌了，只教：「莫念！莫念！鈴兒在這裡哩！」這正是：犼項金鈴何人解？解鈴人還問繫鈴人。菩薩將鈴兒套在項下，飛身高坐。你看他四足蓮花生焰焰，滿身金縷迸森森。大慈悲回南海不題。

卻說孫大聖整束了衣裙，掄鐵棒打進獬豸洞去，把群妖眾怪，盡情打死，剿除乾淨。直至宮中，請聖宮娘娘回國。那娘娘頂禮不盡。行者將菩薩降妖並拆鳳原由備說了一遍，尋些軟草，紮了一條草龍，教：「娘娘跨上，合著眼，莫怕，我帶你回朝見主也。」那娘娘謹遵吩咐，行者使起神通，只聽得耳內風響。

半個時辰，帶進城，按落雲頭，叫：「娘娘開眼。」那皇后睜開眼看，認得是鳳閣龍樓，心中歡喜，撇了草龍，與行者同登寶殿。那國王見了，急下龍床，就來扯娘娘玉手，欲訴離情，猛然跌倒在地，只叫：「手疼！手疼！」八戒哈哈大笑道：「嘴臉！沒福消受！一見面就蜇殺了也！」行者道：「呆子，你敢扯他扯兒麼？」八戒道：「就扯他扯兒便怎的？」行者道：「娘娘身上生了毒刺，手上有蜇陽之毒。自到麒麟山，與那賽太歲三年，那妖更不曾沾身。但沾身就害身疼，但沾手就害手疼。」眾官聽說，道：「似此怎生奈何？」此時外面眾官憂疑，內裡妃嬪悚懼，旁有玉聖、銀聖二

宮，將君王扶起。

俱正在倉皇之際，忽聽得那半空中，有人叫道：「大聖，我來也。」行者抬頭觀看，只見那：

　　蕭蕭沖天鶴唳，飄飄徑至朝前。繚繞祥光道道，氤氳瑞氣翩翩。棕衣苫體放雲煙，足踏芒鞋罕見。手執龍須蠅帚，絲絛腰下圍纏。乾坤處處結人緣，大地逍遙游遍。此乃是大羅天上紫雲仙，今日臨凡解魘。

行者上前迎住道：「張紫陽何往？」紫陽真人直至殿前，躬身施禮道：「大聖，小仙張伯端起手。」行者答禮道：「你從何來？」真人道：「小仙三年前曾赴佛會。因打這裡經過，見朱紫國王有拆鳳之憂，我恐那妖將皇后玷污，有壞人倫，後日難與國王復合。是我將一件舊棕衣變作一領新霞裳，光生五彩，進與妖王，教皇后穿了妝新。那皇后穿上身，即生一身毒刺。毒刺者，乃棕毛也。今知大聖成功，特來解魘。」行者道：「既如此，累你遠來，且快解脫。」

真人走向前，對娘娘用手一指，即脫下那件棕衣。那娘娘遍體依舊。真人將衣抖一抖，披在身上，對行者道：「大聖勿罪，小仙告辭。」行者道：「且住，待君王謝謝。」真人笑道：「不勞，不勞。」遂長揖一聲，騰空而去。慌得那皇帝、皇后及大小眾臣，一個個望空禮拜。拜畢，即命大開東閣，酬謝四僧。那君王領眾跪拜，夫妻才得重諧。

正當歡宴時，行者叫：「師父，拿那戰書來。」長老袖中取出，遞與行者。行者遞與國王道：「此書乃那怪差小校送來者。那小校已先被我打死，送來報功。後復至山中，變作小校，進洞回覆，

因得見娘娘，盜出金鈴，幾乎被他拿住；又變化，復偷出，與他對敵。幸遇觀音菩薩將他收去，又與我說拆鳳之故。」從頭至尾，細說了一遍。那舉國君臣內外，無一人不感謝稱贊。

唐僧道：「一則是賢王之福，二來是小徒之功。今蒙盛宴，至矣！至矣！就此拜別，不要誤貧僧向西去也。」那國王懇留不得，遂換了關文，大排鑾駕，請唐僧穩坐龍車，那君王、妃后，俱捧轂推輪，相送而別。

正是：有緣洗盡憂疑病，絕念無思心自寧。畢竟這去，後面再有甚麼吉凶之事，且聽下回分解。

第七十二回

盤絲洞七情迷本　濯垢泉八戒忘形

話表三藏別了朱紫國王，整頓鞍馬西出。行彀多少山原，歷盡無窮水道，不覺的秋去冬殘，又值春光明媚。師徒們正在路踏青玩景，忽見一座庵林。三藏滾鞍下馬，站立大道之旁。行者問道：「師父，這條路平坦無邪，因何不走？」八戒道：「師兄好不通情！師父在馬上坐得困了，也讓他下來關關風是。」三藏道：「不是關風；我看那裡是個人家，意欲自去化些齋吃。」行者笑道：「你看師父說的是那裡話。你要吃齋，我自去化。俗語云：『一日為師，終身為父。』豈有為弟子者高坐，教師父去化齋之理？」三藏道：「不是這等說。平日間一望無邊無際，你們沒遠沒近的去化齋，今日人家逼近，可以叫應，也讓我去化一個來。」八戒道：「師父沒主張。常言道：『三人出外，小的兒苦。』你況是個父輩，我等俱是弟子。古書云：『有事弟子服其勞。』等我老豬去。」三藏道：「徒弟啊，今日天氣晴明，與那風雨之時不同。那時節，汝等必定遠去；此個人家，等我去。有齋無齋，可以就回走路。」沙僧在旁笑道：「師兄，不必多講。師父的心性如此，不必違拗。若惱了他，就化將齋來，他也不吃。」

八戒依言，即取出缽盂，與他換了衣帽。拽開步，直至那莊前觀看，卻也好座住場。但見：

石橋高聳，古樹森齊。石橋高聳，潺潺流水接長溪；古樹森齊，聒聒幽禽鳴遠岱。橋那邊有數椽茅屋，清清雅雅若仙庵；又有那一座蓬窗，白白明明欺道院。窗前忽見四佳人，都在那裡刺鳳描鸞做針線。

長老見那人家沒個男兒，只有四個女子，不敢進去。將身立定，閃在喬林之下。只見那女子，一個個：

蛾眉橫月小，蟬鬢迭雲新。若到花間立，游蜂錯認真。

閨心堅似石，蘭性喜如春。嬌臉紅霞襯，朱唇絳脂勻。

少停有半個時辰，一發靜悄悄，雞犬無聲。自家思慮道：「我若沒本事化頓齋飯，也惹那徒弟笑我：敢道為師的化不出齋來，為徒的怎能去拜佛。」

長老沒計奈何，也帶了幾分不是，趨步上橋。又走了幾步，只見那茅屋裡面有一座木香亭子，亭子下又有三個女子在那裡踢氣球哩。你看那三個女子，比那四個又生得不同。但見那：

飄揚翠袖，搖拽緗裙。飄揚翠袖，低籠著玉筍纖纖；搖拽緗裙，半露出金蓮窄窄。形容

段、招數，如：拿頭、張泛、出牆花、大過海等，包括漢、唐以來踢球的一整套方法）。

體勢十分全，動靜腳跟千樣�。拿頭過論有高低，張泛送來真又楷。轉身踢個出牆花，退步翻成大過海。輕接一團泥，單槍急對拐。明珠上佛頭，實捏來尖撐。窄磚偏會拿，臥魚將腳捱。平腰折膝蹲，扭頂翹跟伶。扳凳能喧泛，披肩甚脫灑。絞襠任往來，鎖項隨搖擺。踢的是黃河水倒流，金魚灘上買。那個錯認是頭兒，這個轉身就打拐。退步泛肩妝，鉤兒只一歪。版簽下來長，便把門揣。踢到美心時，佳人齊喝采。一個個汗流粉膩透羅裳，興懶情疏方叫海（這段韻文描述了三十多種踢球的身

言不盡，又有詩為證。詩曰：

蹴踘當場三月天，仙風吹下素嬋娟。
汗沾粉面花含露，塵染蛾眉柳帶煙。
翠袖低垂籠玉筍，緗裙斜拽露金蓮。
幾回踢罷嬌無力，雲鬢蓬鬆寶髻偏。

三藏看得時辰久了，只得走上橋頭，應聲高叫道：「女菩薩，貧僧這裡隨緣布施些兒齋吃。」那些女子聽見，一個個喜喜歡歡拋了針線，撇了氣球，都笑笑吟吟的接出門來道：「長老，失迎了。今到荒莊，決不敢攔路齋僧，請裡面坐。」三藏聞言，心中暗道：「善哉，善哉！西方正是佛地！女流尚且注意齋僧，男子豈不虔心向佛？」

長老向前問訊了，相隨眾女入茅屋。過木香亭看處，呀！原來那裡邊沒甚房廊，只見那⋯

巒頭高聳，地脈遙長。巒頭高聳接雲煙，地脈遙長通海岳。門近石橋，九曲九灣流水

顧；園栽桃李，千株千顆鬥穠華。藤薜掛懸三五樹，芝蘭香散萬千花。遠觀洞府欺蓬島，近

睹山林壓太華。正是妖仙尋隱處，更無鄰舍獨成家。

有一女子上前，把石頭門推開兩扇，請唐僧裡面坐。那長老只得進去。忽抬頭看時，鋪設的都是

石桌、石凳，冷氣陰陰。長老心驚，暗自思忖道：「這去處少吉多凶，斷然不善。」眾女子

吟，都道：「長老請坐。」長老沒奈何，只得坐了。少時間，打個冷禁。眾女子問道：「長老是何寶

山？化甚麼緣？還是修橋補路，建寺禮塔，還是造佛印經？請緣簿出來看看。」長老道：「我不是化

緣的和尚。」女子道：「既不化緣，到此何幹？」長老道：「我是東土大唐差去西天大雷音求經者。

適過寶方，腹間飢餒，特造檀府，募化一齋，貧僧就行也。」眾女子道：「好！好！好！常言道：

『遠來的和尚好看經。』妹妹們！不可怠慢，快辦齋來。」

此時有三個女子陪著，言來語去，論說些因緣。那四個到廚中撩衣斂袖，炊火刷鍋。你道他安排

的是些甚麼東西？原來是人油炒煉，人肉煎熬；熬得黑糊充作麵筋樣子，剜的人腦煎作豆腐塊片。兩

盤兒捧到石桌上放下，對長老道：「請了。倉卒間，不曾備得好齋，且將就吃些充腹。後面還有添換

來也。」

那長老聞了一聞，見那腥羶，不敢開口，欠身合掌道：「女菩薩，貧僧是胎裡素。」眾女子笑

道：「長老，此是素的。」長老道：「阿彌陀佛！若像這等素的啊，我和尚吃了，莫想見得世尊，取

得經卷。」眾女子道：「長老，你出家人，切莫揀人布施。」長老道：「怎敢，怎敢！我和尚奉大唐

旨意，一路西來，微生不損，見苦就救；遇穀粒手拈入口，逢絲縷聯綴遮身，怎敢揀主布施！」眾女子笑道：「長老雖不揀人布施，卻只有些上門怪人。莫嫌粗淡，吃些兒罷。」長老道：「實是不敢吃，恐破了戒。望菩薩養生不若放生，放我和尚出去罷。」

那長老掙著要走，那女子攔住門，怎麼肯放，俱道：「上門的買賣，倒不好做！『放了屁兒，卻使手掩。』你往那裡去？」他一個個都會些武藝，手腳又活，把長老扯住，順手牽羊，撲的摜倒在地。眾人按住，將繩子捆了，懸梁高吊。這吊有個名色，叫做「仙人指路」。原來是一隻手向前，牽絲吊起，一隻手攔腰捆住，將繩吊起；兩隻腳向後一條繩吊起；三條繩把長老吊在梁上，卻是脊背朝上，肚皮朝下。那長老忍著疼，噙著淚，心中暗恨道：「我和尚這等命苦！只說是好人家化頓齋吃，豈知道落了火坑！徒弟啊！速來救我，還得見面；但遲兩個時辰，我命休矣！」

那長老雖然苦惱，卻還留心看著那些女子。那些女子把他吊得停當，便去脫剝衣服。長老心驚，暗自忖道：「這一脫了衣服，是要打我的情了。或者夾生兒吃我的情也有哩。」原來那女子們只解了上身羅衫，露出肚腹，各顯神通：一個個腰眼中冒出絲繩，有鴨蛋粗細，骨都都的，迸玉飛銀，時下把莊門瞞了不題。

卻說那行者、八戒、沙僧，都在大道之旁。他二人都放馬看擔，惟行者是個頑皮，他且跳樹攀枝，摘葉尋果。忽回頭，只見一片光亮，慌得跳下樹來，呱喝道：「不好，不好！師父造化低了！」八戒、沙僧共目視之，那一片，如雪又亮如雪，似銀又光似銀。八戒道：「罷了，罷了！師父遇著妖精了！我們快去救他也！」行者道：「賢弟莫嚷。你都不見怎的，等老孫去來。」沙僧道：「哥哥仔細。」行者道：「我自有處。」

好大聖，束一束虎皮裙，掣出金箍棒，拽開腳，兩三步跑到前邊，看見那絲繩纏了有千百層厚，穿穿道道，卻似經緯之勢；用手按了一按，有些沾軟沾人，他即舉棒道：「這一棒，莫說是幾千層，就是幾萬層，也打斷了！」正欲打，又停住手道：「若是硬的便可打斷，這個軟的，只好打扁罷了。──假如驚了他，纏住老孫，反為不美。等我且問他一問再打。」

你道他問誰？即捻一個訣，念一個咒，拘得個土地老兒在廟裡似推磨的一般亂轉。土地婆兒道：「老兒，你轉怎的？好道是羊兒風發了！」土地道：「你不知！你不知！有一個齊天大聖來了，我不曾接他，他那裡拘我哩。」婆兒道：「你去見他便了，卻如何在這裡打轉？」土地道：「若去見他，他那棍子好不重，他管你好歹就打哩！」婆兒道：「他見你這等老了，那裡就打你？」土地道：「他一生好吃沒錢酒，偏打老年人。」兩口兒講一會，沒奈何只得走出去，戰兢兢的，跪在路旁，叫道：「大聖，當境土地叩頭。」行者道：「你且起來，不要假忙。我且不打你，寄下在那裡。我問你，此間是甚地方？」土地道：「大聖東來，可曾在那山嶺上？」行者道：「正在那山嶺上。我們行李、馬匹還都歇在那嶺上不是！」

土地道：「那嶺叫做盤絲嶺。嶺下有洞，叫做盤絲洞。洞裡有七個妖精。」行者道：「是男怪女怪？」土地道：「是女怪。」行者道：「他有多大神通？」土地道：「小神力薄威短，不知他有多大手段；只知那正南上，離此有三里之遙，有一座濯垢泉，乃天生的熱水，原是上方七仙姑的浴池。自妖精到此居住，占了他的濯垢泉，仙姑更不曾與他爭競，平白地就讓與他了。我見天仙不惹妖魔怪，必定精靈有大能。」行者道：「占了此泉何幹？」土地道：「這怪占了浴池，一日三遭，出來洗澡。如今已時已過，午時將來哩。」行者聽言道：「土地，你且回去，等我自家拿他罷。」那土地老兒磕

了一個頭，戰兢兢的，回本廟去了。

這大聖獨顯神通，搖身一變，變作個麻蒼蠅兒，釘在路旁草梢上等待。須臾間，只聽得呼呼吸吸之聲，猶如蠶食葉，卻似海生潮。只好有半盞茶時，絲繩皆盡，依然現出莊村，還像當初模樣。又聽得呀的一聲，柴扉響處，裡邊笑語喧嘩，走出七個女子。行者在暗中細看，見他一個個攜手相攙，挨肩執袂，有說有笑的，走過橋來，果是標致。但見：

比玉香尤勝，如花語更真。柳眉橫遠岫，檀口破櫻唇。釵頭翹翡翠，金蓮閃絳裙。卻似

嫦娥臨下界，仙子落凡塵。

行者笑道：「怪不得我師父要來化齋，原來是這一般好處。這七個美人兒，假若留住我師父，要吃也不殼一頓吃，要用也不殼兩日用；要動手輪流一擺布就是死了。且等我去聽他一聽，看他怎的算計。」

好大聖，嚶的一聲，飛在那前面走的女子雲髻上釘住。才過橋來，後邊的走向前來呼道：「姐姐，我們洗了澡，來蒸那胖和尚吃去。」行者暗笑道：「這怪物好沒算計！煮還省些柴，怎麼轉要蒸了吃！」那些女子採花鬥草向南來。不多時，到了浴池。但見一座門牆，十分壯麗。遍地野花香豔豔，滿旁蘭蕙密森森。後面一個女子，走上前，唿哨的一聲，把兩扇門兒推開，那中間果有一塘熱水。這水⋯

自開闢以來，太陽星原貞有十，後被羿善開弓，射落九烏墜地，止存金烏一星，乃太陽之真火也。天地有九處湯泉，俱是眾烏所化。那九陽泉，乃香冷泉、伴山泉、溫泉、東合泉、潢山泉、孝安泉、廣汾泉、湯泉，此泉乃濯垢泉。

有詩為證。詩曰：

一氣無冬夏，三秋永注春。
炎波如鼎沸，熱浪似湯新。
分溜滋禾稼，停流蕩俗塵。
涓涓珠淚泛，滾滾玉團津。
潤滑原非釀，清平還自溫。
瑞祥本地秀，造化乃天真。
佳人洗處冰肌滑，滌蕩塵煩玉體新。

那浴池約有五丈余闊，十丈多長，內有四尺深淺，但見水清徹底。底下水一似滾珠泛玉，骨都都冒將上來。四面有六七個孔竅通流。流去二三里之遙，淌到田裡，還是溫水。池上又有三間亭子。亭子中近後壁放著一張八隻腳的板凳。兩山頭放著兩個描金彩漆的衣架。行者暗中喜嘍嘍的，一翅飛在那衣架頭上釘住。

那些女子見水又清又熱，便要洗浴，即一齊脫了衣服，搭在衣架上。一齊下去，被行者看見：

褪放紐扣兒，解開羅帶結。酥胸白似銀，玉體渾如雪。

肘膊賽冰鋪，香肩疑粉貼。肚皮軟又綿，脊背光還潔。

膝腕半圍團，金蓮三寸窄。中間一段情，露出風流穴。

那女子都跳下水去，一個個躍浪翻波，負水頑耍。行者道：「我若打他啊，只消把這棍子往池中一攪，就叫做『滾湯潑老鼠，一窩兒都是死。』可憐！可憐！打便打死他，只是低了老孫的名頭。常言道：『男不與女鬥』。我這般一個漢子，打殺這幾個丫頭，著實不濟。不要打他，只送他一個絕後計，教他動不得身，出不得水，多少是好。」好大聖，捻著訣，念個咒，搖身一變，變作一個餓老鷹，但見：

毛猶霜雪，眼若明星。妖狐見處魂皆喪，狡兔逢時膽盡驚。鋼爪鋒芒快，雄姿猛氣橫。會使老拳供口腹，不辭親手逐飛騰。萬里寒空隨上下，穿雲撿物任他行。

呼的一翅，飛向前，輪開利爪，把他那衣架上搭的七套衣服，盡情叼去，徑轉嶺頭，現出本相來，見八戒、沙僧道：「你看。」那呆子迎著對沙僧笑道：「師父原來是典當鋪裡拿了去的。」沙僧道：「怎見得？」八戒道：「你不見師兄把他些衣服都搶將來也？」行者放下道：「此是妖精穿的衣

服。」八戒道：「怎麼就有這許多？」行者道：「七套。」八戒道：「如何這般剝得容易，又剝得乾淨？」行者道：「那曾用剝。原來此處喚做盤絲嶺。那莊村喚做盤絲洞。洞中有七個女怪，把我師父拿住，吊在洞裡，都向濯垢泉去洗浴。那泉卻是天地產成的一塘子熱水。他都算計著洗了澡要把師父蒸吃。是我跟到那裡，見他脫了衣服下水，我要打他，恐怕污了棍子，又怕低了名頭，是以不曾動棍，只變做一個餓老鷹，叼了他的衣服。他都忍辱含羞，不敢出頭，蹲在水中哩。我等快去解下師父走路罷。」八戒笑道：「師兄，你凡幹事，只要留根。既見妖精，如何不打殺他，卻就去解師父？他如今縱然藏羞不出，到晚間必定出來。他家裡還有舊衣服，穿上一套，來趕我們。縱然不趕，他久住在此，我們取了經，還從那條路回去。常言道：『寧少路邊錢，莫少路邊拳。』那時節，他攔住了吵鬧，卻不是個仇人也？」行者道：「憑你如何主張？」八戒道：「依我，先打殺了妖精，再去解放師父⋯此乃『斬草除根』之計也。」行者道：「我是不打他。你要打，你去打他。」

八戒抖擻精神，歡天喜地，舉著釘鈀，拽開步，徑直跑到那裡。忽的推開門看時，只見那七個女子，蹲在水裡，口中亂罵那鷹哩，道：「這個扁毛畜生！貓嚼頭的亡人！把我們衣服都叼去了，教我們怎的動手！」八戒忍不住笑道：「女菩薩，在這裡洗澡哩。也攜帶我和尚洗洗，何如？」那怪見了，作怒道：「你這和尚，十分無禮！我們是在家的女流，你是個出家的男子。古書云：『七年男女不同席。』你好和我們同塘洗澡？」八戒道：「天氣炎熱，沒奈何，將就容我洗洗兒罷。那裡調甚麼書擔兒，同席不同席！」呆子不容說，丟了釘鈀，脫了皂錦直裰，撲的跳下水來。那怪心中煩惱，一齊上前要打。不知八戒水勢極熟，到水裡搖身一變，變做一個鯰魚精。那怪就都摸魚，趕上拿他不住⋯東邊摸，忽的又漬了西去；西邊摸，忽的又漬了東去；滑挖窸，只在那腿襠裡亂鑽。原來那水有

攏胸之深，水上盤了一會，又盤在水底，都盤倒了，喘噓噓的，精神倦怠。

八戒卻才跳將上來，現了本相，穿了直裰，執著釘鈀，喝道：「我是那個！你把我當鯰魚精哩！」那怪見了，心驚膽戰，對八戒道：「你先來是個和尚，到水裡變作鯰魚，及拿你不住，我是東土大唐取經的唐長老之徒弟，乃天蓬元帥悟能八戒是也。你把我師父吊在洞裡，算計要蒸他受用！我的師父，又好蒸吃？快早伸過頭來，各築一鈀，教你斷根！」

那些妖聞此言，魂飛魄散，就在水中跪拜道：「望老爺方便方便！我等有眼無珠，誤捉了你師父，雖然吊在那裡，不曾敢加刑受苦。望慈悲饒了我的性命，情願貼些盤費，送你師父往西天去也。」八戒搖手道：「莫說這話！俗話說得好：『曾著賣糖君子哄，到今不信口甜人（受過哄騙，再不相信甜言蜜語）。』是便築一鈀，各人走路！」

呆子一味粗夯，顯手段，那有憐香惜玉之心，舉著鈀，不分好歹，趕上前亂築。那怪慌了手腳，那裡顧甚麼羞恥，只是性命要緊，隨用手捂著羞處，跳出水來，都跑在亭子裡站立，作出法來：臍孔中骨都都冒出絲繩，瞞天搭了個大絲篷，把八戒罩在當中。那呆子忽抬頭，不見天日，即抽身往外便走。那裡舉得腳步！原來放了絆腳索，滿地都是絲繩，動動腳，跌個躘踵：左邊去，一個面磕地；右邊去，一個倒栽蔥；急轉身，又跌了個豎蜻蜓。也不知跌了多少跟頭，把個呆子跌得身麻腳軟，頭暈眼花，爬也爬不動，只睡在地下呻吟。那怪物卻將他困住，也不打他，也不傷他，一個個跳出門來，將絲篷遮住天光，各回本洞。

到了石橋上站下，念動真言，霎時間，把絲篷收了，赤條條的，跑入洞裡，捂著那話，從唐僧面

前笑嘻嘻的跑過去。走入石房，取幾件舊衣穿了，徑至後門口立定，叫：「孩兒們何在？」原來那妖精一個有一個兒子，卻不是他養的，都是他結拜的乾兒子。有名喚做蜜、螞、蠦、班、蜢、蠟、蜻：蜜是蜜蜂，螞是螞蜂，蠦是蠦蜂，班是班毛，蜢是牛蜢，蠟是抹蠟，蜻是蜻蜓。原來那妖精慢慢天結網，攜住這七般蟲蛭，卻要吃他。古云：「禽有禽言，獸有獸語。」當時這些蟲哀告饒命，願拜為母，遂此春採百花供怪物，夏尋諸卉孝妖精。忽聞一聲呼喚，都到面前，問：「母親有何使令？」眾怪道：「兒啊，早間我們錯惹了唐朝來的和尚，他的徒弟攔在池裡，出了多少醜，幾乎喪了性命！汝等努力，快出門前去退他一退。如得勝後，可到你舅舅家來會我。」那些怪既得逃生，往他師兄處，蘖嘴生災不題。你看這些蟲蛭，一個個摩拳擦掌，出來迎敵。

卻說八戒跌得昏頭昏腦，猛抬頭，見絲篷絲索俱無，他才一步一探，爬將起來，忍著疼，找回原路。見了行者，用手扯住道：「哥哥，我的頭可腫，臉可青麼？」行者道：「你怎的來？」八戒道：「我被那廝將絲繩罩住，放了絆腳索，不知跌了多少跟頭，跌得我腰拖背折，寸步難移。卻才絲篷索子俱空，方得了性命回來也。」沙僧見了道：「罷了，罷了！你闖下禍來也！那怪一定往洞裡去傷害師父，我等快去救他！」

行者聞言，急拽步便走。八戒牽著馬，急急來到莊前。但見那石橋上有七個小妖兒擋住道：「慢來，慢來！吾等在此！」行者看了道：「好笑！乾淨都是些小人兒！長的也只有二尺五六寸，不滿三尺；重的也只有八九斤，不滿十斤。」喝道：「你是誰？」那怪道：「我乃七仙姑的兒子。你把我母親欺辱了，還敢無知，打上我門！不要走！仔細！」好怪物，一個個手之舞之，足之蹈之，亂打將來。八戒見了生嗔，本是跌惱了的性子，又見那伙蟲蛭小巧，就發狠舉鈀來築。

盤絲洞七情迷本　濯垢泉八戒忘形

那些怪見呆子凶猛，一個個現了本相，飛將起去，叫聲「變！」須臾間，一個變十個，十個變百個，百個變千個，千個變萬個，個個都變成無窮之數。只見：

滿天飛抹蠟，遍地舞蜻蜓。蜜螞追頭額，蠟蜂扎眼睛。

班毛前後咬，牛蝱上下叮。撲面漫漫黑，翁翁神鬼驚。

八戒慌了道：「哥啊，只說經好取，西方路上，蟲兒也欺負人哩！」行者道：「兄弟，不要怕，快上前打！」八戒道：「撲頭撲臉，渾身上下，都叮有十數層厚，卻怎麼打？」行者道：「沒事！沒事！我自有手段！」沙僧道：「哥啊，有甚手段，快使出來罷。一會子光頭上都叮腫了！」

好大聖，拔了一把毫毛，嚼得粉碎，噴將出去，即變做些黃、麻、魼、白、雕、魚、鶵。八戒道：「師兄，又打甚麼市語——黃、麻啊哩？」行者道：「你不知。黃是黃鷹，麻是麻鷹，魼是魼鷹，白是白鷹，雕是雕鷹，魚是魚鷹，鶵是鶵鷹。那妖精的兒子是七樣蟲，我的毫毛是七樣鷹。」鷹最能嗛（啄）蟲，一嘴一個，爪打翅敲，須臾，打得磬盡，滿空無跡，地積尺餘。

三兄弟方才闖過橋去，徑入洞裡。只見老師父吊在那裡哼哼的哭哩。八戒近前道：「師父，你是要來這裡吊了耍子，不知作成我跌了多少跟頭哩！」沙僧道：「且解下師父再說。」行者即將繩索挑斷，放下唐僧，都問道：「妖精那裡去了？」唐僧道：「那七個怪都赤條條的往後邊叫兒子去了。」

行者道：「兄弟們，跟我來尋去。」

三人各持兵器，往後園裡尋處，不見蹤跡。都到那桃李樹上尋遍不見。八戒道：「去了！去

了！」沙僧道：「不必尋他，等我扶師父去也。」弟兄們復來前面，請唐僧上馬道：「師父，下次化齋，還讓我們去。」唐僧道：「徒弟呵，以後就是餓死，也再不自專了。」八戒道：「你們扶師父走著，等老豬一頓鈀築倒他這房子，教他來時沒處安身。」行者笑道：「築還費力，不若尋些柴來，與他個斷根罷。」好呆子，尋了些朽松、破竹、乾柳、枯藤，點上一把火，烘烘的都燒得乾淨。師徒卻才放心前來。

咦！畢竟這去，不知那怪的吉凶如何，且聽下回分解。

第七十三回

情因舊恨生災毒　心主遭魔幸破光

話說孫大聖扶持著唐僧，與八戒、沙僧奔上大路，一直西來。不半晌，忽見一處樓閣重重，宮殿巍巍。唐僧勒馬道：「徒弟，你看那是個甚麼去處？」行者舉頭觀看，忽然見：

山環樓閣，溪繞亭台。門前雜樹密森森，宅外野花香艷艷。柳間棲白鷺，渾如煙裡玉無瑕；桃內囀黃鶯，卻似火中金有色。雙雙野鹿，忘情閒踏綠莎茵；對對山禽，飛語高鳴紅樹杪。真如劉阮天台洞，不亞神仙閬苑家。

行者報道：「師父，那所在也不是王侯第宅，也不是豪富人家，卻像一個庵觀寺院。到那裡方知端的。」三藏聞言，加鞭促馬。師徒們來至門前觀看，門上嵌著一塊石板，上有「黃花觀」三字。三藏下馬。八戒道：「黃花觀乃道士之家。我們進去會他一會也好，他與我們衣冠雖別，修行一般。」

沙僧道：「說得是。一則進去看看景致，二來也當撒貨頭口（餵牲口．溜馬）。看方便處，安排些齋飯，

與師父吃。」

長老依言，四眾共入。但見二門上有一對春聯：「黃芽白雪神仙府，瑤草琪花羽士家。」行者笑

道：「這個是燒茅煉藥，弄爐火，提罐子的道士。」三藏捻他一把道：「謹言！謹言！我們不與他相

識，又不認親，左右暫時一會，管他怎的？」說不了，進了二門，只見那正殿謹閉，東廊下坐著一個

道士，在那裡丸藥。你看他怎生打扮：

戴一頂紅豔豔戧金冠；穿一領黑淄淄烏皁服；踏一雙綠陣陣雲頭履；繫一條黃拂拂呂公

絛。面如瓜鐵，目若朗星。準頭高大類回回，唇口翻張如達達。道心一片隱轟雷，伏虎降龍

真羽士。

三藏見了，厲聲高叫道：「老神仙，貧僧問訊了。」那道士猛抬頭，一見心驚，丟了手中之藥，

按簪兒，整衣服，降階迎接道：「老師父，失迎了。請裡面坐。」

長老歡喜上殿。推開門，見有三清聖像，供桌有爐有香，即拈香注爐，禮拜三匝，方與道士行

禮。遂至客位中，同徒弟們坐下。急喚仙童看茶。當有兩個小童，即入裡邊，尋茶盤，洗茶盞，擦茶

匙，辦茶果。忙忙的亂走，早驚動那幾個冤家。

原來那盤絲洞七個女怪與這道士同堂學藝。自從穿了舊衣，喚出兒子，徑來此處。正在後面裁剪

衣服，忽見那童子看茶，便問道：「童兒，有甚客來了，這般忙冗？」仙童道：「適間有四個和尚進

來，師父教來看茶。」女怪道：「可有個白胖和尚？」道：「有。」又問：「可有個長嘴大耳朵

的？」道：「有。」女怪道：「你快去遞了茶，對你師父丟個眼色，著他進來，我有要緊的話說。」

果然那仙童將五杯茶拿出去。道士斂衣，雙手拿一杯遞與三藏，然後與八戒、沙僧、行者。茶罷，收盅。小童丟個眼色。那道士就欠身道：「列位請坐。」教：「童兒，放了茶盤陪侍。等我去去就來。」

卻說道士走進方丈中，只見七個女子齊齊跪倒，叫：「師兄！師兄！聽小妹子一言！」道士用手攙起道：「你們早間來時，要與我說甚麼話，可可的今日丸藥，這枝藥忌見陰人，所以不曾答你。如今又有客在外面，有話且慢慢說罷。」眾怪道：「告稟師兄。這椿事，專為客來，方敢告訴；若客去了，縱說也沒用了。」道士笑道：「你看賢妹說話，怎麼專為客來才說？卻不瘋了？且莫說我是個清靜修仙之輩，就是個俗人家，有妻子老小家務事，也等客去了再處。怎麼這等不賢，替我裝幌子哩！且讓我出去。」

眾怪又一齊扯住道：「師兄息怒。我問你，前邊那客，是那方來的？」道士唾著臉，不答應。眾怪道：「方才小童進來取茶，我聞得他說，是四個和尚。」道士作怒道：「和尚便怎麼？」眾怪道：「四個和尚，內有一個白面胖的，有一個長嘴大耳的，師兄可曾問他是那裡來的？」道士道：「內中是有這兩個，你怎麼知道？想是在那裡見他來？」

女子道：「師兄原不知這個委曲。那和尚乃唐朝差往西天取經去的。今早到我洞裡化齋，委是妹子們聞得唐僧之名，將他拿了。」道士道：「你拿他怎的？」

女子道：「我等久聞人說，唐僧乃十世修行的真體，有人吃他一塊肉，延壽長生，故此拿了他。後被那個長嘴大耳朵的和尚把我們攔在濯垢泉裡，先搶了衣服，後弄本事，強要同我等洗浴，也止他

不住。他就跳下水，變作一個鯰魚，在我們腿襠裡鑽來鑽去，欲行姦騙之事。果有十分慵懶！他又跳出水去，現了本相。見我們不肯相從，他就使一柄九齒釘鈀，要傷我們性命。若不是我們有些見識，幾乎遭他毒手。故此戰兢兢逃生，又著你愚外甥與他敵鬥，不知存亡如何。我們特來投兄長，望兄長念昔日同窗之雅，與我今日做個報冤之人！」

那道士聞此言，卻就惱恨，遂變了聲色道：「這和尚原來這等無禮！這等慵懶！你們都放心，等我擺布他！」眾女子謝道：「師兄如若動手，等我們都來相幫打他。」道士道：「不用打！不用打！常言道：『一打三分低。』你們都跟我來。」

眾女子相隨左右。他入房內，取了梯子轉過床後，爬上屋梁，拿下一個小皮箱兒。那箱兒有八寸高下，一尺長短，四寸寬窄，上有一把小銅鎖兒鎖住。即於袖中拿出一方鵝黃綾汗巾兒來。汗巾鬚上系著一把小鑰匙兒。開了鎖，取出一包兒藥來，此藥乃是：

山中百鳥糞，掃積上千斤。是用銅鍋煮，煎熬火候勻。千斤熬一杓，一杓煉三分。三分還要炒，再鍛再重熏。製成此毒藥，貴似寶和珍。如若嘗他味，入口見閻君！

道士對七個女子道：「妹妹，我這寶貝，若與凡人吃，只消一釐，入腹就死；若與神仙吃，也只消三釐就絕；這些和尚，只怕也有些道行，須得三釐。快取等子來。」內一女子，急拿了一把等子道：「稱出一分二釐，分作四份。」卻拿了十二個紅棗兒，將棗掐破些兒，摁上一釐，分在四個茶盅

內；又將兩個黑棗兒做一個茶鍾，著一個托盤安了，對眾女說：「等我去問他。不是唐朝的便罷；若是唐朝來的，就教換茶，你卻將此茶令童兒拿出。但吃了，個個身亡，就與你報了此仇，解了煩惱也。」七女感激不盡。

那道士換了一件衣服，虛禮謹恭，走將出去，請唐僧等又至客位坐下，道：「老師父莫怪。適間去後面吩咐小徒，教他們挑些青菜、蘿蔔，安排一頓素齋供養，所以失陪。」三藏道：「貧僧素手進拜，怎麼敢勞賜齋？」道士笑云：「你我都是出家人，見山門就有三升俸糧，何言素手？敢問老師父，是何寶山？到此何幹？」三藏道：「貧僧乃東土大唐駕下差往西天大雷音寺取經者。卻才路過仙宮，竭誠進拜。」

道士聞言，滿面生春道：「老師乃忠誠大德之佛，小道不如，失於遠候。恕罪！恕罪！」叫：「童兒，快去換茶來。」那小童走將進去，眾女子招呼他來道：「這裡有現成好茶，拿出去。」那童子果然將五盅茶拿出。道士連忙雙手拿一個紅棗兒茶鍾奉與唐僧。他見八戒身軀大，就認做大徒弟；沙僧認做二徒弟；見行者身量小，認做三徒弟，所以第四鍾才奉與行者。

行者眼乖，接了茶盅，早已見盤子裡那茶盅是兩個黑棗兒。他道：「先生，我與你穿換一杯。」道士笑道：「不瞞長老說。山野中貧道士，茶果一時不備。才然在後面親自尋果子，止有這十二個紅棗，做四盅茶奉敬。此乃貧道恭敬之意也。」行者笑道：「說那裡話？古人云：『在家不是貧，路上貧殺人。』你是住家兒的，何以言貧！像我們這行腳僧，才是真貧哩。我和你換換。」三藏聞言道：「悟空，這仙長實乃愛客之意，你吃了罷，換怎的？」行者無奈，將左手接了，右手蓋住，看著他們。

卻說那八戒，一則飢，二則渴，原來是食腸大大的，見那盎子裡有三個紅棗兒，拿起來嚼的都咽在肚裡。師父也吃了。沙僧也吃了。一霎時，只見八戒臉上變色，沙僧滿眼流淚，唐僧口中吐沫。他們都坐不住，暈倒在地。

這大聖情知是毒，將茶鍾，手舉起來，望道士劈臉一摜。道士將袍袖隔起，當的一聲，把個盎子跌得粉碎。道士怒道：「你這和尚，十分村鹵！怎麼把我盎子碎了？」行者罵道：「你這畜生！你看我那三個人是怎麼說！我與你有甚相干，你卻將毒藥茶藥倒我的人？」道士道：「你這個村畜生，闖下禍來，你豈不知？」行者道：「我們才進你門，方敘了坐次，道及鄉貫，又不曾有個高言，那裡闖下甚禍？」道士道：「你可曾在盤絲洞化齋麼？你可曾在濯垢泉洗澡麼？」行者道：「濯垢泉乃七個女怪。你既說出這話，必定與他苟合，必定也是妖精！不要走！吃我一棒！」好大聖，去耳朵裡摸出金箍棒，幌一幌，碗來粗細，望道士劈臉打來。那道士急轉身躲過，取一口寶劍來迎。

他兩個廝罵廝打，早驚動那裡邊的女怪。他七個一擁出來，叫道：「師兄且莫勞心，待小妹子拿他。」行者見了，越生嗔怒，雙手掄鐵棒，丟開解數，滾將進去亂打。只見那七個敞開懷，腆著雪白肚子，臍孔中作出法來：骨都都絲繩亂冒，搭起一個天篷，把行者蓋在底下。

行者見事不諧，即翻身念聲咒語，打個筋斗，撲的撞破天篷走了；忍著性氣，淤淤的立在空中看處，見那怪絲繩幌亮，穿穿道道，卻是穿梭的經緯，頃刻間，把黃花觀的樓台殿閣都遮得無影無形。行者道：「利害！利害！早是不曾著他手！怪道豬八戒跌了若干！似這般怎生是好！我師父與師弟卻又中了毒藥。這伙怪合意同心，卻不知是個甚來歷，待我還去問那土地神也。」

好大聖，按落雲頭，捻著訣，念聲「唵」字真言，把個土地老兒又拘來了，戰兢兢跪下路旁，叩

頭道：「大聖，你去救你師父的，為何又轉來也？」行者道：「早間救了師父，前去不遠，遇一座黃花觀。我與師父等進去看看，那觀主迎接。才敘話間，被他把毒藥茶藥倒我師父等。我幸不曾吃茶，使棒就打，他卻說出盤絲洞化齋，濯垢泉洗澡之事，我就知那廝是怪。才舉手相敵，只見那七個女子跑出，吐放絲繩，老孫虧有見識走了。我想你在此間為神，定知他的來歷。是個甚麼妖精，老實說來，免打！」土地叩頭道：「那妖精到此，住不上十年。小神自三年前檢點之後，方見他的本相，乃是七個蜘蛛精。他吐那些絲繩，乃是蛛絲。」行者聞言，十分歡喜道：「據你說，卻是小可。既這般，你回去，等我作法降他也。」那土地叩頭而去。

行者卻到黃花觀外，將尾巴上毛抯下七十根，吹口仙氣，叫「變！」即變做七十個雙角叉兒棒。每一個小行者，與他一根。他自家使一根，又將金箍棒吹口仙氣，叫「變！」即變做七十個小行者，打個號子，把那絲繩都攪斷，各攪了有十餘斤。裡面拖出七個蜘蛛，足有巴斗大的身軀。一個個攢著手腳，索著頭，只叫「饒命！饒命！」此時七十個小行者，按住七個蜘蛛，那裡肯放。

行者道：「且不要打他，只教還我師父，師弟來。」那怪厲聲高叫道：「師兄，還他唐僧，救我命也！」那道士從裡邊跑出道：「妹妹，我要吃唐僧哩，救不得你了。」行者聞言，大怒道：「你既不還我師父，且看你妹妹的樣子！」好大聖，把叉兒棒幌一幌，復了一根鐵棒，雙手舉起，把七個蜘蛛精，盡情打爛，卻似七個剮肉布袋兒，膿血淋淋。卻又將尾巴搖了兩搖，收了毫毛，單身掄棒，趕入裡邊來打道士。

那道士見他打死了師妹，心甚不忍，即發狠舉劍來迎。這一場各懷忿怒，一個個大展神通。這一

場好殺：

妖精掄寶劍，大聖舉金箍。都為唐朝三藏，先教七女嗚呼。如今大展經綸手，施威弄法逞金吾。大聖神光壯，妖仙膽氣粗。渾身解數如花錦，雙手騰那似轆轤。殺得風響沙飛狼虎怕，天昏地暗斗星無。野雲浮。剗言語，使機謀，一來一往如畫圖。

那道士與大聖戰經五六十合，漸覺手軟；一時間鬆了筋節，便解開衣帶，忽刺的響一聲，脫了皂袍。行者笑道：「我兒子！打不過人，就脫剝了也是不能殼的！」原來這道士剝了衣裳，把手一齊抬起，只見那兩脅下有一千隻眼，眼中迸放金光，十分利害：

森森黃霧，豔豔金光。森森黃霧，兩邊脅下似噴雲；豔豔金光，千隻眼中如放火。左右卻如金桶，東西猶似銅鐘。此乃妖仙施法力，道士顯神通：幌眼迷天遮日月，罩人暴躁氣朦朧；把個齊天孫大聖，困在金光黃霧中。

行者慌了手腳，只在那金光影裡亂轉，向前不能舉步，退後不能動腳，卻便似在個桶裡轉的一般。無奈又暴躁不過，他急了，往上著實一跳，卻撞破金光，撲的跌了一個倒栽蔥；覺道撞的頭疼，急伸手摸摸，把頂梁皮都撞軟了。自家心焦道：「晦氣！晦氣！這顆頭今日也不濟了！常時刀砍斧剁，莫能傷損，卻怎麼被這金光撞軟了皮肉？久以後定要拱膿。縱然好了，也是個破傷風。」一會家

暴躁難禁。卻又自家計較道：「前去不得，後退不得，左行不得，右行不得，往上又撞不得，卻怎麼好？往下走他娘罷！」

好大聖，念個咒語，搖身一變，變做個穿山甲，又名鯪鯉鱗。真個是：

四隻鐵爪，鑽山碎石如搗粉；滿身鱗甲，破嶺穿岩似切蔥。兩眼光明，好便似雙星幌亮；一嘴尖利，勝強如鋼鑽金錐。藥中有性穿山甲，俗語呼為鯪鯉鱗。

你看他硬著頭，往地下一鑽，就鑽了有二十餘里，方才出頭。原來那金光只罩得十餘里。出來現了本相，力軟筋麻，渾身疼痛，止不住眼中流淚。忽失聲叫道：「師父啊！

當年秉教出山中，共往西來苦用工。

大海洪波無恐懼，陽溝之內卻遭風！」

美猴王正當悲切，忽聽得山背後有人啼哭，即欠身揩了眼淚，回頭觀看。但見一個婦人，身穿重孝，左手托一盞涼漿水飯，右手執幾張燒紙黃錢，從那廂一步一聲，哭著走來。行者點頭嗟嘆道：

「正是『流淚眼逢流淚眼，斷腸人遇斷腸人！』這一個婦人不知所哭何事，等我問他一問。」那婦人不一時走上路來，迎著行者。

行者躬身問道：「女菩薩，你哭的是甚人？」婦人噙淚道：「我丈夫因與黃花觀觀主買竹竿爭

講，被他將毒藥茶藥死，我將這陌紙錢燒化，以報夫婦之情。」行者聽言，眼中淚下。那婦女見了作怒道：「你甚無知！我為丈夫煩惱生悲，你怎麼淚眼愁眉，欺心戲我？」

行者躬身道：「女菩薩息怒。我本是東土大唐欽差御弟唐三藏大徒弟孫悟空行者。因往西天，行過黃花觀歇馬。那觀中道士，不知是個甚麼妖精，他與七個蜘蛛精，結為兄妹。蜘蛛精在盤絲洞要害我師父，是我與師弟八戒、沙僧，救解得脫。那蜘蛛精走到他這裡，背了是非，說我等有欺騙之意。道士將毒藥茶藥倒我師父、師弟共三人，連馬四口，陷在他觀裡。惟我不曾吃他茶，將茶盅攛碎，他就與我相打。正嚷時，那七個蜘蛛精跑出來吐放絲繩，是我使法力走脫。問及土地，說他經六十回合，他敗了陣，隨脫了衣裳，兩脅下放出千隻眼，有萬道金光，把我罩定。所以進退兩難，才變做一個鯪鯉鱗，從地下鑽出來。正自悲切，忽聽得你哭，故此相問。因見你為丈夫，有此紙錢報答，我師父喪身，更無一物相酬，所以自怨生悲。」

那婦女放下水飯、紙錢，對行者陪禮道：「莫怪，莫怪，我不知你是被難者。才據你說將起來，你不認得那道士。他本是個百眼魔君，又喚做多目怪。你既然有此變化，脫得金光，戰得許久，必定有大神通，卻只是還近不得那廝。我教你去請一位聖賢，他能破得金光，降得道士。」

行者聞言，連忙唱喏道：「女菩薩知此來歷，煩為指教指教。果是那位聖賢，我去請求，救我師父之難，就報你丈夫之仇。」婦人道：「我就說出來，你去請他，降了道士，只可報仇而已，恐不能救你師父。」行者道：「怎不能救？」婦人道：「那廝毒藥最狠：藥倒人，三日之間，骨髓俱爛。你此往回恐遲了，故不能救。」行者道：「我會走路；憑他多遠，千里只消半日。」女子道：「你既會

走路，聽我說：此處到那裡有千里之遙。那廂有一座山，名喚紫雲山。山中有個千花洞。洞裡有位聖賢，喚做毗藍婆。他能降得此怪。」行者道：「那山坐落何方？卻從何方去？」女子用手指定道：

「那直南上便是。」

行者回頭看時，那女子早不見了。

行者慌忙禮拜道：「是那位菩薩？我弟子鑽昏了，不能相識，千乞留名，好謝！」只見那半空中叫道：「大聖，是我。」行者急抬頭看處，原是黎山老姆。趕至空中謝道：「老姆從何來指教我也？」老姆道：「我才自龍華會上回來，見你師父有難，假做孝婦，借夫喪之名，免他一死。你快去請他。但不可說出是我指教，那聖賢有些多怪人。」

行者謝了。辭別，把筋斗雲一縱，隨到紫雲山上。按定雲頭，就見那千花洞。那洞外：

　　青松遮勝境，翠柏繞仙居。綠柳盈山道，奇花滿澗渠。香蘭圍石屋，芳草映岩嵎。流水連溪碧，雲封古樹虛。野禽聲聒聒，幽鹿步徐徐。修竹枝枝秀，紅梅葉葉舒。寒鴉棲古樹，春鳥噪高樗。夏麥盈田廣，秋禾遍地余。四時無葉落，八節有花如。每生瑞靄連霄漢，常放祥雲接太虛。

　　這大聖喜喜歡歡走將進去，一程一節，看不盡無邊的景致。直入裡面，更沒個人兒，見靜靜悄悄的，雞犬之聲也無。心中暗道：「這聖賢想是不在家了。」又進數里看時，見一個女道姑坐在榻上。你看他怎生模樣：

頭戴五花納錦帽，身穿一領織金袍。腳踏雲尖鳳頭履，腰繫攢絲雙穗條。

面似秋容霜後老，聲如春燕社前嬌。腹中久諳三乘法，心上常修四諦饒。

悟出空空真正果，煉成了了自逍遙。正是千花洞裡佛，毗藍菩薩姓名高。

行者止不住腳，近前叫道：「毗藍婆菩薩，問訊了。」那菩薩即下榻，合掌回禮道：「大聖，失迎了。你從那裡來的？」行者道：「你怎麼就認得我是大聖？」毗藍婆道：「你當年大鬧天宮時，普地裡傳了你的形象，誰人不知，那個不識？」行者道：「正是『好事不出門，惡事傳千里。』像我如今皈正佛門，你就不曉的了！」毗藍道：「幾時皈正？恭喜！恭喜！」行者道：「近能脫命，保師父唐僧上西天取經，師父遇黃花觀道士，將毒藥茶藥倒。我與那廝賭鬥，他就放金光罩住我，是我使神通走脫了。聞菩薩能滅他的金光，特來拜請。」菩薩道：「是誰與你說的？我自赴了盂蘭會，到今三百餘年，不曾出門。我隱姓埋名，更無一人知得，你卻怎麼得知？」行者道：「我是個地裡鬼，不管那裡，自家都會訪著。」毗藍道：「也罷，也罷。我本當不去，奈蒙大聖下臨，不可滅了求經之善，我和你去來。」

行者稱謝了。道：「我忒無知，擅自催促，但不知曾帶甚麼兵器。」菩薩道：「我有個繡花針兒，能破那廝。」行者忍不住道：「老姆誤了我，早知是繡花針，不須勞你，就問老孫要一擔也是有的。」毗藍道：「你那繡花針，無非是鋼鐵金針，用不得。我這寶貝，非鋼，非鐵，非金，乃我小兒日眼裡煉成的。」行者道：「令郎是誰？」毗藍道：「小兒乃昴日星官。」行者驚駭不已。早望見金

光豔豔，即回向毗藍道：「金光處便是黃花觀也。」毗藍隨於衣領裡取出一個繡花針，似眉毛粗細，

有五六分長短，拈在手，望空拋去。

少時間，響一聲，破了金光。行者喜道：「菩薩，妙哉，妙哉！尋針，尋針！」毗藍托在手掌內

道：「這不是？」行者卻同按下雲頭，走入觀裡，只見那道士合了眼，不能舉步。行者罵道：「你這

潑怪裝瞎子哩！」耳朵裡取出棒來就打。毗藍扯住道：「大聖莫打。且看你師父去。」

行者徑至後面客位裡看時，他三人都睡在地上吐痰吐沫哩。行者垂淚道：「卻怎麼好！卻怎麼

好！」毗藍道：「大聖休悲。也是我今日出門一場，索性積個陰德，我這裡有解毒丹，送你三丸。」

行者轉身拜求。那菩薩袖中取出一個破紙包兒，內將三粒紅丸子遞與行者，教放入口裡。行者把藥扳

開他們牙關，每人摁了一丸。

須臾，藥味入腹，便就一齊嘔噦，遂吐出毒味，得了性命。那八戒先爬起道：「悶殺我也！」三

藏、沙僧俱醒了道：「好暈也！」行者道：「你們那茶裡中了毒了。虧這毗藍菩薩搭救，快都來拜

謝。」三藏欠身整衣謝了。

八戒道：「師兄，那道士在那裡？等我問他一問，為何這般害我。」行者把蜘蛛精上項事，說了

一遍。八戒發狠道：「這廝既與蜘蛛為姊妹，定是妖精！」行者指道：「他在那殿外立定裝瞎子

哩。」八戒拿鈀就築，又被毗藍止住道：「天蓬息怒。大聖知我洞裡無人，待我收他去看守門戶

也。」行者道：「感蒙大德，豈不奉承！但只是教他現本相，我們看看。」毗藍道：「容易。」即上

前用手一指，那道士撲的倒在塵埃，現了原身，乃是一條七尺長短的大蜈蚣精。毗藍使小指頭挑起，

駕祥雲，徑轉千花洞去。

八戒打仰道：「這媽媽兒卻也利害，怎麼就降這般惡物？」行者笑道：「我問他有甚兵器破他金光，他道有個繡花針兒，是他兒子在日眼裡煉的。及問他令郎是誰，他道是昴日星官。我想昴日星是隻公雞，這老媽媽子必定是個母雞。雞最能降蜈蚣，所以能收伏也。」

三藏聞言，頂禮不盡。教：「徒弟們，收拾去罷。」那沙僧即在裡面尋了些米糧，安排了些齋，俱飽餐一頓。牽馬挑擔，請師父出門。行者從他廚中放了一把火，把一座觀霎時燒得煨燼，卻拽步長行。正是：唐僧得命感毗藍，了性消除多目怪。

畢竟向前去還有甚麼事體，且聽下回分解。

第七十四回

長庚傳報魔頭狠　行者施為變化能

情欲原因總一般，有情有欲自如然。沙門修煉紛紛士，斷欲忘情即是禪。

須著意，要心堅，一塵不染月當天。行功進步休教錯，行滿功完大覺仙。

話表三藏師徒們打開欲網，跳出情牢，放馬西行。走多時，又是夏盡秋初，新涼透體。但見那：

急雨收殘暑，梧桐一葉驚。螢飛莎徑晚，蛩語月華明。

黃葵開映露，紅蓼遍沙汀。蒲柳先零落，寒蟬應律鳴。

三藏正然（正在）行處，忽見一座高山，峰插碧空，真個是摩星礙日。長老心中害怕，叫悟空道：「你看前面這山，十分高聳，但不知有路通行否。」行者笑道：「師父說那裡話。自古道：『山高自有客行路，水深自有渡船人。』豈無通達之理？可放心前去。」長老聞言，喜笑花生，揚鞭策馬而

進，逕上高岩。行不數里，見一老者，鬢蓬鬆，白髮飄搔，鬚稀朗，銀絲擺動；項掛一串數珠子，手持拐杖現龍頭；遠遠的立在那山坡上高呼：「西進的長老，且暫住驊騮，緊兜玉勒。這山上有一伙妖魔，吃盡了閻浮世上人，不可前進！」三藏聞言，大驚失色。一是馬的足下不平，二是坐個雕鞍不穩，撲的跌下馬來，掙挫不動，睡在草裡哼哩。行者近前攙起道：「莫怕，莫怕！有我哩！」長老道：「你聽那高岩上老者，報道這山上有伙妖魔，吃盡閻浮世上人，誰敢去問他一個真實端的？」行者道：「你且坐地，等我去問他。」三藏道：「你的相貌醜陋，言語粗俗，怕衝撞了他，問不出個實信。」行者笑道：「我變個俊些兒的去問他。」三藏道：「你是變了我看。」好大聖，捻著訣，搖身一變，變做個乾乾淨淨的小和尚兒，真個是目秀眉清，頭圓臉正；行動有斯文之氣象，開口無俗類之言辭；抖一抖錦衣直裰，拽步上前。向唐僧道：「師父，我可變得好麼？」三藏見了大喜道：「變得好！」八戒道：「怎麼不好！只是把我們都比下去了。老豬就滾上二三年，也變不得這等俊俏！」

好大聖，躲離了他們，逕直近前，對那老者躬身道：「老公公，貧僧問訊了。」那老兒見他生得俊雅，年少身輕，待答不答的，還了他個禮，用手摸著他頭兒，笑嘻嘻問道：「小和尚，你是那裡來的？」行者道：「我們是東土大唐來的，特上西天拜佛求經。適到此間，聞得公公報道有妖怪，我師父膽小怕懼，著我來問：端的是甚妖精，他敢這般短路！煩公公細說與我知之，我好把他貶解起身。」那老兒笑道：「你這小和尚年幼，不知好歹，言不幫襯。那妖魔神通廣大得緊，怎敢就說貶解他起身！」行者笑道：「據你之言，似有護他之意，必定與他有親，或是緊鄰契友；不然，怎麼長他的威智，興他的節概，不肯傾心吐膽說他個來歷。」公公點頭笑道：「這和尚倒會弄嘴！想是跟你師父游方，到處兒學此法術，或者會驅縛魍魎，與人家鎮宅降邪，你不曾撞見十分狠怪哩！」行者道：

「怎的狠？」公公道：「那妖精一封書到靈山，五百阿羅都來迎接；一紙簡上天宮，十一大曜個個相欽。四海龍曾與他為友，八洞仙常與他作會。十地閻君以兄弟相稱，社令、城隍以賓朋相愛。」

大聖聞言，忍不住哈哈大笑，用手扯著老者道：「不要說！不要說！那妖精與我後生小廝為兄弟、朋友，也不見十分高作。若知是我小和尚來啊，他連夜就搬起身去了！」公公道：「你這小和尚胡說！不當人子！那個神聖是你的後生小廝？」

行者笑道：「實不瞞你說。我小和尚祖居傲來國花果山水簾洞，姓孫，名悟空。當年也曾做過妖精，幹過大事。曾因會眾魔，多飲了幾杯酒睡著，夢中見二人將批勾我去到陰司。一時怒發，將金箍棒打傷鬼判，唬倒閻王，幾乎掀翻了森羅殿。嚇得那掌案的判官拿紙，十閻王僉名畫字，教我饒他打，情願與我做後生小廝。」那公公聞說道：「阿彌陀佛！這和尚說了這過頭話，莫想再長得大了。」

行者道：「官兒，似我這般大也彀了。」公公道：「你年幾歲了？」行者道：「你猜猜看。」老者道：「有七八歲罷了。」行者笑道：「有一萬七八歲哩。」公公道：「怎麼又有個嘴臉？」行者道：「我小和尚有七十二副嘴臉哩。」

那公公不識竅，只管問他，他就把臉抹一抹，即現出本相，咨牙倈嘴，兩股通紅，腰間繫一條虎皮裙，手裡執一根金箍棒，立在石崖之下，就像個活雷公。那老者見了，嚇得面容失色，腿腳酸麻，站不穩，撲的一跌；爬起來，又一個踉蹌。大聖上前道：「老官兒，不要虛驚。我等面惡人善。莫怕！莫怕！適間蒙你好意，報有妖魔。委的有多少怪，一發累你說說，我好謝你。」那老兒戰戰兢兢，口不能言，又推耳聾，一句不應。

行者見他不言，即抽身回坡。長老道：「悟空，你來了？所問如何？」行者笑道：「不打緊！不

打緊！西天有便有個把妖精兒，只是這裡人膽小，把他放在心上。沒事，沒事！有我哩！」長老道：「你可曾問他此處是甚麼山，甚麼洞，有多少妖怪，那條路通得雷音？」八戒道：「師父，莫怪我說。若論賭變化，使促掐，捉弄人，我們三五個也不如師兄；若論老實，像師兄就擺一隊伍，也不如我。」唐僧道：「正是！正是！你還老實。」八戒道：「他不知怎麼鑽過頭不顧尾的，問了兩聲，不尷尬的就跑回來了。等老豬去問他個實信來。」唐僧道：「悟能，你仔細著。」

那老兒見他行者回去，方扶著杖掙得起來，戰戰兢兢的要走，忽見八戒，愈覺驚怕道：「爺爺呀！今夜做的甚麼惡夢，遇著這伙惡人！為先的那和尚醜便醜，還有三分人相；這個和尚，怎麼這等個碓梃嘴，蒲扇耳朵，鐵片臉，鬃毛頸項，一分人氣兒也沒了！」八戒笑道：「你這老公公不高興，有些兒好褒貶人。你是怎的看我哩？醜便醜，奈看，再停一時就俊了。」

那老者見他說出人話來，只得開言問他：「你是那裡來的？」八戒道：「我是唐僧第二個徒弟，法名叫做悟能八戒。才自先問的，叫做悟空行者，是我師兄。師父怪他衝撞了公公，不曾問得實信，所以特著我來拜問。此處果是甚山、甚洞，洞裡果是甚妖精，那裡是西去大路，煩尊一指示指示。」老者道：「可老實麼？」八戒道：「我生平不敢有一毫虛的。」老者道：「你莫像才來的那個和尚走花弄水的胡纏。」八戒道：「我不像他。」

公公拄著杖，對八戒說：「此山叫做八百里獅駝嶺。中間有座獅駝洞。洞裡有三個魔頭。」八戒啐了一聲：「你這老兒卻也多心！三個妖魔，也費心勞力的來報遭信！」公公道：「你不怕麼？」八戒道：「不瞞你說。這三個妖魔，我師兄一棍就打死一個，我一鈀就築死一個；我還有個師弟，他一

第七十四回
長庚傳報魔頭狠　行者施為變化能

降妖杖又打死一個……三個都打死，我師父就過去了，有何難哉！」那老者笑道：「這和尚不知深淺！那三個魔頭，神通廣大得緊哩！他手下小妖，南嶺上有五千，北嶺上有五千；東路口有一萬，西路口有一萬；巡哨的有四五千，把門的也有一萬；燒火的無數，打柴的也無數：共計算有四萬七八千。這都是有名字帶牌兒的，專在此吃人。」

那呆子聞得此言，戰兢兢跑將轉來，相近唐僧，放下鈀，在那裡出恭。行者見了，喝道：「你不回話，卻蹲在那裡怎的？」八戒道：「唬出屎來了！如今也不消說，趕早兒各自顧命去罷！」行者道：「這個呆根！我問信偏不驚恐，你去問就這等慌張失智！」

八戒道：「這老兒說：此山叫做八百里獅駝山。中間有座獅駝洞。洞裡有三個老妖，有四萬八千小妖，專在那裡吃人。我們若厲著他些山邊兒，就是他口裡食之。莫想去得！」三藏聞言，戰兢兢，毛骨悚然，道：「悟空，如何是好？」行者笑道：「師父放心，沒大事。想是這裡有便有幾個妖精，只是這裡人膽小，把他就說出許多人，許多大，所以自驚自怪。有我哩！」八戒道：「哥哥說的是那話！我比你不同：我問的是實，決無虛謬之言。滿山滿谷都是妖魔，怎生前進？」行者笑道：「呆子嘴臉！不要虛驚！若論滿山滿谷之魔，只消老孫一路棒，半夜打個罄盡！」八戒道：「不羞，不羞！莫說大話！那些妖精點卯也得七八日，怎麼就打得罄盡？」行者道：「你說怎樣打？」八戒道：「憑你抓倒，捆倒，使定身法定倒，也沒有這等快的。」行者笑道：「不用甚麼抓拿捆縛。我把這棍子兩頭一扯，叫『長！』就有四十丈長短；幌一幌，叫『粗！』就有八丈圍圓粗細。往山南一滾，滾殺五千；山北一滾，滾殺五千；從東往西一滾，只怕四五萬硴做肉泥爛醬！」八戒道：「哥哥，若是這等趕面打，或者二更時也都了了。」沙僧在旁笑道：「師父，有大師兄恁樣神通，怕他怎的！請上馬走

啊。」唐僧見他們講論手段，沒奈何，只得寬心上馬而走。

正行間，不見了那報信的老者。沙僧道：「他就是妖怪，故意狐假虎威的來傳報，恐唬我們哩。」行者道：「不要忙，等我去看看。」好大聖，跳上高峰，四顧無跡，急轉面，見半空中有彩霞幌亮，即縱雲趕上看時，乃是太白金星。走到身邊，用手扯住，口口聲聲只叫他的小名道：「李長庚！李長庚！你好憊懶！有甚話，當面來說便好，怎麼裝做個山林之老，魔樣混我！」金星慌忙施禮道：「大聖，報信來遲，乞勿罪！乞勿罪！這魔頭果是神通廣大，勢要峥嵘，只看那挪移變化，乖巧機謀，可便過去；如若怠慢些兒，其實難去。」行者謝道：「感激！感激！果然此處難行，望老星上界與玉帝說聲，借些天兵幫助老孫幫助。」金星道：「有！有！有！你只口信帶去，就是十萬天兵，也是有的。」

大聖別了金星，按落雲頭，見了三藏道：「適才那個老兒，原是太白星來與我們報信的。」長老合掌道：「徒弟，快趕上他，問他那裡另有個路，我們轉了去罷。」行者道：「轉不得。此山徑過有八百里，四周圍不知更有多少路哩。怎麼轉得？」三藏聞言，止不住眼中流淚道：「徒弟，似此艱難，怎生拜佛！」行者道：「莫哭！莫哭！一哭便膿包行了！他這報信，必有幾分虛話，只是要我們著意留心，誠所謂『以告者，過也。』你且下馬來坐著。」八戒道：「又有甚商議？」行者道：「沒甚商議。你且在這裡用心保守師父。沙僧好生看守行李、馬匹。等老孫先上嶺打聽打聽，看前後共有多少妖怪，拿住一個，問他個詳細，教他寫個執結，開個花名，把他老老小小，一一查明，吩咐他關了洞門，不許阻路，卻請師父靜悄悄的過去，方顯得老孫手段！」沙僧只教：「仔細！仔細！」行者笑道：「不消囑咐。我這一去，就是東洋大海也蕩開路，就是鐵裹銀山也撞透門！」

好大聖，唿哨一聲，縱筋斗雲，跳上高峰。扳藤負葛，平山觀看，那山裡靜悄無人。忽失聲道：

「錯了！錯了！不該放這金星老兒去了。他原來恐唬我。這裡那有個甚麼妖精！他就出來跳風頑耍，必定拈槍弄棒，操演武藝；如何沒有一個？」正自家揣度，只聽得山背後，叮叮當當，辟辟剝剝，梆鈴之聲。急回頭看處，原來是個小妖兒，掮著一桿「令」字旗，腰間懸著鈴子，手裡敲著梆子，從北向南而走。仔細看他，有一丈二尺的身子。行者暗笑道：「他必是個鋪兵。想是送公文下報帖的。且等我去聽他一聽，看他說些甚話。」

好大聖，捻著訣，念個咒，搖身一變，變做個蒼蠅兒，輕輕飛在他帽子上，側耳聽之。只見那小妖走上大路，敲著梆，搖著鈴，口裡作念道：「我等尋山的，各人要謹慎提防孫行者：他會變蒼蠅！」行者聞言，暗自驚疑道：「這廝看見我了？若未看見，怎麼就知我的名字，又知我會變蒼蠅！」原來那小妖也不曾見他，只是那魔頭不知怎麼就吩咐他這話，卻是個謠言，著他這等胡念。行者不知，反疑他看見，就要取出棒來打他，卻又停住，暗想道：「曾記得八戒問金星時，他說老妖三個，小妖有四萬七八千名。似這小妖，再多幾萬，也不打緊，卻不知這三個老魔有多大手段。等我問他一問，動手不遲。」

好大聖！你道他怎麼去問：跳下他的帽子來，釘在樹頭上，讓那小妖先行幾步，急轉身騰那，也變做個小妖兒，照依他敲著梆，搖著鈴，掮著旗，一般衣服，只是比他略長了三五寸，口裡也那般念著，趕上前叫道：「走路的，等我一等。」那小妖回頭道：「你是那裡來的？」行者笑道：「好人呀！一家人也不認得！」小妖道：「我家沒你呀。」行者道：「怎的沒我！你認認看。」小妖道：「面生，認不得！認不得！」行者道：「可知道面生。我是燒火的，你會得我少。」小妖搖頭道：

「沒有！沒有！我洞裡就是燒火的那些兒弟，也沒有這個嘴尖的。」行者暗想道：「這個嘴好的變尖了些了。」即低頭，把手捂著嘴揉一揉道：「我的嘴不尖啊。」真個就不尖了。那小妖道：「你剛才是個尖嘴，怎麼揉一揉就不尖了？疑惑人子！大不好認！不是我一家的！少會，少會！可疑，可疑！」行者口乖，就趁過來道：「你不知道。大王見我燒得火好，就升我來巡山。」

小妖道：「也罷；我們這巡山的，一班有四十名，十班共四百名，各自年貌，各自各色。大王怕我們亂了班次，不好點卯，一家與我們一個牌兒為號。你可有牌兒？」行者只見他那般打扮，那般報事，遂照他的模樣變了；因不曾看見他的牌兒，所以身上沒有。好大聖，更不說沒有，就滿口應承道：「我怎麼沒牌？但只是剛才領的新牌。拿你的出來我看。」那小妖那裡知這個機括，即揭起衣服，貼身帶著個金漆牌兒，穿條絨線繩兒，扯與行者看看。行者見那牌背是個「威鎮諸魔」的金牌，正面有三個真字，是「小鑽風」，他卻心中暗想道：「不消說了！但是巡山的，必有個『風』字墜腳。」便道：「你且放下衣走過，等我拿牌兒你看。」即轉身，插下手，將尾巴梢兒的小毫毛拔下一根，捻他把，叫「變！」即變做個金漆牌兒，也穿上個綠絨繩兒，上書三個真字，乃「總鑽風」，拿出來，遞與他看了。

小妖大驚道：「我們都叫做個小鑽風，偏你又叫做個甚麼『總鑽風』！」行者幹事找絕，說話合宜，就道：「你實不知。大王見我燒得火好，把我升個巡風；又與我個新牌，叫做『總巡風』，教我管你這一班四十名兄弟也。」那妖聞言，即忙唱喏道：「長官，長官，新點出來的，實是面生。言語衝撞，莫怪！」行者還著禮笑道：「怪便不怪你，只是一件：見面錢卻要哩。每人拿出五兩來罷。」

小妖道：「長官不要忙，待我向南嶺頭會了我這一班的人，一總打發罷。」行者道：「即如此，我和你同去。」那小妖真個前走，大聖隨後相跟。

不數里，忽見一座筆峰。行者到邊前。何以謂之筆峰？那山頭上長出一條峰來，約有四五丈高，如筆插在架上一般，故以為名。行者到邊前，把尾巴掬一掬，跳上去，坐在峰尖兒上。叫道：「鑽風！都過來！」那些小鑽風在下面躬身道：「長官，伺候。」行者道：「你可知大王點我出來之故？」小妖道：「不知。」行者道：「大王要吃唐僧，只怕孫行者神通廣大，說他會變化，只恐他變作小鑽風，來查勘你們這一班可有假的。」小鑽風連聲應道：「長官，我們俱是真的。」行者道：「你既是真的，大王有甚本事，你可曉得？」小鑽風道：「我曉得。」行者道：「你既曉得，快說來我聽。如若說得合著我，便是真的；若說差了一些兒，便是假的。我定拿去見大王處治。」

那小鑽風見他坐在高處，弄獐弄智，呼呼喝喝的，沒奈何，只得實說道：「我大王神通廣大，本事高強，一口曾吞了十萬天兵。」行者聞說，吐出一聲道：「你是假的！」小鑽風慌了道：「長官老爺，我是真的，怎麼說是假的？」行者道：「你既是真的，如何胡說！大王身子能有多大，一口都吞了十萬天兵？」小鑽風道：「長官原來不知。我大王會變化：要大能撐天堂，要小就如菜子。因那年王母娘娘設蟠桃大會，他不曾具柬來請，我大王意欲爭天，被玉皇差十萬天兵來降我大王：是我大王變化法身，張開大口，似城門一般，用力吞將去，唬得眾天兵不敢交鋒，關了南天門：故此是一口曾吞十萬兵。」行者聞言暗笑道：「若是講手頭之話，老孫也曾幹過。」又應聲道：「二大王有何本事？」小鑽風道：「二大王身高三丈，臥蠶眉，丹鳳眼，美人聲，扁擔牙，鼻似蛟龍。若

與人爭鬥，只消一鼻子捲去，就是鐵背銅身，也就魂亡魄喪！」行者道：「鼻子捲人的妖精也好拿。」又應聲道：「三大王也有幾多手段？」小鑽風道：「我三大王不是凡間之怪物，名號雲程萬里鵬，行動時，摶風運海，振北圖南。隨身有一件兒寶貝，喚做『陰陽二氣瓶』。假若是把人裝在瓶中，一時三刻，化為漿水。」

行者聽說，心中暗驚道：「妖魔倒也不怕，只是仔細防他瓶兒。」又應聲道：「三個大王的本事，你倒也說得不差，與我知道的一樣；但只是那個大王要吃唐僧哩？」小鑽風道：「長官，你不知道？」行者喝道：「我比你不知些兒！因恐汝等不知底細，吩咐我來著實盤問你哩！」小鑽風道：「我大大王與二大王久住在獅駝嶺獅駝洞。他五百年前吃了這城國王及文武官僚，滿城大小男女也盡被他吃了乾淨，因此上奪了他的江山。如今盡是些妖怪。不知那一年打聽得東土唐朝差一個僧人去西天取經，說那唐僧乃十世修行的好人，有人吃他一塊肉，就延壽長生不老；只因怕他一個徒弟孫行者十分利害，自家一個難為，徑來此處與我這兩個大王結為兄弟，合意同心，打伙兒捉那個唐僧也。」

行者聞言，心中大怒道：「這潑魔十分無禮！我保唐僧成正果，他怎麼算計要吃我的人！」恨一聲，咬響鋼牙，掣出鐵棒，跳下高峰，把棍子望小妖頭上砑了一砑，可憐，就砑得像一個肉陀！自家見了，又不忍道：「咦！他倒是個好意，把此家常話兒都與我說了，我怎麼卻這一下子就結果了他？也罷，也罷！」好大聖，只為師父阻路，沒奈何幹出這件事來。就把他牌兒解下，帶在自家腰裡，將『令』字旗捎在背上，腰間掛了鈴，手裡敲著梆子，迎風捻個訣，口裡念個咒語，搖身一變，變的就像小鑽風模樣；拽回步，徑轉舊路，找尋洞府，去打探那三個老妖魔的虛實。這正是：

千般變化美猴王，萬樣騰那真本事！

闖入深山，依著舊路，正走處，忽聽得人喊馬嘶之聲，即舉目觀之，原來是獅駝洞口有萬數小妖排列著槍刀劍戟，旗幟旌旄。

這大聖心中暗喜道：「李長庚之言，真是不妄！真是不妄！」原來這擺列的有些路數：二百五十名作一大隊伍。他只見有四十名雜彩彩長旗，迎風亂舞，就知有萬名人馬；卻又自揣自度道：「老孫變作小鑽風，這一進去，那老魔若問我巡山的話，我必隨機答應。倘或一時言語差訛，認得我啊，怎生脫體？就要往外跑時，那伙把門的擋住，如何出得門去？要拿洞裡妖王，必先除了門前眾怪！」你道他怎麼除的眾怪？好大聖，想著：「那老魔不曾與我會面，就知我老孫的名頭，我且倚著我的這個名頭，仗著威風，說些大話，嚇他一嚇。果然中土眾僧有緣有分，取得真經回，這一去，只消我幾句英雄之言，就嚇退那門前若干之怪；假若眾僧無緣無分，就是縱然說得蓮花現，也除不得西方洞外精。」心問口，口問心，思量此計，敲著梆，搖著鈴，徑直闖到獅駝洞口，早被前營上小妖擋住道：「小鑽風來了？」行者不應。又被小妖扯住道：「小鑽風來了？」行者道：「來了。」眾妖道：「你今早巡風去，可曾撞見甚麼孫行者麼？」行者道：「撞見的。正在那裡磨扛子哩。」眾妖害怕道：「他怎麼個模樣？磨甚麼扛子？」行者道：「他蹲在那澗邊，還似個開路神；若站起來，好道有十數丈長！手裡拿著一條鐵棒，就似碗來粗細的一根大扛子，在那石崖上抄一把水，磨一磨，口裡又念著：『扛子啊！這一向不曾拿你出來顯顯神通，這一去就有十萬妖精，也都替我打死！等我殺了那三個魔頭祭你！』他要磨得明了，先打死你門前一萬精哩！」

那些小妖聞得此言，一個個心驚膽戰，魂散魄飛。行者又道：「列位，那唐僧的肉也不多幾斤，也分不到我處，我們替他頂這個缸怎的！不如我們各自散一散罷。」眾妖都道：「說得是。我們各自顧命去來。」假若是些軍民人等，服了聖化，就死也不敢走。原來此輩都是些狼蟲虎豹，走獸飛禽，嗚的一聲，都哄然而去了。這個倒不像孫大聖幾句鋪頭話，卻就如楚歌聲吹散了八千兵！行者暗自喜道：「好了！老妖是死了！聞言就走，怎敢覿面相逢？這進去還似此言方好；若說差了，才這伙小妖有一兩個倒走進去聽見，卻不走了風訊？」你看他存心來古洞，仗膽入深門。

畢竟不知見那個老魔頭有甚吉凶，且聽下回分解。

第七十五回

心猿鑽透陰陽竅　魔王還歸大道真

卻說孫大聖進於洞口，兩邊觀看。只見：

骷髏若嶺，骸骨如林。人頭髮尾成氈片，人皮肉爛作泥塵。人筋纏在樹上，乾焦晃亮如銀。真個是屍山血海，果然腥臭難聞。東邊小妖，將活人拿了剮肉；西下潑魔，把人肉鮮煮鮮烹。若非美猴王如此英雄膽，第二個凡夫也進不得他門。

不多時，行入二層門裡看時，呀！這裡卻比外面不同：清奇幽雅，秀麗寬平；左右有瑤草仙花，前後有喬松翠竹。又行七八里遠近，才到三層門。閃著身，偷著眼看處，那上面高坐三個老妖，十分獰惡。中間的那個生得：

鑿牙鋸齒，圓頭方面。聲吼若雷，眼光如電。仰鼻朝天，赤眉飄焰。但行處，百獸心

慌；若坐下，群魔膽戰。這一個是獸中王，青毛獅子怪。

左手下那個生得：

鳳目金睛，黃牙粗腿。長鼻銀毛，看頭似尾。圓額皺眉，身軀磊磊。細聲如窈窕佳人，玉面似牛頭惡鬼。這一個是藏齒修身多年的黃牙老象。

右手下那一個生得：

金翅鯤頭，星睛豹眼。振北圖南，剛強勇敢。變生翔翔，鵶笑龍慘。搏風翩百鳥藏頭，舒利爪諸禽喪膽。這個是雲程九萬的大鵬雕。

那兩下列著有百十大小頭目，一個個全裝披掛，介冑整齊，威風凜凜，殺氣騰騰。行者見了，心中歡喜。一些兒不怕，大踏步，徑直進門，把梆鈴卸下。朝上叫聲「大王。」三個老魔，笑呵呵問道：「小鑽風，你來了？」行者應聲道：「來了。」「你去巡山，打聽孫行者的下落何如？」行者道：「大王在上，我也不敢說起。」老魔道：「怎麼不敢說？」行者道：「我奉大王命，敲著梆鈴，正然走處，猛抬頭，只看見一個人，蹲在那裡磨扛子，還像個開路神，若站將起來，足有十數丈長短。他就著那澗崖石上，抄一把水，磨一磨，口裡又念一聲，說他那扛子到此還不曾顯個神通，他要

磨明，就來打大王。我因此知他是孫行者，特來報知。」

那老魔聞此言，渾身是汗，唬得戰呵呵的道：「兄弟，我說莫惹唐僧。他徒弟神通廣大，預先作

了準備，磨棍打我們，卻怎生是好？」教：「小的們，把洞外大小俱叫進來，關了門，讓他過去

罷。」那頭目中有知道的報：「大王，門外小妖，已都散了。」老魔道：「怎麼都散了？想是聞得風

聲不好也。快早關門！快早關門！」眾妖兵兵把前後門盡皆牢拴緊閉。

行者自心驚道：「這一關了門，他再問我家長裡短的事，我對不出來，卻不弄走了風，被他拿住？

且再唬他一唬，教他開著門，好跑。」又上前道：「大王，他還說得不好。」老魔道：「他又說甚

麼？」行者道：「他說拿大大王剝皮，二大王剮骨，三大王抽筋。你們若關了門不出去啊，他會變

化，一時變了個蒼蠅兒，自門縫裡飛進，把我們都拿出去，卻怎生是好？」老魔道：「兄弟們仔

細。我這洞裡，遞年家沒個蒼蠅，但是有蒼蠅進來，就是孫行者。」行者暗笑道：「就變個蒼蠅唬他一

唬，好開門。」大聖閃在旁邊，伸手去腦後拔了一根毫毛，吹一口仙氣，叫「變！」即變做一個金蒼

蠅，飛去望老魔劈臉撞了一頭。那老怪慌了道：「兄弟！不停當！那話兒進門來了！」驚得那大小群

妖，一個個丫鈀掃帚，都上前亂撲蒼蠅。

這大聖忍不住，赥赥的笑出聲來。乾淨他不宜笑，這一笑笑出原嘴臉來了，卻被那第三個老妖

魔，跳上前，一把扯住道：「哥哥，險些兒被他瞞了！」老魔道：「賢弟，誰瞞誰？」三怪道：「剛

才這個回話的小妖，不是小鑽風，他就是孫行者。必定撞見小鑽風，不知是他怎麼打殺了，卻變化來

哄我們哩。」行者慌了道：「他認得我了！」即把手摸摸，對老怪道：「我怎麼是孫行者？我是小鑽

風。大王錯認了。」老魔笑道：「兄弟，他是小鑽風。他一日三次在面前點卯，我認得他。」又問：

「你有牌兒麼？」行者道：「有。」攜著衣服，就拿出牌子。老怪一發認實道：「兄弟，莫屈了他。」三怪道：「哥哥，你不曾看見他？他才子閃著身，笑了一聲，我見他就露出個雷公嘴來。見我扯住時，他又變作個這等模樣。」叫：「小的們，拿繩來！」眾頭目即取繩索。

三怪把行者扳翻倒，四馬攢蹄捆住；揭起衣裳看時，足足是個弼馬溫。原來行者有七十二般變化，若是變飛禽、走獸、花木、器皿、昆蟲之類，卻就連身子滾去了；但變人物，卻只是頭臉變了，身子變不過來。果然一身黃毛，兩塊紅股，一條尾巴。老妖看著道：「是孫行者的身子，小鑽風的臉皮。是他了！」教：「小的們，先安排酒來，與你三大王遞個得功之杯。既拿到了孫行者，唐僧坐定（肯定）是我們口裡食也。」三怪道：「且不要吃酒。孫行者溜撒，他會逃遁之法，只怕走了。教小的們抬出瓶來，把孫行者裝在瓶裡，我們才好吃酒。」

老魔大笑道：「正是！正是！」即點三十六個小妖，入裡面開了庫房門，抬出瓶來。你說那瓶有多大？只得二尺四寸高。怎麼用得三十六個人抬？那瓶乃陰陽二氣之寶，內有七寶八卦、二十四氣，要三十六人，按天罡之數，才抬得動。不一時，將寶瓶抬出，放在三層門外，展得乾淨，揭開蓋，把行者解了繩索，剝了衣服，就著那瓶中仙氣，颼的一聲，吸入裡面，將蓋子蓋上，貼了封皮。卻去吃酒道：「猴兒今番入我寶瓶之中，再莫想那西方之路！若還能彀拜佛求經，除是轉背搖車，再去投胎奪舍（迷信指人死後靈魂借別的人或動物軀體轉生）是。」你看那大小群妖，一個個笑呵呵都去賀功不題。

卻說大聖到了瓶中，被那寶貝將身束得小了，索性變化，蹲在當中；半晌，倒還陰涼，忽失聲笑道：「這妖精外有虛名，內無實事。怎麼告誦人說這瓶裝了人，一時三刻，化為膿血？若似這般涼快，就住上七八年也無事！」咦！大聖原來不知那寶貝根由：假若裝了人，一年不語，一年陰涼；但

聞得人言，就有火來燒著。大聖未曾說完，只見滿瓶都是火焰。幸得他有本事，坐在中間，捻著避火訣，全然不懼。耐到半個時辰，四周圍鑽出四十條蛇來咬。行者掄開手，抓將過來，盡力氣一攥，攥做八十段。少時間，又有三條火龍出來，把行者上下盤繞，著實難禁，自覺慌張無措道：「別事好處，這三條火龍難為。再過一會不出，弄得火氣攻心，怎了？」他想道：「我把身子長一長，捲破罷。」好大聖，捻著訣，念聲咒，叫「長！」即長了丈數高下，那瓶緊靠著身，我長他也長，我小他也小？如子往下一小，那瓶兒也就小下來了。行者心驚道：「難！難！難！怎麼我長他也長，我小他也小？如之奈何！」說不了，孤拐（髁骨）上有些疼痛，急伸手摸摸，卻被火燒軟了，自己心焦道：「怎麼好？孤拐燒軟了！弄做個殘疾之人了！」

忍不住掉下淚來，這正是，遭魔遇苦懷三藏，著難臨危慮聖僧。道：「師父啊！當年飯正，蒙觀音菩薩勸善，脫離天災，我與你苦歷諸山，收殄多怪，降八戒，得沙僧，千辛萬苦，指望同證西方，共成正果。何期今日遭此毒魔，老孫誤入於此，傾了性命，撇你在半山之中，不能前進！想是我昔日名高，故有今朝之難！」正此淒愴，忽想道：「菩薩當年在蛇盤山曾賜我三根救命毫毛，不知有無，且等我尋一尋看。」即伸手渾身摸了一把，只見腦後有三根毫毛，十分挺硬。忽喜道：「身上毛都如彼軟熟，只此三根如此硬槍，必然是救我命的。」即便咬著牙，忍著疼，拔下毛，吹口仙氣，叫「變！」一根即變作金鋼鑽，一根變作竹片，一根變作綿繩。扳張篾片弓兒，牽著那鑽，照瓶底下颼颼的一頓鑽，鑽成一個眼孔，透進光亮。喜道：「造化！造化！卻好出去也！」才變化出身，那瓶復陰涼了。怎麼就涼？原來被他鑽了，把陰陽之氣洩了，故此遂涼。

好大聖，收了毫毛，將身一小，就變做個蟭蟟蟲兒，十分輕巧，細如鬚髮，長似眉毛，自孔中鑽

出；且還不走，逕飛在老魔頭上釘著。那老魔正飲酒，猛然放下杯兒道：「三弟，孫行者這回化了麼？」三魔笑道：「還到此時哩？」老魔教傳抬上瓶來。那下面三十六個小妖即便抬瓶，瓶就輕了許多，慌得眾小妖報道：「大王，瓶輕了！」老魔喝道：「胡說！寶貝乃陰陽二氣之全功，如何輕了！」內中有一個勉強的小妖，把瓶提上來道：「你看這不輕了？」老魔揭蓋看時，只見裡面透亮，忍不住失聲叫道：「這瓶裡空者，控也！」大聖在他頭上，也忍不住道一聲：「我的兒啊！走者，走也！」眾怪聽見道：「走了！走了！」即傳令：「關門！關門！」

那行者將身一抖，收了剝去的衣服，現本相，跳出洞外。回頭罵道：「妖精不要無禮！瓶子鑽破，裝不得人了，只好拿了出恭！」喜喜歡歡，嚷嚷鬧鬧，踏著雲頭，逕轉唐僧處。那長老正在那裡撮土為香，望空禱祝。行者且停雲頭，聽他禱祝甚的。那長老合掌朝天道：

「祈請雲霞眾位仙，六丁六甲與諸天。
願保賢徒孫行者，神通廣大法無邊。」

大聖聽得這般言語，更加努力，收斂雲光，近前叫道：「師父，我來了！」

長老攙住道：「悟空，勞碌！你遠探高山，許久不回，我甚憂慮。端的這山中有何吉凶？」行者笑道：「師父，才這一去，一則是東土眾僧有緣有分，二來是師父功德無量無邊，三也虧弟子法力！」將前項妝鑽風、陷瓶裡及脫身之事，細陳了一遍。「今得見尊師之面，實為兩世之人也！」長老感謝不盡道：「你這番不曾與妖精賭鬥麼？」行者道：「不曾。」長老道：「這等保不得我過山

了？」行者是個好勝的人，叫喊道：「我怎麼保你過山不得？」長老道：「不曾與他見個勝負，只這般含糊，我怎敢前進！」大聖笑道：「師父，你也忒不通變。常言道：『單絲不線，孤掌難鳴。』那魔三個，小妖千萬，教老孫一人，怎生與他賭鬥？」長老道：「寡不敵眾，是你一人也難處。八戒、少僧他也都有本事，教他們都去，與你協力同心，掃淨山路，保我過去罷。」行者沉吟道：「師言最當。著沙僧保護你，著八戒跟我去罷。」那呆子慌了道：「哥哥沒眼色！我又粗夯，無甚本事，走路扛風，跟你何益？」行者道：「兄弟，你雖無甚本事，好道也是個人。俗云：『放屁添風。』你也可壯我些膽氣，跟我與沙僧在此。」八戒道：「也罷，也罷，望你帶挈帶挈。但只急溜處，莫捉弄我。」長老道：「八戒在意，我與沙僧在此。」

那呆子抖擻神威，與行者縱著狂風，駕著雲霧，跳上高山，即至洞口。早見那洞門緊閉，四顧無人。行者上前，執鐵棒，厲聲高叫道：「妖怪開門！快出來與老孫打耶！」那洞裡小妖報入，老魔心驚膽戰道：「幾年都說猴兒狠，話不虛傳果是真！」二老怪在旁問道：「哥哥怎麼說？」老魔道：「那行者早間變小鑽風混進來，我等不能相識。幸三賢弟認得，把他裝在瓶裡。他弄本事，鑽破瓶兒，卻又攝去衣服走了。如今在外叫戰，誰敢與他打個頭仗？」更無一人答應。又問，又無人答，都是那裝聾推啞。老魔發怒道：「我等在西方大路上，忝著個醜名，今日孫行者這般藐視，若不出去與他見陣，也低了名頭。等我捨了這老性命去與他戰上三合！三合戰得過，唐僧還是我們口裡食；戰不過，那時關了門，讓他過去罷。」遂取披掛結束了，開門前走。

行者與八戒在門旁觀看，真是好一個怪物……

鐵額銅頭戴寶盔，盔纓飄舞甚光輝。輝輝掣電雙眼亮，亮亮鋪霞兩鬢飛。

勾爪如銀尖且利，鋸牙似鑿密還齊。身披金甲無絲縫，腰束龍絛有見機。

手執鋼刀明晃晃，英雄威武世間稀。一聲吆喝如雷震，問道「敲門者是誰？」

大聖轉身道：「是你孫老爺齊天大聖也。」老魔笑道：「你是孫行者？大膽潑猴！我不惹你，你卻為何在此叫戰？」行者道：「『有風方起浪，無潮水自平。』你不惹我，我好尋你？只因你狐群狗黨，結為一伙，算計吃我師父，所以來此施為。」老魔道：「你這等雄糾糾的，嚷上我門，莫不是要打麼？」行者道：「正是。」老魔道：「你休猖獗！我若調出妖兵，擺開陣勢，搖旗擂鼓，與你交戰，顯得我是坐家虎，欺負你了。我只與你一個對一個，不許幫丁！」行者聞言，叫：「豬八戒走過，看他把老孫怎的！」那呆子真個閃在一邊。老魔道：「你過來，先與我做個樁兒，讓我盡力氣著光頭砍上三刀，就讓你唐僧過去；假若禁不得，快送你唐僧來，與我做一頓下飯！」行者聞言笑道：「妖怪，你洞裡若有紙筆，取出來，與你立個合同。自今日起，就砍到明年，我也不與你當真！」那老魔抖擻威風，丁字步站定，雙手舉刀，望大聖劈頂就砍。這大聖把頭往上一迎，只聞扢扠一聲響，頭皮兒紅也不紅。那老魔大驚道：「這猴子好個硬頭兒！」大聖笑道：「你不知。老孫是──

生就銅頭鐵腦蓋，天地乾坤世上無。

斧砍鎚敲不得碎，幼年曾入老君爐。

四斗星官監臨造，二十八宿用工夫。

水浸幾番不得壞，周圍扢搭板筋鋪。

唐僧還恐不堅固，預先又上紫金箍。」

老魔道：「猴兒不要說嘴！看我這二刀來！決不容你性命！」行者道：「不見怎的，左右也只這般砍罷了。」老魔道：「猴兒，你不知這刀：

金火爐中造，神功百煉熬。鋒刃依三略，剛強按六韜。卻似蒼蠅尾，猶如白蟒腰。入山雲蕩蕩，下海浪滔滔。琢磨無遍數，煎熬幾百遭。深山古洞放，上陣有功勞。攪著你這和尚天靈蓋，一削就得兩個瓢！」

大聖笑道：「這妖精沒眼色！把老孫認做個瓢頭哩！也罷，誤砍誤讓，教你再砍一刀看怎麼。」那老魔舉刀又砍，大聖把頭迎一迎，兵兵的劈做兩半個；大聖就地打個滾，變做兩個身子。那妖一見慌了，手按下鋼刀。豬八戒遠遠望見，笑道：「老魔好砍兩刀的！卻不是四個人了？」老魔指定行者道：「聞你能使分身法，怎麼把這法兒拿出在我面前使！」大聖道：「何為分身法？」老魔道：「為甚麼先砍你一刀不動，如今砍你一刀，就是兩個人？」大聖笑道：「妖怪，你切莫害怕。砍上一萬刀，還你二萬個人！」老魔道：「你這猴兒，你只會分身，不會收身。你若有本事收做一個，打我一棍去罷。」大聖道：「不許說謊。你要砍三刀，只砍了我兩刀；教我打一棍，若打了棍半，就不姓孫！」老魔道：「正是，正是。」

好大聖，就把身摟上來，打個滾，依然一個身子，掣棒劈頭就打。那老魔舉刀架住道：「潑猴無

禮！甚麼樣個哭喪棒，敢上門打人？」大聖喝道：「你若問我這條棍，天上地下，都有名聲。」老魔

道：「怎見名聲？」他道：

「棒是九轉鑌鐵煉，老君親手爐中鍛。禹王求得號『神珍』，四海八河為定驗。

中間星斗暗鋪陳，兩頭箝裹黃金片。花紋密布鬼神驚，上造龍紋與鳳篆。

名號『靈陽棒』一條，深藏海藏人難見。成形變化要飛騰，飄颻五色霞光現。

老孫得道取歸山，無窮變化多經驗。時間要大甕來粗，或小些微如鐵線。

粗如南岳細如針，長短隨吾心意變。輕輕舉動彩雲生，亮亮飛騰如閃電。

攸攸冷氣逼人寒，條條殺霧空中現。降龍伏虎謹隨身，天涯海角都游遍。

曾將此棍鬧天宮，威風打散蟠桃宴。天王賭鬥未曾贏，哪吒對敵難交戰。

棍打諸神沒躲藏，天兵十萬都逃竄。雷霆眾將護靈霄，飛身打上通明殿。

掌朝天使盡皆驚，護駕仙卿俱攪亂。舉棒掀翻北斗宮，回首振開南極院。

金闕天皇見棍凶，特請如來與我見。兵家勝負自如然，困苦災危無可辨。

整整挨排五百年，虧了南海菩薩勸。大唐有個出家僧，對天發下洪誓願。

枉死城中度鬼魂，靈山會上求經卷。西方一路有妖魔，行動甚是不方便。

已知鐵棒世無雙，央我途中為侶伴。邪魔趄著赴幽冥，肉化紅塵骨化面。

處處妖精棒下亡，論萬成千無打算。上方擊壞斗牛宮，下方壓損森羅殿。

天將曾將九曜追，地府打傷催命判。半空丟下振山川，勝如太歲新華劍。

全憑此棍保唐僧，天下妖魔都打遍！」

那魔聞言，戰兢兢捨著性命，舉刀就砍。猴王笑吟吟，使鐵棒前迎。他兩個先時在洞前撐持，然後跳起去，都在半空裡廝殺。這一場好殺：

天河定底神珍棒，棒名如意世間高。誇稱手段魔頭惱，大捍刀擎法力豪。門外爭持還可近，空中賭鬥怎相饒！一個隨心更面目，一個立地長身腰。殺得滿天雲氣重，遍野霧飄飄。一個幾番立意吃三藏，這一個廣施法力保唐朝。都因佛祖傳經典，邪正分明恨苦交。

那老魔與大聖鬥經二十餘合，不分輸贏。原來八戒在底下見他兩個戰到好處，忍不住掣鈀架風，跳將起去，望妖魔劈臉就築。那魔慌了，不知八戒是個噼頭性子，冒冒失失的唬人，他只道嘴長耳大，手硬鈀凶，敗了陣，丟了刀，回頭就走。大聖喝道：「趕上！趕上！」這呆子仗著威風，舉著釘鈀，即忙趕下怪去。老魔見他趕的相近，在坡前立定，迎著風頭，幌一幌現了原身，張開大口，就要來吞八戒。八戒害怕，急抽身往草裡一鑽，也管不得荊針棘刺，也顧不得刮破頭疼，戰兢兢的，在草裡聽著梆聲。隨後行者趕到，那怪也張口來吞，卻中了他的機關，收了鐵棒，迎將上去，被老魔一口吞之。唬得個呆子在草裡囊囊咄咄的埋怨道：「這個弼馬溫，不識進退！那怪來吃你，你如何不走，反去迎他！這一口吞在肚中，今日還是個和尚，明日就是個大恭也！」那魔得勝而去。這呆子才鑽出

草來，溜回舊路。

卻說三藏在那山坡下，正與沙僧盼望，只見八戒喘呵呵的跑來。三藏大驚道：「八戒，你怎麼這等狼狽，悟空如何不見？」呆子哭哭啼啼道：「師兄被妖精一口吞下肚去了！」三藏聽言，唬倒在地。半晌間跌腳捶胸道：「徒弟呀！只說你善會降妖，領我西天見佛，怎知今日死於此怪之手！苦哉，苦哉！我弟子同眾的功勞，如今都化作塵土矣！」那師父十分苦痛。你看那呆子，他也不來勸解師父，卻叫：「沙和尚，你拿將行李來，我兩個分了罷。」沙僧道：「二哥，分怎的？」八戒道：「分開了，各人散伙；你往流沙河，還去吃人；我往高老莊，看看我渾家。將白馬賣了，與師父買個壽器送終。」長老氣呼呼的，聞得此言，叫皇天放聲大哭。且不題。

卻說那老魔吞了行者，以為得計，徑回本洞。眾妖迎問出戰之功。老魔道：「拿了一個來了。」二魔喜道：「哥哥拿的是誰？」老魔道：「是孫行者。」二魔道：「拿在何處？」老魔道：「被我一口吞在腹中哩。」二魔大驚道：「大哥啊，我就不曾吩咐你。孫行者不中吃！」那大聖肚裡道：「忒中吃！又禁飢，再不得餓！」慌得那小妖道：「大王，不好了！孫行者在你肚裡說話哩！」老魔道：「怕他說話！有本事吃了他，沒本事擺布他不成！你們快去燒些鹽白湯，等我灌下肚去，把他嘔出來，慢慢的煎了吃酒。」小妖真個沖了半盆鹽湯。老怪一飲而乾，著實一嘔，那大聖在肚裡生了根，動也不動；卻又攔著喉嚨，往外又吐，吐得頭暈眼花，黃膽都破了，行者越發不動。老魔喘息了，叫聲：「孫行者，你不出來？」行者道：「早哩！正好不出來哩！」老魔道：「你怎麼不出？」行者道：「你這妖精，甚不通變。我自做和尚，十分淡薄：如今秋涼，我還穿個單直裰。這肚裡倒暖，又不透風，等我住過冬才好出來。」

眾妖聽說，都道：「大王，孫行者要在你肚裡過冬哩！」老魔道：「他要過冬，我就打起禪來，使個搬運法，一冬不吃飯，就餓殺那弼馬溫！」大聖道：「我兒子，你不知事！老孫保唐僧取經，從廣裡過，帶了個折迭鍋兒，進來煮雜碎吃。將你這裡邊的肝、腸、肚、肺，細細兒受用，還彀盤纏到清明哩！」那二魔大驚道：「哥啊，這猴子他幹得出來！」三魔道：「哥啊，吃了雜碎也罷，不知在那裡支鍋。」行者道：「三叉骨上好支鍋。」三魔道：「不好了！假若支起鍋，燒動火煙，燗到鼻孔裡，打嚏噴麼？」行者笑道：「沒事！等老孫把金箍棒往頂門裡一搠，搠個窟窿，二來當天窗，一則當煙洞。」

老魔聽說，雖說不怕，卻也心驚。只得硬著膽叫：「兄弟們，莫怕；把我那藥酒拿來，等我吃幾盅下去，把猴兒藥殺了罷！」行者暗笑道：「老孫五百年前大鬧天宮時，吃老君丹，玉皇酒，王母桃，及鳳髓龍肝，那樣東西我不曾吃過？是甚麼藥酒，敢來藥我？」那小妖真個將藥酒篩了兩壺，滿斟了一盅，遞與老魔。老魔接在手中，大聖在肚裡就聞得酒香，道：「不要與他吃！」好大聖，把頭一扭，變做個喇叭口子，張在他喉嚨之下。那怪嘓的咽下，被行者嘓的接吃了。老魔放下盅道：「不吃。」這酒常時吃兩盅，腹中如火；卻才吃了七八盅，臉上紅也不紅！」原來這大聖吃不多酒，接了他七八盅吃了，在肚裡撒起酒瘋來，不住的支架子，跌四平，踢飛腳；抓住肝花打秋千，豎蜻蜓，翻跟頭亂舞。那怪物疼痛難禁，倒在地下。

畢竟不知死活如何，且聽下回分解。

第七十六回

心神居舍魔歸性　木母同降怪體真

話表孫大聖在老魔肚裡支吾一會，那魔頭倒在塵埃，無聲無氣，若不言語，想是死了，卻又把手放放。魔頭回過氣來，叫一聲：「大慈大悲齊天大聖菩薩！」行者聽見道：「兒子，莫廢工夫，省幾個字兒，只叫孫外公罷。」那妖魔惜命，真個叫：「外公！外公！是我的不是了！一差二誤吞了你，你如今卻反害我。萬望大聖慈悲，可憐螻蟻貪生之意，饒了我命，願送你師父過山也。」大聖雖英雄，甚為唐僧進步。他見妖魔哀告，好奉承的人，也就回了善念，叫道：「妖怪，我饒你，你怎麼送我師父？」老魔道：「我這裡也沒甚麼金銀、珠翠、瑪瑙、珊瑚、琉璃、琥珀、玭珥珍奇之寶相送；我兄弟三個，抬一乘香藤轎兒，把你師父送過此山。」行者笑道：「既是抬轎相送，強如要寶。你張開口，我出來。」那魔頭真個就張開口。那三魔走近前，悄悄的對老魔道：「大哥，等他出來時，把口往下一咬，將猴兒嚼碎，咽下肚，卻不得磨害你了。」

原來行者在裡面聽得，便不先出去。卻把金箍棒伸出，試他一試。那怪果往下一口，挖嗒的一聲，把個門牙都迸碎了。行者抽回棒道：「好妖怪！我倒饒你性命出來，你反咬我，要害我命！我不

出來，活活的只弄殺你！不出來！不出來！」老魔報怨三魔道：「兄弟，你是自家人弄自家人了。且

是請他出來便好了，你卻教我咬他。他倒不曾咬著，卻迸得我牙齦疼痛。這是怎麼起的！」

三魔見老魔怪他，他又作個激將法，厲聲高叫道：「孫行者，聞你名如轟雷貫耳，說你在南天門

外施威，靈霄殿下逞勢；如今在西天路上降妖縛怪，原來是個小輩的猴頭！」行者道：「我何為小

輩？」三怪道：「『好漢千里客，萬里去傳名。』你出來，我與你賭鬥，才是好漢；怎麼在人肚裡做

勾當！非小輩而何？」行者聞言，心中暗想道：「是，是，是！我若如今扯斷他腸，撕破他肝，弄殺

這怪，有何難哉？但真是壞了我的名頭。也罷！也罷！你張口，我出來與你比並。但只是你這洞口窄

逼（狹窄），不好使家伙，須往寬處去。」三魔聞說，即點大小怪，前前後後，有三萬多精，都執著精

銳器械，出洞擺開一個三才陣勢，專等行者出口，一齊上陣。那二怪攙著老魔，徑至門外，叫道：

「孫行者！好漢出來！此間有戰場，好鬥！」

大聖在他肚裡，聞得外面鴉鳴鵲噪，鶴唳風聲，知道是寬闊之處。卻想著：「我不出去，是失信

與他；若出去，這妖精人面獸心…先時說送我師父，哄我出來咬我，今又調兵在此。也罷！也罷！與

他個兩全其美…出去便出去，還與他肚裡生下一個根兒。」即轉手，將尾上毫毛拔了一根，吹口仙

氣，叫「變！」即變一條繩兒，只有頭髮粗細，倒有四十丈長短。那繩兒理出去，見風就長粗了。把

一頭拴著妖怪的心肝繫上，打做個活扣兒。那扣兒不扯不緊，扯緊就痛。卻拿著一頭，叫道：「這一

出去，他送我師父便罷，如若不送，亂動刀兵，我也沒工夫與他打，只消把此繩兒，就如我在肚裡一

般！」又將身子變得小小的，往外爬；爬到咽喉之下，見妖精大張著方口，上下鋼牙，排如利刃，忽

思量道：「不好！不好！若從口裡出去扯這繩兒，他怕疼，往下一嚼，卻不咬斷了？我打他沒牙齒的

所在出去。」好大聖，理著繩兒，從他那上顎子往前爬，爬到他鼻孔裡。那老魔鼻子發癢，「阿唓」的一聲，打個噴嚏，卻迸出行者。

行者見了風，把腰躬一躬，就長了有三丈長短，一隻手扯著繩兒，一隻手拿著鋼刀，劈臉來砍。這大聖一隻手使鐵棒相迎。又見那二怪使槍，三怪使戟，沒頭沒臉的亂上。大聖放鬆了繩，收了鐵棒，急縱身駕雲走了。原來怕那伙小妖圍繞，不好幹事。他卻跳出營外，去那空闊山頭上，落下雲，雙手把繩盡力一扯，老魔心裡才疼。他害疼，往上一掙，大聖復往下一扯。眾小妖遠遠看見，齊聲高叫道：「大王，莫惹他！讓他去罷！這猴兒不按時景：清明還未到，他卻那裡放風箏也！」大聖聞言，著力氣蹬了一蹬，那老魔從空中，拍剌剌，似紡車兒一般，跌落塵埃。就把那山坡下死硬的黃土跌做個二尺淺深之坑。

慌得那二怪、三怪，一齊按下雲頭，上前拿住繩兒，跪在坡下，哀告道：「大聖啊，只說你是個寬洪海量之仙，誰知是個鼠腹蝸腸（形容心胸狹窄）之輩。實實的哄你出來，與你見陣，不期你在我家兄心上拴了一根繩子！」行者笑道：「你這伙潑魔，十分無禮！前番哄我出去便就咬我，這番哄我出來，卻又擺陣敵我。似這幾萬妖兵，戰我一個，理上也不通。扯了去！扯了去見我師父！」那怪一齊叩頭道：「大聖慈悲，饒我性命，願送老師父過山！」行者笑道：「你要性命，只消拿刀把繩子割斷罷了。」老魔道：「爺爺呀，割斷外邊的，這裡邊的拴在心上，喉嚨裡又搽搽的惡心，怎生是好？」行者道：「既如此，張開口，等我再進去解出繩來。」老魔慌了道：「這一進去，又不肯出來，卻難也！」行者道：「我有本事外邊就可以解得裡面繩頭也。解了可實實的送我師父麼？」老魔道：「但解就送，決不敢打誑語。」大聖審得是實，即便將身一抖，收了毫毛，那怪的心就不疼了。

這是孫大聖掩樣的法兒，使毫毛拴著他的心；收了毫毛，所以就不害疼也。三個妖縱身而起，謝道：「大聖請回，上覆唐僧，我們就抬轎來送。」眾怪偃干戈，盡皆歸洞。

大聖收繩子，徑轉山東，遠遠的看見唐僧睡在地下打滾痛哭；豬八戒與沙僧解了包袱，將行者搭分兒，在那裡分哩。行者暗暗嗟嘆道：「不消講了。這定是八戒對師父說我被妖精吃了，師父捨不得我，痛哭，那呆子卻分東西散伙哩。唉！不知可是此意，且等我叫他一聲看。」落下雲頭，叫道：

「師父！」沙僧聽見，報怨八戒道：「你是個『棺材座子，專一害人』！師兄不曾死，你卻說他死了，在這裡幹這個勾當！那裡不叫將來了？」八戒道：「我分明看見他被妖精一口吞了。想是日辰不好，那猴子來顯魂哩。」行者到跟前，一把揪住八戒臉，一個巴掌打了個跟蹌，道：「夯貨！我顯甚麼魂？」呆子侮著臉道：「哥哥，你實是那怪吃了，你──你怎麼又活了？」行者道：「像你這個不濟事的膿包！他吃了我，我就抓他腸，捏他肺，又把這條繩兒穿住他的心，扯他疼痛難禁，一個個叩頭哀告，我才饒了他性命。如今抬轎來送我師父過山也。」那三藏聞言，一骨碌爬起來，對行者躬身道：「徒弟啊，累殺你了！若信悟能之言，我已絕矣！」行者掄拳打著八戒罵道：「這個饢糠的呆子，十分解怠，甚不成人！師父，你切莫惱。那怪就來送你也。」沙僧也甚生慚愧。連忙遮掩，收拾行李，扣背馬匹，都在途中等候不題。

卻說三個魔頭，帥群精回洞。二怪道：「哥哥，我只道是個九頭八尾的孫行者，原來是恁的個小小猴兒！你不該吞他……只與他鬥時，他那裡鬥得過你我！洞裡這幾萬妖精，吐唾沫也可淹殺他。你卻將他吞在肚裡，他便弄起法來，教你受苦，怎麼敢與他比較！都是假意，實為長性命要緊，所以哄他出來，決不送他！」老魔道：「賢弟不送之故，何也？」二怪道：「你與我三千小

妖，擺開陣勢，我有本事拿住這個猴頭！」老魔道：「莫說三千，憑你起老營去；只是拿住他，便大家有功。」

那二魔即點三千小妖，徑到大路旁擺開，著一個藍旗手往來傳報，教道：「孫行者！趕早出來，與我二大王爺爺交戰！」八戒聽見，笑道：「哥啊，常言道：『說謊不瞞當鄉人。』就來弄虛頭，搗鬼！怎麼說降了妖精，就抬轎來送師父，卻又來叫戰，何也？」行者道：「老怪已被我降了，不敢出頭，聞著個『孫』字兒，也害頭疼。這定是二妖魔不服氣送我們，故此叫戰。我道兄弟，這妖精有弟兄三個，這般義氣；我弟兄也是三個，就沒些義氣。我已降了大魔，二魔出來，你就與他戰戰，未為不可。」八戒道：「怕他怎的！等我去打他一仗來！」行者道：「要去便去罷。」八戒笑道：「哥啊，去便去，你把那繩兒借與我使使。」行者道：「你要怎的？你又沒本事鑽在肚裡，與他心上，要他何用？」八戒道：「我要扣在這腰間，做個救命索。你與沙僧扯住後手，若是輸與他，你把我扯回來，莫教他拉了去。」真個行者暗笑道：「也是捉弄呆子一番！」就把繩兒扣在他腰裡，攛弄他出戰。

那呆子舉釘鈀跑上山崖，叫道：「妖精！出來！與你豬祖宗打來！」那藍旗手急報道：「大王，有一個長嘴大耳朵的和尚來了。」二怪即出營，見了八戒，更不打話，挺槍劈面刺來。這呆子舉鈀上前迎住。他兩個在山坡前搭上手，鬥不上七八回合，呆子手軟，架不得妖魔，急回頭叫：「師兄，不好了！扯扯救命索，扯扯救命索！」這壁廂大聖聞言，轉把繩子放鬆了，拋將去。那呆子敗了陣，往後就跑。原來那繩子拖著走，還不覺；轉回來，因鬆了，倒有些絆腳，自家絆倒了一跌，爬起來又一跌。始初還跌個躘踵，後面就跌了個嘴搶地。被妖精趕上，捽開鼻子，就如蛟龍一般，把八戒一鼻子

捲住，得勝回洞。眾妖凱歌齊唱，一擁而歸。

這坡下三藏看見，又惱行者道：「悟空，怪不得能咒你死哩！原來你兄弟全無相親相愛之意，專懷相嫉相妒之心！他那般說，教你扯扯救命索，你怎麼不扯，還將索子丟去，卻如之何？」行者笑道：「師父也忒護短，忒偏心！罷了，像老孫拿去時，你略不掛念，如今教他被害，卻如此懷念。這呆子才自遭擒，你就怪我。也教他受些苦惱，方見取經之難。」三藏道：「徒弟啊，你去，我豈不掛念？想著你會變化，斷然不至傷身，這一去，少吉多惡。你還去救他一救。」

急縱身，趕上山，暗中恨道：「師父不得報怨，等我去救他一救。」

好大聖，趕上山，暗中恨道：「這呆子咒我死，且莫與他個快活！且跟去看那妖精怎麼擺布他，等他受些罪，再去救他。」即捻訣念起真言，搖身一變，即變做個蟭蟟蟲，飛將去，釘在八戒耳朵根上，同那妖精到了洞裡。二魔帥三千小怪，大吹大打的，至洞口屯下。自將八戒拿入裡邊道：「哥哥，我拿了一個來也。」老怪道：「拿來我看。」他把鼻子放鬆，摔下八戒道：「這不是？」老怪道：「這廝沒用。」八戒聞言道：「大王，沒用的放出去，尋那有用的捉來罷。」老怪道：「雖是沒用，也是唐僧的徒弟豬八戒。且捆了，送在後邊池塘裡浸著。待浸退了毛，破開肚子，使鹽醃了曬乾，等天陰下酒。」八戒大驚道：「罷了！罷了！撞見那販醃的妖怪也！」眾怪一齊下手，把呆子四馬攢蹄捆住，扛扛抬抬，送至池塘邊，往中間一推，盡皆轉去。

大聖卻飛起來看處，那呆子四肢朝上，掘著嘴，半浮半沉，嘴裡呼呼的，著然好笑，倒像八九月經霜落了子兒的一個大黑蓮蓬。大聖見他那嘴臉，又恨他，又憐他，說道：「怎的好麼？他也是龍華會上的一個人，但只恨他動不動分行李散伙，又要攛掇師父念《緊箍咒》咒我。我前日曾聞得沙僧

說，他攢了些私房，不知可有否。等我且嚇他一嚇看。」

好大聖，飛近他耳邊，假捏聲音，叫聲：「豬悟能！豬悟能！」八戒慌了道：「晦氣呀！我這悟能是觀世音菩薩起的，自跟了唐僧，又呼做八戒，此間怎麼有人知道我叫做悟能？」呆子忍不住問道：「是那個叫我的法名？」行者道：「我是悟能？」呆子道：「你是那個？」行者道：「我是五閻王差來勾你的。」呆子道：「長官，你且回去，上覆五閻王，他與我師兄孫悟空交得甚好，教他讓我一日兒，明日來勾罷。」行者道：「胡說！『閻王注定三更死，誰敢留人到四更！』趁早跟我去，免得套上繩子扯拉！」呆子道：「長官，那裡不是方便，看我這般嘴臉，還想活哩。死是一定死，只等一日，這妖精連我師父們都拿來，會一會，就都了帳也。」行者暗笑道：「也罷，我這批上有三十個人，都在這中前後，等我拘將來就你，便有一日耽閣。你可有盤纏，把些兒我去。」八戒道：「可憐啊！出家人那裡有甚麼盤纏？」行者道：「若無盤纏，索了去！跟著我走！」呆子慌了道：「長官不要索。我曉得你這繩兒叫做『追命繩』，索上就要斷氣。有！有！有便有些兒，只是不多。」行者道：「在那裡？快拿出來！」八戒道：「可憐！可憐！我自做了和尚，到如今，有些善信的人家齋僧，見我食腸大，襯錢比他們略多些兒，我拿了攢在這裡，零零碎碎有五錢銀子，因不好收拾，前者到城中，央了個銀匠煎在一處，他又沒天理，偷了我幾分，只得四錢六分一塊兒。你拿了去罷。」行者暗笑道：「這呆子褲子也沒得穿，卻藏在何處？……咄！你銀子在那裡？」八戒道：「在我左耳朵眼兒裡塞著哩。我捆了拿不得，你自家拿了去罷。」

行者聞言，即伸手在耳朵竅中摸出，真個是塊馬鞍兒銀子，足有四錢五六分重；拿在手裡，忍不

（迷信所說的勾魂鬼）。

住哈哈的一聲大笑。那呆子認是行者聲音，在水裡亂罵道：「天殺的弼馬溫！到這們苦處，還來打詐財物哩！」行者又笑道：「我把你這饞糟的！老孫保師父，不知受了多少苦難，你倒攢下私房！」八戒道：「嘴臉！這是甚麼私房！都是牙齒上刮下來的，我不捨得買了嘴吃，留了買匹布兒做件衣服，你卻嚇了我的。還分些兒與我。」行者道：「半分也沒得與你！」八戒罵道：「買命錢讓與你罷，好道也救我出去是。」行者道：「莫發急，等我救你。」將銀子藏了，即現原身，掣鐵棒，把呆子劃攏，用手提著腳，扯上來，解了繩。八戒跳起來，脫下衣裳，整乾了水，抖一抖，潮漉漉的披在身上，道：「哥哥，開後門走了罷。」行者道：「後門裡走，可是個長進的？還打前門上去。」八戒道：「我的腳捆麻了，跑不動。」行者道：「快跟我來。」

好大聖，把鐵棒一路丟開解數，打將出去。那呆子忍著麻，只得跟定他。只看見二門下靠著的是他的釘鈀，走上前，推開小妖，撈過來往前亂築；與行者打出三四層門，不知打殺了多少小妖。那老魔聽見，對二魔道：「拿得好人！拿得好人！你看孫行者劫出豬八戒，門上打傷小妖也！」那二魔急縱身，綽槍在手，趕出門來，應聲罵道：「潑猢猻！這般無禮！怎敢渺視我等！」大聖聽得，即應聲站下。那怪物不容講，使槍便刺。行者正是會家不忙，掣鐵棒，劈面相迎。他兩個在洞門外，這一場好殺：

黃牙老象變人形，義結獅王為弟兄。因為大魔來說合，同心計算吃唐僧。齊天大聖神通廣，輔正除邪要滅精。八戒無能遭毒手，悟空拯救出門行。妖王趕上施英猛，槍棒交加各顯能。那一個槍來好似穿林蟒，這一個棒起猶如出海龍。龍出海門雲靄靄，蟒穿林樹霧騰騰。

算來都為唐和尚，恨苦相持太沒情。

那八戒見大聖與妖精交戰，他在山嘴上豎著釘鈀，不來幫打，只管呆呆的看著。那妖精見行者棒重，滿身解數，全無破綻，就把槍架住。捽開鼻子，要來捲他。行者知道他的勾當，雙手把金箍棒橫起來，往上一舉，被妖精一鼻子捲住腰胯，不曾捲手。你看他兩隻手在妖精鼻頭上丟花棒兒耍子。

八戒見了，捶胸道：「咦！那妖怪晦氣呀！捲我這夯的，連手都捲住了，不能得動；捲那們滑的，倒不捲手。他那兩隻手拿著棒，只消往鼻裡一搠，那孔子裡害疼流涕，怎能捲得他住？」行者原無此意，倒是八戒教了他。他就把棒幌一幌，小如雞子，長有丈餘，真個往他鼻孔裡一搠。那妖精害怕，沙的一聲，把鼻子捽放，被行者轉手過來，一把撾住，用氣力往前一拉，那妖精護疼，隨著手，舉步跟來。八戒方才敢近，拿釘鈀望妖精胯子上亂築。行者道：「不好！不好！那鈀齒兒尖，恐築破皮，淌出血來，師父看見，又說我們傷生，只調柄子來打罷。」

真個呆子舉鈀柄，走一步，打一下，行者牽著鼻子，就似兩個象奴，牽至坡下。只見三藏凝睛盼望，見他兩個嚷嚷鬧鬧而來，即喚：「悟淨，你看悟空牽的是甚麼？」沙僧見了，笑道：「師父，大師兄把妖精揪著鼻子拉來，真愛殺人也！」三藏道：「善哉！善哉！那般大個妖精！那般長個鼻子！你且問他：他若喜喜歡歡送我等過山呵，饒了他，莫傷他性命。」沙僧急縱前迎著，高聲叫道：「師父說：那怪果送師父過山，教不要傷他命哩。」那怪聞說，連忙跪下，口裡嗚嗚的答應。原來被行者揪著鼻子，捏齉了，就如重傷風一般。叫道：「唐老爺，若肯饒命，即便抬轎相送。」行者道：「我師徒俱是善善勝之人，依你言，且饒你命。快抬轎來。如再變卦，拿住決不再饒！」那怪得脫手，磕頭

而去。行者同八戒見唐僧，備言前事。八戒慚愧不勝，在坡前晾曬衣服，等候不題。

那二魔戰戰兢兢回洞，未到時，已有小妖報知老魔、三魔，說二魔被行者揪著鼻子拉去。老魔悚懼，與三魔戰兢兢方出，見二魔獨回，又皆接入，問及放回之故。二魔把三藏慈憫善勝之言，對眾說了一遍。一個個面面相覷，更不敢言。二魔道：「哥哥可送唐僧麼？」老魔道：「兄弟，你說那裡話！孫行者是個廣施仁義的猴頭，他先在我肚裡，若肯害我性命，一千個也被他弄殺了。卻才揪住你鼻子，若是扯了去不放回，只捏破你的鼻子頭兒，卻也惶恐。快早安排送他去罷。」三魔笑道：「送！送！送！」老魔道：「賢弟這話，卻又像尚氣的了。你不送，我兩個送去罷。」

三魔又笑道：「二位兄長在上：那和尚倘不要我們送，只這等瞞過去，還是他的造化；若要送，不知正中了我的『調虎離山』之計哩。」老怪道：「何為『調虎離山』？」三怪道：「如今把滿洞群妖，點將起來，萬中選千，千中選百，百中選十六，又選三十個。」老怪道：「怎麼既要十六，又要三十？」三怪道：「要三十個會烹煮的，與他些精米、細麵、竹筍、茶芽、香蕈、蘑菇、豆腐、麵筋，著他二十里，或三十里，搭下窩鋪，安排茶飯，管待唐僧。」老怪道：「又要十六個何用？」三怪道：「著八個抬，八個喝路。我弟兄相隨左右，送他一程。此去向西四百餘里，就是我的城池。我那裡自有接應的人馬。若至城邊，著他師徒首尾不能相顧。要捉唐僧，全在此十六個鬼成功。」老怪聞言，歡欣不已。真是如醉方醒，似夢方覺。道：「好！好！好！」即點眾妖，先選三十，與他物件，又選十六，抬一頂香藤轎子。同出門來，又吩咐眾妖：「俱不許上山閑走：孫行者是個多心的猴子，若見汝等往來，他必生疑，識破此計。」

老怪遂帥眾至大路旁高叫道：「唐老爺，今日不犯紅沙（迷信批惡星當值，不吉利），請老爺早早過

山。」三藏聞言道：「悟空，是甚人叫我？」行者指定道：「那廂是老孫降伏的妖精抬轎來送你哩。」三藏合掌朝天道：「善哉！善哉！若不是賢徒如此之能，我怎生得去！」徑直向前，對眾妖作禮道：「多承列位之愛，我弟子取經東回，向長安當傳揚善果也。」眾妖叩首道：「請老爺上轎。」

那三藏肉眼凡胎，不知是計；孫大聖又是太乙金仙，忠正之性，只以為擒縱之功，降了妖怪，亦豈期他都有異謀，卻也不曾詳察，盡著師父之意。即命八戒將行囊捎在馬上，與沙僧緊隨。他使鐵棒向前開路，顧盼吉凶。八個抬起轎子，八個一遞一聲喝道。三個妖扶著轎扛。師父喜喜歡歡的端坐轎上。

上了高山，依大路而行。

此一去，豈知歡喜之間愁又至。經云：「泰極否還生。」時運相逢真太歲，又值喪門吊客星。那伙妖魔，同心合意的，侍衛左右，早晚殷勤。行經三十里獻齋，五十里又齋，未晚請歇，沿路齊齊整整。一日三餐，遂心滿意；良宵一宿，好處安身。

西進有四百里餘程，忽見城池相近。大聖舉鐵棒，離轎僅有一里之遙，見城池，把他嚇了一跌，掙挫不起。你道他只這般大膽，如何見此著呢？原來望見那城中有許多惡氣。乃是：

攢攢簇簇妖魔怪，四門都是狼精靈。斑斕老虎為都管，白面雄彪作總兵。丫叉角鹿傳文引，伶俐狐狸當道行。千尺大蟒圍城走，萬丈長蛇占路程。樓下蒼狼呼令使，台前花豹作人聲。搖旗擂鼓皆妖怪，巡更坐鋪盡山精。狡兔開門弄買賣，野豬挑擔幹營生。先年原是天朝國，如今翻作虎狼城。

那大聖正當悚懼，只聽得耳後風響，急回頭觀看，原來是三魔雙手舉一柄畫桿方天戟，往大聖頭上打來。大聖急翻身爬起，使金箍棒劈面相迎。他兩個各懷惱怒，氣呼呼，更不打話；咬著牙，各要相爭。又見那老魔頭，傳聲號令，舉鋼刀便砍八戒。八戒慌得丟了馬，掄著鈀，向前亂築。那二魔纏長槍，望沙僧刺來。沙僧使降妖杖支開架子敵住。三個魔頭與三個和尚，一個敵一個，在那山頭捨死忘生苦戰。那十六個小妖卻遵號令，各各效能：搶了白馬、行囊，把三藏一擁，抬著轎子，徑至城邊，高叫道：「大王爺爺定計，已拿得唐僧來了！」那城上大小妖精，一個個跑下，將城門大開，吩咐各營捲旗息鼓，不許吶喊篩鑼，說：「大王原有令在前，不許嚇了唐僧；唐僧禁不得恐嚇，一嚇就肉酸不中吃了。」眾精都歡天喜地邀三藏，控背躬身接主僧。把唐僧一轎子抬上金鑾殿，請他坐在當中，一壁廂獻茶，獻飯，左右旋繞。那長老昏昏沉沉，舉眼無親。

畢竟不知性命何如，且聽下回分解。

第七十七回

群魔欺本性　一體拜真如

且不言唐長老困苦。卻說那三個魔頭，齊心竭力，與大聖兄弟三人，在城東半山內，努力爭持。

這一場，正是那「鐵刷帚刷銅鍋，家家挺硬。」好殺：

六般體相六般兵，六樣形骸六樣情。六惡六根緣六欲，六門六道賭輸贏。三十六宮春自在，六六形色恨有名。這一個金箍棒，千般解數；那一個方天戟，百樣崢嶸。八戒釘鈀凶更猛，二怪長槍俊又能。小沙僧寶杖非凡，有心打死；老魔頭鋼刀快利，舉手無情。這三個是護衛真僧無敵將，那三個是亂法欺君潑野精。起初猶可，向後彌凶。六枚都使升空法，雲端裡面各翻騰。一時間吐霧噴雲天地暗，哮哮吼吼只聞聲。

他六個鬥罷多時，漸漸天晚。卻又是風霧漫漫，靄時間，就黑暗了。原來八戒耳大，蓋著眼皮，越發昏蒙；手腳慢，又遮架不住，拖著鈀，敗陣就走，被老魔舉刀砍去，幾乎傷命；幸躲過頭腦，被

刀口削斷幾根鬃毛，趕上張開口咬著領頭，拿與小怪，捆在金鑾殿。老妖又駕雲，起在半空助力。沙和尚見事不諧，虛幌著寶杖，顧本身回頭便走，被二怪摔開鼻子，響一聲，連手捲住，拿到城裡，也叫小妖捆在殿下。卻又騰空去叫拿行者。行者見兩個兄弟遭擒，他自家獨力難撐，正是「好手不敵雙拳，雙拳難敵四手。」他喊一聲，把棍子隔開三個妖魔的兵器，縱筋斗駕雲走了。三怪見行者駕筋斗時，即抖抖身，現了本相，扇開兩翅，趕上大聖。你道他怎能趕上？當時如行者鬧天宮，十萬天兵也拿他不住者，以他會駕筋斗雲，一去有十萬八千里路，所以諸神不能趕上。這妖精扇一翅就有九萬里，兩扇就趕過了，所以被他一把攂住，拿在手中，左右揰挫（掙扎）不得。欲思要走，莫能逃脫。即使變化法遁身，又往來難行：變大些兒，他就放了攂住；變小些兒，他又攂緊了攂住。復拿了徑回城內，放了手，摔下塵埃。�& 吩咐群妖，也照八戒、沙僧捆在一處。那老魔、二魔俱下來迎接。三個魔頭，同上寶殿。噫！這一番不是捆住行者，分明是與他送行。

此時有二更時候，眾怪一齊相見畢，把唐僧推下殿來。那長老於燈光前，忽見三個徒弟都捆在地下，老師父伏於行者身邊，哭道：「徒弟啊！常時逢難，你卻在外運用神通，到那裡取救降魔；今番你亦遭擒，我貧僧怎麼得命！」八戒、沙僧聽見師父這般苦楚，便也一齊放聲痛哭。行者微微笑道：「師父放心，兄弟莫哭；憑他怎的，決然無傷。等那老魔安靜了，我們走路。」八戒道：「哥啊，又來搗鬼了！麻繩捆住，鬆些還著水噴，想你這瘦人兒不覺，我這胖的遭瘟哩！不信，你看兩膊上。入肉已有二寸，如何脫身？」行者笑道：「莫說是麻繩捆的，就是碗粗的棕纜，只也當秋風過耳，何足罕哉！」師徒們正說處，只聞得那老魔道：「三賢弟有力量，有智謀，果成妙計，拿將唐僧來了！」叫：「小的們，著五個打水，七個刷鍋，十個燒火，二十個抬出鐵籠來，把那四個和尚蒸熟，

我兄弟們受用，各散一塊兒與小的們吃，也教他個個長生。」八戒聽見，戰兢兢的道：「哥哥，你聽。那妖精計較要蒸我們吃哩！」行者道：「不要怕，等我看他是雛兒妖精，是把勢妖精。」沙和尚哭道：「哥呀！且不要說寬話，如今已與閻王隔壁哩，還講甚麼『雛兒』、『把勢』！」說不了，又聽得二怪說：「豬八戒不好蒸。」八戒歡喜道：「阿彌陀佛，是那個積陰騭的，說我不好蒸？」三怪道：「不好蒸，剝了皮蒸。」八戒慌了，厲聲喊道：「不要剝皮！粗自粗，湯響就爛了！」老怪道：「不好蒸的，安在底下一格。」行者笑道：「八戒莫怕，是『雛兒』，不是『把勢』。」沙僧道：「怎麼認得？」行者道：「大凡蒸東西，都從上邊起。不好蒸的，安在上頭一格，多燒把火，圓了氣，就好了；若安在底下，一住了氣，就燒半年也是不得氣上的。他說八戒不好蒸，安在底下，不是雛兒是甚的！」八戒道：「哥啊，依你說，就活活的弄殺人了！他打緊見不上氣，抬開了，把我翻轉過來，再燒起火，弄得我兩邊俱熟，中間不夾生了？」

正講時，又見小妖來報：「湯滾了。」老怪傳令叫抬。眾妖一齊上手，將八戒抬在底下一格，沙僧抬在二抬。行者估著來抬他，他就脫身道：「此燈光前好做手腳！」拔下一根毫毛，吹口仙氣，叫聲「變！」即變做一個行者，捆了麻繩；將真身出神，跳在半空裡，低頭看著。那群妖那知真假，見人就抬。把個「假行者」抬在上三格；才將唐僧揪翻倒捆住，抬上第四格。乾柴架起，烈火氣焰騰騰。大聖在雲端裡嗟嘆道：「我那八戒、沙僧，還捱得兩滾；我那師父，只消一滾就爛。若不用法救他，頃刻喪矣！」

好行者，在空中捻著訣，念一聲「唵藍淨法界，乾元亨利貞」的咒語，拘喚得北海龍王早至。只見那雲端裡一朵烏雲，應聲高叫道：「北海小龍敖順叩頭。」行者道：「請起！請起！無事不敢相

煩，今與唐師父到此，被毒魔拿住，上鐵籠蒸哩。你去與我護持護持，莫教蒸壞了。」龍王隨即將身變作一陣冷風，吹入鍋下，盤旋圍護，更沒火氣燒鍋，他三人方不損命。

將有三更盡時，只聞得老魔發放道：「手下的，我等用計勞形，拿了唐僧四眾；又因相送辛苦，四晝夜未曾得睡。今已捆在籠裡，料應難脫，汝等用心看守，著十個小妖輪流燒火，讓我們退宮，略略安寢。到五更天色將明，必然爛了，可安排下蒜泥鹽醋，請我們起來，空心受用。」眾妖各各遵命。三個魔頭，卻各轉寢宮而去。

行者在雲端裡，明明聽著這等吩咐，卻低下雲頭，不聽見籠裡人聲。他想著：「火氣上騰，必然也熱，他們怎麼不怕，又無言語、哼嘰！莫敢是蒸死了？等我近前再聽。」好大聖，踏著雲，搖身一變，變作一個黑蒼蠅兒，釘在鐵籠格外聽時，只聞得八戒在裡面道：「晦氣，晦氣！不知是悶氣蒸，又不知是出氣蒸哩。」沙僧道：「二哥，怎麼叫做『悶氣』、『出氣』？」八戒道：「『悶氣蒸』是蓋了籠頭，『出氣蒸』不蓋。」三藏在浮上一層應聲道：「徒弟，不曾蓋。」八戒道：「造化！今夜還不得死！這是出氣蒸了！」行者聽得他三人都說話，未曾傷命，便就飛了去，把個鐵籠蓋，輕輕兒蓋上。三藏慌了道：「徒弟！蓋上了！」八戒道：「罷了！這個是悶氣蒸，今夜必是死了！」沙僧與長老嚶嚶的啼哭。八戒道：「且不要哭，這一會燒火的換了班了。」沙僧道：「你怎麼知道？」八戒道：「早先抬上來時，正合我意：我有些兒寒濕氣的病，要他騰騰。這會子反冷氣上來了。咦！燒火的長官，添上些柴便怎的？要了你的哩！」

行者聽見，忍不住暗笑道：「這個夯貨！冷還好捱，若熱就要傷命。再說兩遭，一定走了風了，快早救他。且住！要救他須要現本相。假如現了，這十個燒火的看見，一齊亂喊，驚動老怪，卻不又

費事？等我先送他個法兒。」忽想起：「我當初做大聖時，曾在北天門與護國天王猜枚耍子，贏得他瞌睡蟲兒，還有幾個，送了他罷。」即將蟲兒拋了去，散在十個小妖臉上，鑽入鼻孔，漸漸打盹，都睡倒了。「送他十個，還留兩個做種。」即將蟲兒拋了去，把鼻子左捏右捏，不住的打噴嚏。行者道：「這廝曉得勾當了，我再與他個『雙橋燈』。」又將一個蟲兒拋在他臉上。「兩個蟲兒，左進右出，右出左進，諒有一個安住。」那小妖兩三個大呵欠，把腰伸一伸，丟了火叉，也撲的睡倒，再不翻身。

行者道：「這法兒真是妙而且靈！」即現原身，走近前，叫聲：「師父。」唐僧聽見道：「悟空，救我啊！」沙僧道：「哥哥，你在外面叫哩？」行者道：「我不在外面，好和你們在裡邊受罪？」八戒道：「哥哥，溜撒的溜了，我們都是頂缸（代人受過）的，在此受悶氣哩！」行者笑道：「呆子莫嚷，我來救你。」八戒道：「哥啊，救便要脫根救，莫又要復籠蒸。」行者卻揭開籠頭，解了師父，將假變的毫毛，抖了一抖，收上身來，又一層層放了沙僧，放了八戒。那呆子才解了，巴不得就要跑。行者道：「莫忙！莫忙！」卻又念聲咒語，發放了龍神，才對八戒道：「我們這去還有西天，還有高山峻嶺。師父沒腳力難行，等我還將馬來。」你看他輕手輕腳，走到金鑾殿下，見那些大小群妖俱睡熟了。卻解了韁繩，更不驚動。那馬原是龍馬，若是生人，束緊了肚帶，扣備停當。行者曾養過馬，授弼馬溫之官，又是自家一伙，所以不跳不叫。悄悄的牽來，飛踢兩腳，便嘶喊一聲。行者道：「也且莫忙。我們西去還有國王，須要關文，方才得；不然，將甚麼照？等我還去尋行李來。」唐僧道：「我記得進門時，眾怪將行李放在金殿左手父上上馬。長老戰兢兢的騎上，也就要走。行者道：「我曉得了。」下，擔兒也在那一邊。」行者道：「即抽身跳在寶殿尋時，忽見光彩飄颻。行者知是行

李，——怎麼就知？以唐僧的錦襴袈裟上有夜明珠，故此放光。急到前，見擔兒原封未動，連忙拿下去，付與沙僧挑著。

八戒牽著馬，他引了路，徑奔正陽門。只聽得梆鈴亂響，門上有鎖，鎖上貼了封皮。

行者道：「這等防守，如何去得？」八戒道：「後門裡去罷。」行者引路，徑奔後門：「後宰門外，也有梆鈴之聲，門上也有封鎖，卻怎生是好？我這一番，若不為唐僧是個凡體，我三人不管怎的，也駕雲弄風走了。只為唐僧未超三界外，見在五行中，一身都是父母濁骨，所以不得升駕，難逃。」八戒道：「哥哥，不消商量，我們到那沒梆鈴，不防衛處，撮著師父爬過牆去罷。」行者笑道：「這個不好：此時無奈，撮他過去；到取經回來，你這呆子口敞，延地裡就對人說，我們是爬牆頭的和尚了。」八戒道：「此時也顧不得行檢，且逃命去罷。」行者也沒奈何，只得依他。到那淨牆邊，算計爬出。

噫！有這般事！也是三藏災星未脫。那三個魔頭，在宮中正睡，忽然驚覺，說走了唐僧，一個個披衣忙起，急登寶殿。問曰：「唐僧蒸了幾滾了！」那些燒火的小妖已是有睡魔蟲，都睡著了，就是打也莫想打得一個醒來。其餘沒執事的，驚醒幾個，冒冒失失的答應道：「七……七……七……七滾了！」急跑近鍋邊，只見籠格子亂丟在地下，燒火的還都睡著，慌得又來報道：「大王，走……走……走走……走……走了！」三個魔頭都下殿，近鍋前仔細看時，果見那籠格子亂丟在地下，湯鍋盡冷，火腳俱無。那燒火的俱呼呼鼾睡如泥。慌得眾怪一齊吶喊，都叫：「快拿唐僧！快拿唐僧！」這一片喊聲振起，把些前前後後，大大小小妖精，都驚起來。刀槍簇擁，至正陽門下，見那封鎖不動，梆鈴不絕，問外邊巡夜的道：「唐僧從那裡走了？」俱道：「不曾走出人來。」

急趨至後宰門，封鎖、梆鈴，一如前門，復亂搶搶的，燈籠火把，燦天通紅，就如白日，卻明明的照見他四眾爬牆哩！老魔趕近，喝聲：「那裡走！」那長老唬得腳軟筋麻，跌下牆來，被老魔拿住。二魔捉了沙僧，三魔擒倒八戒，眾妖搶了行李、白馬，只是走了行者。那八戒口裡嘓嘓噥噥的報怨行者道：「天殺的！我說要救便脫根救，如今卻又復籠蒸了！」

眾魔把唐僧擒至殿上，卻不蒸了。二怪吩咐把八戒綁在殿前簷柱上；惟老魔把唐僧抱住不放。三怪道：「大哥，你抱住他怎的？終不然就活吃？卻也沒些趣味。此物比不得那愚夫俗子，拿了可以當飯，只須待天陰閒暇之時，拿他出來，整制精潔，猜枚行令，細吹細打的吃方可。」老魔笑道：「賢弟之言雖當，但孫行者又要來偷哩。」三魔道：「我這皇宮裡面有一座錦香亭子，亭子內有一個鐵櫃。依著我，把唐僧藏在櫃裡，關了亭子，卻傳出謠言，說唐僧已被我們夾生吃了。令小妖滿城講說；那行者必然來探聽消息，若聽見這話，他必死心塌地而去。待三五日不來攪擾，卻拿出來，慢慢受用，如何？」老怪、二怪俱大喜道：「是，是，是！兄弟說得有理！」可憐把個唐僧連夜拿將進去，藏在櫃中，閉了亭子。傳出謠言，滿城裡都亂講不題。

卻說行者自夜半顧不得唐僧，駕雲走脫。徑至獅駝洞裡，一路棍，把那萬數小妖，盡情剿絕。急回來，東方日出。到城邊，不敢叫戰，正是「單絲不線，孤掌難鳴」。他落下雲頭，搖身一變，變作個小妖兒，大街小巷，緝訪消息。滿城裡俱道：「唐僧被大王夾生兒連夜吃了。」前前後後，都是這等說。行者著實心焦，行至金鑾殿前觀看，那裡邊有許多精靈，都戴著皮金帽子，穿著黃布直身，手拿著紅漆棍，腰掛著象牙牌，一往一來，不住的亂走。行者暗想道：「此必是穿宮的妖

怪。就變做這個模樣，進去殿前柱上哼哩。」好大聖，果然變得一般無二，混入金門。正走處，只見八戒綁在殿前柱上哼哩。行者近前，叫聲：「師兄，你來了？救我一救！」行者道：「我救你。你可知道師父在哪裡？」八戒道：「師父沒了。昨夜被妖精夾生兒吃了。」

行者聞言，忽失聲淚似泉湧。八戒道：「哥哥莫哭，我也是聽得小妖亂講，未曾眼見。你休誤了，再去尋問尋問。」這行者卻才收淚，又往裡面找尋。忽見沙僧綁在後簷柱上，即近前摸著他胸脯子叫道：「悟淨。」沙僧也識得聲音，道：「師兄！你變化進來了？救我！救我！」行者道：「救你容易。你可知師父在那裡？」沙僧滴淚道：「哥啊！師父被妖精等不得蒸，就夾生兒吃了！」

大聖聽得兩個言語相同，心如刀攪，淚似水流，急縱身望空跳起，且不救八戒、沙僧，回至城東山上，按落雲頭，放聲大哭。叫道：「師父啊！

恨我欺天困網羅，師來救我脫沉痾。潛心篤志同參佛，努力修身共煉魔。
豈料今朝遭蜇害，不能保你上婆娑。西方勝境無緣到，氣散魂消怎奈何！」

行者淒淒慘慘的，自思自忖，以心問心道：「這都是我佛如來坐在那極樂之境，沒得事幹，弄了那三藏之經！若果有心勸善，理當送上東土，卻不是個萬古流傳？只是捨不得送去，卻教我等來取。怎知道苦歷千山，今朝到此喪命？罷！罷！罷！老孫且駕個筋斗雲，去見如來，備言前事。若肯把經與我，送上東土，一則傳揚善果，二則了我等心願；若不肯與我，教他把《鬆箍兒咒》念念，褪下這個箍子，交還與他，老孫還歸本洞，稱王道寡，耍子兒去罷。」

好大聖，急翻身駕起筋斗雲，徑投天竺。那裡消一個時辰，早望見靈山不遠。須臾間，按落雲頭，直至鷲峰之下。忽抬頭，見四大金剛擋住道：「那裡走？」行者施禮道：「有事要見如來。」當頭又有崑崙山金霞嶺不壞尊王永住金剛喝道：「這潑猴甚是粗狂！前者大困牛魔，我等為汝努力，今日面見，全不為禮！有事且待先奉，奉召方行。這裡比南天門不同，教你進去出來，兩邊亂走！咄！還不靠開！」那大聖正是煩惱處，又遭此搶白，氣得哮吼如雷，忍不住大呼小叫，早驚動如來。

如來佛祖正端坐在九品寶蓮臺上，與十八尊輪世的阿羅漢講經，即開口道：「孫悟空來了，汝等出去接待接待。」大眾阿羅，遵佛旨，兩路幢幡寶蓋，即出山門應聲道：「孫大聖，如來有旨相喚哩。」那山門口四大金剛卻才閃開路，讓行者前進。眾阿羅引至寶蓮臺下，見如來倒身下拜，兩淚悲啼。如來道：「悟空，有何事這等悲啼？」行者道：「弟子屢蒙教訓之恩，托庇在佛爺爺之門下，自飯正果，保護唐僧，拜為師範，一路上苦不可言！今至獅駝山獅駝洞獅駝城，有三個毒魔，乃獅王、象王、大鵬，把我師父捉將去，連弟子一概遭池，都捆在蒸籠裡，受湯火之災。幸弟子脫逃，喚龍王救免。是夜偷出師等，不料災星難脫，復又擒回。及至天明，入城打聽，回耐那魔十分狠毒，萬樣驍勇，把師父連夜夾生吃了，如今骨肉無存。又況師弟悟能、悟淨，見綁在那廂，不久性命亦皆傾矣。弟子沒及奈何，特地到此參拜如來。望大慈悲，將《鬆箍咒兒》念念，褪下我這頭上箍兒，交還如來，放我弟子回花果山寬閑耍子去罷！」說未了，淚如泉湧，悲聲不絕。如來笑道：「悟空少得煩惱。那妖精神通廣大，你勝不得他，所以這等心痛。」行者跪在下面，捶著胸膛道：「不瞞如來說，弟子當年鬧天宮，稱大聖，自為人以來，不曾吃虧，今番卻遭這毒魔之手！」

如來聞言言道：「你且休恨。那妖精我認得他。」行者猛然失聲道：「如來！我聽見人講說，那妖

精與你有親哩。」如來道：「這個㹳猻！怎麼個妖精與我有親？」行者笑道：「不與你有親，如何認得？」如來道：「我慧眼觀之，故此認得。那老怪與二怪有主。」叫：「阿儺、迦葉，來！你兩個分頭駕雲，去五台山、峨眉山宣文殊、普賢來見。」二尊者即奉旨而去。如來道：「這是老魔、二怪之主。但那三怪，說將起來，也是與我有些親處。」行者道：「親是父黨？母黨？」如來道：「自那混沌分時，天開於子，地辟於丑，人生於寅，天地再交合，萬物有走獸飛禽。麒麟為之長，飛禽以鳳凰為之長。我在雪山頂上，修成丈六金身，早被他也把我吸下肚去。我欲從他便門而出，恐污真身，是我剖開他脊背，跨上靈山。欲傷他命，當被諸佛勸解：傷孔雀如傷我母。故此留他在靈山會上，封他做佛母孔雀大明王菩薩。大鵬與他是一母所生，故此有些親處。」行者聞言笑道：「如來，若這般比論，你還是妖精的外甥哩。」如來道：「那怪須是我去，方可收得。」行者叩頭，啟上如來：「千萬望挪玉一降！」

如來即下蓮台，同諸佛眾，逕出山門。又見阿儺、迦葉，引文殊、普賢來見。二菩薩對佛禮拜。如來道：「菩薩之獸，下山多少時了？」文殊道：「七日了。」如來道：「山中方七日，世上幾千年。不知在那廂傷了多少生靈，快隨我收他去。」二菩薩相隨左右，同眾飛空，只見那：

滿天縹緲瑞雲分，我佛慈悲降法門。明示開天生物理，細言辟地化身文。迦葉阿儺隨左右，普文菩薩殄妖氛。面前五百阿羅漢，腦後三千揭諦神。

大聖有此人情，請得佛祖與眾前來，不多時，早望見城池。行者報道：「如來，那放黑氣的乃是獅駝國也。」如來道：「你先下去，到那城中與妖精交戰，許敗不許勝。敗上來，我自收他。」

大聖即按雲頭，逕至城上，腳踏著垛兒罵道：「潑孽畜！快出來與老孫交戰！」老妖道：「這猴兒兩三日不來，今朝卻又叫戰，莫不是請了些救兵來耶？」三怪道：「怕他怎的！我們都去看來。」三個魔頭，各持兵器，趕上城來；見了行者，更不打話，舉兵器一齊亂刺。行者掄鐵棒掣手相迎。鬥經七八回合，行者佯輸而走。那妖王喊聲大振，叫道：「那裡走！」大聖筋斗一縱，跳上半空，三個精即駕雲來趕。行者將身一閃，藏在佛爺爺金光影裡，全然不見。只見那過去、未來、見在的三尊佛像與五百阿羅漢、三千揭諦神，布散左右，把那三個妖王圍住，水洩不通。老魔慌了手腳，叫道：「兄弟，不好了！那猴子真是個地裡鬼！那裡請得個主人公來也！」三魔道：「大哥休得悚懼。我們一齊上前，使槍刀上前亂砍。卻被文殊、普賢，念動真言，喝道：「這孽畜還不皈正，更待怎生！」唬得老怪、二怪，不敢撐持，丟了兵器，打個滾，現了本相。二菩薩將蓮花台拋在那怪的脊背上，飛身跨坐，二怪遂泯耳（抿耳。耳朵貼到頭上，表示馴服）皈依。

二菩薩既收了青獅、白象，只有那第三個妖魔不伏。騰開翅，丟了方天戟，扶搖直上，掄利爪要刁捉猴王。原來大聖藏在光中，他怎敢近，如來情知此意，即閃金光，把那鵲巢貫頂之頭，迎風一幌，變做鮮紅的一塊血肉。妖精掄利爪刁他一下，被佛爺把手往上一指，那妖翅膊上就了筋，飛不去，只在佛頂上，不能遠遁，現了本相，乃是一個大鵬金翅雕。即開口對佛應聲叫道：「如來，你怎

麼使大法力困住我也？」如來道：「你在此處多生孽障，跟我去，有進益之功。」妖精道：「你那裡持齋把素，極貧極苦；我這裡吃人肉，受用無窮；你若餓壞了我，你有罪愆。」如來道：「我管四大部洲，無數眾生瞻仰，凡做好事，我教他先祭汝口。」那大鵬欲脫難脫，要走怎走，是以沒奈何，只得皈依。

行者方才轉出，向如來叩頭道：「佛爺，你今收了妖精，除了大害，只是沒了我師父也。」大鵬咬著牙恨道：「潑猴頭！尋這等狠人困我！你那老和尚幾曾吃他？如今在那錦香亭鐵櫃裡不是？」行者聞言，忙叩頭謝了佛祖。

佛祖不敢鬆放了大鵬，也只教他在光焰上做個護法，引眾回雲，徑歸寶剎。

行者卻按落雲頭，直入城裡。那城裡一個小妖兒也沒有了。正是「蛇無頭而不行，鳥無翅而不飛。」他見佛祖收了妖王，各自逃生而去。行者才解救了八戒、沙僧，尋著行李、馬匹，與他二人說：「師父不曾吃。都跟我來。」引他兩個徑入內院，找著錦香亭，打開門看，內有一個鐵櫃，只聽得三藏有啼哭之聲。沙僧使降妖杖打開鐵鎖，揭開櫃蓋，叫聲「師父。」三藏見了，放聲大哭道：「徒弟啊！怎生降得妖魔？如何得到此尋著我也？」行者把上項事，從頭至尾，細陳了一遍。三藏感謝不盡。師徒們在那宮殿裡尋了些米糧，安排些茶飯，飽吃一餐，收拾出城，找大路投西而去。正是：真經必得真人取，意嚷心勞總是虛。畢竟這一去，不知幾時得面如來，且聽下回分解。

第七十八回

比丘憐子遣陰神　金殿識魔談道德

一念才生動百魔，修持最苦奈他何。但憑洗滌無塵垢，也用收拴有琢磨。

掃退萬緣歸寂滅，蕩除千怪莫蹉跎。管教跳出樊籠套，行滿飛升上大羅。

話說孫大聖用盡心機，請如來收了眾怪，解脫三藏師徒之難，離獅駝城西行。又經數月，早值冬天。但見那：

嶺梅將破玉，池水漸成冰。紅葉俱飄落，青松色更新。

淡雲飛欲雪，枯草伏山平。滿目寒光迥，陰陰透骨泠。

師徒們衝寒冒冷，宿雨餐風。正行間，又見一座城池。三藏問道：「悟空，那廂又是甚麼所在？」行者道：「到跟前自知。若是西邸王位，須要倒換關文；若是府州縣，徑過。」師徒言語未

畢，早至城門之外。

三藏下馬，一行四眾，進了月城。見一個老軍，在向陽牆下，偎風而睡。行者近前，搖他一下，叫聲：「長官。」那老軍猛然驚覺，麻麻糊糊的睜開眼，看見行者，連忙跪下磕頭，叫：「爺爺！」行者道：「你休胡驚作怪。我又不是甚麼惡神，你叫『爺爺』怎的！」老軍磕頭道：「你是雷公爺爺？」行者道：「胡說！吾乃東土去西天取經的僧人。適才到此，不知地名，問你一聲的。」那老軍聞言，卻才正了心，打個呵欠，爬起來，伸伸腰道：「長老，長老，恕小人之罪。此處地方，原喚比丘國，今改作小子城。」行者道：「國中有帝王否？」老軍道：「有！有！有！」行者卻轉身對唐僧道：「師父，此處原是比丘國，今改小子城。但不知改名之意何故也。」唐僧疑惑道：「既云比丘，又何云小子？」八戒道：「想是比丘王崩了，新立王位的是個小子，故名小子城。」唐僧道：「無此理！無此理！我們且進去，到街坊上再問。」沙僧道：「正是。那老軍一則不知，二則被大哥唬得胡說。且入城去詢問。」

又入三層門裡，到通衢大市觀看，倒也衣冠濟楚，人物清秀。但見那：

酒樓歌館語聲喧，彩鋪茶房高掛簾。萬戶千門生意好，六街三市廣財源。買金販錦人如蟻，奪利爭名只為錢。禮貌莊嚴風景盛，河清海晏太平年。

師徒四眾牽著馬，挑著擔，在街市上行彀多時，看不盡繁華氣概。但只見家家門口一個鵝籠。三藏道：「徒弟啊，此處人家，都將鵝籠放在門首，何也？」八戒聽說，左右觀之，果是鵝籠，排列五

色彩緞遮幔。呆子笑道：「師父，今日想是黃道良辰，宜結婚姻會友。都行禮哩。」行者道：「胡談！那裡就家家都行禮！其間必有緣故。等我上前看看。」三藏扯住道：「你莫去。你嘴臉醜陋，怕人怪你。」行者道：「我變化個兒去來。」

好大聖，捻著訣，念聲咒語，搖身一變，變作一個蜜蜂兒，展開翅，飛近邊前，鑽出幔裡觀看。原來裡面坐的是個小孩兒。再去第二家籠裡看，也是個小孩兒。連看八九家，都是個小孩兒。卻是男身，更無女子。有的坐在籠中頑耍，有的坐在裡邊啼哭；有的吃果子，有的或睡坐。行者看罷，現原身，回報唐僧道：「那籠裡是些小孩子，大者不滿七歲，小者只有五歲，不知何故。」三藏見說，疑思不定。

忽轉街見一衙門，乃金亭館驛。長老喜道：「徒弟，我們且進這驛裡去。一則問他地方，二則撒和馬匹，三則天晚投宿。」沙僧道：「正是，正是，快進去耶。」四眾欣然而入。只見那在官人果報與驛丞。接入門，各各相見。敘坐定，驛丞問：「長老自何方來？」三藏言：「貧僧東土大唐差往西天取經者。今到貴處，有關文理當照驗，權借高衙一歇。」驛丞即命看茶。茶畢，即辦支應（供應的食物），命當直的安排管待。三藏稱謝。又問：「今日可得入朝見駕，照驗關文？」驛丞道：「今晚不能，須待明日早朝。今晚且於敝衙門寬住一宵。」

少頃，安排停當，驛丞即請四眾，同吃了齋供。又教手下人打掃客房安歇。三藏感謝不盡。既坐下，長老道：「貧僧有一件不明之事請教，煩為指示。貴處養孩兒，不知怎生看待。」驛丞道：「天無二日，人無二理。」養育孩童，父精母血，懷胎十月，待時而生；生下乳哺三年，漸成體相。豈有不知之理！」三藏道：「據尊言與敝邦無異；但貧僧進城時，見街坊人家，各設一鵝籠，都

藏小兒在內。此事不明，故敢動問。」驛丞附耳低言道：「長老莫管他，莫問他，也莫理他。請安置，明早走路。」長老聞言，一把扯住驛丞，定要問個明白。驛丞搖頭搖指，只叫：「謹言！」三藏一發不放，執死定要問個詳細。驛丞無奈，只得屏去一應在官人等。獨在燈光之下，悄悄而言道：「適所問鵝籠之事，乃是當今國主無道之事。你只管問他怎的！」三藏道：「何為無道？必見教明白，我方得放心。」

驛丞道：「此國原是比丘國，近有民謠，改作小子城。三年前，有一老人，打扮做道人模樣，攜一小女子，年方一十六歲，其女形容嬌俊，貌若觀音。進貢與當今；陛下愛其色美，寵幸在宮，號為美后。近來把三宮娘娘，六院妃子，全無正眼相覷，不分晝夜，貪歡不已。如今弄得精神瘦倦，身體尪羸，飲食少進，命在須臾。太醫院檢盡良方，不能療治。那進女子的道人，受我主誥封，稱為國丈。國丈有海外秘方，甚能延壽。前者去十洲、三島，採將藥來，俱已完備。但只是藥引子利害：單用著一千一百一十一個小兒的心肝，煎湯服藥。服後有千年不老之功。這些鵝籠裡的小兒，俱是選就的，養在裡面。人家父母，懼怕王法，俱不敢啼哭，遂傳播謠言，叫做小兒城。此非無道而何？長老明早到朝，只去倒換關文，不得言及此事。」言畢，抽身而退。

唬得個長老骨軟筋麻，止不住腮邊淚墮；忽失聲叫道：「昏君，昏君！為你貪歡愛美，弄出病來，怎麼屈傷這許多小兒性命！苦哉！苦哉！痛殺我也！」有詩為證。詩曰：

邪主無知失正真，貪歡不省暗傷身。
因求永壽戕童命，為解天災殺小民。
僧發慈悲難割捨，官言利害不堪聞。
燈前灑淚長籲嘆，痛倒參禪向佛人。

八戒近前道：「師父，你是怎的起哩？」『專把別人棺材抬在自家家裡哭』！不要煩惱！常言道：『君教臣死，臣不死不忠；父教子亡，子不亡不孝。』他傷的是他的子民，與你何干！且來寬衣服睡覺，『莫替古人耽憂』。」三藏滴淚道：「徒弟啊，你是一個不慈憫的！我出家人，積功累行，第一要行方便。怎麼這昏君一味胡行！從來也不見吃人心肝，可以延壽。這都是無道之事，教我怎不傷悲！」沙僧道：「師父且莫傷悲。等明早倒換關文，覿面與國王講過。如若不從，看他是怎麼模樣的一個國丈。或恐那國丈是個妖精，欲吃人的心肝，故設此法，未可知也。」

行者道：「悟淨說得有理。師父，你且睡覺，明日等老孫同你進朝，看國丈的好歹。如若是人，只恐他走了旁門，不知正道，徒以採藥為真，待老孫將先天之要旨，化他皈正；若是妖邪，我把他拿住，與這國王看看，教他寬欲養身，斷不教他傷了那些孩童性命。」三藏聞言，急躬身，反對行者施禮道：「徒弟，此論極妙！極妙！但只是見了昏君，不可便問此事，恐那昏君不分遠近，並作謠言見罪，卻怎生區處！」行者笑道：「老孫自有法力。如今先將鵝籠小兒攝離此城，教他明日無物取心。地方官自然奏表。那昏君必有旨意，或與國丈商量，或者另行選報。那時節，借此舉奏，決不致罪坐於我也。」三藏甚喜。又道：「如今怎得小兒離城？若果能脫得，真賢徒天大之德！可速為之，略遲緩些，恐無及也。」行者抖擻神威，即起身，吩咐八戒、沙僧：「同師父坐著，等我施為，你看但有陰風刮動，就是小兒離城了。」

這大聖出得門外，打個唿哨，起在半空，捻了訣，念動真言，叫聲「唵淨法界」，拘得那城隍、土地、社令、真官，並五方揭諦、四值功曹、六丁六甲與護教伽藍等眾，都到空中，對他施禮道：「大聖，夜喚吾等，有何急事？」

行者道：「今因路過比丘國，那國王無道，聽信妖邪，要取小兒心肝做藥引子，指望長生。我師父十分不忍，欲要救生滅怪，故老孫特請列位，各使神通，與我把這城中各街坊人家鵝籠裡的小兒，連籠都攝出城外山凹中，或樹林深處，收藏一二日，與他些果子食用，不得餓損；再暗的護持，不得使他驚恐啼哭。待我除了邪，治了國，勸正君王，臨行時，送來還我。」眾神聽令。即便各使神通，按下雲頭。滿城中陰風滾滾，慘霧漫漫：

有詩為證。詩曰：

陰風刮暗一天星，慘霧遮昏千里月。起初時，還蕩蕩悠悠；次後來，就轟轟烈烈。悠悠蕩蕩，各尋門戶救孩童；烈烈轟轟，都看鵝籠援骨血。冷氣侵人怎出頭，寒威透體衣如鐵。滿地捲陰風，籠兒被神攝。此夜縱孤恓，天明盡歡悅。

父母徒張皇，兄嫂皆悲切。行者因師同救護，這場陰騭勝波羅。

比丘一國非君亂，小子千名是命訛。行者因師同救護，這場陰騭勝波羅。

釋門慈憫古來多，正善成功說摩訶。萬聖千真皆積德，三皈五戒要從和。

當夜有三更時分，眾神祇把鵝籠攝去各處安藏。

行者按下祥光，徑至驛庭上。只聽得他三人還念「南無救生藥師佛」哩。他也心中暗喜。近前叫：「師父，我來也。陰風之起何如？」八戒道：「好陰風！」三藏道：「救兒之事，卻怎麼說？」

行者道：「已一一救他出去，待我們起身時送還。」長老謝了又謝，方才就寢。

至天曉，三藏醒來，遂結束齊備道：「悟空，我趁早朝，倒換關文去也。」行者道：「師父，你自家去，恐不濟事；待老孫和你同去，看那國丈邪正如何。」三藏道：「你去卻不肯行禮，恐國王見怪。」行者道：「我不現身，暗中跟隨你，就當保護。」三藏甚喜，吩咐八戒、沙僧看守行李、馬匹。卻才舉步，這驛丞又來相見。看這長老打扮起來，比昨日又甚不同。但見他：

身上穿一領錦襴異寶佛袈裟，頭戴金頂毗盧帽。九環錫杖手中拿，胸藏一點神光妙。通關文牒緊隨身，包裹袋中纏錦套。行似阿羅（即阿羅漢。羅漢，佛教指無嗜欲、無煩惱的高僧）降世間，誠如活佛真容貌。

那驛丞相見禮畢，附耳低言，只教莫管閒事。三藏點頭應聲。大聖閃在門旁，念個咒語，搖身一變，變做個䗥蟟蟲兒，嚶的一聲，飛在三藏帽兒上。出了館驛，徑奔朝中。

及到朝門外，見有黃門官，即施禮道：「貧僧乃東土大唐差往西天取經者。今到貴地，理當倒換關文。意欲見駕，伏乞轉奏轉奏。」

那黃門官果為傳奏。國王喜道：「遠來之僧，必有道行。」教請進來。黃門官復奉旨，將長老請入。長老階下朝見畢，復請上殿賜坐。長老又謝恩坐了。只見那國王相貌尪羸，精神倦怠：舉手處，揖讓差池；開言時，聲音斷續。長老將文牒獻上，那國王眼目昏矇，看了又看，方才取寶印用了花押，遞與長老。長老收訖。

那國王正要問取經原因，只聽得當駕官奏道：「國丈爺爺來矣。」那國王即扶著近侍小宦，揮下龍床，躬身迎接。慌得那長老急起身，側立於旁。回頭觀看，原來是一個老道者，自玉階前，搖搖擺擺而進。但見他：

　　頭上戴一頂淡鵝黃九錫雲錦紗巾，身上穿一領箬頂梅沉香綿絲鶴氅。腰間繫一條紉藍三股攢絨帶，足下踏一對麻經葛緯雲頭履。手中挂一根九節枯藤盤龍拐杖，胸前掛一個描龍刺鳳團花錦囊。玉面多光潤，蒼髯領下飄。金睛飛火焰，長目過眉梢。行動雲隨步，逍遙香霧繞。階下眾官都拱接，齊呼國丈進王朝。

　　那國丈到寶殿前，更不行禮，昂昂烈烈，徑到殿上。國王欠身道：「國丈仙蹤，今喜早降。」就請左手繡墩上坐。三藏起一步，躬身施禮道：「國丈大人，貧僧問訊了。」那國丈端然高坐，亦不回禮。轉面向國王道：「僧家何來？」國王道：「東土唐朝差上西天取經者。今來倒驗關文。」國丈笑道：「西方之路，黑漫漫有甚好處！」三藏道：「自古西方乃極樂之勝境，如何不好？」那國王問道：「朕聞上古有云：『僧是佛家弟子！』端的不知為僧可能不死，向佛可能長生？」三藏聞言，急合掌應道：

　　「為僧者，萬緣都罷；了性者，諸法皆空。大智閒閒，澹泊在不生之內；真機默默，逍遙於寂滅之中。三界空而百端治，六根淨而千種窮。若乃堅誠知覺，須當識心：心淨則孤明

獨照，心存則萬境皆清。真容無欠亦無余，生前可見；幻相有終有壞，分外何求？行功打坐，乃為入定之原；布惠施恩，誠是修行之本。大巧若拙，還知事事無為；善計非籌，必須頭頭放下。但使一心不動，萬行自全；若云採陰補陽，誠為謬語，服餌長壽，實乃虛詞。只要塵塵緣總棄，物物色皆空。素素純純寡愛欲，自然享壽永無窮。」

那國丈聞言，付之一笑。用手指定唐僧道：「呵！呵！呵！你這和尚滿口胡柴！寂滅門中，須云認性；你不知那性從何而滅！枯坐參禪，盡是些盲修瞎煉。俗語云：『坐，坐，坐！你的屁股破！火熬煎，反成禍。』更不知我這：

修仙者，骨之堅秀；達道者，神之最靈。攜篚瓢而入山訪友，採百藥而臨世濟人。摘仙花以砌笠，折香蕙以鋪茵。歌之鼓掌，舞罷眠雲。闡道法，揚太上之正教；施符水，除人世之妖氛。奪天地之秀氣，採日月之華精。運陰陽而丹結，按水火而胎凝。二八陰消兮，若恍若惚；三九陽長兮，如杳如冥。應四時而採取藥物，養九轉（道家煉丹術語。把水銀、丹沙等循環燒煉，每一個循環為一轉，以九轉丹為貴）而修煉丹成。跨青鸞，升紫府；騎白鶴，上瑤京。參滿天之華采，表妙道之殷勤。比你那靜禪釋教，寂滅陰神，涅槃遺臭殼，又不脫凡塵！三教之中無上品，古來惟道獨稱尊！」

那國王聽說，十分歡喜。滿朝官都喝采道：「好個『惟道獨稱尊』！『惟道獨稱尊！』」長老見人

都贊他，不勝羞愧。國王又叫光祿寺安排素齋，待那遠來之僧出城西去。

三藏謝恩而退。才下殿，往外正走，行者飛下帽頂兒，來在耳邊叫道：「師父，這國丈是個妖邪。國王受了妖氣。你先去驛中等齋，待老孫在這裡聽他消息。」三藏知會了，獨出朝門不題。

看那行者，一翅飛在金鑾殿翡翠屏中釘下，只見那班部中閃出五城兵馬官，奏道：「我主，今夜一陣冷風，將各坊各家鵝籠裡小兒，連籠都刮去了，更無蹤跡。」國王聞奏，又驚又惱，對國丈道：「此事乃天滅朕也！連月病重，御醫無效，幸國丈賜仙方，專待今日午時開刀，取此小兒心肝作引，何期被冷風刮去。」國丈笑道：「陛下且休煩惱。此兒刮去，正是天送長生與陛下也。」國王道：「見把籠中之兒刮去，何以返說天送長生？」國丈道：「我才入朝來，見了一個絕妙的藥引，強似那一千一百一十一個小兒之心。那小兒之心，只延得陛下千年之壽；此引子，吃了我的仙藥，就可延萬萬年也。」

國王漠然不知是何藥引，請問再三，國丈才說：「那東土差去取經的和尚，我觀他器宇清淨，容顏齊整，乃是個十世修行的真體，自幼為僧，元陽未洩。比那小兒更強萬倍。若得他的心肝煎湯，服我的仙藥，足保萬年之壽。」那昏君聞言，十分聽信。對國丈道：「何不早說？若果如此有效，適才留住，不放他去了。」國丈道：「此何難哉！適才吩咐光祿寺辦齋待他，他必吃了齋，方才出城。如今急傳旨，將各門緊閉；點兵圍了金亭館驛，將那和尚拿來，必以禮求其心。如果相從，即時剖而取出，遂御葬其屍，還與他立廟享祭；如若不從，就與他個武不善作，即時捆住，剖開取之。有何難事！」

那昏君如其言，即傳旨，把各門閉了。又差羽林衛大小官軍，圍住館驛。

行者聽得這個消息，一翅飛奔館驛，現了本相，對唐僧道：「師父，禍事了！禍事了！」那三藏才與八戒、沙僧領御齋，忽聞此言，唬得三尸神散，七竅煙生，倒在塵埃，渾身是汗，眼不定睛，口不能言。慌得沙僧上前攙住，只叫：「師父蘇醒！師父蘇醒！」八戒道：「有甚禍事？有甚禍事？你慢些兒說便也罷，卻唬得師父如此！」行者道：「自師父出朝，老孫回視，那國丈是個妖精。少頃，有五城兵馬來奏冷風刮去小兒之事。國王方惱，他卻轉教喜歡，道：『這是天送長生與你。』要取師父的心肝做藥引，可延萬年之壽。那昏君聽信誑言，所以點精兵來圍館驛，差錦衣官來請師父求心也。」八戒笑道：「行的好慈憫！救的好小兒！刮的好陰風！今番卻撞出禍來了！」

三藏戰兢兢的，爬起來，扯著行者，哀告道：「賢徒啊！此事如何是好？」行者道：「若要全命，師作徒，徒作師，方可保全。」三藏道：「怎麼叫做『大做小』？」行者道：「若要全命，師作徒，徒作師，方可保全。」三藏道：「你若救得我命，情願與你做徒子、徒孫也。」行者道：「既如此，不必遲疑。」

那呆子即使釘鈀，築了些土。又不敢外面去取水，後就攙起衣服撒溺，和了一團躁泥，遞與行者。行者沒奈何，將泥撲作一片，往自家臉上一安，做下個猴相的臉子，叫唐僧站起休動，再莫言語，貼在唐僧臉上，念動真言，吹口仙氣，叫「變！」那長老即變做個行者模樣；脫了他的衣服，以行者的衣服穿上。

行者卻將師父的衣服穿了，捻著訣，念個咒語，搖身變作唐僧的嘴臉。八戒、沙僧也難識認。

正當合心裝扮停當，只聽得鑼鼓齊鳴，又見那槍刀簇擁。原來是羽林衛官，領三千兵把館驛圍了。又見一個錦衣官走進驛庭問道：「東土唐朝長老在那裡？」慌得那驛丞戰兢兢的跪下，指道：

「在下面客房裡。」錦衣官即至客房裡道：「唐長老，我王有請。」八戒、沙僧，左右護持「假行者」。只見「假唐僧」出門施禮道：「錦衣大人，陛下召貧僧，有何話說？」錦衣官上前一把扯住道：「我與你進朝去。想必有取用也。」

咦！這正是：妖誣勝慈善，慈善反招凶。畢竟不知此去端的性命何如，且聽下回分解。

第七十九回 尋洞擒妖逢老壽 當朝正主救嬰兒

卻說那錦衣官把「假唐僧」扯出館驛，與羽林軍圍圍繞繞，直至朝門外，對黃門官言：「我等已請唐僧到此，煩為轉奏。」黃門官急進朝，依言奏上昏君，遂請進去。眾官都在階下跪拜，惟「假唐僧」挺立階心，口中高叫：「比丘王，請我貧僧何說？」君王笑道：「朕得一疾，纏綿日久不愈。幸國丈賜得一方，藥餌俱已完備，只少一味引子。特請長老，求此藥引。若得病愈，與長老修建祠堂，四時奉祭，永為傳國之香火。」

「假唐僧」道：「我乃出家人，只身在此，不知陛下問國丈要甚東西作引。」昏君道：「特求長老的心肝。」「假唐僧」道：「不瞞陛下說。心便有幾個兒，不知要的甚麼色樣。」那國丈在旁指定道：「那和尚，要你的黑心。」「假唐僧」道：「既如此，快取刀來，剖開胸腹。若有黑心，謹當奉命。」那昏君歡喜相謝，即著當駕官取一把牛耳短刀，遞與假僧。假僧接刀在手，解開衣服，盡起胸膛，將左手抹腹，右手持刀，唿喇的響一聲，把腹皮剖開，那裡頭就骨都都的滾出一堆心來。唬得文官失色，武將身麻。

國丈在殿上見了道：「這是個多心的和尚！」假僧將那些心，血淋淋的，一個個撿開與眾觀看，卻都是些紅心、白心、黃心、慳貪心、利名心、嫉妒心、計較心、好勝心、望高心、侮慢心、殺害心、狠毒心、恐怖心、謹慎心、邪妄心、無名隱暗之心、種種不善之心，更無一個黑心。那昏君唬得呆呆掙掙，口不能言，戰兢兢的教：「收了去！收了去！」

那「假唐僧」忍耐不住，收了法，現出本相。對昏君道：「陛下全無眼力！我和尚家都是一片好心，惟你這國丈是個黑心，好做藥引。你不信，等我替你取他的出來看看。」那國丈聽見，急睜睛仔細觀看。見那和尚變了面皮，不是那般模樣。咦！

認得當年孫大聖，五百年前舊有名。

卻抽身，騰雲就起。被行者翻筋斗，跳在空中喝道：「那裡走！吃吾一棒！」那國丈即使蟠龍拐杖來迎。他兩個在半空中這場好殺：

如意棒，蟠龍拐，虛空一片雲靉靉。原來國丈是妖精，故將怪女稱嬌色。國主貪歡病染身，妖邪要把兒童宰。相逢大聖顯神通，捉怪救人將難解。鐵棒當頭著實凶，拐棍迎來堪喝采。殺得那滿天霧氣暗城池，城裡人家都失色。文武多官魂魄飛，嬪妃繡女容顏改。唬得那比丘昏主亂身藏，戰戰兢兢沒布擺。棒起猶如虎出山，拐掄卻似龍離海。今番大鬧比丘城，致令邪正分明白。

那妖精與行者苦戰二十餘合，蟠龍拐抵不住金箍棒，虛幌了一拐，將身化作一道寒光，落入皇宮內院，把進貢的妖后帶出宮門，並化寒光，不知去向。

大聖按落雲頭，到了宮殿下。對多官道：「你們的好國丈啊！」多官一齊禮拜，感謝神僧。行者道：「且休拜，且去看你那昏主何在。」多官道：「我主見爭戰時，驚恐潛藏，不知向那座宮中去也。」行者即命：「快尋！莫被美后拐去！」多官聽言，不分內外，同行者先奔美后宮，漠然無蹤，連美后也通不見了。

正宮、東宮、西宮、六院，概眾后妃，都來拜謝大聖。大聖道：「且請起，不到謝處哩。且去尋你主公。」少時，見四五個太監，攙著那昏君自謹身殿後面而來。眾臣俯伏在地，齊聲啟奏道：「主公！主公！」感得神僧到此，辨明真假。那國丈乃是個妖邪，連美后亦不見矣。」

國王聞言，即請行者出皇宮，到寶殿，拜謝了道：「長老，你早間來的模樣，那般俊偉，這時如何就改了形容？」行者笑道：「不瞞陛下說。早間來者，是我師父，乃唐朝御弟三藏。我是他徒弟孫悟空。還有兩個師弟，——豬悟能、沙悟淨，見在金亭館驛。因知你信了妖言，要取我師父心肝做藥引，是老孫變作師父模樣，特來此降妖也。」

那國王聞說，即傳旨著閣下太宰快去驛中請師眾來朝。

那三藏聽見行者現了相，在空中降妖，嚇得魂飛魄散。幸有八戒、沙僧護持。他又臉上戴著一片子臊泥，正悶悶不快，只聽得人叫道：「法師，我等乃比丘國王差來的閣下太宰，特請入朝謝恩也。」八戒笑道：「師父，莫怕！莫怕！這不是又請你取心，想是師兄得勝，請你酬謝哩。」三藏道：「雖是得勝來請，但我這個臊臉，怎麼見人？」八戒道：「沒奈何，我們且去見了師兄，自有解

釋。」真個那長老無計，只得扶著八戒、沙僧挑著擔，牽著馬，同去驛庭之上。那太宰見了，害怕道：「爺爺呀！這都相似妖頭怪腦之類！」沙僧道：「朝士休怪醜陋。我等乃是生成的遺體。若我師父，來見了我師兄，他就俊了。」

他三人與眾來朝，不待宣召，直至殿下。行者看見，即轉身下殿，迎著面，把師父抓下，吹口仙氣，叫「正！」那唐僧即時復了原身，精神愈覺爽利。國王下殿親迎，口稱：「法師老佛。」師徒們將馬拴住，都上殿來相見。行者道：「陛下可知那怪來自何方？等老孫去與你一並擒來，剪除後患。」

三宮六院，諸嬪群妃，都在那翡翠屏後，聽見行者說剪除後患，也不避內外男女之嫌，一齊出來拜告道：「萬望神僧老佛大施法力，斬草除根，把他剪除盡絕，誠為莫大之恩，自當重報！」行者忙忙答禮，只教國王說他住居。

國王含羞告道：「三年前他到時，朕曾問他。他說離城不遠，只在向南去七十里路，有一座柳林坡清華莊上。國丈年老無兒，止後妻生一女，年方十六，不曾配人，願進與朕。朕因那女貌娉婷，遂納了，寵幸在宮。不期得疾，太醫屢藥無功。他說我有仙方，止用小兒心煎湯為引。是朕不才，輕信其言，遂選民間小兒，選定今日午時開刀取心。不料神僧下降，恰恰又遇籠兒都不見了。他就說神僧十世修真，元陽未洩，得其心，比小兒心更加萬倍。一時誤犯，不知神僧識透妖魔。敢望廣施大法，剪其後患，朕以傾國之資酬謝！」

行者笑道：「實不相瞞。籠中小兒，是我師慈悲，著我藏了。你且休題甚麼資財相謝，待我捉了妖怪，是我的功行。」叫：「八戒，跟我去來。」八戒道：「謹依兄命。但只是腹中空虛，不好著

力。」國王即傳旨教：「光祿寺快辦齋供。」不一時，齋到。

八戒盡飽一餐，抖擻精神，隨行者駕雲而起。唬得那國王、妃后，並文武多官，一個個朝空禮拜。都道：「是真仙真佛降臨凡也！」那大聖攜著八戒，徑到南方七十里之地，住下風雲，找尋妖處。但只見一股清溪，兩邊夾岸，岸上有千千萬萬的楊柳，更不知清華莊在於何處。正是那：

萬頃野田觀不盡，千堤煙柳隱無蹤。

孫大聖尋覓不著，即捻訣，念一聲「唵」字真言，拘出一個當方土地，戰兢兢近前跪下叫道：「大聖，柳林坡土地叩頭。」行者道：「你休怕，我不打你。我問你：柳林坡有個清華莊，在於何方？」土地道：「此間有個清華洞，不曾有個清華莊。小神知道了，大聖想是自比丘國來的？」行者道：「正是，正是。比丘國王被一個妖精哄了。是老孫到那廂，識得是妖怪，當時戰退那怪，化一道寒光，不知去向。及問比丘王，他說三年前進美女時，曾問其由，怪言居住城南七十里柳林坡清華莊。適尋到此，只見林坡，不見清華莊，是以問你。」

土地叩頭道：「望大聖恕罪。比丘王亦我地之主也，小神理當鑑察；奈何妖精神威法大，如我洩漏他事，就來欺凌，故此未獲。大聖今來，只去那南岸九叉頭一顆楊樹根下，左轉三轉，右轉三轉，用兩手齊撲樹上，連叫三聲『開門』，即現清華洞府。」

大聖聞言，即令土地回去，與八戒跳過溪來，尋那顆楊樹。果然有九條叉枝，總在一顆根上。行者吩咐八戒：「你且遠遠的站定，待我叫開門，尋著那怪，趕將出來，你卻接應。」八戒聞命，即離

樹有半裡遠近立下。這大聖依土地之言，繞樹根，左轉三轉，右轉三轉，雙手齊撲其樹，叫：「開門！開門！」霎時間，一聲響亮，唿喇喇的門開兩扇，更不見樹的蹤跡。那裡邊光明霞采，亦無人煙。行者趁神威，撞將進去，但見那裡好個去處：

煙霞幌亮，日月偷明。白雲常出洞，翠蘚亂漫庭。一徑奇花爭豔麗，遍階瑤草鬥芳榮。溫暖氣，景常春，渾如閬苑，不亞蓬瀛。滑凳攀長蔓，平橋掛亂藤。蜂銜紅蕊來岩窟，蝶戲幽蘭過石屏。

行者急拽步，行近前邊細看。見石屏上有四個大字：「清華仙府」。他忍不住，跳過石屏看處，只見那老怪懷中摟著個美女，喘噓噓的，正講比丘國事，齊聲叫道：「好機會來！三年事，今日得完，被那猴頭破了！」

行者跑近身，掣棒高叫道：「我把你這伙毛團！甚麼『好機會』！吃吾一棒！」那老怪丟放美人，輪起蟠龍拐，急架相迎。他兩個在洞前，這場好殺，比前又甚不同：

棒舉迸金光，拐輪凶氣發。那怪道：「你無知敢進我門來！」行者道：「我有意降邪怪！」那怪道：「我戀國主你無干，怎的欺心來展抹？」行者道：「僧修政教本慈悲，不忍兒童活見殺。」語去言來各恨仇，棒迎拐架當心扎。促損琪花為顧生，踢破翠苔因把滑。只殺得那洞中霞采欠光明，岩上芳菲俱掩壓。乒乒驚得鳥難飛，吆喝嚇得美人散。只存老怪與

猴王，呼呼捲地狂風刮。看看殺出洞門來，又撞悟能呆性發。

原來八戒在外邊，聽見他們裡面嚷鬧，激得他心癢難撓，掣釘鈀，把一棵九叉楊樹刨倒；使鈀築了幾下，築得那鮮血直冒，嚶嚶的似乎有聲。他道：「這棵樹成了精也！這棵樹成了精也！」按在地下，又正築處，只見行者引怪出來。那呆子不打話，趕上前，舉鈀就築。那老怪戰行者已是難敵，見八戒鈀來，愈覺心慌，敗了陣，將身一幌，化道寒光，徑投東走。他兩個決不放鬆，見

正當喊殺之際，又聞得鸞鶴聲鳴，祥光縹緲。舉目視之，乃南極老人星也。那老人把寒光罩住，叫道：「大聖慢來，天蓬休趕。老道在此施禮哩。」行者即答禮道：「壽星兄弟，那裡來？」八戒笑道：「肉頭老兒，罩住寒光，必定捉住妖怪了。」壽星陪笑道：「在這裡，在這裡。望二公饒他命罷。」行者道：「老怪不與老弟相干，為何來說人情？」壽星笑道：「他是我的一副腳力，不意走將來，成此妖怪。」行者道：「既是老弟之物，只教他現出本相來看看。」壽星聞言，即把寒光放出，喝道：「孽畜！快現本相，饒你死罪！」那怪打個轉身，原來是隻白鹿。壽星拿起拐杖道：「這孽畜！連我的拐棒也偷來也！」那隻鹿俯伏在地，口不能言，只管叩頭滴淚。但見他：

一身如玉簡斑斑，兩角參差七汊灣。幾度飢時尋藥圃，有朝渴處飲雲潺。年深學得飛騰法，日久修成變化顏。今見主人呼喚處，現身玟耳伏塵寰。

壽星謝了行者，就跨鹿而行。被行者一把扯住道：「老弟，且慢走。還有兩件事未完哩。」壽星道：「還有甚麼未完之事？」行者道：「還有美人未獲，不知是個甚麼怪物；還又要同到比丘城見那昏君，現相回旨也。」壽星道：「既這等說，我且寧耐。你與天蓬下洞擒捉那美人來，同去現相可也。」行者道：「老弟略等等兒，我們去了就來。」

那八戒抖擻精神，隨行者徑入清華仙府，吶聲喊，叫：「拿妖精！拿妖精！」那美人戰戰兢兢正自難逃，又聽得喊聲大振，即轉石屏之內，又沒個後門出頭；被八戒喝聲：「那裡走！我把你這個哄漢子的騷精！看鈀！」

那美人手中又無兵器，不能迎敵，將身一閃，化道寒光，往外就走；被大聖抵住寒光，乒乒一棒，那怪立不住腳，倒在塵埃，現了本相，原來是一個白面狐狸。呆子忍不住手，舉鈀照頭一築，可憐把那個傾城傾國千般笑，化作毛團狐狸形！行者叫道：「莫打爛他，且留他此身去見昏君。」那呆子不嫌穢污，一把揪住尾子，拖拖扯扯，跟隨行者出得門來。只見那壽星老兒手摸著鹿頭罵道：「好孽畜啊！你怎麼背主逃去，在此成精！若不是我來，孫大聖定打死你了。」行者跳出來道：「老弟說甚麼？」壽星道：「我囑鹿哩！我囑鹿哩！」

八戒將個死狐狸攢在鹿的面前道：「這可是你的女兒麼？」那鹿點頭幌腦，伸著嘴，聞他幾聞，呦呦發聲，似有眷戀不捨之意。被壽星劈頭撲了一掌道：「孽畜！你得命足矣，又聞他怎的？」即解下勒袍腰帶，把鹿扣住頸項，牽將起來，道：「大聖，我和你比丘國相見去也。」行者道：「且住！索性把這邊都掃個乾淨，庶免他年復生妖孽。」

八戒聞言，舉鈀將柳樹亂築。行者又念聲「唵」字真言，依然拘出當坊土地，叫：「尋些枯柴，

點起烈火，與你這方消除妖患，以免欺凌。」那土地即轉身，陰風颯颯，帥起陰兵，搬取了些迎霜

草、秋青草、蓼節草、山蕊草、蔓蒿柴、龍骨柴、蘆荻柴，都是隔年乾透的枯焦之物，見火如同油膩

一般。行者叫：「八戒，不必築樹。但得此物填塞洞裡，放起火來，燒得個乾淨。」火一起，果然把

一座清華妖宅，燒作火池坑。

這裡才喝退土地，同壽星牽著鹿，拖著狐狸，一齊回到殿前，對國王道：「這是你的美后。與他

耍子兒麼？」那國王膽戰心驚。又只見孫大聖引著壽星，牽著白鹿，都到殿前，唬得那國裡君臣妃

后，一齊下拜。行者近前，攙住國王，笑道：「且休拜我。這鹿兒卻是國丈，你只拜他便是。」那國

王羞愧無地，只道：「感謝神僧救我一國小兒，真天恩也！」即傳旨教光祿寺安排素宴，大開東閣，

請南極老人與唐僧四眾，共坐謝恩。

三藏拜見了壽星，沙僧亦以禮見。都問道：「白鹿既是老壽星之物，如何得到此間為害？」壽星

笑道：「前者，東華帝君過我荒山，我留坐著棋，一局未終，這孽畜走了。及客去尋他不見，我因屈

指詢算，知他走在此處，特來尋他，正遇著孫大聖施威。若果來遲，此畜休矣。」敘不了，只見報

道：「宴已完備。」好素宴：

五彩盈門，異香滿座。桌掛繡緯生錦豔，地鋪紅毯幌霞光。寶鴨內，沉檀香裊；御筵

前，蔬品香馨。香盤高果砌樓台，龍纏斗糖擺走獸。鴛鴦錠，獅仙糖，似模似樣；鸚鵡杯，

鷺鷥杓，如相如形。席前果品般般盛，案上齋肴件件精。魁圓蔥栗，鮮荔桃子，棗兒柿餅味

甘甜，松子葡萄香膩酒。幾般蜜食，數品蒸酥。油扎糖澆，花團錦砌。金盤高壘大饅饅，銀

碗滿盛香稻飯。辣燁燁湯水粉條長，香噴噴相連添換美。說不盡蘑菇、木耳、嫩筍、黃精，十香素菜，百味珍饈。往來綽摸不曾停，進退諸般皆盛設。

當時敘了坐次，壽星首席，長老次席。國王前席。行者、八戒、沙僧側席。旁又有兩三個太師相陪左右。即命教坊司動樂。國王擎著紫霞杯，一一奉酒。惟唐僧不飲。八戒向行者道：「師兄，果子讓你，湯飯等須請讓我受用。」那呆子不分好歹，一齊亂上，但來的吃個精空。

一席筵宴已畢，壽星告辭。那國王又近前跪拜壽星，求祛病延年之法。壽星笑道：「我因尋鹿，未帶丹藥。欲傳你修養之方，你又筋衰神敗，不能還丹。我這衣袖中，只有三個棗兒，是與東華帝君獻茶的，我未曾吃，今送你罷。」國王吞之，漸覺身輕病退。後得長生者，皆原於此。八戒看見，就叫道：「老壽，有火棗，送我幾個吃吃。」壽星道：「未曾帶得。待改日我送你幾斤。」出了東閣，道了謝意，將白鹿一聲喝起，飛跨背上，踏雲而去。這朝中君王妃后，城中黎庶居民，各各焚香禮拜不題。

三藏叫：「徒弟，收拾辭王。」那國王又苦留求教。行者道：「陛下，從此色慾少貪，陰功多積，凡百事將長補短，自足以祛病延年，就是教也。」遂拿出兩盤散金碎銀，奉為路費。唐僧堅辭，分文不受。國王無已，命擺鑾駕，請唐僧端坐鳳輦龍車，王與嬪后，俱推輪轉轂，方送出朝。六街三市，百姓群黎，亦皆盞添淨水，爐降真香，又送出城。忽聽得半空中一聲風響，路兩邊落下一千一百一十一個鵝籠，內有小兒啼哭，暗中有原護的城隍、土地、社令、真官、五方揭諦、四值功曹、六丁六甲、護教伽藍等眾，應聲高叫道：「大聖，我等前蒙吩咐，攝去小兒鵝籠，今知大聖功成起行，一

「一送來也。」

那國王妃后與一應臣民，又俱下拜。行者望空道：「有勞列位，請各歸祠，我著民間祭祀謝你。」呼呼淅淅，陰風又起而退。行者叫城裡人家來認領小兒。當時傳播，俱來各認出籠中之兒，歡歡喜喜，抱出叫哥哥，叫肉兒，跳的跳，笑的笑，都叫：「扯住唐朝爺爺，到我家奉謝救兒之恩！」無大無小，若男若女，都不怕他相貌之醜，抬著豬八戒，扛著沙和尚，頂著孫大聖，撮著唐三藏，牽著馬，挑著擔，一擁回城。那國王也不能禁止。這家也開宴，那家也設席。請不及的，或做僧帽、僧鞋、褊衫、布襪，裡裡外外，大小衣裳，都來相送。如此盤桓，將有個月，才得離城。又有傳下影神，立起牌位，頂禮焚香供養。

這才是：陰功高壘恩山重，救活千千萬萬人。畢竟不知向後又有甚麼事體，且聽下回分解。

第八十回

姹女育陽求配偶　心猿護主識妖邪

卻說比丘國君臣黎庶，送唐僧四眾出城，有二十里之遠，還不肯捨。三藏勉強下輦，乘馬辭別而行。目送者直至望不見蹤影方回。四眾行駭多時，又過了冬殘春盡，看不了野花山樹，景物芳菲。前面又見一座高山峻嶺。三藏心驚，問道：「徒弟，前面高山，有路無路？是必小心！」行者笑道：「師父這話，也不像個走長路的，卻似個公子王孫，坐井觀天之類。自古道：『山不礙路，路自通山。』何又言有路無路？」三藏道：「雖然是山不礙路，但恐險峻之間生生怪物，密查深處出妖精。」八戒道：「放心，放心！這裡來相近極樂不遠，管取太平無事！」

師徒正說，不覺的到了山腳下。行者取出金箍棒，走上石崖，叫道：「師父，此間乃轉山的路兒，忒好步。快來！快來！」長老只得放懷策馬。沙僧教：「二哥，你把擔子挑一肩兒。」真個八戒接了擔子挑上。沙僧攏著韁繩，老師父穩坐雕鞍，隨行者都奔山崖上大路。但見那山：

雲霧籠峰頂，潺湲湧澗中。百花香滿路，萬樹密叢叢。梅青李白，柳綠桃紅。杜鵑啼處

穠。千岩競秀如排戟，萬壑爭流遠浪洪。

春將暮，紫燕呢喃社已終。嵯峨石，翠蓋松。崎嶇嶺道，突兀玲瓏。削壁懸崖峻，薜蘿草木

老師父緩觀山景，忽聞啼鳥之聲，又起思鄉之念。兜馬叫道：「徒弟！

我自天牌傳旨意，錦屏風下領關文。觀燈十五離東土，才與唐王天地分。

甫能龍虎風雲會，卻又師徒拗馬軍。行盡巫山峰十二，何時對子見當今？」

行者道：「師父，你常以思鄉為念，全不似個出家人。放心且走，莫要多憂。古人云：『欲求生

富貴，須下死工夫。』」三藏道：「徒弟，雖然說得有理，但不知西天路還在那裡哩！」八戒道：

「師父，我佛如來捨不得那三藏經，知我們要取去，想是搬了；不然，如何只管不到？」沙僧道：

「莫胡談！只管跟著大哥走。只把工夫捱他，終須有個到之之日。」

師徒正自閒敘，又見一派黑松大林。唐僧害怕，又叫道：「悟空，我們才過了那崎嶇山路，怎麼

又遇這個深黑松林？是必在意。」行者道：「怕他怎的！」三藏道：「說那裡話！『不信直中直，須

防仁不仁。』我也與你走過好幾處松林，不似這林深遠。」你看：

東西密擺，南北成行。東西密擺徹雲霄，南北成行侵碧漢。密查荊棘周圍結，蓼卻纏枝

上下盤。藤來纏葛，葛去纏藤。藤來纏葛，東西客旅難行；葛去纏藤，南北經商怎進。這林

中，住半年，那分陰日月；行數里，不見斗星。你看那背陰之處千般景，向陽之所萬叢花。又有那千年槐，萬載檜，耐寒松，山桃果，野芍藥，旱芙蓉，一攢攢密砌重堆，亂紛紛神仙難畫。又聽得百鳥聲：鸚鵡哨，杜鵑啼；喜鵲穿枝，烏鴉反哺；黃鸝飛舞，百舌調音；鷺鷥鳴，紫燕語；八哥兒學人說話，畫眉郎也會看經。又見那大蟲擺尾，老虎磕牙；多年狐狢裝娘子，日久蒼狼吼震林。就是托塔天王來到此，縱會降妖也失魂。

孫大聖公然不懼。使鐵棒上前劈開大路，引唐僧徑入深林。逍逍遙遙，行徑半日，未見出林之路。唐僧叫道：「徒弟，一向西來，無數的山林崎險，幸得此間清雅，一路太平。這林中奇花異卉，其實可人情意！我要在此坐坐：一則歇馬；二則腹中飢了，你去那裡化些齋來我吃。」行者道：「師父請下馬，老孫化齋去來。」那長老果然下了馬。八戒將馬拴在樹上，沙僧歇下行李，取了鉢盂，遞與行者。行者道：「師父穩坐，莫要驚怕。我去了就來。」三藏端坐松蔭之下，八戒、沙僧卻去尋花覓果閒耍。

卻說大聖縱筋斗，到了半空，佇定雲光，回頭觀看，只見松林中祥雲縹緲，瑞靄氤氳。他忽失聲叫道：「好啊！好啊！」你道他叫好做甚？原來誇獎唐僧，說他是金蟬長老轉世，十世修行的好人，所以有此祥雲罩頭。「若我老孫，方五百年前大鬧天宮之時，雲游海角，放蕩天涯，聚群精自稱齊天大聖，降龍伏虎，清了死籍；頭戴著三額金冠，身穿著黃金鎧甲，手執著金箍棒，足踏著步雲履，手下有四萬七千群怪，都稱我做大聖爺爺，著實為人。如今脫卻天災，做小伏低，與你做了徒弟，想師父頭頂上有祥雲瑞靄罩定，徑回東土，必定有些好處，老孫也必定得個正果。」

正自家這等誇念中間，忽然見林南下有一股子黑氣，骨都都的冒將上來。行者大驚道：「那黑氣裡必定有邪了…我那八戒、沙僧卻不會放甚黑氣。」那大聖在半空中，詳察不定。

卻說三藏坐在林中，明心見性，諷念那《摩訶般若波羅密多心經》，忽聽得嚶嚶的叫聲「救人」。三藏大驚道：「善哉！善哉！這等深林裡，有甚麼人叫？想是狼蟲虎豹唬倒的，待我看看。」那長老起身挪步，穿過千年柏，隔起萬年松，附葛攀藤，近前視之，只見那大樹上綁著一個女子，上半截使葛藤綁在樹上，下半截埋在土裡。長老立定腳，問他一句道：「女菩薩，你有甚事，綁在此間？」咦！分明這廝是個妖怪，長老肉眼凡胎，卻不能認得。那怪見他來問，淚如泉湧。你看他桃腮垂淚，有沉魚落雁之容；星眼含悲，有閉月羞花之貌。長老實不敢近前，又開口問道：「女菩薩，你端的有何罪過？說與貧僧，卻好救你。」

那妖精巧語花言，虛情假意，忙忙的答應道：「師父，我家住在貧婆國，離此有二百餘里。父母在堂，十分好善，一生的和親愛友。時遇清明，邀請諸親及本家老小拜掃先塋，一行轎馬，都到了荒郊野外。至塋前，擺開祭禮，剛燒化紙馬，只聞得鑼鳴鼓響，跑出一伙強人，持刀弄杖，喊殺前來，慌得我們魂飛魄散。父母諸親，得馬得轎的，各自逃了性命；奴奴年幼，跑不動，唬倒在地，被眾強人拐來山內，大大王要做夫人，二大王要做妻室，第三第四個都愛我美色，七八十家一齊爭吵，大家都不忿氣，所以把奴奴綁在林間，眾強人散盤而去。今已五日五夜，看看命盡，不久身亡！不知是那世裡祖宗積德，今日遇著老師父在此。千萬發大慈悲，救我一命，九泉之下，決不忘恩！」說罷，淚下如雨。

三藏真個慈心，也就忍不住吊下淚來，聲音哽咽。叫道：「徒弟。」那八戒、沙僧，正在林中尋

花覓果，猛聽得師父叫得淒愴，呆子道：「沙和尚，師父在此認了親耶。」沙僧笑道：「二哥胡纏！我們走了這些時，好人也不曾撞見一個，親從何來？」八戒道：「不是親，師父那裡與人哭麼？我和你去看來。」沙僧真個回轉舊處，牽了馬，挑了擔，至跟前叫：「師父，怎麼說？」唐僧用手指定那樹上，叫：「八戒，解下那女菩薩來，救他一命。」呆子不分好歹，就去動手。

卻說那大聖在半空中，又見那黑氣濃厚，把祥光盡情蓋了，道聲「不好！不好！黑氣罩暗祥光，怕不是妖邪害俺師父！化齋還是小事，且去看我師父去。」即返雲頭，按落林裡。只見八戒亂解繩兒。行者上前，一把揪住耳朵，撲的摔了一跌。呆子抬頭看見，爬起來說道：「師父教我救人，你怎麼捽你有力，將我摜這一跌！」行者笑道：「兄弟，莫解他。他是個妖怪，弄喧兒，騙我們哩。」

三藏喝道：「你這潑猴，又來胡說了！怎麼這等一個女子，就認得他是個妖怪！」行者道：「師父原來不知。這都是老孫幹過的買賣，想人肉吃的法兒。你那裡認得！」八戒拱著嘴道：「師父，莫信這弼馬溫哄你！這女子乃是此間人家。我們東土遠來，不與相較，又不是親眷，如何說他是妖精！他打發我們去了前去，他卻翻筋斗，弄神法轉來和他幹巧事兒，倒踏門也！」行者喝道：「夯貨！莫亂談！我老孫一向西來，那裡有甚麼懶處？似你這個重色輕生，見利忘義的饢糟，不識好歹，替人家哄了招女婿，綁在樹上哩！」三藏道：「也罷，也罷。八戒啊，你師兄常時也看得不差。既這等說，不要管他，我們去罷。」

卻說那怪綁在樹上，咬牙恨齒道：「幾年家聞人說孫悟空神通廣大，今日見他，果然話不虛傳。那唐僧乃童身修行，一點元陽未洩，正欲拿他去配合，成太乙金仙，不知被此猴識破吾法，將他救去

四人果一路前進，把那怪撇了。

行者道：「好了！師父是有命的了！請上馬。出松林外，有人家化齋你吃。」

了。若是解了繩，放我下來，隨手捉將去，卻不是我的人兒也？今被他一篇散言碎語帶去，卻又不是勞而無功？等我再叫他兩聲，看是如何。」好妖精，不動繩索，把幾聲善言善語，用一陣順風，嚶嚶的吹在唐僧耳內。你道叫的甚麼？他叫道：「師父啊，你放著活人的性命還不救，昧心拜佛取何經？」

唐僧在馬上聽得又這般叫喚，即勒馬叫：「悟空，去救那女子下來罷。」行者道：「師父走路，怎麼又想起他來了？」唐僧道：「他又在那裡叫哩。」行者問：「八戒，你聽見麼？」八戒道：「耳大遮住了，不曾聽見。」又問：「沙僧，你聽見麼？」沙僧道：「我挑擔前走，不曾在心，也不曾聽見。」行者道：「老孫也不曾聽見，師父，他叫甚麼？偏你聽見。」唐僧道：「他叫得有理。說道：『活人性命還不救，昧心拜佛取何經？』『救人一命，勝造七級浮屠。』快去救他下來，強似取經拜佛。」行者笑道：「師父要善將起來，就沒藥醫。你想你離了東土，一路西來，卻也過了幾重山場，遇著許多妖怪，常把你拿將進洞，老孫來救你，使鐵棒，常打死千千萬萬；今日一個妖精的性命，捨不得，要去救他？」唐僧道：「徒弟呀，古人云：『勿以善小而不為，勿以惡小而為之。』還去救他救罷。」行者道：「師父既然如此，只是這個擔兒，老孫卻擔不起。你要救他，我也不敢苦勸你：勸一會，你又惱了。任你去救。」唐僧道：「猴頭莫多話！你坐著，等我和八戒救他去。」

唐僧回至林裡，教八戒解了上半截繩子，用鈀築出下半截身子。那怪跌跌鞋，束束裙，喜孜孜跟著唐僧出松林，見了行者。行者只是冷笑不止。唐僧罵道：「潑猴頭！你笑怎的？」行者道：「我笑你『時來逢好友，運去遇佳人。』」三藏又罵道：「潑猢猻！胡說！我自出娘肚皮，就做和尚。如今奉旨西來，虔心禮佛求經，又不是利祿之輩，有甚運退時！」行者笑道：「師父，你雖是自幼為僧，

卻只會看經念佛，不曾見王法條律。這女子生得年少標致，我和你乃出家人，同他一路行走，倘或遇著歹人，把我們拿送官司，不論甚麼取經拜佛，且都打做姦情；縱無此事，也要問個拐帶人口：師父追了度牒，打個小死；八戒該問充軍；沙僧也問擺站；我老孫也不得乾淨，饒我口能，怎麼折辯，也要問個不應。」三藏喝道：「莫胡說！終不然，我救他性命，有甚貽累不成！帶了他去。」三藏道：「我救他出林，得其活命，怎麼反是害他。」行者道：「他當時綁在林間，或三五日，十日，半月，沒飯吃，餓死了，還得個完全身體歸陰；如今帶他出來，你坐得是個快馬，行路如風，我們只得隨你，那女子腳小，挪步艱難，怎麼跟得上走？一時把他丟下，若遇著狼蟲虎豹，一口吞之，卻不是反害其生也？」三藏道：「師父雖說有事在你，卻不知你不是救他，反是害他。」行者道：「抱他上來，和你同騎著馬走罷。」三藏道：「我那裡好與他同馬！」─「他怎生得去？」三藏沉吟道：「正是呀。這件事卻虧你格。如何處置？」行者笑道：「教八戒馱他走罷。」行者笑道：「呆子造化到了！」八戒道：「『遠路沒輕擔。』教我馱人，有甚造化？」行者道：「你那嘴長，馱著他，轉過嘴來，計較私情話兒，卻不便益？」八戒聞此言，捶胸暴跳道：「不好！不好！師父要打我幾下，寧可忍疼。背著他決不得乾淨。師兄一生會贓埋人（污衊，誣陷）。我馱不成！」三藏道：「也罷！也罷。我也還走得幾步，等我下來，慢慢的同走，著八戒牽著空馬罷。」行者大笑道：「呆子倒有買賣。師父照顧你牽馬哩。」三藏道：「這猴頭又胡說了！古人云：『馬行千里，無人不能自往。』假如我在路上慢走，你好丟了我去？我若慢，你們也慢。大家一處同這女菩薩走下山去，或到庵觀寺院，有人家之處，留他在那裡，也是我們救他一場。」行者道：「師父說得有理。快請前進。」

三藏拽步前走，沙僧挑擔，八戒牽著空馬，行者拿著棒，引著女子，一行前進。不上二三十里，天色將晚。又見一座樓台殿閣。三藏道：「徒弟，那裡必定是座庵觀寺院，就此借宿了，明日早行。」行者道：「師父說得是。各各走動些。」霎時到了門首。吩咐道：「你們略站遠些，等我先去借宿。若有方便處，著人來叫你。」眾人俱立在柳陰之下，惟行者拿鐵棒，轄著那女子。長老拽步近前，只見那門東倒西歪，零零落落。推開看時，忍不住心中淒慘：長廊寂靜，古剎蕭疏；苔蘚盈庭，蒿蓁滿徑；惟螢火之飛燈，只蛙聲而代漏。長老忽然掉下淚來。真個是：

殿宇雕零倒塌，廊房寂寞傾頹。斷磚破瓦十餘堆，盡是些歪梁折柱。前後盡生青草，塵埋朽爛香廚。鐘樓崩壞鼓無皮，琉璃香燈破損。佛祖金身沒色，羅漢倒臥東西。觀音淋壞盡成泥，楊柳淨瓶墜地。日內並無僧入，夜間盡宿狐狸。只聽風響吼如雷，都是虎豹藏身之處。四下牆垣皆倒，亦無門扇關居。

有詩為證。詩曰：

多年古剎沒人修，狼狽凋零倒更休。
金剛跌損隨淋灑，土地無房夜不收。
更有兩般堪嘆處，銅鐘著地沒懸樓。

三藏硬著膽，走進二層門。見那鐘鼓樓俱倒了，止有一口銅鐘，紮在地下。上半截如雪之白，下

半截如靛之青。原來是日久年深，上邊被雨淋白，下邊是土氣上的銅青。三藏用手摸著鐘，高叫道：

「鐘啊！你

也曾懸掛高樓吼，也曾鳴遠彩梁聲。也曾雞啼就報曉，也曾天晚送黃昏。不知化銅的道

人歸何處，鑄銅匠作那邊存。想他二命歸陰府，他無蹤跡你無聲。」

長老高聲贊嘆，不覺的驚動寺裡之人。那裡邊有一個侍奉香火的道人，他聽見人語，扒起來，拾

一塊斷磚，照鐘上打將去。那鐘當的響了一聲，把個長老唬了一跳；掙起身要走，又絆著樹根，撲的

又是一跌。長老倒在地下，抬頭又叫道：「鐘啊！

貧僧正然感嘆你，忽的叮當響一聲。想是西天路上無人到，日久多年變作精。」

那道人趕上前，一把攙住道：「老爺請起。不干鐘成精之事。卻才是我打得鐘響。」三藏抬頭見

他的模樣醜黑，道：「你莫是魍魎妖邪？我不是尋常之人，我是大唐來的，我手下有降龍伏虎的徒

弟。你若撞著他，性命難存也！」道人跪下道：「老爺休怕。我不是妖邪，我是這寺裡侍奉香火的道

人。卻才聽見老爺善言相贊，就欲出來迎接；恐怕是個邪鬼敲門，故此拾一塊斷磚，把鐘打一下壓

驚，方敢出來。老爺請起。」那唐僧方然正性道：「住持，險些兒唬殺我也。你帶我進去。」

那道人引定唐僧，直至三層門裡看處，比外邊甚是不同。但見那：

青磚砌就彩雲牆，綠瓦蓋成琉璃殿。黃金裝聖像，白玉造階台。大雄殿上舞青光，毗羅閣下生銳氣。文殊殿，結采飛雲；輪藏堂，描花堆翠。三簷頂上寶瓶尖，五福樓中平繡蓋。千株翠竹搖禪榻，萬種青松映佛門。碧雲宮裡放金光，紫霧叢中飄瑞靄。朝聞四野香風遠，暮聽山高畫鼓鳴。應有朝陽補破衲，豈無對月了殘經？又只見半壁燈光明後院，一行香霧照中庭。

三藏見了，不敢進去。叫：「道人，你這前邊十分狼狽，後邊這等齊整，何也？」道人笑道：「老爺，這山中多有妖邪強寇，天色清明，沿山打劫，天陰就來寺裡藏身，被他把佛像推倒墊坐，木植搬來燒火。本寺僧人軟弱，不敢與他講論，因此把這前邊破房都捨與那些強人安歇，從新另化了些施主，蓋得那一所寺院。清混各一，這是西方的事情。」三藏道：「原來是如此。」

正行間，又見山門上有五個大字，乃「鎮海禪林寺」。才舉步，纔入門裡，忽見一個和尚走來。你看他怎生模樣：

頭戴左笋絨錦帽，一對銅圈墜耳根。身著頗羅毛線服，一雙白眼亮如銀。手中搖著撥郎鼓，口念番經聽不真。三藏原來不認得，這是西方路上喇嘛僧。

那喇嘛和尚，走出門來，看見三藏眉清目秀，額闊頂平，耳垂肩，手過膝，好似羅漢臨凡，十分俊雅。他走上前扯住，滿面笑唏唏的與他捻手捻腳，摸他鼻子，揪他耳朵，以示親近之意。攜至方丈

第八十回
姹女育陽求配偶　心猿護主識妖邪

中，行禮畢，卻問：「老師父何來？」三藏道：「弟子乃東土大唐駕下欽差往西方天竺國大雷音寺拜佛取經者。適行至寶方天晚，特奔上剎借宿一宵，明日早行。望垂方便一二。」那和尚笑道：「不當人子！不當人子！我們不是好意要出家的，皆因父母生身，命犯華蓋，家裡養不住，才舍斷了出家；既做了佛門弟子，切莫說脫空之話。」三藏道：「我是老實話。」和尚道：「那東土到西天，有多少路程！路上有山，山中有洞，洞內有精。像你這個單身，又生得嬌嫩，那裡像個取經的！」三藏道：「院主也見得是。貧僧一人，豈能到此。我有三個徒弟，逢山開路，遇水疊橋，保我弟子，所以到得上剎。」那和尚道：「三位高徒何在？」三藏道：「現在山門外伺候。」那和尚慌了道：「師父，你不知我這裡有虎狼、妖賊、鬼怪傷人。白日裡不敢遠出，未經天晚，就關了門戶。這早晚把人放在外邊！」叫：「徒弟⋯快去請進來。」

有兩個小喇嘛兒，跑出外去，看見行者，唬了一跳；見了八戒，又是一跳；扒起來往後飛跑，道：「爺爺！造化低了！你的徒弟不見，只有三四個妖怪站在那門首也。」三藏問道：「怎麼模樣？」小和尚道：「一個雷公嘴，一個碓挺嘴，一個青臉獠牙。旁有一個女子，倒是個油頭粉面。」那喇嘛三藏笑道：「你不認得。那三個醜的，是我徒弟。那一個女子，是我打松林裡救命來的。」那喇嘛道：「爺爺呀，這們好俊師父，怎麼尋這般醜徒弟？」三藏道：「他醜自醜，卻俱有用。你快請他進來。若再遲了些兒，那雷公嘴的有些闖禍，不是個人生父母養的，他就打進來也。」

那小和尚即忙跑出，戰兢兢的跪下道：「列位老爺，唐老爺請哩。」八戒笑道：「哥啊，他請便罷了，卻這般戰兢兢的，何也？」行者道：「看見我們醜陋害怕。」八戒道：「可是扯淡！我們乃生成的，那個是好要醜哩！」行者道：「把那醜且略收拾收拾。」呆子真個把嘴揣在懷裡，低著頭，牽

著馬，沙僧挑著擔，行者在後面，拿著棒，轄著那女子，一行進去。穿過了倒塌房廊，入三層門裡拴了馬，歇了擔，進方丈中，與喇嘛僧相見，分了坐次。那和尚入裡邊，引出七八十個小喇嘛來；見禮畢，收拾辦齋管待。

正是：積功須在慈悲念，佛法興時僧贊僧。畢竟不知怎生離寺，且聽下回分解。

第八十一回

鎮海寺心猿知怪　黑松林三眾尋師

話表三藏師徒到鎮海禪林寺，眾僧相見，安排齋供。四眾食畢，那女子也得些食力。漸漸天昏，那方丈裡點起燈來。眾僧一則是問唐僧取經來歷，二則是貪看那女子，都攢攢簇簇，排列燈下。三藏對那初見的喇嘛僧道：「院主，明日離了寶山，西去的路途如何？」那僧道：「老師父明日西行，路途平正，不須費心。只是眼下有件事兒不尷尬，一進門就要說，恐怕冒犯洪威，卻才齋罷，方敢大膽奉告：老師父東來，路遙辛苦，都在小和尚房中安歇甚好；只是這位女菩薩，不方便，不知請他那裡睡好。」三藏道：「院主，你不要生疑，說我師徒們有甚邪意。早間打黑松林過，撞見這個女子綁在樹上。小徒孫悟空不肯救他，是我發菩提心，將他救了，到此隨院主送他那裡睡去。」那僧謝道：「既老師寬厚，請他到天王殿裡，就在天王爺爺身後，安排個草鋪，教他睡罷。」三藏道：「甚好，甚好。」遂此時，眾小和尚引那女子往殿後睡去。長老就在方丈中，請眾院主自在，遂各散去。三藏吩咐悟空：「辛苦了，早睡早起。」遂一處都睡了，不敢離側，護著師父。漸入夜深，正是那……

玉兔高升萬籟寧，天街寂靜斷人行。

銀河耿耿星光燦，鼓發譙樓趲換更。

一宵晚話不題。及天明了，行者起來，教八戒、沙僧收拾行囊、馬匹，卻請師父走路。此時長老還貪睡未醒。行者近前叫聲「師父。」那師父把頭抬了一抬，又不曾應得出。行者問：「師父怎麼說？」長老呻吟道：「我怎麼這般頭懸眼脹，渾身皮骨皆疼？」八戒聽說，伸手去摸摸，身上有些發熱。呆子笑道：「我曉得了。這是昨晚見沒錢的飯，多吃了幾碗，倒沁著頭睡，傷食了。」行者喝道：「胡說！等我問師父，端的何如。」三藏道：「我半夜之間，起來解手，不曾戴得帽子，想是風吹了。」行者道：「這還說得是。如今可走得路麼？」三藏道：「我如今起坐不得，怎麼上馬？想只誤了路啊！」行者道：「師父說那裡話！常言道：『一日為師，終身為父。』我等與你做徒弟，就是兒子一般。又說道：『養兒不用阿金溺銀，只是見景生情便好。』你既身子不快，說甚麼誤了行程，便寧耐幾日，何妨！」兄弟們都伏侍著師父，不覺的早盡午來昏又至，良宵才過又侵晨。

光陰迅速，早過了三日。那一日，師父欠身起來叫道：「悟空，這兩日病體沉疴，不曾問得你，那個脫命的女菩薩，可曾有人送些飯與他吃？」行者笑道：「你管他怎的，且顧了自家的病著。」三藏道：「正是，正是。你且扶我起來，取出我的紙、筆、墨，寺裡借個硯台來使使。」行者道：「要怎的？」長老道：「我要修一封書，並關文封在一處，你替我送上長安駕下，見太宗皇帝一面。」行者道：「這個容易。我老孫別事無能，若說送書，人間第一。你把書收拾停當與我，我一筋斗送到長安，遞與唐王，再一筋斗轉將回來，你的筆硯還不乾哩。但只是你寄書怎的？且把書意念念我聽。念

了再寫不遲。」長老滴淚道：「我寫著：

臣僧稽首三頓首，萬歲山呼拜聖君；文武兩班同入目，公卿四百共知聞…

當年奉旨離東土，指望靈山見世尊。不料途中遭厄難，何期半路有災迍。

僧病沉疴難進步，佛門深遠接天門。有經無命空勞碌，啟奏當今別遣人。」

行者聽得此言，忍不住呵呵大笑道：「師父，你忒不濟，略有些些病兒，就起這個意念。你若是病重，要死要活，只消問我。我老孫自有個本事。問道『那個閻王敢起心？那個判官敢出票？那個鬼使來勾取？』若惱了我，我拿出那大鬧天宮之性子，又一路棍，打入幽冥，捉住十代閻王，一個個抽了他的筋，還不饒他哩！」三藏道：「徒弟呀，我病重了，切莫說這大話。」

八戒上前道：「師兄，師父說不好，你只管說好！十分不尷尬，我們趁早商量，先賣了馬，典了行囊，買棺木送終散伙。」行者道：「呆子又胡說了！你不知道。師父是我佛如來第二個徒弟，原叫做金蟬長老；只因他輕慢佛法，該有這場大難。」八戒道：「哥啊，師父既是我佛如來輕慢佛法，貶回東土，托化做人身，發願往西天拜佛求經，遇妖精就捆，逢魔頭就吊，受諸苦惱，也彀了；怎麼又叫他害病？」行者道：「你那裡曉得，老師父不曾聽佛講法，打了一個盹，往下一失，左腳下蹴了一粒米，下界來，該有這三日病。」八戒驚道：「像老豬吃東西潑潑撒撒的，也不知害多少年代病是！」行者道：「兄弟，佛不與你眾生為念。你又不知。人云：『鋤禾日當午，汗滴禾下土。誰知盤中餐，粒粒皆辛苦！』師父只今日一日，明日就好了。」三藏道：「我今日比昨不同，

咽喉裡十分作渴。你去那裡，有涼水尋些來我吃。」行者道：「好了！師父要水吃，便是好了。等我取水去。」

即時取了缽盂，往寺後面香積廚取水。忽見那些和尚一個個眼兒通紅，悲啼哽咽，只是不敢放聲大哭。行者道：「你們這些和尚，忒小家子樣！我們住幾日，臨行謝你，柴火錢照日算還。怎麼這等膿包！」眾僧慌跪下道：「不敢！不敢！」行者道：「怎麼不敢？想是我那長嘴和尚，食腸大，吃傷了你的本兒也？」眾僧道：「老爺，我這荒山，大大小小，也有百十眾和尚，每一人養老爺一日，也養得起百十日。怎麼敢欺心，計較甚麼食用！」

行者道：「既不計較，你卻為甚麼啼哭？」眾僧道：「老爺，不知是那山裡來的妖邪在這寺裡。我們晚夜間著兩個小和尚去撞鐘打鼓，只聽得鐘鼓響罷，再不見人回。至次日找尋，只見僧帽、僧鞋，丟在後邊園裡，骸骨尚存，將人吃了。你們住了三日，我寺裡不見了六個和尚。故此，我兄弟們不由的不怕，不由的不傷。因見你老師父貴恙，不敢傳說，忍不住淚珠偷垂也。」行者聞言，又驚又喜道：「不消說了，必定是妖魔在此傷人也。等我與你剿除他。」眾僧道：「老爺，妖精不精者靈，一定會騰雲駕霧，一定會出幽入冥。古人道得好：『莫信直中直，須防仁不仁。』老爺，你莫怪我們說：你若拿得他住哩，便與我荒山除了這條禍根，正是三生有幸了；若還拿他不住啊，卻有好些兒不便處。」行者道：「怎叫做好些不便處？」那眾僧道：「直不相瞞老爺說。我這荒山，雖有百十眾和尚，卻都只是自小兒出家的，

髮長尋刀削，衣單破衲縫。早晨起來洗著臉，叉手躬身，皈依大道；夜來收拾燒著香，

虔心叩齒，念的彌陀。舉頭看見佛，蓮九品，秋三乘，慈航共法雲，願見祇園釋世尊；低頭看見心，受五戒，度大千，生生萬法中，願悟頑空與色空。諸檀越來啊，老的、小的、長的、矮的、胖的、瘦的，一個個敲木魚，擊金磬，挨挨拶拶，兩卷《法華經》，一策《梁王懺》；；諸檀越不來啊，新的、舊的、生的、熟的、村的、俏的，一個個合著掌，瞑著目，悄冥冥，入定蒲團上，牢關月下門。一任他鶯啼鳥語閒爭鬥，不上我方便慈悲大法乘。因此上，也不會伏虎，也不會降龍；也不識的怪，也不識的精。你老爺若還惹起那妖魔啊，我百十個和尚只彀他齋一飽：一則墮落我眾生輪回；二則滅抹了這禪林古跡；三則如來會上，全沒半點兒光輝。──這卻是好些兒不便處。」

行者聞得眾和尚說出這一端的話語，他便怒從心上起，惡向膽邊生，高叫一聲：「你這眾和尚好呆哩！只曉得那妖精，就不曉得我老孫的行止麼？」眾僧輕輕的答道：「實不曉得。」行者道：「我今日略節說說，你們聽著：

我也曾花果山伏虎降龍，我也曾上天堂大鬧天宮。飢時把老君的丹，略略咬了兩三顆；渴時把玉帝的酒，輕輕呼了六七盅。睜著一雙不白不黑的金睛眼，天慘淡，月朦朧；拿著一條不短不長的金箍棒，來無影，去無蹤。說甚麼大精小怪，那怕他懶懶燸燸！一趕趕上去，跑的跑，顛的顛，躲的躲，慌的慌；一捉捉將來，銼的銼，燒的燒，磨的磨，春的春。正是八仙同過海，獨自顯神通！──眾和尚，我拿這妖精與你看看，你才認得我老孫！」

眾僧聽著，暗點頭道：「這賊禿開大口，說大話，想是有些來歷。」都一個個諾諾連聲。只有那喇嘛僧道：「且住！你老師父貴恙，你拿這妖精不至緊。俗語道：『公子登筵，不醉便飽；壯士臨陣，不死即傷。』你兩下裡角鬥之時，倘貽累你師父，不當穩便。」

行者道：「有理！有理！我且送涼水與師父吃了再來。」掇起缽盂，著上涼水，轉出香積廚，就到方丈，叫聲：「師父，吃涼水哩。」三藏正當煩渴之時，便抬起頭來，捧著水，只是一吸。真個「渴時一滴如甘露，藥到真方病即除。」行者見長老精神漸爽，眉目舒開，就問道：「師父，可吃些湯飯麼？」三藏道：「這涼水就是靈丹一般，這病兒減了一半，有湯飯也吃得些。」行者連聲高高叫道：「我師父好了，要湯飯吃哩。」教那些和尚忙忙的安排。淘米，煮飯，擀麵，烙餅，蒸饃饃，做粉湯，抬了四五桌。唐僧只吃得半碗兒米湯。行者、沙僧止用了一席。其餘的都是八戒一肚餐之。家伙收去，點起燈來，眾僧各散。

三藏道：「我們今住幾日了？」行者道：「三整日矣。明朝向晚，便就是四個日頭。」三藏道：「三日誤了許多路程。」行者道：「師父，也算不得路程，明日去罷。」三藏道：「正是。就帶幾分病兒，也沒奈何。」行者道：「既是明日要去，且讓我今晚捉了妖精。」三藏道：「又捉甚麼妖精？」行者道：「有個妖精在這寺裡，等老孫替他捉捉。」唐僧道：「徒弟呀，我的病身未可，你怎麼又興此念！倘那怪有神通，你拿他不住啊，卻又不是害我？」行者道：「你好滅人威風！老孫到處降妖，你見我弱與誰的？只是不動手，動手就要贏。」三藏扯住道：「徒弟，常言說得好，『遇方便時行方便，得饒人處且饒人。』操心怎似存心好，爭氣何如忍氣高！」孫大聖見師父苦苦勸他，不許降妖，他說出老實話來道：「師父，實不瞞你說。那妖在此吃了人了。」唐僧大驚道：「吃了甚麼

人？』行者說道：「我們住了三日，已是吃了這寺裡六個小和尚了。」長老道：「『兔死狐悲，物傷其類。』他既吃了寺內之僧，我亦僧也，我放你去，只但用心仔細些。」行者道：「不消說。老孫的手到就消除了。」

你看他燈光前吩咐八戒、沙僧看守師父；他喜孜孜跳出方丈，徑來佛殿看時，天上有星，月還未上，那殿裡黑暗暗的。他就吹出真火，點起琉璃，東邊打鼓，西邊撞鐘。響罷，搖身一變，變做個小和尚兒，年紀只有十二三歲，披著黃絹褊衫，白布直裰，手敲著木魚，口裡念經。等到一更時分，不見動靜。二更時分，殘月才升，只聽見呼呼的一陣風響。好風：

黑霧遮天暗，愁雲照地昏。四方如潑墨，一派靛妝渾。先刮時揚塵播土，次後來倒樹摧林。揚塵播土星光現，倒樹摧林月色昏。只刮得嫦娥緊抱梭羅樹，玉兔團團找藥盆。九曜星官皆閉戶，四海龍王盡掩門。廟裡城隍覓小鬼，空中仙子怎騰雲？地府閻羅尋馬面，判官亂跑趕頭巾。刮動昆侖頂上石，捲得江湖波浪混。

那風才然過處，猛聞得蘭麝香熏，環珮聲響，即欠身抬頭觀看，呀！卻是一個美貌佳人，徑上佛殿。行者口裡嗚哩嗚喇，只情念經。那女子走近前，一把摟住道：「小長老，念的甚麼經？」行者道：「許下的。」女子道：「別人都自在睡覺，你還念經怎麼？」行者道：「許下的，如何不念？」女子摟住，與他親個嘴道：「我與你到後面耍耍去。」行者故意的扭過頭去道：「你有些不曉事！」女子道：「你會相面？」行者道：「也曉得些兒。」女子道：「你相我怎的樣子？」行者道：「我相

你有些兒偷生抵熟，被公婆趕出來的。」女子道：「相不著！相不著！我

　　不是公婆趕逐，不因抵熟偷生。
　　奈我前生命薄，投配男子年輕。
　　不會洞房花燭，避夫逃走之情。

　　趁如今星光月皎，也是有緣千里來相會，我和你到後園中交歡配鸞儔去也。」行者聞言，暗點頭著：「那幾個愚僧，都被色欲引誘，所以傷了性命。他如今也來哄我。」就隨口答應道：「娘子，我出家人年紀尚幼，卻不知甚麼交歡之事。」女子道：「你跟我去，我教你。」行者暗笑道：「也罷，我跟他去，看他怎生擺布。」

　　他兩個摟著肩，攜著手，出了佛殿，徑至後邊園裡。那怪把行者使個絆子腿，跌倒在地。口裡「心肝哥哥」的亂叫，將手就去揝他的臊根。行者道：「我的兒，真個要吃老孫哩！」行者暗算道：「不趁此時下手他，還到幾時！正是『先下手為強，後下手遭殃。』」就把手一叉，腰一躬，一跳跳起來，現出原身法相，掄起金箍鐵棒，劈頭就打。那怪倒也吃了一驚。他心想道：「這個小和尚，這等得害！」打開眼一看，原來是那唐長老的徒弟姓孫的。他也不懼他。你說這精怪是甚麼精怪：

金作鼻，雪鋪毛。地道為門屋，安身處處牢。養成三百年前氣，曾向靈山走幾遭。一飽香花和蠟燭，如來吩咐下天曹。托塔天王恩愛女，哪吒太子認同胞。也不是個填海鳥，也不是個戴山鰲。也不怕的雷煥劍，也不怕的呂虔刀。往往來來，一任他水流江漢闊；上上下下，那論他山聳泰恆高？你看他月貌花容嬌滴滴，誰識得是個鼠老成精逞點豪！

他自恃的神通廣大，便隨手架起雙股劍，叮叮當當的響，左遮右格，隨東倒西。行者雖強些，卻也撈他不倒。陰風四起，殘月無光。你看他兩人，後園中一場好殺：

陰風從地起，殘月散微光。闃靜梵王宇，闌珊小鬼廊。後園裡一片戰爭場：孫大士，天上聖；毛姹女，女中王；賭賽神通未肯降。一個兒扭轉芳心嗔黑禿，一個兒圓睜慧眼恨新妝。兩手劍飛，那認得女菩薩；一根棍打，狠似個活金剛。響處金箍如電掣，霎時鐵白耀星芒。玉樓抓翡翠，金殿碎鴛鴦。猿啼巴月小，雁叫楚天長。十八尊羅漢，暗暗喝采；三十二諸天，個個慌張。

那孫大聖精神抖擻，棍兒沒半點差池。妖精自料敵他不住，猛可的眉頭一蹙，計上心來，抽身便走。行者喝道：「潑貨！那走！快快來降！」那妖精只是不理，直往後退。等行者趕到緊急之時，即將左腳上花鞋脫下來，吹口仙氣，念個咒語，叫一聲「變！」就變做本身模樣，使兩口劍舞將來；真身一幌，化陣清風而去。這卻不是三藏的災星？他便徑撞到方丈裡，把唐三藏攝將去雲頭上，杳杳冥

冥，霎霎眼，就到了陷空山，進了無底洞，叫小的們安排素筵席成親不題。

卻說行者鬥得心焦性燥，閃一個空，一棍把那妖精打落下來，乃是一隻花鞋。行者曉得中了他計，連忙轉身來看師父。那有個師父？只見那呆子和沙僧口裡嗚嗚哪說甚麼。行者怒氣填胸，也不管好歹，撈起棍來一片打，連聲叫道：「打死你們！打死你們！」那呆子慌得走也沒路；沙僧卻是個靈山大將，見得事多，就軟款溫柔，近前跪下道：「兄長，我知道了。想你要打殺我兩個，也不去救師父，徑自回家去哩。」行者道：「我打殺你兩個，我自去救他！」沙僧笑道：「兄長說那裡話！無我兩個，真是『單絲不線，孤掌難鳴。』兄啊，這行囊、馬匹，誰與看顧？寧學管鮑分金（戰國時齊國的管仲、鮑叔牙經商分金。鮑叔禮讓的故事。這裡指友情深厚），休仿孫龐鬥智（戰國軍事家孫臏、龐涓師兄弟爭鬥的故事。這裡指兄弟成仇）。自古道：『打虎還得親兄弟，上陣須教父子兵。』望兄長且饒打，待天明和你同心戮力，尋師去也。」行者雖是神通廣大，卻也明理識時。見沙僧苦苦哀告，便就回心道：「八戒、沙僧，你都起來。明日找尋師父，卻要用力。」那呆子聽見饒了，恨不得天也許下半邊，道：「哥啊，這個都在老豬身上。」

兄弟們思思想想，那曾得睡，恨不得點頭喚出扶桑日，一口吹散滿天星。三眾只坐到天曉，收拾要行，早有寺僧攔門來問：「老爺那裡去？」行者笑道：「不好說。昨日對眾誇口，說與他們拿妖精，妖精未曾拿得，倒把我個師父不見了。我們尋師父去哩。」眾僧害怕道：「老爺，小可的事，倒帶累了兩三盆湯飯。八戒盡力吃個乾淨，道：「好和尚！我們尋著師父，再到你這裡來耍子。」眾僧道：「老爺，不在了，不在了。」行者道：「還到這裡吃他飯哩！你去天王殿裡看看那女子在否。」眾僧道：「老爺，不在了，不在了。」自

是當晚宿了一夜，第二日就不見了。」

行者喜喜歡歡的辭了眾僧，著八戒、沙僧牽馬挑擔，徑回東走。八戒道：「哥哥差了。怎麼又往東行？」行者道：「你豈知道！前日在那黑松林綁的那個女子，老孫火眼金睛，你們都認做好人。今日吃和尚的也是他，攝師父的也是他！你們救得好女菩薩！今既攝了師父，還從舊路上找尋去也。」二人嘆服道：「好，好，好！真是粗中有細！去來！去來！」

三人急急到於林內，只見那：

影，不知三藏在何端。

雲藹藹，霧漫漫；石層層，路盤盤。狐蹤兔跡交加走，虎豹豺狼往復鑽。林內更無妖怪

行者心焦，掣出棒來，搖身一變，變作大鬧天宮的本相，三頭六臂，六隻手，理著三根棒，在林裡辟哩撥喇的亂打。八戒見了道：「沙僧，師兄著了惱，尋不著師父，弄做個氣心風了。」原來行者打了一路，打出兩個老頭兒來，——一個是山神，一個是土地。上前跪下道：「大聖，山神、土地來見。」八戒道：「好靈根啊！打了一路，打出兩個山神、土地；若再打一路，連太歲都打出來也。」

行者問道：「山神、土地，汝等這般無禮！在此處專一結伙強盜，強盜得了手，買此豬羊祭賽（祭把）你，又與妖精結擄，打伙兒把我師父攝來！如今藏在何處？快快的從實供來，免打！」二神慌了道：「大聖錯怪了我耶。妖精不在小神山上，不伏小神管轄。但只夜間風響處，小神略知一二。」行者道：「既知，一一說來！」土地道：「那妖精攝你師父去，在那正南下，離此有千里之遙。那廂有

座山，喚做陷空山。山中有個洞，叫做無底洞，是那山裡妖精，到此變化攝去也。」行者聽言，暗自驚心，喝退了山神、土地，收了法身，現出本相，與八戒、沙僧道：「師父去得遠了。」八戒道：「遠便騰雲趕去！」

好呆子，一縱狂風先起，隨後是沙僧駕雲。那白馬原是龍子出身，馱了行李，也踏了風霧。大聖即起筋斗，一直南來。不多時，早見一座大山，阻住雲腳。三人採住馬，都按定雲頭。見那山：

頂摩碧漢，峰接青霄。周圍雜樹萬萬千，來往飛禽喳喳噪。虎豹成陣走，獐鹿打叢行。向陽處，琪花瑤草馨香；背陰方，臘雪頑冰不化。崎嶇峻嶺，削壁懸崖。直立高峰，灣環深澗。松鬱鬱，石嶙嶙，行人見了悚其心。打柴樵子全無影，採藥仙童不見蹤。眼前虎豹能興霧，遍地狐狸亂弄風。

八戒道：「哥啊，這山如此險峻，必有妖邪。」行者道：「不消說了。『山高原有怪，嶺峻豈無精！』」叫：「沙僧，我和你且在此，著八戒先下山凹裡打聽打聽，看那條路好走，端的可有洞府，再看是那裡開門，俱細細打探，我們好一齊去尋師父救他。」八戒道：「老豬晦氣！先拿我頂缸！」行者道：「你夜來說都在你身上，如何打仰？」八戒道：「不要嚷，等我去。」呆子放下鈀，抖抖衣裳，空著手，跳下高山，找尋路徑。

這一去，畢竟不知好歹如何，且聽下回分解。

第八十二回

姹女求陽　元神護道

卻說八戒跳下山，尋著一條小路。依路前行，有五六里遠近，忽見兩個女怪，在那井上打水。他怎麼認得是兩個女怪？見他頭上戴一頂一尺二三寸高的篾絲鬆髻，甚不時興。呆子走近前，叫聲：「妖怪。」那怪聞言大怒，兩個互相說道：「這和尚憊懶！我們又不與他相識，平時又沒有調得嘴慣，他怎麼叫我們做妖怪！」那怪惱了，掄起抬水的槓子，劈頭就打。

這呆子手無兵器，遮架不得，被他撈了幾下，捂著頭跑上山來道：「哥啊，回去罷！妖怪凶！」行者道：「怎麼凶？」八戒道：「山凹裡兩個女妖精在井上打水，我只叫了他一聲，就被他打了我三四槓子！」行者道：「你叫他做甚麼的？」八戒道：「我叫他做妖怪。」行者笑道：「打得還少。」八戒道：「謝你照顧！頭都打腫了，還說少哩！」行者道：「『溫柔天下去得，剛強寸步難移。』他們是此地之怪，我們是遠來之僧，你就去叫他做妖怪，他不打你，打我？『人將禮樂為先。』」八戒道：「一發不曉得！」行者道：「你自幼在山中吃人，你曉得有兩樣木麼？」八戒道：「不知。是甚麼木？」行者道：「一樣是楊木，一樣是檀木。楊木性格甚軟，巧匠

取來，或雕聖像，或刻如來，裝金立粉，嵌玉裝花，萬人燒香禮拜，受了多少無量之福。那檀木性格剛硬，油房裡撒，做柞撒，使鐵箍箍了頭，又使鐵錘往下打，只因剛強，所以受此苦楚。」

八戒道：「哥啊，你這好話兒，早與我說說也好，又使我打了。」行者道：「你還去問他個端的。」

八戒道：「哥啊，且如我變了，卻怎麼問麼？」行者道：「你變了去，到他跟前，行個禮兒，看他多大年紀。若與我們差不多，叫他聲『姑娘』；若比我們老些兒，叫他聲『奶奶』。」八戒笑道：「可是蹭蹬！這般許遠的田地，認得是甚麼親！」行者道：「不是認親，要套他的話哩。若是他拿了師父，就好下手；若不是他，卻不誤了我們別處幹事？」八戒道：「說得有理，等我再去。」

好呆子，把釘鈀撒在腰裡，下山凹，搖身一變，變做個黑胖和尚。搖搖擺擺，走近怪前，深深唱個大喏道：「奶奶，貧僧稽首了。」那兩個喜道：「這個和尚卻好，會唱個喏兒，又會稱道一聲兒。」問道：「長老，那裡來的？」八戒道：「那裡來的。」又問：「那裡去的？」又道：「那裡去的。」又問：「你叫做甚麼名字？」又答道：「我叫做甚麼名字。」那怪笑道：「這和尚便好，只是沒來歷，會說順口話兒。」八戒道：「奶奶，你們打水怎的？」那怪道：「和尚，你不知道：我家老夫人今夜裡攝了一個唐僧在洞內，要管待他；我洞中水不乾淨，差我兩個來此打這陰陽交媾的好水，安排素果素菜的筵席，與唐僧吃了，晚間要成親哩。」

那呆子聞得此言，急抽身跑上山叫：「沙和尚，快拿將行李來，我們分了罷！」沙僧道：「二哥，又分怎的？」八戒道：「分了使你還去流沙河吃人，我去高老莊探親，哥哥去花果山稱聖，白龍馬歸大海成龍。師父已在這妖精洞內成親哩！我們都各安生理去也！」行者道：「這呆子又胡說

第八十二回

姹女求陽　元神護道

了！」八戒道：「你的兒子胡說！才那兩個抬水的妖精說，安排素筵席與唐僧吃了成親哩！」行者道：「那妖精把師父困在洞裡，師父眼巴巴的望我們去救，你卻在此說這樣話！」八戒道：「怎麼救？」行者道：「你兩個牽著馬，挑著擔，我們跟著那兩個女怪，做個引子，引到那門前，一齊下手。」真個呆子只得隨行。

行者遠遠的標著那兩怪，漸入深山，有一二十里遠近，忽然不見。八戒驚道：「師父是日裡鬼拿去了！」行者道：「你好眼力！怎麼就看出他本相來？」八戒道：「那兩個怪，正抬著水走，忽然不見，卻不是個日裡鬼？」行者道：「想是鑽進洞去了。等我去看。」

好大聖，急睜火眼金睛，漫山看處，果然不見動靜。只見那陡崖前，有一座玲瓏剔透細妝花、堆五采、三簷四簇的牌樓。他與八戒、沙僧近前觀看，上有六個大字，乃「陷空山無底洞」。行者道：「兄弟，這妖精把個架子支在這裡，還不知門向那裡開哩。」沙僧說：「不遠！不遠！好生尋！」都轉身看時，牌樓下，山腳下有一塊大石，約有十餘里方圓；正中間有缸口大的一個洞兒，爬得光溜溜的。八戒道：「哥啊，這就是妖精出入洞也。」行者看了道：「怪哉！我老孫自保唐僧，瞞不得你兩個，妖精也拿了些。八戒，你先下去試試，看有多少淺深，我好進去救師父。」

八戒搖頭道：「這個難！我老豬身子夯夯的，若塌了腳掉下去，不知二三年可得到底哩！」行者道：「就有多深麼？」八戒道：「你看！」大聖伏在洞邊上，仔細往下看處，咦！深啊！周圍足有三百餘里，回頭道：「兄弟，果然深得緊！」八戒道：「你便回去罷。師父救不得耶！」行者道：「你說那裡話！『莫生懶惰意，休起怠荒心。』且將行李歇下，把馬拴在牌樓柱上，你使釘鈀，沙僧使杖，攔住洞門，讓我進去打聽打聽。若師父果在裡面，我將鐵棒把妖精從裡打出，跑至門口，你兩

個卻在外面擋住：這是裡應外合。打死精靈，才救得師父。」二人遵命。

行者卻將身一縱，跳入洞中，足下彩雲生萬道，身邊瑞氣護千層。不多時，到於深遠之間，那裡邊明明朗朗，一般的有日色，有風聲，又有花草果木。行者喜道：「好去處啊！想老孫出世，天賜與水簾洞，這裡也是個洞天福地！」正看時，又見有一座二滴水的門樓，團團都是松竹，內有許多房舍。又想道：「此必是妖精的住處了。我且到那裡邊去打聽打聽。且住！若是這般去啊，他認得我了，且變化了去。」搖身捻訣，就變做個蒼蠅兒，輕輕的飛在門樓上聽聽。只見那怪高坐在草亭內。他那模樣，比在松林裡救他，寺裡拿他，便是不同，越發打扮得俊了：

今朝拿住取經僧，便要歡娛同枕榻。

端端正正美人姿，月裡嫦娥還喜恰。

團團粉面若銀盆，朱唇一似櫻桃滑。

一對金蓮剛半折，十指如同春筍發。

髮盤雲鬢似堆鴉，身著綠絨花比甲。

綻破櫻桃，喜孜孜的叫道：「小的們，快排素筵席來，我與唐僧哥哥吃了成親。」行者暗笑道：「真個有這話！我只道八戒作耍子亂說哩！等我且飛進去尋尋，看師父在那裡。不知他的心情如何。假若被他摩弄動了啊，留他在這裡也罷。」即展翅，飛到裡邊看處，那東廊下，上明下暗的紅紙格子裡面，坐著唐僧哩。

行者且不言語，聽他說甚話。少時，

行者一頭撞破格子眼，飛在唐僧光頭上叮著，叫聲：「師父。」三藏認得聲音，叫道：「徒弟，救我命啊！」行者道：「師父不濟呀！那怪精安排筵宴，與你吃了成親哩。或生下一男半女，也是你和尚之後代，你愁怎的？」長老聞言，咬牙切齒道：「徒弟，我自出了長安，到兩界山中收你，一向西來，那個時辰動葷？那一日子有甚歪意？今被這妖精拿住，要求配偶，我若把真陽喪了，我就身墮輪迴，打在那陰山背後，永世不得翻身！」行者笑道：「莫發誓。既有真心往西天取經，老孫帶你去罷。」三藏道：「進來的路兒，我通忘了。」行者道：「莫說你忘了。他這洞，不比走來走出去的，是打上頭往下鑽。如今救了你，要打底下往上鑽。若是造化低，鑽不著，還有個悶殺的日子了。」三藏滿眼垂淚道：「似此艱難，怎生是好？」行者道：「沒事！沒事！那妖精整治酒與你吃，沒奈何，也吃他一盅；只要斟得急些兒，斟起一個喜花兒（斟酒時濺起的水花）來，等我變作個蟭蟟蟲兒，飛在酒泡之下，他把我一口吞下肚去，我就捻破他的心肝，扯斷他的肺腑，弄死那妖精，你才得脫身出去。」三藏道：「徒弟，這等說，只是不當人子。」行者道：「只管行起善來，你命休矣。妖精乃害人之物，你惜他怎的！」三藏道：「也罷，也罷；你只是要跟著我。」正是那孫大聖護定唐三藏，取經僧全靠著美猴王。

他師徒兩個，商量未定，早是那妖精安排停當，走近東廊外，開了門鎖，叫聲：「長老。」唐僧不敢答應。又叫一聲，又不敢答應。他不敢答應者何意？想著「口開神氣散，舌動是非生。」卻又一條心兒想著，若死住法兒不開口，怕他心狠，頃刻間就害了性命。正是那進退兩難心問口，口問心。正自狐疑，那怪又叫一聲：「長老。」那長老應也不是，不應也不是。沉吟半晌，應他一聲道：「娘子，有。」那長老應出這一句言來，真是肉落千斤。人都說唐僧是個真心的和尚，往西天拜佛求經，怎麼與這女妖精答

話？不知此時正是危急存亡之秋，萬分出於無奈，雖是外有所答，其實內無所欲。妖精見長老應了一聲，他推開門，把唐僧攙起來，交頭接耳，你看他做出那千般嬌態，萬種風情。豈知三藏一腔子煩惱。行者暗中笑道：「我師父被他這般哄誘，只怕一時動心。」正是：

> 真僧魔苦遇嬌娃，妖怪娉婷實可誇。淡淡翠眉分柳葉，盈盈丹臉襯桃花。
> 繡鞋微露雙鉤鳳，雲髻高盤兩鬢鴉。含笑與師攜手處，香飄蘭麝滿袈裟。

妖精挽著三藏，行近草亭道：「長老，我辦了一杯酒，和你酌酌。」唐僧道：「娘子，貧僧自不用葷。」妖精道：「我知你不吃葷，因洞中水不潔淨，特命山頭上取陰陽交媾的淨水，做此素果素菜筵席，和你耍子。」唐僧跟他進去觀看，果然見那：

> 盈門下，繡纏彩結；滿庭中，香噴金猊。擺列著黑油壘鈿桌，朱漆篏絲盤。壘鈿桌上，有異樣珍羞；篏絲盤中，盛稀奇素物。林檎、橄欖、蓮肉、葡萄、榧、柰、榛、松、荔枝、龍眼、山栗、風菱、棗兒、柿子、胡桃、銀杏、金橘、香橙，果子隨山有；蔬菜更時新：豆腐、麵筋、木耳、鮮筍、蘑菇、香蕈、山藥、黃精。石花菜、黃花菜，青油煎炒；扁豆角、江豆角，熟醬調成。王瓜、瓠子、白果、蔓菁。鏇皮茄子鵪鶉做，別種冬瓜方旦名。爛煨芋頭糖拌著，白煮蘿蔔醋澆烹。椒薑辛辣般般美，鹹淡調和色色平。

那妖精露尖尖之玉指，捧晃晃之金杯，滿斟美酒，遞與唐僧，口裡叫道：「長老哥哥，妙人，請一杯交歡酒兒。」三藏羞答答的，接了酒，望空澆奠，心中暗祝道：「護法諸天、五方揭諦、四值功曹：弟子陳玄奘，自離東土，蒙觀世音菩薩差遣列位眾神暗中保護，拜雷音，見佛求經，今在途中，被妖精拿住，強逼成親，將這一杯酒遞與我吃。此酒果是素酒，弟子勉強吃了，還得見佛成功；若是葷酒，破了弟子之戒，永墮輪回之苦！」孫大聖，他卻變得輕巧，在耳根後，若像一個耳報；但他說話，惟三藏聽見，別人不聞。他知師父平日好吃葡萄做的素酒，教吃他一盅。那師父沒奈何吃了，急將酒滿斟一盅，回與妖怪。果然斟起有一個喜花兒。行者變作個蟭蟟蟲兒，輕輕的飛入喜花之下。那妖精接在手，且不吃，把杯兒放住，與唐僧拜了兩拜，口裡嬌嬌怯怯，敘了幾句情話。卻才舉杯，那妖精也認不得是行者變的，只以為蟲兒，用小指挑起，往下一彈。花兒已散，就露出蟲來。妖精也認不得是行者變的，只以為蟲兒，用小指挑起，往下一彈。

行者見事不諧，料難入他腹，即變做個餓老鷹。真個是：

高貼天門。老拳鋼硬最傷人，得志凌霄嫌近。

玉爪金睛鐵翮，雄姿猛氣摶雲。妖狐狡兔見他昏，千里山河時遍。飢處迎風逐雀，飽來

飛起來，掄開玉爪，響一聲掀翻桌席，把些素果素菜，盤碟家伙，盡皆摔碎，撇卻唐僧，飛將出去。唬得妖精心膽皆裂，唐僧的骨肉通酥。妖精戰戰兢兢，摟住唐僧道：「長老哥哥，此物是那裡來的？」三藏道：「貧僧不知。」妖精道：「我費了許多心，安排這個素宴與你耍耍，卻不知這個扁毛畜生，從那裡飛來，把我的家伙打碎！」眾小妖道：「夫人，打碎家伙猶可，將些素品都潑散在地，

穢了怎用？」三藏分明曉得是行者弄法，他那裡敢說。那妖精道：「小的們，我知道了。想必是我把唐僧困住，天地不容，故降此物。你們將碎家伙拾出去，另安排些酒肴，不拘葷素，我指天為媒，指地作證，然後再與唐僧成親。」依然把長老送在東廊裡坐下不題。

卻說行者飛出去，現了本相，到於洞口，叫聲「開門！」八戒笑道：「沙僧，哥哥來了。」他二人撒開兵器。行者跳出，八戒上前扯住道：「可有妖精？可有師父？」行者道：「有！有！有！」八戒道：「師父在裡邊受罪哩？綁著是捆著？要蒸是要煮？」行者道：「這個事倒沒有，只是安排素宴，要與他幹那個事哩。」八戒道：「你造化！你吃了陪親酒來了！」行者道：「呆子啊！師父的性命也難保，吃甚麼陪親酒！」八戒道：「你怎的就來了？」行者把見唐僧施變化的上項事說了一遍，道：「兄弟們，再休胡思亂想。師父已在此間，老孫這一去，一定救他出來。」

復翻身入裡面，還變做個蒼蠅兒，叮在門樓上聽之。只聞得這妖怪氣呼呼的，在亭子上吩咐：「小的們，不論葷素，拿來燒紙。借煩天地為媒訂，務要與他成親。」行者聽見，暗笑道：「這妖精全沒一些兒廉恥！青天白日的，把個和尚關在家裡擺布。且不要忙，等老孫再進去看看。」嚶的一聲，飛在東廊之下，見那師父坐在裡邊，清滴滴腮邊淚淌。行者鑽將進去，叮在他頭上，又叫聲：「師父。」長老認得聲音，跳起來，咬牙恨道：「猢猻啊！別人膽大，還是身包膽；你的膽大，就是膽包身！你弄神通，打破家伙，能值幾何？鬥得那妖精淫興發了，那裡不分葷素安排，定要與我交媾，此事怎了！」行者暗中陪笑道：「師父莫怪，有救你處。」唐僧道：「那裡救得我？」行者道：「我才一翅飛起去時，見他後邊有個花園。你哄他往園裡去耍子，我救了你罷。」唐僧道：「園裡怎麼救？」行者道：「你與他到園裡，走到桃樹邊，就莫走了。等我飛上桃枝，變作個紅桃子。你要吃果子，先揀紅的兒摘

下來。紅的是我。他必然也要摘一個，你把紅的定要讓他。他若一口吃了，我卻在他肚裡，等我搗破他的皮袋，扯斷他的肝腸，弄死他，你就脫身了。」三藏道：「你若有手段，就與他賭鬥便了；只要鑽在他肚裡怎麼？」行者道：「師父，你不知道。他這個洞，若好出入，便可與他賭鬥；只為出入不便，曲道難行，若就動手，他這一窩子，老老小小，連我都扯住，卻怎麼了？須是這般捽手幹，大家才得乾淨。」三藏點頭聽信，只叫：「你跟定我。」行者道：「曉得！曉得！我在你頭上。」

師徒們商量定了，三藏才欠起身來，雙手扶著那格子，叫道：「娘子，娘子。」那妖精聽見，笑唏唏的跑近跟前道：「妙人哥哥，有甚話說？」三藏道：「娘子，我出了長安，一路西來，無日不山，無日不水。昨在鎮海寺投宿，偶得傷風重疾，今日出了汗，略才好些；又蒙娘子盛情，攜入仙府，只得坐了這一日，又覺心神不爽。你帶我往那裡略散散心，耍耍去麼？」那妖精十分歡喜道：「妙人哥哥，你倒有些興趣。我和你去花園裡耍耍。」叫：「小的們，拿鑰匙來開了園門，打掃路徑。」眾妖都跑去開門收拾。

這妖精攪開了格子，攙出唐僧。你看那許多小妖，都是油頭粉面，裊裊娉婷，簇簇擁擁，與唐僧徑上花園而去。好和尚！他在這綺羅隊裡無他故，錦繡叢中作瘂聾。若不是這鐵打的心腸朝佛去，第二個酒色凡夫也取不得經。一行都到了花園之外。那妖精俏語低聲叫道：「妙人哥哥，這裡耍耍，真可散心釋悶。」

唐僧與他攜手相攙，同入園內，抬頭觀看，其實好個去處。但見那：

綾；細雨才收，嬌滴滴露出冰肌玉質。日灼鮮杏，紅如仙子曬霓裳；月映芭蕉，青似太真搖

紫回曲徑，紛紛盡點蒼苔；窈窕綺窗，處處暗籠繡箔。微風初動，輕飄飄展開蜀錦吳

羽扇。粉牆四面，萬株楊柳囀黃鸝；閉館周圍，滿院海棠飛粉蝶。更看那凝香閣、青蛾閣、解醒閣、相思閣，層層卷映；又見那養酸亭、披素亭、畫眉亭、四雨亭，個個崢嶸，華匾上，字書鳥篆，朱簾上，鈎控蝦鬚；又見那浴鶴池、洗簡池、怡月池、濯纓池，青萍綠藻耀金鱗；又有墨花軒、異箱軒、適趣軒、慕雲軒、玉斗瓊卮（酒器）浮綠蟻。池亭上下，有太湖石、紫英石、鸚落石、錦川石，青青栽著虎鬚蒲；軒閣東西，有木假山、翠屏山、嘯風山、玉芝山，處處叢生鳳尾竹。荼蘼架、薔薇架，近著秋千架，渾如錦帳羅幃；夜合台、茉藜檻，辛夷亭，對著木香亭，卻似碧城繡幕。芍藥欄、牡丹叢，朱朱紫紫斗穠華；蘊蘊燒空紅拂桑，宜題宜賦。論景致，休誇閬苑蓬萊；較芳菲，不數姚黃魏紫。若到三春閒鬥草，園中只少玉瓊花。

長老攜著那怪，步賞花園，看不盡的奇葩異卉。行過了許多亭閣，真個是漸入佳境。忽抬頭，到了桃樹林邊，行者把師父頭上一拍，那長老就知。行者飛在桃樹枝兒上，搖身一變，變作個紅桃兒，其實紅得可愛。長老對妖精道：「娘子，你這苑內花香，枝頭果熟。苑內花香蜂競采，枝頭果熟鳥爭銜。怎麼這桃樹上果子青紅不一，何也？」妖精笑道：「天無陰陽，日月不明；地無陰陽，草木不生；人無陰陽，不分男女。這桃樹上果子，向陽處，有日色相烘者先熟，故紅；背陰處無日者還生，故青。此陰陽之道理也。」三藏道：「謝娘子指教。其實貧僧不知。」即向前伸手摘了個紅桃。妖精也去摘了一個青桃。三藏躬身將紅桃奉與妖怪道：「娘子，你愛色，請吃這個紅桃，拿青的來我吃。」妖精真個換了。且暗喜道：「好和尚啊！果是個真人！一日夫妻未做，卻就有這般恩愛也。」

那妖精喜喜歡歡的，把唐僧親敬。這唐僧把青桃拿過來就吃。那妖精喜相陪，把紅桃兒張口便咬。啟朱唇，露銀牙，未曾下口，原來孫行者十分性急，轂轆一個跟頭，翻入他咽喉之下，徑到肚腹之中。那妖精害怕，對三藏道：「長老啊，這個果子利害。怎麼不容咬破，就滾下去了？」三藏道：「娘子，新開園的果子愛吃，所以去得快了。」妖精道：「未曾吐出核子，他就攛下去了。」三藏道：「娘子意美情佳，喜吃之甚，所以不及吐核，就下去了。」

行者在他肚裡，復了本相。叫聲：「師父，不要與他答嘴，老孫已得了手也！」三藏道：「徒弟方便著些。」妖精聽見道：「你和那個說話哩？」三藏道：「和我徒弟孫悟空說話哩。」妖精道：「孫悟空在那裡？」三藏道：「在你肚裡哩。卻才吃的那個紅桃子不是？」妖精慌了道：「罷了，罷了！這猴頭鑽在我肚裡，我是死也！孫行者！你千方百計的鑽在我肚裡怎的？」行者在裡邊恨道：「也不怎的！只是吃了你的六葉連肝肺，三毛七孔心；五臟都淘淨，弄做個梆子精！」妖精聽說，唬得魂飛魄散，戰戰兢兢的，把唐僧抱住道：「長老啊！我只道：

　　鳳世前緣繫赤繩，魚水相和兩意濃。不料鴛鴦今拆散，何期鸞鳳又西東！
　　藍橋水漲難成事，佛廟煙沉嘉會空。著意一場今又別，何年與你再相逢！」

行者在他肚裡聽見說時，只怕長老慈心，又被他哄了。便就掄拳跳腳，支架子，理四平，幾乎把個皮袋兒搗破了。那妖精忍不得疼痛，倒在塵埃，半晌家不敢言語。行者見不言語，想是死了，卻把手略鬆一鬆。他又回過氣來，叫：「小的們！在那裡？」原來那些小妖，自進園門來，各人知趣，都

不在一處，各自去採花鬥草，任意隨心耍子，讓那妖精與唐僧兩個自在敘情兒。忽聽得叫，卻才都跑將來。又見妖精倒在地上，面容改色，口裡哼哼的爬不動，連忙攙起，圍在一處道：「夫人，怎的不好？想是急心疼了？」妖精道：「不是！不是！你莫要問，我肚裡已有了人也！快把這和尚送出去，留我性命！」那些小妖，真個都來扛抬。行者在肚裡叫道：「那個敢抬！要便是你自家獻我師父出去，出到外邊，我饒你命！」那怪精沒計奈何，只是惜命之心，急掙起來，把唐僧背在身上，拽開步，往外就走。小妖跟隨道：「老夫人，往那裡去？」妖精道：「『留得五湖明月在，何愁沒處下金鉤！』把這廝送出去，等我別尋一個頭兒罷！」

好妖精，一縱雲光，直到洞口。又聞得叮叮當當，兵刃亂響。三藏道：「徒弟，外面兵器響哩。」行者道：「是八戒揉鈀哩。你叫他一聲。」三藏便叫：「八戒！」八戒聽見道：「沙和尚！師父出來也！」二人掣開鈀杖，妖精把唐僧馱出。

咦！正是：心猿裡應降邪怪，土木司門接聖僧。畢竟不知那妖精性命如何，且聽下回分解。

第八十三回

心猿識得丹頭　姹女還歸本性

卻說三藏著妖精送出洞外，沙和尚近前問曰：「師父出來，師兄何在？」八戒道：「他有算計，必定貼換師父出來也。」三藏用手指著妖精道：「你師兄在他肚裡哩。」八戒笑道：「醃臢殺人！在肚裡做甚！出來罷！」行者在裡邊叫道：「張開口，等我出來！」那怪真個把口張開。行者變得小小的，孤在咽喉之內，正欲出來，又恐他無理來咬，即將鐵棒取出，吹口仙氣，叫「變！」變作個棗核釘兒，撐住他的上齶子，把身一縱，跳出口外，就把鐵棒順手帶出，把腰一躬，還是原身法相，舉起棒來就打。那妖精也隨手取出兩口寶劍，丁當架住。兩個在山頭上這場好殺：

雙舞劍飛當面架，金箍棒起照頭來。一個是天生猴屬心猿體，一個是地產精靈姹女骸。那個要取元陽成配偶，這個要戰純陰結聖胎。棒舉一天寒霧漫，劍迎滿地黑塵篩。因長老，拜如來，恨苦相爭顯大才。水火不投母道損，陰陽難合各分開。兩家鬥罷多時節，地動山搖樹木摧。

八戒見他們賭鬥，口裡絮絮叨叨，返恨行者。轉身對沙僧道：「兄弟，師兄胡纏！才子在他肚裡，輪起拳來，送他一個滿肚紅，扒開肚皮鑽出來，卻不了帳？怎麼又從他口裡爭戰；卻與他爭戰，讓他這等猖狂！」沙僧道：「正是。卻也虧了師兄深洞中救出師父，返又與妖精廝戰。且請師父自家坐道，我和你各持兵器，助助大哥，打倒妖精去來。」八戒擺手道：「不、不、不！他有神通，我們不濟。」沙僧道：「說那裡話！都是大家有益之事。雖說不濟，卻也放屁添風。」

那呆子一時興發，掣了釘鈀，叫聲：「去來！」他兩個不顧師父，一擁駕風趕上。舉釘鈀，使寶杖，望妖精亂打。那妖精戰行者一個已是不能，又見他二人，怎生抵敵，急回頭，抽身就走。行者喝道：「兄弟們趕上！」那妖精見他們趕得緊，即將右腳上花鞋脫下來，吹口仙氣，念個咒語，叫「變！」即變作本身模樣，使兩口劍舞將來；將身一幌，化一陣清風，徑直回去。這番也只說戰他們不過，顧命而回，豈知又有這般樣事！也是三藏災星未退：他到了洞門前牌樓下，卻見唐僧在那裡獨坐，他就近前一把抱住，搶了行李，咬斷韁繩，連人和馬，復又攝將進去不題。

且說八戒閃個空，一鈀把妖精打落地，乃是一隻花鞋。行者看見道：「你這兩個呆子！看著師父罷了，誰要你來幫甚麼功！」八戒道：「沙和尚，如何麼！我說莫來。這猴子好的有些夾腦風。我們替他降了妖怪，反落得他生報怨！」行者道：「在那裡降了妖怪！那妖怪昨日與我戰時，使了一個遺鞋計哄了。你們走了，不知師父如何，我們快去看看！」

三人急回來，果然沒了師父：連行李、白馬一並無蹤。慌得個八戒兩頭亂跑，沙僧前後跟尋。孫大聖亦心焦性躁。正尋覓處，只見那路旁邊斜著半截兒韁繩。他一把拿起，止不住眼中流淚，放聲叫道：「師父啊！我去時辭別人和馬，回來只見這些繩！」正是那「見鞍思俊馬，滴淚想親人。」八

戒見他垂淚，忍不住仰天大笑。行者罵道：「你這個夯貨！又是要散伙哩！」八戒又笑道：「哥啊，不是這話。師父一定又被妖精攝進洞去了。常言道：『事無三不成。』你進洞兩遭了，再進去一遭，管情救出師父來也。」行者揩了眼淚道：「也罷，到此地位，勢不容己，我還進去。你兩個沒了行李、馬匹耽心，卻好生把守洞口。」

好大聖，即轉身跳入裡面，不施變化，就將本身法相。真個是：

古怪別腮心裡強，自小為怪神力壯。
高低面賽馬鞍鞽，眼放金光如火亮。
渾身毛硬似鋼針，虎皮裙繫明花響。
上天撞散萬雲飛，下海混起千層浪。
當天倚力打天王，擋退十萬八千將。
官封大聖美猴精，手中慣使金箍棒。
今日西方任顯能，復來洞內扶三藏。

你看他停住雲光，徑到了妖精宅外。見那門樓門關了，不分好歹，掄鐵棒一下打開，闖將進去。那裡邊靜悄悄，全無人跡。東廊下不見唐僧；亭子上桌椅，與各處家伙，一件也無。原來他的洞裡周圍有三百餘里，妖精窩穴甚多。前番攝唐僧在此，被行者尋著，今番攝了，又怕行者來尋，當時搬了，不知去向。惱得這行者跌腳搥胸，放聲高叫道：「師父啊！你是個晦氣轉成的唐三藏，災殃鑄就

的取經僧！噫！這條路且是走熟了，如何不在？卻教老孫那裡尋找也！」正自吆喝暴躁之間，忽聞得一陣香煙撲鼻，他回了性道：「這香煙是從後面飄出，想是在後頭哩。」拽開步，提著鐵棒，走將進去看時，也不見動靜。只見有三間倒坐兒，近後壁卻鋪一張龍吞口雕漆供桌，桌上有一個大流金香爐，爐內有香煙馥郁。那上面供養著一個大金字牌，牌上寫著「尊父李天王之位」；略次些兒，寫著「尊兄哪吒三太子位」。行者見了，滿心歡喜，也不去搜妖怪，找唐僧，把鐵棒捻作個繡花針兒，摁在耳朵裡，掄開手，把那牌子並香爐拿將起來，返雲光，徑出門去。至洞口，嘻嘻哈哈，笑聲不絕。

八戒、沙僧聽見，掣放洞口，迎著行者道：「哥哥這等歡喜，想是救出師父也？」行者笑道：「不消我們救，只問這牌子要人。」八戒道：「哥啊，這牌子不是妖精，又不會說話，怎麼問他要人。」沙僧道：「此意何也？」行者道：「這是那妖精家供養的。我闖入他住居之所，見人跡俱無，惟有此牌。想是李天王之女，三太子之妹，思凡下界，假扮妖邪，將我師父攝去。不問他要人，卻問誰要？你兩個且在此把守，等老孫執此牌位，徑上天堂玉帝前告個御狀，教天王爺兒們，還我師父。」八戒道：「哥啊，常言道：『告人死罪得死罪。』須是理順，方可為之。況御狀又豈是可輕易告的？你且與我說，怎的告他。」行者笑道：「我有主張。我把這牌位、香爐做個證見，另外再備紙狀兒。」八戒道：「狀兒上怎麼寫？你且念念我聽。」行者道：

「告狀人孫悟空，年甲在牒，係東土唐朝西天取經僧唐三藏徒弟。告為假妖攝陷人口事。今有托塔天王李靖同男哪吒太子，閨門不謹，走出親女，在下方陷空山無底洞變化妖

邪，迷害人命無數。今將吾師攝陷曲遼之所，渺無尋處。若不狀告，切思伊父子不仁，故縱女氏成精害眾。伏乞憐准，行拘至案，收邪救師，明正其罪，深為恩便。有此上告。」

八戒、沙僧聞其言，十分歡喜道：「哥啊，告的有理，必得上風。切須早來；稍遲恐妖精傷了師父性命。」行者道：「我快！我快！多時飯熟，少時茶滾就回。」

好大聖，執著這牌位、香爐，將身一縱，駕祥雲，直至南天門外。時有把天門的大力天王與護國天王見了行者，一個個都控背躬身，不敢攔阻，讓他進去。直至通明殿下，有張、葛、許、丘四大天師迎面作禮道：「大聖何來？」行者道：「有紙狀兒，要告兩個人哩。」

天師吃驚道：「這個賴皮，不知要告那個。」無奈，將他引入靈霄殿下啟奏。蒙旨宣進，行者將牌位、香爐放下，朝上禮畢，將狀子呈上。葛仙翁接了，鋪在御案。玉帝從頭看了，見這等這等，即將原狀批作聖旨，宣西方長庚太白金星領旨到雲樓宮宣托塔李天王見駕。行者上前奏道：「望天王好生懲治。；不然，又別生事端。」玉帝又吩咐：「原告也去。」行者道：「老孫也去？」四天師道：

「萬歲已出了旨意，你可同金星去來。」

行者真個隨著金星，縱雲頭，早至雲樓宮。原來是天王住宅，號雲樓宮。金星見宮門首有個童子侍立。那童子認得金星，即入裡報道：「太白金星老爺來了。」天王遂出迎迓。又見金星捧著旨意，即命焚香。及轉身，又見行者跟入，天王即又作怒。你道他作怒為何？當年行者大鬧天宮時，玉帝曾封天王為降魔大元帥，封哪吒太子為三壇海會之神，帥領天兵，收降行者，屢戰不能取勝。還是五百年前敗陣的仇氣，有些惱他，故此作怒。他且忍不住道：「老長庚，你齎得是甚麼旨意？」金星道：

「是孫大聖告你的狀子。」那天王本是煩惱，聽見說個「告」字，一發雷霆大怒道：「他告我怎的？」金星道：「告你假妖攝陷人口事。你焚了香，請自家開讀。」那天王氣呼呼的，設了香案，望空謝恩。拜畢，展開旨意看了，原來是這般這般，如此如此，恨得他手撲著香案道：「這個猴頭！他也錯告我了！」金星道：「且息怒。現有牌位、香爐在御前作證，說是你親女哩。」天王道：「我止有三個兒子一個女兒。大小兒名金吒，侍奉如來，做前部護法。二小兒名木吒，在南海隨觀世音做徒弟。三小兒名哪吒，在我身邊，早晚隨朝護駕。一女年方七歲，名貞英，人事尚未省得，如何會做妖精！不信，抱出來你看。這猴頭著實無禮！且莫說我是天上元勳，封受先斬後奏之職，就是下界小民，也不可誣告。律云：『誣告加三等。』」叫手下：「將縛妖索把這猴頭捆了！」

那庭下擺列著巨靈神、魚肚將、藥叉雄帥，一擁上前，把行者捆了。金星道：「李天王莫闖禍啊！我在御前同他領旨意來宣你的人。你那索兒頗重，一時捆壞他，閣氣。」天王道：「金星啊，似他這等詐偽告擾，怎該容他！你且坐下，待我取砍妖刀砍了這個猴頭，然後與你見駕回旨！」金星見他取刀，心驚膽戰。對行者道：「你幹事差了。御狀可是輕易告的？你也不訪的實，似這般亂弄，傷其性命，怎生是好？」行者全然不懼，笑吟吟的道：「老官兒放心，一些沒事。老孫的買賣，原是這等做，一定先輸後贏。」

說不了，天王掄過刀來，望行者劈頭就砍。早有那三太子趕上前，將斬腰劍架住，叫道：「父王息怒。」天王大驚失色。噫！父見子以劍架刀，就當喝退，怎麼返大驚失色？原來天王生此子時，他左手掌上有個「哪」字，右手掌上有個「吒」字，故名哪吒。這太子三朝兒就下海淨身闖禍，踏倒水晶宮，捉住蛟龍要抽筋為條子。天王知道，恐生後患，欲殺之。哪吒奮怒，將刀在手，割肉還母，剔

骨還父；還了父精母血，一點靈魂，徑到西方極樂世界告佛。佛正與眾菩薩講經，只聞得幢幡寶蓋有人叫道：「救命！」佛慧眼一看，知是哪吒之魂，即將碧藕為骨，荷葉為衣，念動起死回生真言，哪吒遂得了性命。運用神力，法降九十六洞妖魔，神通廣大。後來要殺天王，報那剔骨之仇。天王無奈，告求我佛如來。如來以和為尚，賜他一座玲瓏剔透舍利子如意黃金寶塔，那塔上層層有佛，豔豔光明。喚哪吒以佛為父，解釋了冤仇。所以稱為托塔李天王者，此也。今日因閒在家，未曾托著那塔，恐哪吒有報仇之意，故嚇個大驚失色。卻即回手，向塔座上取了黃金寶塔，托在手間，問哪吒道：「孩兒，你以劍架住我刀，有何話說？」哪吒棄劍叩頭道：「父王，是有女兒在下界哩。」天王道：「孩兒，我只生了你兄妹四個，那裡又有個女兒哩？」哪吒道：「父王忘了。那女兒原是個妖精。三百年前成怪。在靈山偷食了如來的香花寶燭，如來差我父子天兵，將他拿住。拿住時，只該打死。如來吩咐道：『積水養魚終不釣，深山餵鹿望長生。』當時饒了他性命。積此恩念，拜父王為父，拜孩兒為兄，在下方供設牌位，侍奉香火。不期他又成精，陷害唐僧，卻被孫行者搜尋到巢穴之間，將牌位拿來，就做名告了御狀。此是結拜之恩女，非我同袍之親妹也。」

天王聞言，悚然驚訝道：「孩兒，我實忘了。他叫做甚麼名字？」太子道：「他有三個名字……他的本身出處，喚做金鼻白毛老鼠精；因偷香花寶燭，改名喚做半截觀音；如今饒他下界，又改了，喚做地湧夫人是也。」天王卻才省悟。放下寶塔，便親手來解行者。行者就放起刁來道：「那個敢解我！要便連繩兒抬去見駕，老孫的官事才贏！」天王無計可施，哀求金星說個方便。金星道：「古人云：『萬事從寬。』你幹事忒緊了些兒，就把他捆住，又要殺他。這猴子是個有名的賴皮，你如今教我怎

那大聖打滾撒賴，只要天王去見駕。天王無計可施，哀求金星說個方便。金星道：「古人云：『萬事從寬。』你幹事忒緊了些兒，就把他捆住，又要殺他。這猴子是個有名的賴皮，你如今教我怎

的處！若論你令郎講起來，雖是恩女，不是親女，卻也晚親義重，不拘怎生折辨，你也有個罪名。」

天王道：「老星怎說個方便，就沒罪了。」金星道：「我也要和解你們，卻只是無情可說。」天王笑道：「你把那奏招安授官銜的事說說，他也罷了。」金星笑道：「看我薄面，解了繩好去見駕。」行者道：「老官兒，不用解。我會滾法，一路滾就滾到也。」金星道：

「你這猴忒恁寡情。我昔日也曾有些恩義兒到你，你這些些事兒，就不依我。」行者道：「你與我有甚恩義？」金星道：「你當年在花果山為怪，伏虎降龍，強消死籍，聚群妖大肆猖狂，上天欲要擒你，是老身力奏，降旨招安，把你宣上天堂，封你做『弼馬溫』。你吃了玉帝仙酒，也是老身力奏，封你做『齊天大聖』。你又不守本分，偷桃盜酒，竊老君之丹，如此如此，才得個無滅無生。若不是我，你如何得到今日？」行者道：「古人說得好，『死了莫與老頭兒同墓，乾淨會揭挑人！』我也只是做弼馬溫，鬧天宮罷了；再無甚大事。也罷，也罷，看你老人家面皮，還教他自己來解。」天王才敢向前，解了縛，請行者著衣上坐，一一上前施禮。

行者朝了金星道：「老官兒，何如？我說先輸後贏，買賣兒原是這等做。快催他去見駕，莫誤了我的師父。」金星道：「莫忙。弄了這一會，也吃盅茶兒去。」行者道：「你吃他的茶，受他的私，賣放犯人，輕慢聖旨，你得何罪？」金星道：「不吃茶！不吃茶！連我也賴將起來了！李天王，快走！快走！」天王那裡敢去，怕他沒的說做有的，放起刁來，口裡胡說亂道，怎生與他折辨；沒奈何，又央金星，教說方便。金星道：「我有一句話兒，你可依我？」行者道：「繩捆刀砍之事，我也通看你面，還有甚話？你說！你說！說得好，就依你；說得不好，莫怪。」金星道：「『一日官事十日打。』你告了御狀，說妖精是天王的女兒，天王說不是，你兩個只管在御前折辨，反覆不已，我說

天上一日，下界就是一年。這一年之間，那妖精把你師父，陷在洞中，莫說成親，若有個喜花下兒子，也生了一個小和尚兒，卻不誤了大事？」行者低頭想道：「是啊！我離八戒、沙僧，只說多時飯熟、少時茶滾就回；今已弄了這半會，卻不遲了？老官兒，既依你說，這旨意如何回繳？」金星道：「教李天王點兵，同你下去降妖，我去回旨。」行者笑道：「你怎麼樣回？」金星道：「我只說原告脫逃，被告免提。」行者道：「好啊！我倒看你面情罷了，你倒說我脫逃！教他點兵在南天門外等我，我即和你回旨繳狀去。」天王害怕道：「他這一去，若有言語，是臣背君也。」行者道：「你把老孫當甚麼樣人？我也是個大丈夫！『一言既出，駟馬難追。』豈又有污言頂你？」

天王即謝了行者。行者與金星回旨。天王點起本部天兵，逕出南天門外。金星與行者回見玉帝道：「陷唐僧者，乃金鼻白毛老鼠成精，假設天王爺子牌位。天王知之，已點兵收怪去了，望天尊赦罪。」玉帝即返雲光，到南天門外。見天王、太子，布列天兵等候。

噫！那些神將，風滾滾，霧騰騰，接住大聖，一齊墜下雲頭，早到了陷空山上。八戒、沙僧眼巴巴正等，只見天兵與行者來。呆子迎著天王施禮道：「累及！累及！」天王道：「天蓬元帥，你卻不知。只因我父子受他一炷香，致令妖精無理，困了你師父。這個山就是陷空山了？但不知他的洞門還向那邊開？」行者道：「我這條路且是走熟了。只是這個洞叫做個無底洞，周圍有三百餘里。妖精窠穴甚多。前番我尋他在那兩滴水的門樓裡，今番靜悄悄，鬼影也沒個，不知又搬在何處去也。」天王道：「『任他設盡千般計，難脫天羅地網中。』到洞門前，再作道理。」大家就行。咦，約有十餘里，就到了那大石邊。行者指那缸口大的門兒道：「兀的便是也。」天王道：「『不入虎穴，安得虎子！』誰敢當先？」行者道：「我當先。」三太子道：「我奉

旨降妖，我當先。」那呆子便莽撞起來，高聲叫道：「當頭還要我老豬！」天王道：「不須羅噪，但依我分擺：孫大聖和太子同領著兵將下去，我們三人在口上把守，做個裡應外合，教他上天無路，入地無門，才顯些些手段。」眾人都答應了一聲「是」。

你看那行者和三太子，領了兵將，望洞裡只是一溜。駕起雲光，閃閃爍爍，抬頭一望，果然好個洞啊：

　　依舊雙輪日月，照般一望山川。珠淵玉井暖韜煙，更有許多堪羨。迭迭朱樓畫閣，巍巍赤壁青田。三春楊柳九秋蓮，兀的洞天罕見。

頃刻間，停住了雲光，徑到那妖精舊宅。挨門兒搜尋，吆吆喝喝，一重又一重，一處又一處，把那三百里地，草都踏光了，那見個妖精？那見個三藏？都只說：「這孽畜一定是早出了這洞，遠遠去哩。」那曉得在那東南黑角落上，望下去，另有個小洞。洞裡一重小小門，一間矮矮屋，盆栽了幾種花，簷傍著數竿竹，黑氣氳氳。老怪攝了三藏，搬在這裡逼住成親，只說行者再也找不著。誰知他命合該休：那些小怪，在裡面，暗香馥馥。中間有個大膽些的，伸起頭來，望洞外略看一看，一頭撞著個天兵，一聲嚷道：「在這裡！」那行者惱起性來，捻著金箍棒，一下闖將進去，那裡邊窄小，窩著一窟妖精。三太子縱起天兵，一齊擁上，一個個那裡去躲？

行者尋著唐僧，和那龍馬，和那行李。那老怪尋思無路，看著哪吒太子，只是磕頭求命。太子道：「這是玉旨來拿你，不當小可。我父子只為受了一炷香，險此兒『和尚拖木頭，做出了寺！』」

哮聲「天兵，取下縛妖索，把那些妖精都捆了！」老怪也少不得吃場苦楚。返雲光，一齊出洞。行者口裡嘻嘻嘎嘎。天王掣開洞口，迎著行者道：「今番卻見你師父也。」行者道：「多謝了！多謝了！」就引三藏拜謝天王，次及太子。沙僧、八戒只是要碎剮那老精，天王道：「他是奉玉旨拿的，輕易不得。我們還要去回旨哩。」

一邊天王同三太子領著天兵神將，押住妖精，去奏天曹，聽候發落；一邊行者擁著唐僧，沙僧收拾行李，八戒攏馬，請唐僧騎馬，齊上大路。

這正是：割斷絲羅乾金海，打開玉鎖出樊籠。

畢竟不知前去何如，且聽下回分解。

第八十四回 難滅伽持圓大覺 法王成正體天然

話說唐三藏固住元陽，出離了煙花苦套，隨行者投西前進。不覺夏時，正值那熏風初動，梅雨絲絲。好光景：

> 舟舟綠陰密，風輕燕引雛。新荷翻沼面，修竹漸扶蘇。
> 芳草連天碧，山花遍地鋪。溪邊薄插劍，榴火壯行圖。

師徒四眾，耽炎受熱，正行處，忽見那路旁有兩行高柳，柳陰中走出一個老母，右手下攙著一個小孩兒，對唐僧高叫道：「和尚，不要走了，快早兒撥馬東回，進西去都是死路。」唬得個三藏跳下馬來，打個問訊道：「老菩薩，古人云：『海闊從魚躍，天空任鳥飛。』怎麼西進便沒路了？」那老母用手朝西指道：「那裡去，有五六里遠近，乃是滅法國。那國王前生那世裡結下冤仇，今世裡無端造罪。二年前許下一個羅天大願，要殺一萬個和尚。這兩年陸陸續續，殺毀了九千九百九十六個無名

和尚，只要等四個有名的和尚，湊成一萬，好做圓滿哩。你們去，若到城中，都是送命王菩薩！」三藏聞言，心中害怕，戰兢兢的道：「老菩薩，深感盛情，感謝不盡！但請問可有不進城的方便路兒，我貧僧轉過去罷。」那老母笑道：「轉不過去，轉不過去。只除是會飛的，就過去了也。」八戒在旁邊賣嘴道：「媽媽兒莫說黑話。我們都會飛哩。」

行者火眼金睛，其實認得好歹，那老母攙著孩兒，原是觀音菩薩與善財童子。慌得倒身下拜。叫道：「菩薩，弟子失迎！失迎！」那菩薩一朵祥雲，輕輕駕起，嚇得個唐長老立身無地，只情跪著磕頭。八戒、沙僧也慌跪下，朝天禮拜。一時間，祥雲縹渺，徑回南海而去。行者起來，扶著師父道：「請起來，菩薩已回寶山也。」三藏起來道：「悟空，你既認得是菩薩，何不早說？」行者笑道：「你還問話不了，我即下拜，怎麼還是不早哩？」八戒、沙僧對行者道：「感蒙菩薩指示，前邊必是滅法國，要殺和尚，我等怎生奈何？」行者道：「呆子休怕！我們曾遭著那毒魔狠怪，虎穴龍潭，更不曾傷損；此間乃是一國凡人，有何懼哉？只奈這裡不是住處。天色將晚，且有鄉村人家，上城買賣回來的，看見我們是和尚，嚷出名去，不當穩便。且引師父找下大路，尋個僻靜之處，卻好商議。」真個三藏依言，一行都閃下路來，到一個坑坎之下，坐定。行者道：「兄弟，你兩個好生保守師父，待老孫變化了，去那城中看看，尋一條僻路，連夜去也。」三藏叮囑道：「徒弟啊，莫當小可。王法不容。你須仔細！」行者笑道：「放心！放心！老孫自有道理。」

好大聖，話畢，將身一縱，唿哨的跳在空中。怪哉：

上面無繩扯，下頭沒棍撐，

一般同父母，他便骨頭輕。

佇立在雲端裡，往下觀看。只見那城中喜氣沖融，祥光蕩漾。行者道：「好個去處！為何滅法？」看一會，漸漸天昏，又見那：

十字街燈光燦爛，九重殿香藹鐘鳴。七點皎星照碧漢，八方客旅卸行蹤。六軍營，隱隱的畫角才吹；五鼓樓，點點的銅壺初滴。四邊宿霧昏昏，三市寒煙藹藹。兩兩夫妻歸繡幕，一輪明月上東方。

他想著：「我要下去，到街坊打看路徑，這般個嘴臉，撞見人，必定說是和尚；等我變一變了。」捻著訣，念動真言，搖身一變，變做個撲燈蛾兒：

形細翼硬輕巧，滅燈撲燭投明。本來面目化生成，腐草中間靈應。每愛炎光觸焰，忙忙飛繞無停。紫衣香翅趕流螢，最喜夜深風靜。

但見他翩翩翻翻，飛向六街三市。傍房簷，近屋角。正行時，忽見那隅頭拐角上一灣子人家，人家門首掛著個燈籠兒。他道：「這人家過元宵哩？怎麼挨排兒都點燈籠？」他硬硬翅，飛近前來，仔細觀看。正當中一家子方燈籠上，寫著「安歇往來商賈」六字，下面又寫著「王小二店」四字。行者

才知是開飯店的。又伸頭打一看，看見有八九個人，都吃了晚飯，寬了衣服，卸了頭巾，洗了腳手，各各上床睡了。行者暗喜道：「師父過得去了。」你道他怎麼就知過得去？他要起個不良之心，等那些人睡著，要偷他的衣服、頭巾，裝做俗人進城。

噫，有這般不遂意的事！正思忖處，只見那小二走向前，吩咐：「列位官人，仔細些。我這裡君子小人不同，各人的衣物、行李都要小心著。」你想那在外做買賣的人，那樣不仔細？又聽得店家吩咐，越發謹慎。他都爬起來道：「主人家說得有理。我們走路的人辛苦，只怕睡著，急忙不醒，一時失所，奈何？你將這衣服、頭巾、搭聯都收進去，待天將明，交付與我們起身。」那王小二真個把些衣物之類，盡情都搬進他屋裡去了。行者性急，展開翅，就飛入裡面，叮在一個頭巾架上。又見王小二去門首摘了燈籠，放下吊搭，關了門窗，卻才進房，脫衣睡下。

那王小二有個婆子（妻子），帶了兩個孩子，哇哇聒噪，急忙不睡。那婆子又拿了一件破衣，補納納，也不見睡。行者暗想道：「若等這婆子睡了下手，卻不誤了師父？」又恐更深，城門閉了。他又搖身一變，變作個老鼠，嘰嘰哇哇的叫了兩聲，跳下來，拿著衣服、頭巾，往外就走。那婆子慌慌張張的道：「老頭子！不好了！夜耗子成精也！」

行者聞言，又弄手段，攔著門，厲聲高叫道：「王小二，莫聽你婆子胡說。我不是夜耗子成精。明人不做暗事。吾乃齊天大聖臨凡，保唐僧往西天取經。你這國王無道，特來借此衣冠，裝扮我師父。一時過了城去，就便送還。」那王小二聽言，一轂轆起來，黑天摸地，又是著忙的人，撈著褲子當衫子，左穿也穿不上，右套也套不上。

那大聖使個攝法，早已駕雲出去。復翻身，逕至路下坑坎邊前。三藏見星光月皎，探身凝望，見是行者，來至近前，即開口叫道：「徒弟，可過得滅法國麼？」行者上前放下衣物道：「師父，要過滅法國，和尚做不成。」八戒道：「哥，你勒掯那個哩？不做和尚也容易，只消半年不剃頭，就長出毛來也。」行者道：「那裡等得半年！眼下就都要做俗人哩！」那呆子慌了道：「但你說話，通不察理。我們如今都是和尚，眼下要做俗人，卻怎麼戴得頭巾？就是邊兒勒住，也沒收頂繩處。」三藏喝道：「不要打花（開玩笑），且幹正事！端的如何？」行者道：「師父，他這城池，我已看了。雖是國王無道殺僧，卻倒是個真天子，城頭上有祥光喜氣。城中的街道，這裡的鄉談，我也省得，會說。卻才在飯店內借了這幾件衣服、頭巾，我們且扮作俗人，進城去借了宿，至四更天就起來，教店家安排了齋吃，捱到五更時候，挨城門而去，奔大路西行，就有人撞見扯住，也好折辨：只說是上邦欽差的，滅法王不敢阻滯，放我們來的。」沙僧道：「師兄處的最當。且依他行。」真個長老無奈，脫了褊衫，去了僧帽，穿了俗人的衣服，戴了頭巾。沙僧也換了。八戒的頭大，戴不得巾兒，被行者取了些針線，把頭巾扯開，兩頂縫做一頂，與他搭在頭上；揀件寬大的衣服，與他穿了。然後自家也換上一套服道：「列位，這一去，把『師父徒弟』四個字兒且收起。」八戒道：「除了此四字，怎的稱呼？」行者道：「都要做弟兄稱呼：師父叫做唐大官兒，你叫做朱三官兒，沙僧叫做沙四官兒，我叫做孫二官兒。但到店中，你們切休言語，只讓我一個開口答話。等他問甚麼買賣，只說是販馬的客人。把這白馬做個樣子，說我們是十弟兄，我四個先來賣店房賣馬。那店家必然款待我們，我們受用了，臨行時，等我拾塊瓦碴兒，變塊銀子謝他，卻就走路。」長老無奈，只得曲從。

四眾忙忙的牽馬挑擔，跑過那邊。此處是個太平境界，入更時分，尚未關門。逕直進去，行到王

小二店門首，只聽得裡邊叫哩。有的說：「我不見了頭巾！」有的說：「我不見了衣服！」行者只推不知，引著他們，往斜對門一家安歇。那家子還未收燈籠，即近門叫道：「店家，可有閒房兒，我們安歇？」那裡邊有個婦人答應道：「有，有，有。請官人們上樓。」說不了，就有一個漢子來牽馬。行者把馬兒遞與牽進去。他引著師父，從燈影兒後面，徑上樓門。那樓上有方便的桌椅，推開窗格，映月光齊齊坐下。只見有人點上燈來。行者攔門，一口吹息道：「這般月亮不用燈。」

那人才下去，又一個丫環拿四碗清茶。行者接住，樓下又走上一個婦人來，約有五十七八歲的模樣，一直上樓，站著旁邊。問道：「列位客官，那裡來的？有甚寶貨？」行者道：「我們是北方來的，有幾匹粗馬販賣。」那婦人道：「販馬的客人尚還小。」行者道：「這一位是唐大官，這一位是朱三官，這一位是沙四官。」那婦人笑道：「異姓。」行者道：「正是異姓同居。我們共有十個弟兄，我四個先來賃店房打伙；還有六個在城外借歇；領著一群馬，因天晚不好進城，待我們賃了房子，明早都進來。只等賣了馬才回。」那婦人道：「一群有多少馬？」行者道：「大小有百十匹兒，都像我這個馬的身子，卻只是毛片不一。」婦人笑道：「孫二官誠然是個客綱客紀。早是來到舍下，第二個人家也不敢留你。我舍下院落寬闊，槽扎齊備，草料又有，憑你幾百匹馬都養得下。卻一件：我舍下在此開店多年，也有個賤名。先夫姓趙，不幸去世久矣。我喚做趙寡婦店。我店裡三樣兒待客。常言道：『貨有高低三等價，客無遠近一般看。』你怎麼說三樣待客？你可試說說我聽。」趙寡婦道：「我這裡是上、中、下三樣。上樣者：五果五菜的筵席。獅仙斗糖桌面，二位一張，請小娘兒來陪唱陪歇。每位該銀五錢，連房錢在內。」行者笑道：「相應啊！我那裡五錢銀子還

不敢請小娘兒哩。」寡婦又道：「中樣者：合盤桌兒，只是水果、熱酒，篩來憑自家猜枚行令，不用小娘兒，每位只該二錢銀子。」行者道：「一發相應！下樣兒怎麼？」婦人道：「不敢在尊客面前說。」行者道：「也說說無妨。我們好揀相應的幹。」婦人道：「下樣者：沒人伏侍，鍋裡有方便的飯，憑他怎麼吃：吃飽了，拿個草兒，打個地鋪，方便處睡覺，天光時，憑賜幾文飯錢，決不爭競。」八戒說說道：「造化，造化！老朱的買賣到了！等我看著鍋吃飽了飯，灶門前睡他娘！」行者道：「兄弟，說那裡話！你我在江湖上，那裡不賺幾兩銀子！把上樣的安排將來。」

那婦人滿心歡喜，即叫：「看好茶來，廚下快整治東西。」遂下樓去，忙叫：「宰雞宰鵝，煮醃下飯。」又叫：「殺豬殺羊，今日用不了，明日也可用。看好酒。拿白米做飯，白麵搏餅。」三藏在樓上聽見道：「孫二官，怎好？他去宰雞鵝，殺豬羊，倘送將來，我們都是長齋，那個敢吃？」行者道：「我有主張。」去那樓門邊跌跌腳道：「趙媽媽，你上來。」那媽媽上來道：「二官人有甚吩咐？」行者道：「今日且莫殺生，我們今日齋戒。」寡婦驚訝道：「官人們是長齋，是月齋？」行者道：「俱不是，我們喚做『庚申齋』。今朝乃是庚申日，當齋；只過三更後，就是辛酉，便開齋了。你明日殺生罷。如今且去安排些素的來，定照上樣價錢奉上。」

那婦人越發歡喜。跑下去教：「莫宰！莫宰！取些木耳、閩筍、豆腐、麵筋，園裡拔些青菜，做粉湯，發麵蒸卷子，再煮白米飯，燒香茶。」咦！那些當廚的庖丁，都是每日家做慣的手段，霎時間就安排停當，擺在樓上。又有現成的獅仙糖果，四眾任情受用。又問：「可吃素酒？」行者道：「止唐大官不用，我們也吃幾杯。」寡婦又取了一壺暖酒。他三個方才斟上，忽聽得乒乓板響。行者道：「媽媽，底下倒了甚麼家伙了？」寡婦道：「不是，是我小莊上幾個客子送租米來晚了，教他在底下

睡；因客官到，沒人使用，教他們抬轎子去院中請小娘兒陪你們。想是轎槓撞得樓板響。」行者道：「早是說哩。快不要去請。一則齋戒日期，二則兄弟們未到。索性明日進來，一家請個婊子，在府上耍耍時，待賣了馬起身。」寡婦道：「好人！好人！又不失了和氣，又養了精神。」教：「抬進轎子來，不要請去。」四眾吃了酒飯。收了家伙，都散訖。

三藏在行者耳根邊悄悄的道：「那裡睡？」行者道：「就在樓上睡。」三藏道：「不穩便。我們都辛辛苦苦的，倘或睡著，這家子一時再有人來收拾，見我們或滾了帽子，露出光頭，認得是和尚，嚷將起來，卻怎麼好？」行者道：「是啊！」又去樓前跌跌腳。寡婦又上來道：「孫官人又有甚吩咐？」行者道：「我們在那裡睡？」婦人道：「樓上好睡。又沒蚊子，又是南風。大開著窗子忒好睡，我也有些兒羞明。此間不是睡處。」

那媽媽走下去，倚著櫃欄嘆氣。他有個女兒，抱著個孩子近前道：「母親，常言道：『十日灘頭坐，一日行九灘。』如今炎天，雖沒甚買賣，到交秋時，還做不了的生意哩。」婦人道：「兒啊，不是愁沒買賣。今日晚間，已是將收鋪子，入更時分，有這四個馬販子來賃店房，他要上樣管待。實指望賺他幾錢銀子，他卻吃齋，又賺不得他錢，故此嗟嘆。」那女兒道：「他既吃了飯，不好往別人家去。明日還好安排葷酒，如何賺不得他錢？」婦人又道：「他都有病，怕風，羞亮，都要在黑處睡。你想家中都是些單浪瓦兒的房子，那裡去尋黑暗處？不若捨一頓飯與他吃了，教他往別家去罷。」女兒道：「母親，我家有個黑處，又無風色，甚好，甚好。」婦人道：「是那裡？」女兒道：「父親在日曾做了一張大櫃。那櫃有四尺寬，七尺長，三尺高下，裡面可睡六七個

人。教他們往櫃裡睡去罷。」婦人道：「不知可好，等我問他一聲。——孫官人，舍下蝸居，更無黑處，止有一張大櫃，不透風，又不透亮，往櫃裡睡去如何？」行者道：「好！好！好！」即著幾個客子把櫃抬出，打開蓋兒，請他們下樓。行者引著師父，沙僧拿擔，順燈影後徑到櫃邊。八戒不管好歹，就先跳進櫃去。沙僧把行李遞入，攙著唐僧進去，沙僧也到裡邊。行者道：「我的馬在那裡？」旁有伏侍的道：「馬在後屋拴著吃草料哩。」行者道：「牽來。把槽抬來，緊挨著櫃兒拴住。」方才進去，叫：「趙媽媽，蓋上蓋兒，插上鎖釘，鎖上鎖子，還替我們看看，那裡透亮，使些紙兒糊糊，明日早些兒來開。」寡婦道：「忒小心了！」遂此各各關門去睡不題。

卻說他四個到了櫃裡。可憐啊！一則乍戴個頭巾，二來天氣炎熱，又悶住了氣，略不透風，他都摘了頭巾，脫了衣服，又沒把扇子，只將僧帽撲撲扇扇。你挨著我，我擠著你，直到有二更時分，卻都睡著。惟行者有心闖禍，偏他睡不著，伸過手，將八戒腿上一捻。那呆子縮了腳，口裡哼哼的道：「睡了罷！辛辛苦苦的，有甚麼心腸還捻手捻腳的耍子？」行者搗鬼道：「我們原來的本身是五千兩，前者馬賣了三千兩，如今兩搭聯裡現有四千兩，這一群馬還賣他三千兩，也有一本一利。彀了！彀了！」八戒要睡的人，那裡答對。

豈知他這店裡走堂的，挑水的，燒火的，素與強盜一伙。聽見行者說有許多銀子，他就著幾個溜出去，伙了二十多個賊，明火執杖的來打劫馬販子。衝開門進來，唬得那趙寡婦娘女們戰戰兢兢的關了房門，盡他外邊收拾。原來那賊不要店中家伙，只尋客人。到樓上不見形跡，打著火把，四下照看，只見天井中一張大櫃，櫃腳上拴著一匹白馬，櫃蓋緊鎖，掀翻不動。眾賊道：「走江湖的人，都有手眼。看這櫃勢重，必是行囊財帛鎖在裡面。我們偷了馬，抬櫃出城，打開分用，卻不是好？」那

些賊果找起繩扛，把櫃抬著就走，幌啊幌的。八戒醒了道：「哥哥，睡罷。搖甚麼？」行者道：「莫言語！沒人搖。」三藏與沙僧忽地也醒了，道：「是甚人抬著我們哩？」行者道：「莫嚷，莫嚷！等他抬！抬到西天，也省得走路。」

那賊得了手，不住西去，倒抬向城東，殺了守門的軍，打開城門出去。當時就驚動六街三市，各鋪上火甲人夫，都報與巡城總兵、東城兵馬司。那總兵、兵馬，事當干己，即點人馬弓兵，出城趕賊。那賊見官軍勢大，不敢抵敵，放下大櫃，丟了白馬，各自落草逃走。眾官軍不曾拿得半個強盜，只是奪下櫃，捉住馬，得勝而回。總兵在燈光下，見那馬，好馬：

鬃分銀線，尾軃玉條。說甚麼八駿龍駒，賽過了驌驦款段。千金市骨，萬里追風。登山每與青雲合。嘯月渾如白雪勻。真是蛟龍離海島，人間喜有玉麒麟。

總兵官把自家馬兒不騎，就騎上這個白馬，帥軍馬進城，把櫃子抬在總府，同兵馬寫個封皮封了，令人巡守，待天明啟奏，請旨定奪。官軍散訖不題。

卻說唐長老在櫃裡埋怨行者道：「你這個猴頭，害殺我也！若在外邊，被人拿住，送與滅法國王，還好折辨；如今鎖在櫃裡，被賊劫去，又被官軍奪來，明日見了國王，現現成成的開刀請殺，卻不湊了他一萬之數？」行者道：「外面有人！打開櫃，拿出來不是捆著，便是吊著。且忍耐些兒，免了捆吊。明日見那昏君，老孫自有對答，管你一毫兒也不傷。且放心睡睡。」

挨到三更時分，行者弄個手段，順出棒來，吹口仙氣，叫「變！」即變做三尖頭的鑽兒，挨櫃腳

兩三鑽，鑽了一個眼子。收了鑽，搖身一變，變做個螻蟻兒，爬將出去。現原身，踏起雲頭，徑入皇宮門外。那國王正在睡濃之際。他使個「大分身普會神法」，將左臂上毫毛都拔下來，吹口仙氣，叫「變！」都變做小行者。右臂上毛，也都拔下來，吹口仙氣，叫「俺」字真言，教當坊土地，領眾布散皇宮內院，五府六部，各衙門大小官員宅內，但有品職者，念一聲與他一個瞌睡蟲，人人穩睡，不許翻身，又將金箍棒取在手中，捻一捻，幌一幌，叫聲「寶貝，變！」即變做千百口剃頭刀兒；他拿一把，吩咐小行者各拿一把，都去皇宮內院、五府六部、各衙門裡剃頭。咦！這才是：

法王滅法法無空，法貫乾坤大道通。
萬法原因歸一體，三乘妙相本來同。
鑽開玉櫃明消息，布散金毫破蔽蒙。
管取法王成正果，不生不滅去來空。

這半夜剃削成功。念動咒語，喝退土地神祇。將身一抖，兩臂上毫毛歸伏。將剃頭刀總捻成真，現了本相，與唐僧守困不題。

卻說那皇宮內院，宮娥彩女，天不亮起來梳洗，一個個都沒了頭髮。穿宮的大小太監，也都沒了頭髮。一擁齊來，到於寢宮外，奏樂驚寢，個個噙淚，不敢傳言。少時，那三宮皇后醒來，也沒了頭髮。忙移燈到龍床下看處，錦被窩中，睡著一個和尚，皇后忍不住言語出來，驚醒國王。那國王急睜睛，見皇后的光頭，他連忙爬起來道：「梓童，你如何這等？」皇后道：「主公亦如此也。」那皇帝

摸摸頭，唬得三屍呻咋，七魄飛空，道：「朕當怎的來耶！」正慌忙處，只見那六院嬪妃，宮娥彩女，大小太監，皆光著頭跪下道：「主公，我們做了和尚耶！」國王見了，眼中流淚道：「想是寡人殺害和尚」即傳旨吩咐：「汝等不得說出落髮之事，恐文武群臣，褒貶國家不正。且都上殿設朝。」

卻說那五府六部，合衙門大小官員，天不明都要去朝王拜闕。原來這半夜一個個也沒了頭髮。各人都寫表啟奏此事。只聽那：靜鞭三響朝皇帝，表奏當今剃髮因。畢竟不知那總兵官奪下櫃裡賊贓如何，與唐僧四眾的性命如何，且聽下回分解。

第八十五回　心猿妒木母　魔主計吞禪

話說那國王早朝，文武多官俱執表章啟奏道：「主公，望赦臣等失儀之罪。」國王道：「眾卿禮貌如常，有何失儀？」眾卿道：「主公啊，不知何故，臣等一夜把頭髮都沒了。」國王執了這沒頭髮之表，下龍床對群臣道：「果然不知何故。朕宮中大小人等，一夜也盡沒了頭髮。」君臣們都各汪汪滴淚道：「從此後，再不敢殺戮和尚也。」王復上龍位，眾官各立本班。王又道：「有事出班來奏，無事捲簾散朝。」只見那武班中閃出巡城總兵官，文班中走出東城兵馬使，當階叩頭道：「臣蒙聖旨巡城，夜來獲得賊贓一櫃，白馬一匹。微臣不敢擅專，請旨定奪。」國王大喜道：「連櫃取來。」

二臣即退至本衙，點起齊整軍士，將櫃抬出。三藏在內，魂不附體道：「徒弟們，這一到國王前，如何理說？」行者笑道：「莫嚷！我已打點停當了。開櫃時，他就拜我們為師哩。只教八戒不要爭競長短。」八戒道：「但只免殺，就是無量之福，還敢爭競哩！」說不了，抬至朝外，入五鳳樓，放在丹墀之下。

二臣請國王開看，國王即命打開。方揭了蓋，豬八戒就忍不住往外一跳，唬得那多官膽戰，口不

能言。又見孫行者攙出唐僧，沙和尚搬出行李。八戒見總兵官牽著馬，走上前，咄的一聲道：「馬是我的！拿過來！」嚇得那官兒翻跟頭，跌倒在地。四眾俱立在階中。那國王看見是四個和尚，忙下龍床，宣召三宮妃后，下金鑾寶殿，同群臣拜問道：「長老何來？」三藏道：「是東土大唐駕下差往西方天竺國大雷音寺拜活佛取真經的。」國王道：「老師遠來，為何在這櫃裡安歇？」三藏道：「貧僧知陛下有願心殺和尚，不敢明投上國，扮俗人，夜至寶方飯店裡借宿。因怕人識破原身，故此在櫃中安歇。不幸被賊偷出，被總兵捉獲抬來。今得見陛下龍顏，所謂撥雲見日。望陛下赦放貧僧，海深恩便也！」國王道：「老師是天朝上國高僧，朕失迎迓。朕常年有願殺僧者，曾因僧謗了朕，朕許天願，要殺一萬和尚做圓滿。不期今夜飯依，教朕等為僧。如今君臣后妃，髮都剃落了，望老師勿吝高賢，願為門下。」八戒聽言，呵呵大笑道：「既要拜為門徒，有何贄見之禮？」國王道：「師若肯從，願將國中財寶獻上。」行者道：「莫說財寶，我和尚是有道之僧。你只把關文倒換了，送我們出城，保你皇圖永固，福壽長臻。」那國王聽說，即著光祿寺大排筵宴。君臣合同，拜歸於一。即時倒換關文，求三藏改換國號。行者道：「陛下『法國』之名甚好，但只『滅』字不通，自經我過，可改號『欽法國』，管教你海晏河清千代勝，風調雨順萬方安。」國王謝了恩。擺整朝鑾駕，送唐僧四眾出城西去。君臣們秉善善歸真不題。

卻說長老辭別了欽法國王，在馬上欣然道：「悟空，此一法甚善，大有功也。」沙僧道：「哥啊，是那裡尋這許多整容匠，連夜剃這許多頭？」行者把那施變化弄神通的事說了一遍。師徒們都笑不合口。

正歡喜處，忽見一座高山阻路。唐僧勒馬道：「徒弟們，你看這面前山勢崔巍，切須仔細！」行

者笑道：「放心！放心！保你無事！」三藏道：「休言無事；我見那山峰挺立，遠遠的有些凶氣，暴雲飛出，漸覺驚惶，滿身麻木，神思不安。」行者笑道：「你把烏巢神師的《多心經》早已忘了。」

三藏道：「我記得。」行者道：「你雖記得，還有四句頌子，你卻忘了哩。」三藏道：「那四句？」行者道：

「佛在靈山莫遠求，靈山只在汝心頭。
人人有個靈山塔，好向靈山塔下修。」

三藏道：「徒弟，我豈不知？若依此四句，千經萬典，也只是修心。」行者道：「不消說了。心淨孤明獨照，心存萬境皆清。差錯些兒成惰懈，千年萬載不成功。但要一片志誠，雷音只在眼下。似你這般恐懼驚惶，神思不安，大道遠矣，雷音亦遠矣。且莫胡疑，隨我去。」那長老聞言，心神頓爽，萬慮皆休。

四眾一同前進。不幾步，到於山上，舉目看時：

那山真好山，細看色斑斑。頂上雲飄蕩，崖前樹影寒。飛禽淅瀝，走獸凶頑。林內松千幹，巒頭竹幾竿。吼叫是蒼狼奪食，咆哮是餓虎爭餐。野猿長嘯尋鮮果，麋鹿攀花上翠嵐。風颯颯，水潺潺，時聞幽鳥語間關。幾處藤蘿牽又扯，滿溪瑤草雜香蘭。嶙嶙怪石，削削峰岩。狐狢成群走，猴猿作隊頑。行客正愁多險峻，奈何古道又灣還！

師徒們怯怯驚驚，正行之時，只聽得呼呼一陣風起。三藏害怕道：「風起了！」行者道：「春有和風，夏有熏風，秋有金風，冬有朔風：四時皆有風。風起怕怎的？」三藏道：「這風來得甚急，決然不是天風。」行者道：「自古來，風從地起，雲自山出。怎麼得個天風？」說不了，又見一陣霧起，那霧真個是：

漠漠連天暗，濛濛匝地昏。日色全無影，鳥聲無處聞。

宛然如混沌，彷彿似飛塵。不見山頭樹，那逢採藥人。

三藏一發心驚道：「悟空，風還未定，如何又這般霧起？」行者道：「且莫忙。請師父下馬，你兄弟二個在此保守，等我去看看是何吉凶。」

好大聖，把腰一躬，就到半空。用手搭在眉上，圓睜火眼，向下觀之，果見那懸岩邊坐著一個妖精。你看他怎生模樣：

炳炳文斑多采豔，昂昂雄勢甚抖擻。堅牙出口如鋼鑽，利爪藏蹄似玉鉤。

金眼圓睛禽獸怕，銀鬚倒豎鬼神愁。張狂哮吼施威猛，嗳霧噴風運智謀。

行者暗笑道：「我師父也有些兒先兆。他說不是天風，果然不是，卻是個妖精在這裡弄喧兒哩。若老孫使鐵棒往下就打，這叫做

又見逼左右手下有三四十個小妖擺列，他在那裡逼法的噴風嗳霧。

『搗蒜打』，打便打死了，只是壞了老孫的名頭。」那行者一生豪傑，再不曉得暗算計人。他道：

「我且回去，照顧豬八戒照顧，教他來先與這妖精見一仗。若是八戒有本事，打倒這妖，算他一功；若無手段，被這妖拿去，等我再去救他，才好出名。他想道，八戒有些躲懶，不肯出頭，卻只是有些口緊，好吃東西。等我哄他一哄，看他怎麼說。」

即時落下雲頭，到三藏前。三藏問道：「悟空，風霧處吉凶何如？」行者道：「這會子明淨了，沒甚風霧。」三藏道：「正是，覺得退下些去了。」行者笑道：「師父，我常時間還看得好，這番卻看錯了。我只說風霧之中恐有妖怪，原來不是。」三藏道：「是甚麼？」行者道：「前面不遠，乃是一莊村。村上人家好善，蒸的白米乾飯，白麵饅饅齋僧哩。這些霧，想是那些人家蒸籠之氣，也是積善之應。」

八戒聽說，認了真實，扯過行者，悄悄的道：「哥哥，你先吃了他的齋來的？」行者道：「吃不多兒，因那菜蔬太鹹了些，不喜多吃。」八戒道：「啐！憑他怎麼鹹，我也盡肚吃他一飽！十分作渴，便回來吃水。」行者道：「你要吃麼？」八戒道：「正是：我肚裡有些飢了，先要去吃些兒，不知如何？」行者道：「兄弟莫題。古書云：『父在，子不得自專。』師父又在此，誰敢先去？」八戒笑道：「你若不言語，我就去了。」行者道：「我不言語，看你怎麼得去。」

那呆子吃嘴的見識偏有，他走上前去，唱個大喏道：「師父，適才師兄說，前村裡有人家齋僧。你看這馬，有些要打攪人家，便要草要料，卻不費事？幸如今風霧明淨，你們且略坐坐，等我去尋些嫩草兒，先餵餵馬，然後再往那家子化齋去罷。」唐僧歡喜道：「好啊！你今日卻怎肯這等勤謹？快去快來。」

那呆子暗暗笑著便走。行者趕上扯住道：「兄弟，他那裡齋僧，只齋俊的，不齋醜的。」八戒道：「這等說，又要變化是。」行者道：「正是。你變變兒去。」好呆子，他也有三十六般變化，走到山凹裡，捻著訣，念動咒語，搖身一變，變做個矮胖和尚。手裡敲個木魚，口裡哼阿哼的，又不會念經，只哼的是「上大人」。

卻說那怪物收風斂霧，號令群妖，在於大路口上，擺開一個圈子陣，專等行客。這呆子晦氣，不多時，撞到當中，被群妖圍住，這個扯住衣服，那個扯著絲條，推推擁擁，一齊下手。八戒道：「不要扯，等我一家家吃將來。」群妖道：「和尚，你要吃甚的？」八戒道：「你們這裡齋僧，我來吃齋的。」群妖道：「你想這裡齋僧，不知我這裡專要吃僧。我們都是山中得道的妖仙，專要把你們和尚拿到家裡，上蒸籠蒸熟吃哩。你倒還想來吃齋！」

八戒聞言，心中害怕，才報怨行者道：「這個弼馬溫，其實憊懶！他哄我說是這村裡齋僧，這裡那得村莊人家，那裡齋甚麼僧，卻原來是些妖精！」那呆子被他扯急了，即便現出原身，腰間掣釘鈀，一頓亂築，築退那些小妖。

小妖急跑去報與老怪道：「大王，禍事了！」老怪道：「有甚禍事？」小妖道：「山前來了一個和尚，且是生得乾淨。我說拿家來蒸他吃，若吃不了，留些兒防天陰，不想他會變化。」老妖道：「變化甚的模樣？」小妖道：「那裡成個人相！長嘴大耳朵，背後又有鬃。又手掄一根釘鈀，沒頭沒臉的亂築，唬得我們跑回來報大王也。」老怪道：「莫怕，等我去看。」掄著一條鐵杵，走近前看時，見那呆子果然醜惡。他生得：

碓嘴初長三尺零，獠牙觜出賽銀釘。一雙圓眼光如電，兩耳扇風唿唿聲。

腦後鬃長排鐵箭，渾身皮糙癩還青。手中使件蹊蹺物，九齒釘鈀個個驚。

妖精硬著膽喝道：「你是那裡來的，叫甚名字？快早說來，饒你性命！」八戒笑道：「我的兒，

你是也不認得你豬祖宗哩！上前來，說與你聽：

巨口獠牙神力大，玉皇升我天蓬帥。掌管天河八萬兵，天宮快樂多自在。

只因酒醉戲宮娥，那時就把英雄賣。一嘴拱倒斗牛宮，吃了王母靈芝菜。

玉皇親打二千錘，把吾貶下三天界。教吾立志養元神，下方卻又為妖怪。

正在高莊喜結親，命低撞著孫兄在。金箍棒下受他降，低頭才把沙門拜。

背馬挑包做夯工，前生少了唐僧債。鐵腳天蓬本姓豬，法名改作豬八戒。」

那妖精聞言，喝道：「你原來是唐僧的徒弟。我一向聞得唐僧的肉好吃，正要拿你哩。你卻撞得

來，我肯饒你？不要走！看杵！」八戒道：「孽畜！你原來是個染博士出身！」妖精道：「我怎麼是

染博士？」八戒道：「不是染博士，怎麼會使棒槌？」那怪那容分說，近前亂打。他兩個在山凹裡，

這一場好殺：

九齒釘鈀，一條鐵棒。鈀丟解數滾狂風，杵運機謀飛驟雨。一個是無名惡怪阻山程，一

個是有罪天蓬扶性主。性正何愁怪與魔，山高不得金生土。那個杵架猶如蟒出潭，這個鈀來卻似龍離浦。喊聲叱吒振山川，吆喝雄威驚地府。兩個英雄各逞能，捨身卻把神通賭。

八戒長起威風，與妖精廝鬥，那怪喝令小妖把八戒一齊圍住不題。

卻說行者在唐僧背後，忽失聲冷笑。沙僧道：「哥哥冷笑，何也？」行者道：「豬八戒真個呆呀！聽見說齋僧，就被我哄去了。這早晚還不見回來：若是一頓鈀打退妖精，你看他得勝而回，爭嚷功果；若戰他不過，被他拿去，卻是我的晦氣，背前面後，不知罵了多少弼馬溫哩！悟淨，你休言語，等我去看看。」好大聖，他也不使長老知道，悄悄的腦後拔了一根毫毛，吹口仙氣，叫「變！」即變做本身模樣，陪著沙僧，隨著長老。他的真身出個神，跳在空中觀看，但見那呆子被怪圍繞，鈀勢亂，漸漸的難敵。

行者忍不住，按落雲頭，厲聲高叫道：「八戒不要忙，老孫來了！」那呆子聽得是行者聲音，仗著勢，愈長威風，一頓鈀，向前亂築，那妖精委敵不住，道：「這和尚先前不濟，這會子怎麼又發起狠來。」八戒道：「我的兒，不可欺負我！我家裡人來也！」一發向前，沒頭沒臉築去。那妖精委架不住，領群妖敗陣去了。行者見妖精敗去，他就不曾近前，撥轉雲頭，徑回本處，把毫毛一抖，收上身來。長老的肉眼凡胎，那裡認得。

不一時，呆子得勝，也自轉來，累得那粘涎鼻涕，白沫生生，氣呼呼的，走將來，叫聲：「師父！」長老見了，驚訝道：「八戒，你去打馬草的，怎麼這般狼狽回來？想是山上人家有人看護，不容你打草麼？」呆子放下鈀，捶胸跌腳道：「師父！莫要問！說起來就活活羞殺人！」長老道：「為

甚麼羞來？」八戒道：「師兄捉弄我！他先頭說風霧裡不是妖精，沒甚凶兆，是一莊村人家好善，蒸白米乾飯、白麵饃饃齋僧的，我就當真，想著肚裡飢了，先去吃些兒，假倚打草為名；豈知若干妖怪，把我圍了，苦戰了這一會，若不是師兄的哭喪棒相助，我也莫想得脫羅網回來也！」

行者在旁笑道：「這呆子胡說！你若做了賊，就攀上一牢人。是我在這裡看著師父，何曾側離？」長老道：「是啊，悟空不曾離我。」那呆子跳著嚷道：「師父！你不曉得！他有替身！」長老道：「悟空，端的可有怪麼？」

行者瞞不過，躬身笑道：「是有個把小妖兒，他不敢惹我們。我們既保師父，走過險峻山路，就似行軍的一般。」八戒道：「行軍怎的？」行者道：「你做個開路將軍，在前剖路。那妖精不來便罷，若來時，你與他賭鬥。打倒妖精，算你的功果。」八戒量著那妖精手段與他差不多，卻說：「我就死在他手內也罷，等我先走！」行者笑道：「這呆子先說晦氣話，怎麼得長進！」八戒道：「哥啊，你知道『公子登筵，不醉即飽；壯士臨陣，不死帶傷』？先說句錯話兒，後便有威風。」

行者歡喜，即忙背了馬，請師父騎上，沙僧挑著行李，相隨八戒，一路入山不題。

卻說那妖精率幾個敗殘的小妖，徑回本洞，高坐在那石崖上，默默無言。洞中還有許多看家的小妖，都上前問道：「大王常時出去，喜喜歡歡回來，今日如何煩惱？」老妖道：「小的們，我往常出洞巡山，不管那裡的人與獸，定撈幾個來家，養贍汝等；今日造化低，撞見一個對頭。」小妖問：「是那個對頭？」老妖道：「是一個和尚，乃東土唐僧取經的徒弟，名喚豬八戒。我被他一頓釘鈀，把我築得敗下陣來。好惱啊！我這一向，常聞得人說，唐僧乃十世修行的羅漢，有人吃他一塊肉，可

第八十五回

心猿妒木母　魔主計吞禪

以延壽長生。不期他今日到我山裡，正好拿住他蒸吃，不知他手下有這等徒弟！」

說不了，班部叢中閃上一個小妖，對老妖哽哽咽咽哭了三聲，又嘻嘻哈哈的笑了三聲。老妖喝道：「你又哭又笑，何也？」小妖跪下道：「大王才說要吃唐僧，唐僧的肉不中吃。」老妖道：「人都說吃他一塊肉可以長生不老，與天同壽，怎麼說他不中吃？」小妖道：「若是中吃，也到不得這裡，別處妖精，也都吃了。他手下有三個徒弟哩。」老妖道：「你知是那三個？」小妖道：「他大徒弟是孫行者，三徒弟是沙和尚。這個是他二徒弟豬八戒。」老妖道：「沙和尚比豬八戒如何？」小妖道：「也差不多兒。」

「那個孫行者比他如何？」小妖吐舌道：「不敢說！那孫行者神通廣大，變化多端！他五百年前曾大鬧天宮，上方二十八宿、九曜星官、十二元辰、五卿四相、東西星斗、南北二神、五岳四瀆、普天神將，也不曾惹得他過，你怎敢要吃唐僧？」老妖道：「你怎曉得他這等詳細？」小妖道：「我當初在獅駝嶺獅駝洞與那大王居住，那大王不知好歹，要吃唐僧，被孫行者使一條金箍棒，打進門來，可憐就打得犯了骨牌名，都『斷么絕六』，還虧我有些見識，從後門走了，來到此處，蒙大王收留。故此知他手段。」

老妖聽言，大驚失色。這正是「大將軍怕讖語」。他聞得自家人這等說，安得不驚。

正都在悚懼之際，又一個小妖上前道：「大王莫惱，莫怕。常言道：『事從緩來。』若是要吃唐僧，等我定個計策拿他。」老妖道：「你有何計？」小妖道：「我有個『分瓣梅花計』。」老妖道：「怎麼叫做『分瓣梅花計』？」小妖道：「如今把洞中大小群妖，點將起來，千中選百，百中選十，十中只選三個，須是有能幹，會變化的，都變做大王的模樣，頂大王之盔，貫大王之甲，執大王之

杵，三處埋伏。先著一個戰豬八戒，再著一個戰孫行者，再著三個小妖，調開他弟兄三個，大王卻在半空伸下拿雲手去捉這唐僧，就如『探囊取物』，就如『魚水盆內捻蒼蠅』，有何難哉！」

老妖聞此言，滿心歡喜，道：「此計絕妙！絕妙！這一去，拿不得唐僧，決不輕你，就封你做個前部先鋒。」小妖叩頭謝恩，叫點妖怪。即將洞中大小妖精點起，果然選出三個有能的小妖，俱變做老妖，各執鐵杵，埋伏等待唐僧不題。

卻說這唐長老無慮無憂，相隨八戒上大路，行戤多時，只見那路旁邊撲喇喇的一聲響亮，跳出一個小妖，奔向前邊，要捉長老。孫行者叫道：「八戒！妖精來了，何不動手？」那呆子不認真假，掣釘鈀趕上亂築。那妖精使鐵杵急架相迎。他兩個一往一來的，在山坡下正然賭鬥，又見那草科裡響一聲，又跳出個怪來，就奔唐僧。

行者道：「師父！不好了！八戒的眼拙，放那妖精來拿你了，等老孫打他去！」急掣棒迎上前喝道：「那裡去！看棒！」那妖精更不打話，舉杵來迎。他兩個在草坡下一撞一衝，正相持處，又聽得山背後呼的風響，又跳出個妖精來，徑奔唐僧。

沙僧見了，大驚道：「師父！大哥與二哥的眼都花了，把妖精放將來拿你了！你坐在馬上，等老沙拿他去！」這和尚也不分好歹，即掣杖，對面擋住那妖精鐵杵，恨苦相持。吆吆喝喝，亂嚷亂鬥，被妖精一陣風徑攝去了。

那老怪在半空中，見唐僧獨坐馬上，伸下五爪鋼鉤，把唐僧一把攝住。那師父丟了馬，脫了鐙，被妖精一陣風徑攝去了。可憐！這正是「禪性遭魔難正果，江流又遇苦災星！」

老妖按下風頭，把唐僧拿到洞裡，叫：「先鋒！」那定計的小妖上前跪倒，口中道：「不敢！不敢！」老妖道：「何出此言？大將軍一言既出，如白染皂。當時說拿不得唐僧便罷，拿了唐僧，封你為前部先鋒。今日你果妙計成功，豈可失信於你？你可把唐僧拿來，著小的們挑水刷鍋，搬柴燒火，把他蒸一蒸，我和你都吃他一塊肉，以圖延壽長生也。」先鋒道：「大王，且不可吃。」老怪道：「既拿來，怎麼不可吃？」先鋒道：「大王吃了他不打緊，豬八戒也做得人情，沙和尚也做得人情，但恐孫行者那主子刮毒。他若曉得是我們吃了，他也不來和我們廝打，他只把那金箍棒往山腰裡一搠，搠個窟窿，連山都掫倒了。我們安身之處也無之矣。」老怪道：「先鋒，憑你有何高見？」老怪笑道：「依著我，把唐僧送在後園，綁在樹上，兩三日不要與他飯吃；一則圖他裡面乾淨；二則等他三人不來門前尋找，打聽得他們回去了，我們卻把他拿出來，自自在在的受用，卻不是好？」老怪道：「正是，正是！先鋒說得有理！」

一聲號令，把唐僧拿入後園，一條繩綁在樹上。眾小妖都去前面去聽候。你看那長老苦捱著繩纏索綁，緊縛牢拴，止不住腮邊流淚，叫道：「徒弟呀！你們在那山中擒怪，甚路裡趕妖？我被潑魔捉來，此處受災，何日相會？痛殺我也！」

正自兩淚交流，只見對面樹上有人叫道：「長老，你也進來了！」長老正了性道：「你是個人？」那人道：「我是本山中的樵子；被那山主前日拿來，綁在此間，今已三日，算計要吃我哩。」長老滴淚道：「樵夫啊，你死只是一身，無甚掛礙，我卻死得不甚乾淨。」樵子道：「長老，你是個出家人，上無父母，下無妻子，死便死了，有甚麼不乾淨？」長老道：「我本是東土往西天取經去的，奉唐朝太宗皇帝御旨拜活佛，取真經，要超度那幽冥無主的孤魂。今若喪了性命，可不盼殺那君

王，辜負那臣子？那枉死城中，無限的冤魂，卻不大失所望，永世不得超生；一場功果，盡化作風塵，這卻怎麼得乾淨也？」

樵子聞言，眼中墮淚道：「長老，你死也只如此，我死又更傷情。我自幼失父，與母鰥居，更無家業，止靠著打柴為生。老母今年八十三歲，只我一人奉養。倘若身喪，誰與他埋屍送老？苦哉，苦哉！痛殺我也！」長老聞言，放聲大哭道：「可憐，可憐！山人尚有思親意，空教貧僧會念經！事君事親，皆同一理。你為親恩，我為君恩。」正是那「流淚眼觀流淚眼，斷腸人送斷腸人！」

且不言三藏身遭困苦。卻說孫行者在草坡下戰退小妖，急回來路旁邊，不見了師父，止存白馬、行囊。慌得他牽馬挑擔，向山頭找尋。咦！正是那⋯有難的江流專遇難，降魔的大聖亦遭魔。

畢竟不知尋找師父下落如何，且聽下回分解。

第八十六回

木母助威征怪物　金公施法滅妖邪

話說孫大聖牽著馬，挑著擔，滿山頭尋叫師父，忽見豬八戒氣呼呼的跑將來道：「哥哥，你喊怎的？」行者道：「師父不見了，你可曾看見？」八戒道：「我原來只跟唐僧做和尚的，你又捉弄我，教做甚麼將軍！我捨著命，與那妖精戰了一會，得命回來。師父是你與沙僧看著的，反來問我？」行者道：「兄弟，我不怪你。你不知怎麼眼花了，把妖精放回來拿師父。我去打那妖精，教沙和尚看著師父的，如今連沙和尚也不見了。」八戒笑道：「想是沙和尚帶師父那裡出恭去了。」說不了，只見沙僧來到。行者問道：「沙僧，師父那裡去了？」沙僧道：「你兩個眼都昏了，把妖精放將來拿師父，老沙去打那妖精的，師父自家在馬上坐來。」行者氣得暴跳道：「中他計了！中他計了！」沙僧道：「中他甚麼計？」行者道：「這是『分瓣梅花計』，把我弟兄們調開，他劈心裡撈了師父去了。天！天！天！卻怎麼好！」止不住腮邊淚滴。八戒道：「不要哭！一哭就膿包了！橫豎不遠，只在這座山上，我們尋去來。」

三人沒計奈何，只得入山找尋。行了有二十里遠近，只見那懸崖之下，有一座洞府……

削峰掩映，怪石嵯峨。奇花瑤草馨香，紅杏碧桃豔麗。崖前古樹，霜皮溜雨四十圍；門外蒼松，黛色參天二千尺。雙雙野鶴，常來洞口舞清風；對對山禽，每向枝頭啼白晝。簇簇黃藤如掛索，行行煙柳似垂金。方塘積水，深穴依山。方塘積水，隱窮鱗未變的蛟龍；深穴依山，住多年吃人的老怪。果然不亞神仙境，真是藏風聚氣巢。

行者見了，兩三步，跳到門前看處，那石門緊閉，門上橫安著一塊石版，石版上有八個大字，乃「隱霧山折岳連環洞」。行者道：「八戒，動手啊！此間乃妖精住處，師父必在他家也。」那呆子仗勢行凶，舉釘鈀盡力築將去，把他那石頭門築了一個大窟窿，叫道：「妖怪！快送出我師父來，免得釘鈀築倒門，一家子都是了帳！」守門的小妖，急急跑入報道：「大王，闖出禍來了！」老怪道：「有甚禍？」小妖道：「門前有人把門打破，嚷道要師父哩！」老怪大驚道：「不知是那個尋將來也？」先鋒道：「莫怕！等我出去看看。」那小妖奔至前門，從那打破的窟窿處，歪著頭，往外張，見是個長嘴大耳朵，即回頭高叫：「大王莫怕他！這個是豬八戒，沒甚本事，不敢無理。他若無理，開了門，拿他進來湊蒸。怕便只怕那毛臉雷公嘴的和尚。」八戒在外邊聽見道：「哥啊，他不怕我，只怕你哩。」師父定在他家了。你快上前，怕他進來湊蒸。」行者罵道：「潑孽畜！你孫外公在這裡！送我師父出來，饒你命罷！」先鋒道：「大王，不好了！孫行者也尋將來了！」老怪報怨道：「都是你定的甚麼『分瓣分瓣』，卻惹得他禍事臨門！怎生結果？」先鋒道：「大王放心，且休埋怨。我記得孫行者是個寬洪海量的猴頭，雖則他神通廣大，卻好奉承。我們拿個假人頭出去哄他一哄，奉承他幾句，只說他師父是我們吃了。若還哄得他去了，唐僧還是我們受用；哄不過再作理會。」老怪道：「那裡得個假人

頭？」先鋒道：「等我做一個兒看。」

好妖怪，將一把衡鋼刀斧，把柳樹根砍做個人頭模樣，噴上些人血，糊糊塗塗的，著一個小怪，使漆盤兒拿至門下，叫道：「大聖爺爺，息怒容稟。」孫行者果好奉承，聽見叫聲大聖爺爺，便就止住八戒：「且莫動手，看他有甚話說。」拿盤的小怪道：「你師父被我大王拿進洞來，洞裡小妖村頑，不識好歹，這個來吞，那個來啃，抓的抓，咬的咬，把你師父吃了，只剩了一個頭在這裡也。」行者道：「即吃了便罷，只拿出人頭來，我看是真是假。」那小怪從門窟裡拋出那個頭來。豬八戒見了就哭道：「可憐啊！那們個師父進去，弄做這們個師父出來也！」行者道：「呆子，你且認認是真是假。就哭！」八戒道：「人頭有個真假的？」行者道：「這是個假人頭。」八戒道：「怎認得是假？」行者道：「真人頭拋出來，撲搭不響；假人頭拋得像梆子聲。你不信，等我拋了你聽。」拿起來往石頭上一摜，當的一聲響亮。沙和尚道：「哥哥，響哩！」行者道：「響便是個假的。我教他現出本相來你看。」

急掣金箍棒，撲的一下，打破了。八戒看時，乃是個柳樹根。呆子忍不住罵起來道：「我把你這伙毛團！你將我師父藏在洞裡，拿個柳樹根哄你豬祖宗，莫成我師父是柳樹精變的！」

慌得那拿盤的小怪，戰兢兢跑去報道：「難，難，難，難，難！」老怪道：「怎麼有許多難？」小妖道：「豬八戒與沙和尚與他，或者他就去了。」老怪道：「怎麼得個真人頭？我們那剝皮亭內有吃不了的人頭，選一個來。」眾妖即至亭內揀了個新鮮的頭，教啃淨頭皮，滑塔塔的，還使盤兒拿出，叫：「大聖爺爺，先前委是個假頭。這個真正是唐老爺的頭，我大王留了鎮宅子的，今特獻出來

也。」撲通的把個人頭又從門窟裡拋出，血滴滴的亂滾。

孫行者認得是個真人頭，沒奈何就哭。八戒、沙僧也一齊放聲大哭。八戒噙著淚道：「哥哥，且莫哭。天氣不是好天氣，恐一時弄臭了。等我拿將去，乘生氣埋下再哭。」行者道：「也說得是。」那呆子不嫌穢污，把個頭抱在懷裡，跑上山崖。向陽處，尋了個藏風聚氣的所在，取釘鈀築了一個坑，把頭埋了；又築起一個墳冢。才叫沙僧：「你與哥哥哭著，等我去尋些甚麼供養供養。」他就走向澗邊，攀幾根大柳枝，拾幾塊鵝卵石，回至墳前，把柳枝兒插在左右，鵝卵石堆在面前。行者問道：「這是怎麼說？」八戒道：「這柳枝權為松柏，與師父遮遮墳頂；這石子權當點心，與師父供養。」行者喝道：「夯貨！人已死了，還將石子兒供他！」八戒道：「表表生人意，權為孝道心。」行者道：「且休胡弄！教沙僧在此，一則盧墓，二則看守行李、馬匹。我和你去打破他的洞府，拿住妖魔，碎屍萬段，與師父報仇去來。」沙和尚滴淚道：「大哥言之極當。你兩個著意，我在此處看守。」

好八戒，即脫了皂錦直裰，束一束著體小衣，舉鈀隨著行者。二人努力向前，不容分辨，徑自把他石門打破，喊聲振天，叫道：「還我活唐僧來耶！」那洞裡大小群妖，一個個魂飛魄散，都報怨先鋒的不是。老妖問先鋒道：「這些和尚打進門來，卻怎處治？」先鋒道：「古人說得好：『手插魚籃，避不得腥』。一不做，二不休；左右帥領家兵殺那和尚去來！」老怪聞言，無計可奈，真個傳令，叫：『小的們』，各要齊心，將精銳器械跟我去出征。」果然一齊吶喊，殺出洞門。這大聖與八戒，急退幾步，避退營盤，將一面錦繡花旗閃一閃，老怪持鐵杵，應聲高呼道：「那潑和尚，你認不得我？我乃群妖扎下營盤，到那山場平處，抵住群妖，喝道：「那個是出名的頭兒？那個拿我師父的妖怪？」

南山大王，數百年放蕩於此。你唐僧已是我拿吃了，你敢如何？」行者罵道：「這個大膽的毛團！你能有多少的年紀，敢稱『南山』二字，李老君乃開天闢地之祖，尚坐於太清之右；佛如來是治世之尊，還坐於大鵬之下；孔聖人是儒教之尊，亦僅呼為『夫子』。你這個孽畜，敢稱甚麼南山大王，數百年之放蕩！不要走！吃你外公老爺一棒！」那妖精側身閃過，使杵抵住鐵棒，睜圓眼問道：「你這嘴臉像個猴兒模樣，敢將許多言語壓我！你有甚麼手段，在吾門下猖狂？」行者笑道：「我把你個無名的孽畜！是也不知老孫！你站住，硬著膽，且聽我說：

　　「祖居東勝大神洲，天地包含幾萬秋。花果山頭仙石卵，卵開產化我根苗。
生來不比凡胎類，聖體原從日月儔。本性自修非小可，天姿穎悟大丹頭。
官封大聖居雲府，倚勢行凶鬥斗牛。十萬神兵難近我，滿天星宿易為收。
名揚宇宙方方曉，智貫乾坤處處留。今幸皈依從釋教，扶持長老向西遊。
逢山開路無人阻，遇水支橋有怪愁。林內施威擒虎豹，崖前復手捉貔貅。
東方果正來西域，那個妖邪敢出頭！孽畜傷師真可恨，管教時下命將休！」

　　那怪聞言，又驚又恨。咬著牙，跳近前來，使鐵杵望行者就打。行者輕輕的用棒架住，還要與他講話，那八戒忍不住，掣鈀亂築那怪的先鋒。先鋒帥眾齊來。這一場在山中平地處混戰，真是好殺：

　　東土天邦上國僧，西方極樂取真經。南山大豹噴風霧，路阻深山獨顯能。施巧計，弄乖

伶，無知誤捉大唐僧。相逢行者神通廣，更遭八戒有聲名。群妖混戰山平處，塵土紛飛天不清。那陣上小妖呼哮，槍刀亂舉；這壁廂神僧叱喝，鈀棒齊興。大聖英雄無敵手，悟能精壯喜神生。南禺老怪，部下先鋒，都為唐僧一塊肉，致令捨死又亡生。這兩個因師性命成仇隙，那兩個為要唐僧忒愛情。往來鬥經多半會，衝衝撞撞沒輸贏。

孫大聖見那些小妖勇猛，連打不退。即使個分身法，把毫毛拔下一把，嚼在口中，噴出去，叫聲「變！」都變做本身模樣，一個個使一條金箍棒，從前邊往裡打進。那一二百個小妖，顧前不能顧後，遮左不能遮右。一個個各自逃生，敗走歸洞。這行者與八戒，從陣裡往外殺來。可憐那些不識俊的妖精，搪著鈀，九孔血出；挽著棒，骨肉如泥！唬得那南山大王滾風生霧，得命逃回。那先鋒不能變化，早被行者一棒打倒，現出本相，乃是個鐵背蒼狼怪。八戒上前扯著腳，翻過來看了道：「這廝從小兒也不知偷了人家多少豬仔子、羊羔兒吃了！」行者將身一抖，收上毫毛道：「呆子！不可遲慢！快趕老怪，討師父的命去來！」八戒回頭，就不見那些小行者，道：「哥哥的法相兒都去了！」行者道：「我已收來也。」八戒道：「妙啊！妙啊！」兩個喜喜歡歡，得勝而回。

卻說那老怪逃了命回洞，吩咐小妖搬石塊，挑土，把前門堵了。那些得命的小妖，一個個戰兢兢的，把門都堵了，再不敢出頭。這行者引八戒，趕至門首呺喝，內無人答應。八戒使鈀築時，莫想得動。行者知之，道：「八戒，莫費氣力，他把門已堵了。」八戒道：「堵了門，師仇怎報？」行者道：「且回上墓前，看看沙僧去。」

二人復至本處，見沙僧還哭哩。八戒越發傷悲，丟了鈀，伏在墳上，手撲著土哭道：「苦命的師

父啊！遠鄉的師父啊！那裡再得見你耶！」行者道：「兄弟，且莫悲切。這妖精把前門堵了，一定有個後門出入。你兩個只在此間，等我再去尋看。」八戒滴淚道：「哥啊！仔細著！莫連你也撈去了，我們不好哭得：哭一聲師父，哭一聲師兄，就要哭得亂了。」行者道：「沒事！我自有手段！」

好大聖，收了棒，束束裙，拽開步，轉過山坡，忽聽得潺潺水響，上溜頭沖洩下來。又見澗那邊有座門兒，門左邊有一個出水的暗溝，溝中流出紅水來。他道：「不消講！那就是後門了。若要是原嘴臉，恐有小妖開門看見認得，等我變作個水蛇兒過去罷。也不好，恐師父怪我出家人變蛇纏長；變作個小螃蟹兒過去罷。也不好，恐師父怪我出家人腳多。」即做一個水老鼠，颼的一聲攛過去，從那出水的溝中，鑽至裡面天井中。探著頭兒觀看，只見向陽處有幾個小妖，拿些人肉巴子，一塊塊的理著曬哩。行者道：「我的兒啊！那想是師父的肉，吃不了，曬乾巴子防天陰的。我要現本相，趕上前，一棍子打殺，顯得我有勇無謀；且再變化進去，尋那老怪，看是何如。」跳出溝，搖身又一變，變做個有翅的螞蟻兒，真個是：

力微身小號玄駒，日久藏修有翅飛。
閒渡橋邊排陣勢，喜來床下鬥仙機。
善知雨至常封穴，壘積塵多遂作灰。
巧巧輕輕能爽利，幾番不覺過柴扉。

他展開翅，無聲無影，一直飛入中堂。只見那老怪煩煩惱惱正坐，有一個小妖，從後面跳將來報道：「大王萬千之喜！」老妖道：「喜從何來？」小妖道：「我才在後門外澗頭上探看，忽聽得有人大哭。即跳上峰頭望望，原來是豬八戒、孫行者、沙和尚在那裡拜墳痛哭。想是把那個人頭認做唐僧

的頭葬下，摑作墳墓哭哩。」行者在暗中聽說，心內歡喜道：「若出此言，我師父還藏在那裡，未曾吃哩。等我再去尋尋，看死活如何，再與他說話。」

好大聖，飛在中堂，東張西看，見旁邊有個小門兒，關得甚緊；即從門縫兒裡鑽去看時，原是個大園子，隱隱的聽得悲聲。徑飛入深處，但見一叢大樹，樹底下綁著兩個人，一個正是唐僧。行者見了，心癢難撓，忍不住，現了本相，近前叫聲：「師父。」那長老認得，滴淚道：「悟空，你來了？快救我一救！悟空！悟空！」行者道：「師父莫只管叫名字：面前有人，怕走了風訊。你既有命，等我把那妖精弄倒，方好來解救。」

可救得你。那怪只說已將你吃了，拿個假人頭哄我，我們與他恨苦相持。師父放心，且再熬熬兒，等

我大聖念聲咒語，卻又搖身還變做個螞蟻兒，復入中堂，叮在正梁之上。只見那些未傷命的小妖，簇簇攢攢，紛紛嚷嚷。內中忽跳出一個小妖，告道：「大王，他們見堵了門，攻打不開，死心塌地，捨了唐僧，將假人頭弄做個墳墓。今日哭一日，明日再哭一日，後日復了三，好道回去。打聽得他們散了啊，把唐僧拿出來，碎鑢碎剁，把些大料煎了，香噴噴的大家吃一塊兒，也得個延年長壽。」又一個說：「煮了吃，還省柴。」又一個道：「他本是個稀奇之物，還著些鹽兒醃醃，吃得長久。」行者在那梁中聽見，心中大怒道：「我師父與你有甚毒情，這般算計吃他！」即將毫毛拔了一把，口中嚼碎，輕輕吹出，暗念咒語，都教變做瞌睡蟲兒，往那眾妖臉上拋去。一個個鑽入鼻中，小妖漸漸打盹。不一時，都睡倒了。只有那個老妖睡不穩，他兩隻手揉頭搓臉，不住的打涕噴，捏鼻子。行者道：「莫是他曉得了？與他個雙捧燈！」又拔一根毫毛，依母兒做了，拋在他臉上，鑽於鼻孔內。兩個蟲兒，一個從左進，一個從右入。那老

妖爬起來，伸伸腰，打兩個呵欠，呼呼的也睡倒了。

行者暗喜，才跳下來，現出本相。耳朵裡取出棒來，幌一幌，有鴨蛋粗細，當的一聲，把旁門打破，跑至後園，高叫：「師父！」長老道：「徒弟，快來解解繩兒；綁壞我了！」行者道：「師父不要忙，等我打殺妖精，再來解你。」急抽身跑至中堂。正舉棍要打，又滯住手道：「不好！等解了師父來打。」復至園中，又思量道：「等打了來救。」如此者兩三番，卻才跳跳舞舞的到園裡。長老見了，悲中作喜道：「猴兒，想是看見我不曾傷命，所以歡喜得沒些處，故這等作跳舞也？」行者才至前，將繩解了，挽著師父就走。又聽得對面樹上綁的人叫道：「老爺捨大慈悲，也救我一命！」長老道：「悟空，那個人也解他一解。」行者道：「他是甚麼人？」長老道：「他比我先拿進一日。他是個樵子，說有母親年老，甚是思想，倒是個盡孝的。一發連他都救了罷。」

行者依言，也解了繩索，一同帶出後門，爬上石崖，過了陡澗。長老謝道：「賢徒，虧你救了我與我命！悟能、悟淨都在何處？」行者道：「他兩個都在那裡哭你哩。你可叫他一聲。」長老果厲聲高叫道：「八戒！八戒！」那呆子哭得昏頭昏腦的，揩揩鼻涕眼淚道：「沙和尚，師父回家來顯魂哩！在那裡叫我們不是？」

行者上前，喝了一聲道：「夯貨！顯甚麼魂？這不是師父來了？」那沙僧抬頭見了，忙忙跪在面前道：「師父，你受了多少苦啊！哥哥怎生救得你來也？」行者把上項事說了一遍。

八戒聞言，咬牙恨齒，忍不住舉起鈀把那墳塚，一頓築倒，掘出那人頭，一頓築得稀爛。唐僧道：「你築他為何？」八戒道：「師父啊，不知他是那家的亡人，教我朝著他哭！」長老道：「虧他救了我命哩，你兄弟們打上他門，嚷著要我，想是拿他來搪塞；不然啊，就殺了我也。還把他埋一

埋，見我們出家人之意。」

行者卻笑道：「師父，你請略坐坐，等我剿除去來。」即又跳下石崖，過澗入洞，把那綁唐僧與樵子的繩索拿入中堂，那老妖還睡著了，即將他四馬攢蹄捆倒，使金箍棒掬起來，握在肩上，逕出後門。豬八戒遠遠的望見道：「哥哥好幹這握頭事！再尋一個兒趁頭挑著不好？」行者到跟前放下，八戒舉鈀就築。行者道：「且住！洞裡還有小妖怪，未拿哩。」八戒道：「哥啊，有便帶我進去打他。」行者道：「打又費工夫了，不若尋些柴，教他斷根罷。」那樵子聞言，即引八戒去東凹裡尋了些皮梢竹、敗葉松、空心柳、斷根藤、黃蒿、老荻、蘆葦、乾桑，挑了若干，送入後門裡。行者點上火，八戒兩耳扇起風，那大聖將身跳上，抖一抖，收了瞌睡蟲的毫毛。那些小妖及醒來，煙火齊著。可憐！莫想有半個得命。連洞府燒得精空，卻回見師父。師父見老妖方醒聲喚，便叫：「徒弟，妖精醒了。」八戒上前一鈀，把老怪築死，現出本相，原來是個艾葉花皮豹子精。行者道：「花皮會吃老虎，如今又會變人。這頓打死，才絕了後患也！」長老謝之不盡，攀鞍上馬。那樵子道：「老爺，向西南去不遠，就是舍下。請老爺到舍下，見見家母，叩謝老爺活命之恩，送老爺上路。」長老欣然，遂不騎馬，與樵子並四眾同行。向西南迤邐前來，不多路，果見那：

石徑重漫苔蘚，柴門篷絡藤花。四面山光連接，一林鳥雀喧譁。
密密松篁交翠，紛紛異卉奇葩。地僻雲深之處，竹籬茅舍人家。

遠見一個老嫗，倚著柴扉，眼淚汪汪的，兒天兒地的痛哭。這樵子看見是他母親，丟了長老，急

忙忙先跑到柴扉前，跪下叫道：「母親！兒來也！」老嫗一把抱住道：「兒啊！你這幾日不來家，我只說是山主拿你去，害了性命，是我心疼難忍。你既不曾被害，何以今日才來？你繩、柯斧俱在何處？」樵子叩頭道：「母親，兒已被山主拿去，綁在樹上，實是難得性命。幸虧這幾位老爺！這老爺是東土唐朝往西天取經的羅漢。那老爺倒也被山主拿去綁在樹上。他那三位徒弟老爺，神通廣大，把山主一頓打死，卻是艾葉花皮豹子精；概眾小妖，俱盡燒死，卻將那老爺解下救出，連孩兒都解救出來。此誠天高地厚之恩！不是他們，孩兒也死無疑了。如今山上太平，孩兒徹夜行走，也無事矣。」

那老嫗聽言，一步一拜，拜接長老四眾，都入柴扉茅舍中坐下。娘兒兩個磕頭稱謝不盡，慌慌忙忙的，安排些素齋酬謝。八戒道：「樵哥，我見你府上也寒薄，只可將就一飯，切莫費心大擺布。」樵子道：「不瞞老爺說。我這山間實是寒薄，沒甚麼香蕈、蘑菇、川椒、大料，只是幾品野菜奉獻老爺，權表寸心。」八戒笑道：「聒噪，聒噪。放快些兒就是。我們肚中飢了。」樵子道：「就有！就有！」果然不多時，展抹桌凳，擺將上來。果是幾盤野菜。但見那：

嫩焯黃花菜，酸虀白鼓丁。浮薔馬齒莧，江薺雁腸英。燕子不來香且嫩，芽兒拳小脆還青。爛煮馬藍頭，白爆（熱）狗腳跡。貓耳朵，野落蓽，灰條熟爛能中吃；剪刀股，牛塘利，倒灌窩螺操帚薺。碎米薺，蒿菜薺，幾品青香又滑膩。油炒烏英花，菱科甚可誇；蒲根菜並茭兒菜。看麥娘，嬌且佳；破破納，不穿他；苦麻台下藩蘺架。雀兒綿單，猢猻腳跡；油灼灼煎來只好吃。斜蒿青蒿抱娘蒿，燈娥兒飛上板蕎蕎。羊耳禿，枸杞

頭，加上烏藍不用油。幾般野菜一餐飯，樵子虔心為謝酬。

師徒們飽餐一頓，收拾起程。那樵子不敢久留，請母親出來，再拜，再謝。樵子只是磕頭，加上烏藍不用油。幾般野菜一餐飯，樵子虔心為謝酬。一條棗木棍，結束了衣裙，出門相送。沙僧牽馬，八戒挑擔，行者緊隨左右，長老在馬上思量道：「徒弟啊！

「樵哥，煩先引路，到大路上相別。」一齊登高下阪，轉澗尋坡。長老在馬上拱手道：

心心只為經三藏，念念仍求上九霄。碌碌勞勞何日了，幾時行滿轉唐朝！」

自從別主來西域，遞遞迢迢去路遙。水水山山災不脫，妖妖怪怪命難逃。

樵子聞言道：「老爺切莫憂思。這條大路，向西方不滿千里，就是天竺國，極樂之鄉也。」長老聞言，翻身下馬道：「有勞遠涉。既是大路，請樵哥回府，多多拜上令堂老人：適間厚擾盛齋，貧僧無甚相謝，只是早晚誦經，保佑你母子平安，百年長壽。」那樵子喏喏相辭，復回本路。師徒遂一直投西。

正是：降怪解冤離苦厄，受恩上路用心行。畢竟不知還有幾日得到西天，且聽下回分解。

第八十七回

鳳仙郡冒天止雨　孫大聖勸善施霖

大道幽深，如何消息，說破鬼神驚駭。挾藏宇宙，剖判玄光，真樂世間無賽。

靈鷲峰前，實珠拈出，明映五般光彩。照徹乾坤，上下群生，知者壽同山海。

卻說三藏師徒四眾，別樵子下了隱霧山，奔上大路。行經數日，忽見一座城池相近。三藏道：「悟空，你看那前面城池，可是天竺國麼？」行者搖手道：「不是！不是！如來處雖稱極樂，卻沒有城池，乃是一座大山，山中有樓台殿閣，喚做靈山大雷音寺。就到了天竺國，也不是如來住處。天竺國還不知離靈山有多少路哩。那城想是天竺之外郡。到邊前方知明白。」

不一時至城外。三藏下馬，入到三層門裡，見那民事荒涼，街衢冷落。又到市口之間，見許多穿青衣者，左右擺列，有幾個冠帶者（指官員），立於房簷之下。他四眾順街行走，那些人更不逊避。豬八戒村愚，把長嘴掬一掬，叫道：「讓路！讓路！」那些人猛抬著，看見模樣，一個個骨軟筋麻，跌跌蹌蹌，都道：「妖精來了！妖精來了！」唬得那簷下冠帶者，戰兢兢躬身問道：「那方來者？」三

藏恐他們闖禍，一力當先，對眾道：「貧僧乃東土大唐駕下拜天竺二國大雷音寺佛祖求經者。路過寶方，一則不知地名，二則未落人家，才進城甚失迴避，望列公恕罪。」那官人卻才施禮道：「此處乃天竺外郡，地名鳳仙郡。連年乾旱，郡侯差我等在此出榜，招求法師祈雨救民也。」行者聞言道：「你的榜文何在？」眾官道：「榜文在此，適間才打掃廊簷，還未張掛。」行者道：「拿來我看。」眾官即將榜文展開，掛在簷下。行者四眾上前同看，榜上寫著：

「大天竺國鳳仙郡郡侯上官，為榜聘明師，招求大法事。茲因郡土寬弘，軍民殷實，連年亢旱，累歲乾荒，民田疇而軍地薄，河道淺而溝澮空。井中無水，泉底無津。富室聊以全生，窮民難以活命。斗粟百金之價，束薪五兩之資。十歲女易米三升，五歲男隨人帶去。城中懼法，典衣當物以存身；鄉下欺公，打劫吃人而顧命。為此出給榜文，仰望十方賢哲，禱雨救民，恩當重報。願以千金奉謝，決不虛言。須至榜者。」

行者看罷，對眾官道：「『郡侯上官』何也？」眾官道：「上官乃是姓。此我郡侯之姓也。」行者笑道：「此姓卻少。」八戒道：「哥哥不曾讀書。百家姓後有一句『上官歐陽』。」三藏道：「徒弟們，且休閒講。那個會求一場甘雨，以濟民瘼；如不會，就行，莫誤了走路。」行者道：「祈雨有甚難事！我老孫翻江攪海，換斗移星，踢天弄井，吐霧噴雲，擔山趕月，喚雨呼風：那一件兒不是幼年耍子的勾當！何為稀罕！」

眾官聽說，著兩個急去郡中報道：「老爺，萬千之喜至也！」那郡侯正焚香默祝，聽得報聲喜

至，即問：「何喜？」那官道：「今日領榜，方至市口張掛，即有四個和尚，稱是東土大唐差往天竺國大雷音拜佛求經者，見榜即道能祈甘雨，特來報知。」

那郡侯即整衣步行，不用轎馬多人，徑至市口，以禮敦請。忽有人報道：「郡侯老爺來了。」眾人閃過。那郡侯一見唐僧，不怕他徒弟醜惡，當街心倒身下拜道：「下官乃鳳仙郡郡侯上官氏，熏沐拜請老師祈雨救民。望師大捨慈悲，運神功，拔濟，拔濟！」三藏答禮道：「此間不是講話處。待貧僧到那寺觀，卻好行事。」郡侯道：「老師同到小衙，自有潔淨之處。」

師徒們遂牽馬挑擔，徑至府中，一一相見。郡侯即命看茶擺齋。少頃齋至，那八戒放量吞餐，如同餓虎。唬得那些捧盤的心驚膽戰，一往一來，添湯添飯，就如走馬燈兒一般，剛剛供上，直吃得飽滿方休。

齋畢，唐僧謝了齋，卻問：「郡侯大人，貴處乾旱幾時了？」郡侯道：

「敝地大邦天竺國，鳳仙外郡吾司牧。一連三載遇乾荒，草子不生絕五穀。大小人家買賣難，十門九戶俱啼哭。三停餓死二停人，一停還似風中燭。下官出榜遍求賢，幸遇真僧來我國。若施寸雨濟黎民，願奉千金酬厚德！」

行者聽說，滿面喜生，呵呵的笑道：「莫說！莫說！若說千金為謝，半點甘雨全無。但論積功累德，老孫送你一場大雨。」那郡侯原來十分清正賢良，愛民心重，即請行者上坐，低頭下拜道：「老師果捨慈悲，下官必不敢悖德。」行者道：「且莫講話，請起。但煩你好生看著我師父，等老孫行事。」沙僧道：「哥哥，怎麼行事？」行者道：「你和八戒過來，就在他這堂下隨著我做個羽翼，等

老孫喚龍來行雨。」八戒、沙僧謹依使令。三個人都在堂下。郡侯焚香禮拜。三藏坐著念經。

行者念動真言，誦動咒語，即時見正東上，一朵烏雲，漸漸落至堂前，乃是東海老龍王敖廣。那敖廣收了雲腳，化作人形，走向前，對行者躬身施禮道：「大聖喚小龍來，那方使用？」行者道：「請起。累你遠來，別無甚事；此間乃鳳仙郡，連年乾旱，問你如何不來行雨？」老龍道：「啟上大聖得知，我雖能行雨，乃上天遣用之輩。上天不差，豈敢擅自來此行雨。」行者道：「我因路過此方，見久旱民苦，特著你來此施雨救濟，如何推托？」龍王道：「豈敢推托？但大聖念真言呼喚，不敢不來。一則未奉上天御旨，二則未曾帶得行雨神將，怎麼動得雨部？大聖既有拔濟之心，容小龍回海點兵，一則未奉上天御旨，請一道降雨的聖旨，請水官放出龍來，我卻好照旨意數目下雨。」

行者見他說出理來，只得發放老龍回海。他即跳出罡斗，對唐僧備言龍王之事。唐僧道：「既然如此，你去為之，切莫打誑語。」行者即吩咐八戒、沙僧：「保著師父，我上天宮去也。」好大聖，說聲去，寂然不見。那郡侯膽戰心驚道：「孫老爺那裡去了？」八戒笑道：「駕雲上天去了。」郡侯十分恭敬，傳出飛報，教滿城大街小巷，不拘公卿士庶，軍民人等，家家供養龍王牌位，門設清水缸，缸插楊柳枝，侍奉香火，拜天不題。

卻說行者一駕筋斗雲，徑到西天門外，早見護國天王引天丁、力士上前迎接道：「大聖，取經之事完乎？」行者道：「也差不遠矣。今行至天竺國界，有一外郡，名鳳仙郡。彼處三年不雨，民甚艱苦，老孫欲祈雨拯救。呼得龍王到彼，他言無旨，不敢私自為之，特來朝見玉帝請旨。」天王道：「那壁廂敢是不該下雨哩。我向時聞得說：那郡侯撒潑，冒犯天地，上帝見罪，立有米山、麵山、黃金大鎖；直等此三事倒斷，才該下雨。」行者不知此意是何，要見玉帝。天王不敢攔阻，讓他進去。

徑至通明殿外，又見四大天師迎道：「大聖到此何幹？」行者道：「因保唐僧，路至天竺國界，鳳仙郡無雨，郡侯召師祈雨。老孫呼得龍王，意命降雨，他說未奉玉帝旨意，不敢擅行，特來求旨，以蘇民困。」四大天師道：「那方不該下雨。」行者笑道：「該與不該，煩為引奏引奏，看老孫的人情何如。」葛仙翁道：「俗語云：『蒼蠅包網兒，好大面皮！』」許旌陽道：「不要亂談，且只帶他進去。」丘弘濟、張道陵與葛、許四真人引至靈霄殿下，啟奏道：「萬歲，有孫悟空路至天竺國鳳仙郡，欲與求雨，特來請旨。」玉帝道：「那廝三年前十二月二十五日，朕出行監觀萬天，浮游三界，駕至他方，見那上官正不仁，將齋天素供，推倒餵狗，口出穢言，造有冒犯之罪，朕即立以三事，在於披香殿內，汝等引孫悟空去看。若三事倒斷，即降旨與他；如不倒斷，且休管閒事。」

四天師即引行者至披香殿裡看時，見有一座米山，約有十丈高下；一座麵山，約有二十丈高下。米山邊有一隻拳大之雞，在那裡緊一嘴，慢一嘴，啄那米吃。麵山邊有一隻金毛哈巴狗兒，在那裡長一舌，短一舌，舔那麵吃。左邊懸一座鐵架子，架上掛一把金鎖，約有一尺三四寸長短，鎖梃有指頭粗細，下面有一盞明燈，燈焰兒燎著那鎖梃。行者不知其意，回頭問天師曰：「此何意也？」天師道：「那廝觸犯了上天，玉帝立此三事，直等雞啄了米盡，狗舐得麵盡，燈焰燎斷鎖梃，那方才該下雨哩。」

行者聞言，大驚失色，再不敢啟奏。走出殿，滿面含羞。四大天師笑道：「大聖不必煩惱，這事只宜作善可解。若有一念善慈，驚動上天，那米、麵山即時就倒，鎖梃即時就斷。你去勸他歸善，福自來矣。」行者依言，不上靈霄辭玉帝，徑來下界復凡夫。須臾，到西天門，又見護國天王。天王道：「請旨如何？」行者將米山、麵山、金鎖之事說了一遍，道：「果依你言，不肯傳旨。適間天師

送我，教勸那廝歸善，即福原也。」遂相別，降雲下界。

那郡侯同三藏、八戒、沙僧、大小官員人等接著，都簇簇攢攢來問。行者將郡侯喝了一聲道：「只因你這廝三年前十二月二十五日冒犯了天地，致令黎民有難，如今不肯降雨！」郡侯慌得跪伏在地道：「老師如何得知三年前事？」行者道：「你把那齋天的素供，怎麼推倒餵狗？可實實說來！」那郡侯不敢隱瞞，道：「三年前十二月二十五日，獻供齋天，在於本衙之內，因妻不賢，惡言相鬥，一時怒發無知，推倒供桌，潑了素饌，果是喚狗來吃了。這兩年憶念在心，神思恍惚，無處可以解釋。不知上天見罪，遺害黎民。今遇老師降臨，萬望明示，上界怎麼樣計較。」行者道：「哥，那一日正是玉皇下界之日。見你將齋供餵狗，又口出穢言，玉帝即立三事記汝。」八戒問道：「那是那三事？」行者道：「披香殿立一座米山，約有十丈高下；一座麵山，約有二十丈高下。米山邊有一隻小雞，在那裡緊一嘴，慢一嘴的嗛那米吃；麵山邊有一個金毛哈巴狗兒，在那裡長一舌，短一舌的舔那麵吃。左邊又一座鐵架子，架上掛一把黃金大鎖，鎖梃兒有指頭粗細，下面有一盞明燈，燈燄兒燎著那鎖梃。直等那雞啄米盡，狗舔麵盡，燈燄斷鎖梃，他這裡方才該下雨哩。」八戒笑道：「不打緊！不打緊！哥肯帶我去，變出法身來，一頓把他的米麵都吃了，鎖梃弄斷了，管取下雨。」行者道：「呆子莫胡說！此乃上天所設之計，你怎麼得見？」三藏道：「似這等說，怎生是好？」行者道：「不難！不難！我臨行時，四天師曾對我言，但只作善可解。」那郡侯拜伏在地，哀告道：「但憑老師指教，下官一一皈依也。」行者道：「你若回心向善，趁早兒念佛看經，我還替你作為；汝若仍前不改，我亦不能解釋，不久天即誅之，性命不能保矣。」

那郡侯磕頭禮拜，誓願皈依。當時召請本處僧道，啟建道場，各各寫發文書，申奏三天。郡侯領

眾拈香瞻拜，答天謝地，引罪自責。三藏也與他念經。一壁廂又出飛報，教城裡城外大家小戶，不論男女人等，都要燒香念佛。自此時，一片善聲盈耳。行者卻才歡喜。對八戒、沙僧道：「你兩個好生護持師父，等老孫再與他去去來。」八戒道：「哥哥，又往那裡去？」行者道：「這郡侯聽信老孫之言，果然受教，恭敬善慈，誠心念佛，我這去再奏玉帝，求些雨來。」沙僧道：「哥哥既要去，不必遲疑，且耽擱我們行路：必求雨一壇，庶成我們之正果也。」

好大聖，又縱雲頭，直至天門外。還遇著護國天王。天王道：「你今又來做甚？」行者道：「那郡侯已歸善矣。」天王亦喜。正說處，早見直符使者，捧定了道家文書，僧家關牒，到天門外傳遞。那符使見了行者，施禮道：「此意乃大聖勸善之功。」行者道：「你將此文牒送去何處？」符使道：「直送至通明殿上，與天師傳遞到玉皇大天尊前。」行者道：「如此，你先行，我當隨後而去。」那符使入天門去了。護國天王道：「大聖，不消見玉帝了。你只往九天應元府下，借點雷神，徑自聲雷掣電，還他就有雨下也。」

真個行者依言，入天門裡，不上靈霄殿求請旨意，轉雲步，徑往九天應元府，見那雷門使者、糾察典者、廉訪典者都來迎著，施禮道：「大聖何來？」行者道：「有事要見天尊。」三使者即為傳奏。天尊隨下九鳳丹霞之輦，整衣出迎。相見禮畢，行者道：「有一事特來奉求。」天尊道：「何事？」行者道：「我因保唐僧，至鳳仙郡，見那乾旱之甚，已許他求雨，特來告借貴部官將到彼聲雷。」天尊道：「我知那郡侯冒犯上天，立有三事，不知可該下雨哩。」行者笑道：「我昨日已見玉帝請旨。玉帝著天師引我去披香殿看那三事，乃是米山、麵山、金鎖。只要三事倒斷，方該下雨。我愁難得倒斷，天師教我勸化郡侯等眾作善，以為『人有善念，天必從之。』庶幾可以回天心，解災難

也。今已善念頓生，善聲盈耳。適間直符使者已將改行從善的文牒奏上玉帝去了，老孫因特造尊府，告借雷部官將相助相助。」天尊道：「既如此，差鄧、辛、張、陶，帥領閃電娘子，即隨大聖下降鳳仙郡聲雷。」

那四將同大聖，不多時，至於鳳仙境界。即於半空中作起法來。只聽得唿魯魯的雷聲，又見那淅瀝瀝的閃電。真個是：

電掣紫金蛇，雷轟群蟄哄。熒煌飛火光，霹靂崩山洞。列缺（閃電）滿天明，震驚連地縱。紅銷一閃發萌芽，萬里江山都撼動。

那鳳仙郡，城裡城外，大小官員，軍民人等，整三年不曾聽見雷電；今日見有雷聲霍閃，一齊跪下，頭頂著香爐，有的手拈著柳枝，都念「南無阿彌陀佛！南無阿彌陀佛！」這一聲善念，果然驚動上天。正是那古詩云：

「人心生一念，天地悉皆知。
善惡若無報，乾坤必有私。」

且不說孫大聖指揮雷將，掣電轟雷於鳳仙郡，人人歸善。卻說那上界直符使者，將僧道兩家的文牒，送至通明殿，四天師傳奏靈霄殿。玉帝見了道：「那廝們既有善念，看三事如何。」正說處，忽

有披香殿看管的將官報道：「所立米麵山俱倒了。」霎時間米麵皆無。鎖梃亦斷。」奏未畢，又有當駕天官引鳳仙郡土地、城隍、社令等神齊來拜奏道：「本郡郡主並滿城大小黎庶之家，無一家一人不依善果，禮佛敬天。今啟垂慈，普降甘雨，救濟黎民。」玉帝聞言大喜，即傳旨：「著風部、雲部、雨部，各遵號令，去下方，按鳳仙郡界，即於今日今時，聲雷布雲，降雨三尺零四十二點。」時有四大天師奉旨，傳與各部隨時下界，各逞神威，一齊振作。

行者正與鄧、辛、張、陶，令閃電娘子在空中調弄，只見眾神都到，合會一天。那其間風雲際會，甘雨滂沱。好雨：

漠漠濃雲，濛濛黑霧。雷車轟轟，閃電灼灼。滾滾狂風，淙淙驟雨。所謂一念回天，萬民滿望。全虧大聖施元運，萬里江山處處陰。好雨傾河倒海，蔽野迷空。簷前垂瀑布，窗外響玲瓏。萬戶千門人念佛，六街三市水流洪。東西河道條條滿，南北溪灣處處通。從今黍稷多條潤，枯木回生。田疇麻麥盛，村堡豆糧升。客旅喜通販賣，農夫愛爾耘耕。從今黍稷多條暢，自然稼穡得豐登。風調雨順民安樂，海晏河清享太平。

一日雨下足了三尺零四十二點，眾神祇漸漸收回。孫大聖厲聲高叫道：「那四部眾神，且暫停雲從，待老孫去叫郡侯拜謝列位。列位可撥開雲霧，各現真身，與這凡夫親眼看看，他才信心供奉也。」眾神聽說，只得都停在空中。

這行者按落雲頭，逕至郡裡。早見三藏、八戒、沙僧，都來迎接。那郡侯一步一拜來謝。行者

道：「且慢謝我。我已留住四部神祇，你可傳召多人同此拜謝，教他向後好來降雨。」郡侯隨傳飛報，召眾同酬，都一個個拈香朝拜。只見那四部神祇，開明雲霧，各現真身。四部者，乃雨部、雷部、雲部、風部。只見那：

龍王顯像，雷將舒身。雲童出現，風伯垂真。龍王顯像，銀鬚蒼貌世無雙。雷將舒身，鉤嘴威顏誠莫比。雲童出現，誰如玉面金冠；風伯垂真，曾似踽眉環眼。齊齊顯露青霄上，各各挨排現聖儀。鳳仙郡界人才信，頂禮拈香惡性回。今日仰朝天上將，洗心向善盡皈依。

眾神祇寧待了一個時辰，人民拜之不已。孫行者又起在雲端，對眾作禮道：「有勞！有勞！請列位各歸本部。」老孫還教郡界中人家，供養高真，遇時節醮謝。列位從此後，五日一風，十日一雨，還來拯救拯救。」眾神依言，各各轉部不題。

卻說大聖墜落雲頭，與三藏道：「事畢民安，可收拾走路矣。」那郡侯聞言，急忙行禮道：「孫老爺說那裡話！今此一場，乃無量無邊之恩德。下官這裡差人辦備小宴，奉答厚恩。仍買治民間田地，與老爺起建寺院，立老爺生祠，勒碑刻名，四時享祀。雖刻骨鏤心，難報萬一，怎麼就說走路的話！」三藏道：「大人之言雖當，但我等乃西方掛搭行腳之僧，不敢久住。一二日間，定走無疑。」那郡侯那裡肯放。連夜差多人治辦酒席，起蓋祠宇。

次日，大開佳宴，請唐僧高坐；孫大聖與八戒、沙僧列坐。郡侯同本郡大小官員部臣把杯獻饌，細吹細打，款待了一日。這場果是欣然。有詩為證：

田疇久旱逢甘雨，河道經商處處通。深感神僧來郡界，多蒙大聖上天宮。

解除三事從前惡，一念皈依善果弘。此後願如堯舜世，五風十雨萬年豐。

一日筵，二日宴；今日酬，明日謝；扳留將有半月，只等寺院生祠完備。一日，郡侯請四眾往觀。唐僧驚訝道：「工程浩大，何成之如此速耶？」郡侯道：「下官催趲人工，晝夜不息，急急命完，特請列位老爺看看。」行者笑道：「果是賢才能幹的好賢侯也！」即時都到新寺。見那殿閣巍峨，山門壯麗，俱稱贊不已。行者請師父留一寺名。三藏道：「有，留名當喚做『甘霖普濟寺』。」郡侯稱道：「甚好！甚好！」用金貼廣招僧眾，侍奉香火。殿左邊立起四眾生祠，每年四時祭祀；又起蓋雷神、龍神等廟，以答神功。看畢，即命趲行。

那一郡人民，知久留不住，各備贐儀，分文不受。因此，合郡官員人等，盛張鼓樂，大展旌幢，送有三十里遠近，猶不忍別，遂掩淚目送，直至望不見方回。

這正是：碩德神僧留普濟，齊天大聖廣施恩。畢竟不知此去還有幾日方見如來，且聽下回分解。

第八十八回

禪到玉華施法會　心猿木母授門人

話說唐僧喜喜歡歡別了郡侯，在馬上向行者道：「賢徒，這一場善果，真勝似比丘國搭救兒童，皆爾之功也。」沙僧道：「比丘國只救得一千一百一十一個小兒，怎似這場大雨，滂沱浸潤，活救者萬萬千千性命！弟子也暗自稱贊大師兄的法力通天，慈恩蓋地也。」行者笑道：「哥的恩也有，善也有，卻只是外施仁義，內包禍心。但與老豬走，就要作踐人。」八戒道：「我在那裡作踐你？」八戒道：「也毀了！也毀了！常照顧我捆，照顧我吊，照顧我煮，照顧我蒸！今在鳳仙郡施了恩惠與萬萬之人，就該住上半年，帶挈我吃幾頓自在飽飯，卻只管催趲行路！」長老聞言，喝道：「這個呆子，怎麼只思量攦嘴！快走路！再莫鬥口！」八戒不敢言，掬掬嘴，挑著行囊，打著哈哈，師徒們奔上大路。此時光景如梭，又值深秋之候。但見：

水痕收，山骨瘦。紅葉紛飛，黃花時候。霜晴覺夜長，月白穿窗透。家家煙火夕陽多，處處湖光寒水溜。白蘋香，紅蓼茂。橘綠橙黃，柳衰谷秀。荒村雁落碎蘆花，野店雞聲收菽

豆。

四眾行戤多時，又見城垣影影。長老舉鞭遙指叫：「悟空，你看那裡又有一座城池，卻不知是甚去處。」行者道：「你我俱未曾到，何以知之？且行至邊前問人。」

說不了，忽見樹叢裡走出一個老者，手持竹杖，身著輕衣，足踏一對棕鞋，腰束一條扁帶，慌得唐僧滾鞍下馬，上前道個問訊。那老者扶杖還禮道：「長老那方來的？」唐僧合掌道：「貧僧東土唐朝差往雷音拜佛求經者。今至寶方，遙望城垣，不知是甚去處，特問老施主指教。」那老者聞言，口稱：「有道禪師，我這敝處，乃天竺國下郡，地名玉華縣。縣中城主，就是天竺皇帝之宗室，封為玉華王。此王甚賢，專敬僧道，重愛黎民。老禪師若去相見，必有重敬。」三藏謝了。那老者徑穿樹林而去。

三藏才轉身對徒弟備言前事。他三人欣喜，扶師父上馬。三藏道：「沒多路，不須乘馬。」四眾遂步至城邊街道觀看。原來那關廂人家，做買做賣的，人煙湊集，生意亦甚茂盛。觀其聲音相貌，與中華無異。三藏吩咐：「徒弟們謹慎。切不可放肆。」那八戒低了頭，沙僧掩著臉，惟孫行者攙著師父。兩邊人都來爭看，齊聲叫道：「我這裡只有降龍伏虎的高僧，不曾見降豬伏猴的和尚。」八戒忍不住，把嘴一掬道：「你們可曾看見降豬王的和尚？」唬得滿街上人，跌跌爬爬，都往兩邊閃過。行者笑道：「呆子，快藏了嘴，莫裝扮。仔細腳下過橋。」那呆子低著頭，只是笑。過了吊橋，入城門內，又見那大街上酒樓歌館，熱鬧繁華。果然是神州都邑。有詩為證。詩曰：

錦城鐵甕萬年堅，臨水依山色色鮮。百貨通湖船入市，千家沽酒店垂簾。
樓臺處處人煙廣，巷陌朝朝客賈喧。不亞長安風景好，雞鳴犬吠亦般般。

三藏心中暗喜道：「人言西域諸番，更不曾到此。細觀此景，與我大唐何異！所為極樂世界，誠

此之謂也。」又聽得人說，白米四錢一石，麻油八釐一斤，真是五穀豐登之處。

行毂多時，方到玉華王府。府門左右，有長史府、審理廳、典膳所、待客館。三藏道：「徒弟，

此間是府，等我進去，朝王驗牒而行。」八戒道：「師父進去，我們可好在衙門前站立？」三藏道：

「你不看這門上是『待客館』三字！你們都去那裡坐下，看有草料，買些餵馬。我見了王，倘或賜

齋，便來喚你等同享。」行者道：「師父放心前去。老孫自當理會。」那沙僧把行李挑至館中。館中

有看館的人役，見他們面貌醜陋，也不敢問他，也不敢教他出去，只得讓他坐下不題。

卻說老師父換了衣帽，拿了關文，徑至王府前。早見引禮官迎著問道：「長老何來？」三藏道：

「東土大唐差來大雷音拜佛祖求經之僧，今到貴地，欲倒換關文，特來朝參千歲。」引禮官即為傳

奏。那王子果然賢達，即傳旨召進。三藏至殿下施禮。王子即請上殿賜坐。三藏將關文獻上。王子看

了，又見有各國印信手押，也就欣然將寶印了，押了花字，收折在案；問道：「國師長老，自你那大

唐至此，歷遍諸邦，共有幾多路程？」三藏道：「貧僧也未記程途。但先年蒙觀音菩薩在我王御前顯

身，曾留了頌子，言西方十萬八千里。貧僧在路，已經過一十四遍寒暑矣。」王子笑道：「十四遍寒

暑，即十四年了。想是途中有甚耽擱。」三藏道：「一言難盡！萬蟄千魔，也不知受了多少苦楚，才

到得寶方！」那王子十分歡喜。即著典膳官備素齋管待。三藏：「啟上殿下，貧僧有三個小徒，在外

等候，不敢領齋，但恐遲誤行程。」王子教：「當殿官，快去請長老三位徒弟，進府同齋。」

當殿官隨即出外相請。都道：「未曾見，未曾見。」有跟隨的人道：「那個是大唐取經僧的高徒？我主有旨，請吃齋也。」八戒正坐打盹，聽見一個「齋」字，忍不住，跳起身來答道：「我們是！我們是！」當殿官一見了，魂飛魄喪，都戰戰兢兢的道：「是個豬魈！豬魈！」行者聽見，一把扯住八戒道：「兄弟，放斯文些，莫撒村野。」那眾官見了行者，又道：「是個猴精！猴精！」沙僧拱手道：「列位休得驚恐，同我三人都是唐僧的徒弟。」眾官見了，又道：「灶君！灶君！」孫行者即教八戒牽馬，沙僧挑擔，同眾入玉華王府。當殿官先入啟知。

那王子舉目見那等醜惡，卻也心中害怕。三藏合掌道：「千歲放心。頑徒雖是貌醜，卻都心良。」八戒朝上唱個喏道：「貧僧問訊了。」王子愈覺心驚。三藏道：「頑徒都是山野中收來的，不會行禮，萬望赦罪。」王子奈著驚恐，教典膳官請眾僧官去暴紗亭吃齋。三藏謝了恩，辭王下殿，同至亭內，埋怨八戒道：「你這夯貨，全不知一毫禮體，索性不開口，怎麼那般粗魯！一句話，足足衝倒泰山！」行者笑道：「還是我不唱喏的好，也省些力氣。」沙僧道：「他唱喏又不等齋，預先就抒著個嘴呵喝。」八戒道：「活淘氣！活淘氣！師父前日教我，見人打個問訊兒是禮；今日打問訊，又說不好，教我怎的幹麼！」三藏道：「我教你見了人打個問訊，不曾教你見王子就此歪纏！常言道：『物有幾等物，人有幾等人。』如何不分個貴賤？」正說處，見那典膳官帶領人役，調開桌椅，擺上齋來。師徒們卻不言語，各各吃齋。

卻說那王子退殿進宮，宮中有三個小王子，見他面容改色，即問道：「父王今日為何有此驚

恐？」王子道：「適才有東土大唐差來拜佛取經的一個和尚，倒換關文，卻一表非凡。我留他吃齋，他說有徒弟在府前，我即命請。少時進來，見我不行大禮，打個問訊，我已不快。及抬頭看時，一個個醜似妖魔，心中不覺驚駭，故此面容改色。」原來那三個小王子比眾不同，一個個好武好強，便就伸拳攞袖道：「莫敢是那山裡走來的妖精，假裝人相；待我們拿出去看來！」

好王子，大的個拿一條齊眉棍，第二個掄一把九齒鈀，第三個使一根烏油黑棒子，雄糾糾，氣昂昂的，走出王府。吆喝道：「甚麼取經的和尚！在那裡？」時有典膳官員人等跪下道：「小王，他們在這暴紗亭吃齋哩。」小王子不分好歹，闖將進去，喝道：「汝等是人是怪，快早說來，饒你性命！」唬得三藏面容失色，丟下飯碗，躬著身道：「貧僧乃唐朝來取經者。人也，非怪也。」小王道：「你便還像個人，那三個醜的，斷然是怪！」八戒只管吃飯不睬。沙僧與行者欠身道：「我等俱是人。面雖醜而心良，身雖夯而性善。汝三個卻是何來，卻這樣海口輕狂？」旁有典膳等官道：「三位是我王之子小殿下。」八戒丟了碗道：「小殿下，各拿兵器怎麼？莫是要與我們打哩？」

二王子掣開步，雙手舞鈀，便要打八戒。八戒嘻嘻笑道：「你那鈀只好與我這鈀做孫子罷了！」即揭衣，腰間取出鈀來，幌一幌，金光萬道；丟了解數，有瑞氣千條；把個王子唬得手軟筋麻，不敢舞弄。行者見大的個使一條齊眉棍，跳啊跳的，即耳朵裡取出金箍棒來，幌一幌，碗來粗細，有丈二三長短；著地下一搗，搗了有三尺深淺，豎在那裡，笑道：「我把這棍子送你罷！」那王子聽言，即丟了自己棍，去取那棒，雙手盡氣力一拔，莫想得動分毫；再又端一端，搖一搖，就如生根一般。第三個撒起莽性，使烏油桿棒來打。被沙僧一手劈開，取出降妖寶杖，拈一拈，豔豔光生，紛紛霞亮，唬得那典膳等官，一個個呆呆掙掙，口不能言。三個小王子一齊下拜道：「神師！神師！我等凡人不

識，萬望施展一番，我等好拜授也。」行者走近前，輕輕的把棒拿將起來道：「這裡窄狹，不好展手，等我跳在空中，耍一路兒，你們看看。」

好大聖，嗯哨一聲，將筋斗一縱，兩隻腳踏著五色祥雲，起在半空，離地約有三百步高下，把金箍棒丟開個撒花蓋頂，黃龍轉身，一上一下，左旋右轉。起初時人與棒似錦上添花，次後來不見人，只見一天棒滾。八戒在底下喝聲采，也忍不住手腳，厲聲喊道：「等老豬也去耍耍來！」好呆子，駕起風頭，也到半空，丟開鈀，上三下四，左五右六，前七後八，滿身解數，只聽得呼呼風響。正使到熱鬧處，沙僧對長老道：「師父，也等老沙去操演操演。」好和尚，雙著腳一跳，掄著杖，也起在空中，只見那銳氣氳氳，金光縹緲；雙手使降妖杖丟一個丹鳳朝陽，餓虎撲食，緊迎慢擋，捷轉忙攛。弟兄三個即展神通，都在那半空中，一齊揚威耀武。這才是：

真禪景象不凡同，大道緣由滿太空。金木施威盈法界，刀圭展轉合圓通。

神兵精銳隨時顯，丹器花生到處崇。天竺雖高還戒性，玉華王子總歸中。

唬得那三個小王子，跪在塵埃。暴紗亭大小人員，並王府裡老王子，滿城中軍民男女，僧尼道俗，一應人等，家家念佛磕頭，戶戶拈香禮拜。果然是：

見像歸真度眾僧，人間作福享清平。

從今果正菩提路，盡是參禪拜佛人。

他三個各逞雄才，使了一路，按下祥雲，把兵器收了。到唐僧面前問訊，謝了師恩，各各坐下不題。

那三個小王子，急回宮裡，告奏老王道：「父王萬千之喜！今有莫大之功也！適才可曾看見半空中舞弄麼？」老王道：「我才見半空霞彩，就於宮院內同你母親等眾焚香啟拜，更不知是那裡神仙降聚也。」小王子道：「不是那裡神仙，就是那取經僧三個醜徒弟。一個使金箍鐵棒，一個使九齒釘鈀，一個使降妖寶杖，把我三個的兵器，比的通沒有分毫。我們教他使一路，他嫌『地上窄狹，不好支吾，等我起在空中，使一路你看。』他就各駕雲頭，滿空中祥雲繚繞，瑞氣氤氳。才然落下，都坐在暴紗亭裡。做兒的十分歡喜，欲要拜他為師，學他手段，保護我邦。此誠莫大之功！不知父王以為何如？」老王聞言，信心從願。

當時父子四人，不擺駕，不張蓋，步行到暴紗亭。他四眾收拾行李，欲進府謝齋，辭王起行；偶見玉華王父子上亭來倒身下拜，慌得長老舒身，撲地還禮；行者等閃過旁邊，微微冷笑。眾拜畢，請四眾進府堂上坐。四眾欣然而入。老王起身道：「唐老師父，孤有一事奉求，不知三位高徒，可能容否？」三藏道：「但憑千歲吩咐，小徒不敢不從。」老王道：「孤先見列位時，只以為唐朝遠來行腳僧，其實肉眼凡胎，多致輕褻。適見孫師、豬師、沙師起舞在空，方知是仙是佛。孤三個犬子，一生好弄武藝，今謹發虔心，欲拜為門徒，學些武藝。萬望老師開天地之心，普運慈舟，傳度小兒，必以傾城之資奉謝。」行者聞言，忍不住呵呵笑道：「你這殿下，好不會事！我等出家人，巴不得要傳幾個徒弟。你令郎既有從善之心，切不可說起分毫之利；但只以情相處，足為愛也。」王子聽言，十分歡喜。隨命大排筵宴，就於本府正堂擺列。噫！一聲旨意，即刻俱完。但見那：

結彩飄搖，香煙馥郁。餳金桌子掛絞綃，幌人眼目；彩漆椅兒鋪錦繡，添座風光。樹果新鮮，茶湯香噴。三五道閒食清甜，一兩餐饅頭豐潔。蒸酥蜜煎更奇哉，油紫糖澆真美矣。有幾瓶香糯素酒，斟出來，賽過瓊漿；獻幾番陽羨仙茶，捧到手，香欺丹桂。般般品品皆齊備，色色行行盡出奇。

一壁廂叫承應的歌舞吹彈，撮弄演戲。他師徒們並王父子，盡樂一日。不覺天晚，散了酒席。又叫即於暴紗亭鋪設床幃，請師安宿；待明早竭誠焚香，再拜求傳武藝。眾皆聽從，即備香湯，請師沐浴，眾卻歸寢。此時那：

眾鳥高棲萬籟沉，詩人下榻罷哦吟。銀河光顯天彌亮，野徑荒涼草更深。砧杵叮咚敲別院，關山杳寫動鄉心。寒蛩聲朗知人意，嚦嚦床頭破夢魂。

一宵晚景題過。明早，那老王父子，又來相見這長老。昨日相見，還是王禮，今日就行師禮。那三個小王子，對行者、八戒、沙僧當面叩頭，拜問道：「尊師之兵器，還借出與弟子們看看。」八戒聞言，欣然取出釘鈀，拋在地下。沙僧將寶杖拋出，倚在牆邊。二王子與三王子跳起去便拿，就如蜻蜓撼石柱，一個個掙得紅頭赤臉，莫想拿動半分毫。大王子見了，叫道：「兄弟，莫費力了。師父的兵器，俱是神兵，不知有多少重哩！」八戒笑道：「我的鈀也沒多重，只有一藏之數（佛教經典有法、論、經三藏。一藏有五千零四十八卷），連柄五千零四十八斤。」三王子問沙僧道：「師父寶杖多重？」沙

僧笑道：「也是五千零四十八斤。」大王子求行者的金箍棒看。行者去耳朵裡取出一個針兒來，迎風幌一幌，就有碗來粗細，直直的豎立面前。那王父子都皆悚懼，眾官員個個心驚。三個小王子禮拜道：「豬師、沙師之兵，俱隨身帶在衣下，即可取之。孫師為何自耳中取出？見風即長，何也？」行者笑道：「你不知我這棒不是凡間等閒可有者。這棒是：

鴻蒙初判（指開天闢地）陶鎔鐵，大禹神人親所設。開山治水太平時，流落東洋鎮海闕。日久年深放彩霞，能消能長能光潔。老孫有分取將來，變化無方隨口訣。要大彌於宇宙間，要小卻似針兒節。棒名如意號金箍，天上人間稱一絕。重該一萬三千五百斤，或粗或細能生滅。也曾助我鬧天宮，也曾隨我攻地闕。伏虎降龍處處通，煉魔蕩怪方方徹。舉頭一指太陽昏，天地鬼神皆膽怯。混沌仙傳到至今，原來不是凡間鐵。」

那王子聽言，個個頂禮不盡。三人向前重重拜禮，虔心求授。行者道：「你三人不知學那般武藝。」王子道：「願使棍的就學棍，慣使鈀的就學鈀，愛用杖的就學杖。」行者笑道：「教便也容易，只是你等無力量，使不得我們的兵器，恐學之不精，如『畫虎不成反類狗』也。古人云：『訓教不嚴師之惰，學問無成子之罪。』汝等既有誠心，可去焚香來拜了天地，我先傳你些神力，然後可授武藝。」

三個小王子聞言，滿心歡喜。即便親抬香案，沐手焚香，朝天禮拜。拜畢，請師傳法。行者轉下

身來，對唐僧行禮道：「告尊師，恕弟子之罪。自當年在兩界山蒙師父大德救脫弟子，秉教沙門，一向西來，雖不曾重報師恩，卻也曾渡水登山，竭盡心力。今來佛國之鄉，幸遇賢王三子，投拜我等，欲學武藝。彼既為我等之徒弟，即為我師之徒孫也。謹稟過我師，庶好傳授。」三藏十分大喜。八戒、沙僧見行者行禮，也那轉身朝三藏磕頭道：「師父，我等愚魯，拙口鈍腮，不會說話，望師父高坐法位，也讓我兩個招個徒弟耍耍；也是西方路上之憶念。」三藏俱欣然允之。

行者才教三個王子就於暴紗亭後，靜室之間，畫了罡斗；教三人都俯伏在內，一個個瞑目寧神。這裡卻暗暗念動真言，誦動咒語，將仙氣吹入他三人心腹之中，把元神收歸本舍，傳與口訣，各授得萬千之膂力，運添了火候，卻像個脫胎換骨之法。運遍了子午周天，那三個小王子，方才蘇醒，一齊爬將起來，抹抹臉，精神抖擻，一個個骨壯筋強。大王子就拿得金箍棒，二王子就掄得九齒鈀，三王子就舉得降妖杖。

老王見了，歡喜不勝。又排素宴，啟謝他師徒四眾。就在筵前各傳各授：學棍的演棍，學鈀的演鈀，學杖的演杖。雖然打幾個轉身，丟幾般解數，終是有些著力：走一路，便喘氣噓噓，不能耐久；蓋他那兵器都有變化，其進退攻揚，隨消隨長，皆有變化自然之妙，此等終是凡夫，豈能以逮及也。

次日，三個王子又來稱謝道：「感蒙神師授賜了膂力，縱然掄得師的神器，只是轉換艱難；意欲命工匠依師神器式樣，減削斤兩，打造一般，未知師父肯容否？」八戒道：「好！好！好！說得像話。我們的器械，一則你們使不得，二則我們要護法降魔，正該另造，另造。」王子又隨宣召鐵匠，買辦鋼鐵萬斤，就於王府內前院搭廠，支爐鑄造。先一日將鋼鐵煉熟，次日請行者三人將金箍棒、九

當日散了筵宴。

齒鈀、降妖杖，都取出放在篷廠之間，看樣造作。遂此畫夜不收。

噫！這兵器原是他們隨身之寶，一刻不可離者，各藏在身，自有許多光彩護體；今放在廠院中幾日，那霞光有萬道沖天，瑞氣有千般罩地。其夜有一妖精，離城只有七十里遠近，山喚豹頭山，洞喚虎口洞，夜坐之間，忽見霞光瑞氣，即駕雲頭而看。原是州城之光彩，他按下雲來，近前觀看，乃是這三般兵器放光。妖精又喜又愛道：「好寶貝！好寶貝！這是甚人用的，今放在此？也是我的緣法，乃是那⋯⋯

拿了去呀！拿了去呀！」他愛心一動，弄起威風，將三般兵器，一股收之，徑轉本洞。正是那⋯⋯

神兵盡落空，枉費參修者。

道不須臾離，可離非道也。

畢竟不知怎生尋得這兵器，且聽下回分解。

第八十九回

黃獅精虛設釘鈀宴　金木土計鬧豹頭山

卻說那院中幾個鐵匠，因連日辛苦，夜間俱自睡了。及天明起來打造，篷下不見了三般兵器，一個個呆掙神驚，四下尋找。只見那三個王子出宮來看，那鐵匠一齊磕頭道：「小主啊，神師的三般兵器，都不知那裡去了！」

小王子聽言，心驚膽戰道：「想是師父今夜收拾去了。」急奔暴紗亭看時，見白馬尚在廊下，忍不住叫道：「師父還睡哩！」沙僧道：「起來了。」即將房門開了，讓王子進裡看時，不見兵器，慌慌張張問道：「師父的兵器都收來了？」行者跳起道：「不曾收啊！」王子道：「三般兵器，今夜都不見了。」八戒連忙爬起道：「我的鈀在麼？」小王道：「適才我等出來，只見眾人前後找尋不見，弟子恐是師父收了，卻才來問。老師的寶貝，俱是能長能消，想必藏在身邊哄弟子哩。」行者道：「委的未收。都尋去來。」

隨至院中篷下，果然不見蹤影。八戒道：「定是這伙鐵匠偷了！快拿出來！略遲了些兒，就都打死！打死！」那鐵匠慌得磕頭滴淚道：「爺爺！我們連日辛苦，夜間睡著，及至天明起來，遂不見

了。我等乃一概凡人，怎麼拿得動，望爺爺饒命！饒命！」行者無語，暗恨道：「還是我們的不是。既然看了式樣，就該收在身邊，怎麼卻丟放在此！那寶貝霞彩光生，今夜竊去也。」八戒不信道：「哥哥說那裡話！這般個太平境界，又不是曠野深山，怎得個歹人來！定是鐵匠欺心，他見我們的兵器光彩，認得是三件寶貝，連夜走出王府，伙些人來，抬的抬，拉的拉，偷出去了！拿過來打呀！打呀！」眾匠只是磕頭發誓。

正嚷處，只見老王子出來，問及前事，卻也面無人色，沉吟半晌，道：「神師兵器，本不同凡，就有百十餘人也禁挫不動；況孤在此城，今已五代，不是大膽海口，孤也頗有個賢名在外；這城中軍民匠作人等，也頗懼孤之法度，斷是不敢欺心。望神師再思可矣。」行者笑道：「不用再思，也不須苦賴鐵匠。我問殿下：你這州城四面，可有甚麼山林妖怪？」王子道：「神師此問，甚是有理。孤這州城之北，有一座豹頭山。山中有一座虎口洞。往往人言洞內有仙，又言有虎狼，又言有妖怪。孤未曾訪得端的（底細），不知果是何物。」行者笑道：「不消講了，定是那方歹人，知道俱是寶貝，一夜偷將去了。」叫：「八戒、沙僧，你都在此保著師父，護著城池，等老孫尋訪去來。」又叫鐵匠們不可住了爐火，一一煉造。

好猴王，辭了三藏，唿哨一聲，形影不見。早跨到豹頭山上。原來那城相去只有七十里，一瞬即到。徑上山峰觀看，果然有些妖氣。真是：

龍脈悠長，地形遠大。尖峰挺挺插天高，陡澗沉沉流水急。山前有瑤草鋪茵，山後有奇花布錦。喬松老柏，古樹修篁。山鴉山鵲亂飛鳴，野鶴野猿皆嘯喉。懸崖下，麋鹿雙雙；峭

壁前，獾狐對對。一起一伏遠來龍，九曲九灣潛地泳。埂頭相接玉華州，萬古千秋興勝處。

行者正然看時，忽聽得山背後有人言語，急回頭覷之，乃兩個狼頭妖怪，朗朗的說著話，向西北上走。行者揣道：「這定是巡山的怪物，等老孫跟他去聽聽，看他說些甚的。」捻著訣，念個咒，搖身一變，變做個蝴蝶兒，展開翅，翩翩翻翻，徑自趕上。果然變得有樣範：

一雙粉翅，兩道銀鬚。乘風飛去急，映日舞來徐。渡水過牆能疾俏，偷香弄絮甚歡娛。體輕偏愛鮮花味，雅態芳情任捲舒。

他飛在那個妖精頭直上，飄飄蕩蕩，聽他說話。那妖猛叫道：「二哥，我大王連日僥倖：前月裡得了一個美人兒，在洞內盤桓，十分快樂。昨夜裡又得了三般兵器，果然是無價之寶。明朝開宴慶『釘鈀會』哩。我們都有受用。」這個道：「我們也有此僥倖：拿這二十兩銀子買豬羊去。如今到了乾方集上，先吃幾壺酒兒。把東西開個花帳兒（假賬），落他二三兩銀子，買件綿衣過寒，卻不是好？」兩個怪說說笑笑，上大路急走如飛。

行者聽得要慶釘鈀會的，心中暗喜；欲要打殺他，爭奈不管他事。況手中又無兵器。他即飛向前邊，現了本相，在路口上立定。那怪看看走到身邊，被他一口法唾噴將去，念一聲「唵吽唎咤」，即使個定身法，把兩個狼頭精定住。眼睜睜，口也難開；直挺挺，雙腳站住。又將他扳翻倒，揭衣搜撿，果是有二十兩銀子，著一條搭包兒打在腰間裙帶上，又各掛著一個粉漆牌兒，一個上寫著「刁鑽

古怪」，一個上寫著「古怪刁鑽」。

好大聖，取了他銀子，解了他牌兒，返跨步回至州城。到王府中，見了王子、唐僧並大小官員、匠作人等，具言前事。八戒笑道：「想是老豬的寶貝，霞彩光明，所以買豬羊，治筵席慶賀哩。但如今怎得他來？」行者道：「我兄弟三人俱去。這銀子是買辦豬羊的，且將這銀子賞了匠人，教殿下尋幾個豬羊。八戒，你變做刁鑽古怪，我變做古怪刁鑽，沙僧裝做個販豬羊的客人，走進那虎口洞裡，得便處，各人拿了兵器，打絕那妖邪，回來卻收拾走路。」沙僧笑道：「妙，妙，妙！不宜遲！快走！」老王果依此計，即教管事的買辦了七八口豬，四五腔羊。

他三人辭了師父，在城外大顯神通。八戒道：「哥哥，我未曾看見那刁鑽古怪，怎生變得他模樣？」行者道：「那怪被老孫使了定身法定住在那裡，直到明日此時方醒。我記得他的模樣，你站下，等我教你變。──如此，如彼，就是他的模樣了。」那呆子真個口裡念著咒，行者吹口仙氣，霎時就變得與那刁鑽古怪一般無二，將一個粉牌兒帶在腰間。行者即變做古怪刁鑽，腰間也帶了一個牌兒。沙僧打扮得像個販豬羊的客人。一起兒趕著豬羊，上大路，徑奔山來。不多時，進了山凹裡，又遇見一個小妖。他生得嘴臉也恁地凶惡！看那：

圓滴溜兩隻眼，如燈幌亮；紅刺蒙一頭毛，似火飄光。槽鼻子，歪狹（歪咧著嘴）口，獠牙尖利；查耳朵，砍額頭，青臉泡浮。身穿一件淺黃衣，足踏一雙莎蒲履。雄雄糾糾若凶神，急急忙忙如惡鬼。

那怪左脅下挾著一個彩漆的請書匣兒，迎著行者三人叫道：「古怪丁鑽，你兩個來了？買了幾口豬羊？」行者道：「這趕的不是？」那怪朝沙僧道：「此位是誰？」行者道：「就是販豬羊的客人。還少他幾兩銀子，帶他來家取的。你往那裡去？」那怪道：「我往竹節山去請老大王明早赴會。」行者綽他的口氣兒，就問：「共請多少人？」那怪道：「請老大王坐首席，連本山大王共頭目等眾，約有四十多位。」正說處，八戒道：「去罷，去罷！豬羊都四散走了！」行者道：「你去邀著，等我討他帖兒看看。」那怪見自家人，即揭開取出，遞與行者。行者展開看時，上寫著：

「明辰敬治肴酌慶『釘鈀嘉會』，屈尊過山一敘。幸勿外，至感！右啟祖翁九靈元聖老大人尊前。門下孫黃獅頓首百拜。」

行者看畢，仍遞與那怪。那怪放在匣內，徑往東南上去了。

沙僧問道：「哥哥，帖兒上是甚麼話頭？」行者道：「乃慶釘鈀會的請帖。名字寫著『門下孫黃獅頓首百拜』。請的是祖翁九靈元聖老大人。」沙僧笑道：「黃獅想必是個金毛獅子成精。但不知九靈元聖是個何物？」八戒聽言，笑道：「是老豬的貨了！」行者道：「怎見得是你的貨？」八戒道：「古人云：『癩母豬專趕金毛獅子。』故知是老豬之貨物也。」他三人說說笑笑，趕著豬羊。卻就望見虎口洞門。但見那門兒外：

周圍山繞翠，一脈氣連城。峭壁扳青蔓，高崖掛紫荊。

鳥聲深樹匝，花影洞門迎。不亞桃源洞，堪宜避世情。

漸漸近於門口，又見一叢大大小小的雜項妖精，在那花樹之下頑耍。忽聽得八戒「呵！呵！」趕豬羊到時，都來迎接，便就捉豬的捉豬，捉羊的捉羊，一齊捆倒。早驚動裡面妖王，領十數個小妖，出來問道：「你兩個來了？買了多少豬羊？」行者道：「買了八口豬，七腔羊，共十五個牲口。豬銀該一十六兩，羊銀該九兩。前者領銀二十兩，仍欠五兩。這個就是客人，跟來找銀子的。」妖王聽說，即喚：「小的們，取五兩銀子，打發他去。」行者道：「這客人，一則來找銀子，二來要看看嘉會。」

那妖大怒，罵道：「你這個刁鑽兒憊懶！你買東西罷了，又與人說甚麼會不會！」八戒上前道：「主人公得了寶貝，誠是天下之奇珍，就教他看看怕怎的？」那怪咄的一聲道：「你這古怪也可惡！我這寶貝，乃是玉華州城中得來的，倘這客人看了，去那州中傳說，說得人知，那王子一時來訪求，卻如之何？」

行者道：「主公，這個客人，乃乾方集後邊的人，去州許遠，又不是他城中人也，那裡去傳說？二則他肚裡也飢了，我兩個也未曾吃飯。家中有現成酒飯，賞他些吃了，打發他去罷。」說不了，有一小妖，取了五兩銀子，遞與行者。行者將銀子遞與沙僧道：「客人，收了銀子，我與你進後面去吃些飯來。」

沙僧仗著膽，同八戒、行者進於洞內。到二層廠廳之上，只見正中間桌上，高高的供養著一柄九齒釘鈀，真個是光彩映目；東山頭靠著一條金箍棒，西山頭靠著一條降妖杖。那怪王隨後跟著道：

「客人，那中間放光亮的就是釘鈀。你看便看，只是出去，千萬莫與人說。」沙僧點頭稱謝了。

噫！這正是「物見主，必定取。」那八戒一生是個魯夯的人，他見了釘鈀，那裡與他敘甚麼情節，跑上去，拿下來，掄在手中，現了本相。丟了解數，望妖精劈臉就築。這行者、沙僧也奔至兩山頭各拿器械，現了原身。

三弟兄一齊亂打，慌得那怪王急抽身閃過，轉入後邊，取一柄四明鏟，桿長鏟利，趕到天井中，支住他三般兵器，厲聲喝道：「你是甚麼人，敢弄虛頭，騙我寶貝！」行者罵道：「我把你這個賊毛團！你是認我不得！我們乃東土聖僧唐三藏的徒弟。因至玉華州倒換關文，蒙賢王教他三個王子拜我們為師，學習武藝，打造如式兵器。因放在院中，被你這賊毛團貪夜入城偷來，倒說我弄虛頭騙你寶貝！不要走！就把我們這三件兵器，各奉承你幾下嘗嘗！」那妖精就舉鏟來敵。這一場，從天井中鬥出前門。看他三僧攢一怪！好殺：

呼呼棒若風，滾滾鈀如雨。降妖杖舉滿天霞，四明鏟伸雲生綺。好似三仙煉大丹，火光彩幌驚神鬼。行者施威甚有能，妖精盜寶多無禮！天蓬八戒顯神通，大將沙僧英更美。弟兄合意運機謀，虎口洞中興鬥起。那怪豪強弄巧乖，四個英雄堪廝比。當時殺至日頭西，妖邪力軟難相抵。

他們在豹頭山戰鬥多時，那妖精抵敵不住，向沙僧前喊一聲：「看鏟！」沙僧讓個身法躲過，妖精得空而走，向東南巽宮上，乘風飛去。八戒拽步要趕，行者道：「且讓他去。自古道：『窮寇勿

追。』且只來斷他歸路。」八戒依言。

三人徑至洞口，把那百十個若大若小的妖精，盡皆打死。原來都是些虎狼彪豹，馬鹿山羊。被大聖使個手法，將他那洞裡細軟物件並打死的雜項獸身與趕來的豬羊，通皆帶出。沙僧就取出乾柴放起火來。八戒使兩個耳朵扇風，把一個巢穴霎時燒得乾淨，卻將帶出的諸物，即轉州城。

此時城門尚開，人家未睡。老王父子與唐僧俱在暴紗亭盼望。只見他們撲撲剌剌的丟下一院子死獸、豬羊及細軟物件，一齊叫道：「師父，我們已得勝回來也！」那殿下喏喏哩撲剌。唐長老滿心歡喜。三個小王子跪拜於地，沙僧攙起道：「且莫謝，都近前看看那物件。」王子道：「此物俱是何來？」行者笑道：「那虎狼彪豹，馬鹿山羊，都是成精的妖怪。被我們取了兵器，打出門來。那老妖是個金毛獅子。他使一柄四明鏟，與我等戰到天晚，敗陣逃生，往東南上走了。我等不曾趕他，卻掃除他歸路，打殺這些群妖，搜尋他這些物件，帶將來的。」

老王聽說，又喜又憂。喜的是得勝而回，憂的是那妖日後報仇。行者道：「殿下放心。我已慮之熟，處之當矣。一定與你掃除盡絕，方才起行，決不至貽害於後。我午間去時，撞見一個青臉紅毛的小妖使請書。我看他帖子上寫著『明辰敬治肴酌慶釘鈀嘉會，屈尊車從過山一敘。幸勿外，萬感！右啟祖翁九靈元聖老大人尊前。』名字是『門下孫黃獅頓首百拜』。才子那妖精敗陣，必然向他祖翁處去會話。明辰斷然尋我們報仇，當情與你掃蕩乾淨。」老王稱謝了。擺上晚齋。師徒們齋畢，各歸寢處不題。

卻說那妖精果然向東南方奔到竹節山。當夜足不停風，行至五更時分，到於洞口，敲門而進。小妖見了道：「大王，昨晚有

青臉兒下請書，老爺留他住到今早，欲同他去赴你釘鈀會，你怎麼又絕早親來邀請？」妖精道：「不好說，不好說！會成不得了！」正說處，見青臉兒從裡邊走出道：「大王，你來怎的？老大王爺爺起來就同我去赴會哩。」妖精慌張張的，只是搖手不言。

少頃，老妖起來了，喚入。這妖精丟了兵器，倒身下拜。老妖道：「賢孫，你昨日下柬，今早正欲來赴會，你又親來，為何發悲煩惱？」妖精叩頭道：「小孫前夜對月閒行，只見玉華州城中有光彩沖空。急去看時，乃是王府院中三般兵器放光：一件是九齒滲金釘鈀，一件是寶杖，一件是金箍棒。小孫即使神法攝來，立名『釘鈀嘉會』，著小的們買豬羊等趕著幾個豬羊，又帶了一個販賣的客人來找銀子。他定要看看會去，是小孫恐他外面傳說，不容他看。他又說肚中飢餓，討些飯吃，因教他後邊吃飯。他走到裡邊，看見兵器，說是他的。三人就各搶去一件，現出原身：一個是長嘴大耳朵的和尚，一個是晦氣色臉的和尚。他都不分好歹，喊一聲亂打。是小孫急取四明鏟趕出與他相持，問是甚麼人敢弄虛頭。他道是東土大唐差往西天去的唐僧之徒弟，因過玉華州城，倒換關文，習學武藝，將他這三件兵器作樣子打造，放在院內，被我偷來：遂此不忿相持。不知那三個和尚叫做甚名，卻真有本事。小孫一人敵他三個不過，所以敗走祖爺處。望拔刀相助，拿那和尚報仇，庶見我祖愛孫之意也！」

老妖聞言，默想片時，笑道：「原來是他。我賢孫，你錯惹了他也！」妖精道：「祖爺知他是誰？」老妖道：「那長嘴大耳者，乃豬八戒；晦氣色臉者，乃沙和尚；這兩個猶可。那毛臉雷公嘴者，叫做孫行者。這個人其實神通廣大：五百年前曾大鬧天宮，十萬天兵也不曾拿得住。他專意尋人

的。他便就是個搜山揭海，破洞攻城，闖禍的個都頭！你怎麼惹他？也罷，等我和你去，把那廝連玉華王子都擒來替你出氣！」那妖精聽說，即叩頭而謝。

當時老妖點猱獅、雪獅、狻猊、白澤、伏狸、摶象諸孫，各執鋒利器械，黃獅引領，各縱狂風，徑至豹頭山界。只聞得煙火之氣撲鼻，又聞得有哭泣之聲。仔細看時，原來是刁鑽、古怪二人在那裡叫主公哭主公哩。

妖精近前喝道：「你是真刁鑽兒，假刁鑽兒？」二怪跪倒，噙淚叩頭道：「我們怎是假的？昨日這早晚領了銀子去買豬羊，走至山西邊大沖之內，見一個毛臉雷公嘴的和尚，他啐了我們一口，我們就腳軟口強，不能言語，不能移步；被他扳倒，把銀子搜了去，牌兒解了去，我兩個昏昏沉沉，直到此時才醒。及到家，見煙火未息，房舍盡皆燒了。又不見主公並大小頭目。故在此傷心痛哭。不知這火是怎生起的？」

那妖精聞言，止不住淚如泉湧，雙腳齊跌，喊聲振天，恨道：「那禿廝！十分作惡！怎麼幹出這般毒事，把我洞府燒盡，美人燒死，家當老小一空！氣殺我也，氣殺我也！」老妖叫猱獅扯他過來道：「老爺！事已至此，徒惱無益。且養全銳氣，到州城裡拿那和尚去。」那妖精猶不肯住哭，道：「賢孫，我那們個山場，非一日治的；今被這禿廝盡毀，我卻要此命做甚的！」掙起來，往石崖上撞頭磕腦；被雪獅、猱獅等苦勸方止。當時丟了此處，都奔州城。

只聽得那風滾滾，霧騰騰，來得甚近。唬得那城外各關廂人等，拖男挾女，顧不得家私，都往州城中走。走入城門，將門閉了。有人報入王府中道：「禍事！禍事！」那王子唐僧等，正在暴紗亭吃早齋，聽得人報禍事，卻出門來問。眾人道：「一群妖精，飛沙走石，噴霧掀風的，來近城了！」老王大

驚道：「怎麼好？」行者笑道：「都放心！都放心！這是虎口洞妖精，昨日敗陣，往東南方去伙了那甚麼九靈元聖兒來也。等我同兄弟們出去。吩咐教關了四門，汝等點人夫看守城池。」那王子果傳令把四門閉了，點起人夫上城。他父子並唐僧在城樓上點扎，旌旗蔽日，炮火連天。行者三人，卻半雲半霧，出城迎敵。這正是：失卻慧兵緣不謹，頓教魔起眾邪凶。

畢竟不知這場勝敗如何，且聽下回分解。

第九十回　師獅授受同歸一　盜道纏禪靜九靈

卻說孫大聖同八戒、沙僧出城頭，覿面相迎，見那伙妖精都是些雜毛獅子：黃獅精在前引領，狻猊獅、搏象獅在左，白澤獅、伏狸獅在右，猱獅、雪獅在後，中間卻是一個九頭獅子。那青臉兒怪執一面錦繡團花寶幢，緊挨著九頭獅子；刁鑽古怪兒、古怪刁鑽兒打兩面紅旗，齊齊的都布在坎宮之地。

八戒莽撞，走近前罵道：「偷寶貝的賊怪！你去那裡，伙這幾個毛團來此怎的？」黃獅精切齒罵道：「潑狠禿廝！昨日三個敵我一個，我敗回去，讓你為人罷了；你怎麼這般狠惡，燒了我的洞府，損了我的山場，傷了我的眷族！我和你冤仇深如大海！不要走！吃你老爺一鈀！」好八戒，舉鈀就迎。兩個才交手，還未見高低，那猱獅精掄一根鐵蒺藜，雪獅精使一條三楞簡，逕來奔打。八戒發一聲喊道：「來得好！」你看他橫衝直抵，鬥在一處。這壁廂，沙和尚急掣降妖杖，近前相助。又見那狻猊精、白澤精與搏象、伏狸二精，一擁齊上。這裡孫大聖使金箍棒架住群精。狻猊使悶棍，白澤使銅鎚，搏象使鋼槍，伏狸使鉞斧。那七個獅子精，這三個狠和尚，好殺：

棍錘槍斧三楞簡，蒺藜骨朵四明鏟。

七獅七器甚鋒芒，圍戰三僧齊吶喊。

大聖金箍鐵棒凶，沙僧寶杖人間罕。

八戒顛風騁勢雄，釘鈀幌亮光華慘。

前遮後擋各施功，左架右迎都勇敢。

城頭王子助威風，擂鼓篩鑼齊壯膽。

投來搶去弄神通，殺得昏濛天地反！

那一伙妖精，齊與大聖三人，戰經半日，不覺天晚。八戒口吐粘涎，看看腳軟，虛幌一鈀，敗下陣去，被那雪獅、猱獅二精喝道：「那裡走！看打！」呆子躲閃不及，被他照脊梁上打了一簡，睡在地下，只叫：「罷了！罷了！」兩個精把八戒采鬃拖尾，扛將去見那九頭獅子，報道：「祖爺，我等拿了一個來也。」

說不了，沙僧、行者也都戰敗。眾妖精一齊趕來，被行者拔一把毫毛，嚼碎噴將去，叫聲「變！」即變做百十個小行者，圍圍繞繞，將那白澤、猱猊、伏狸並金毛獅怪圍裹在中。沙僧、行者卻又上前攢打。到晚，拿住猱猊、白澤。走了伏狸、搏象。金毛報知老妖，老怪見失了二獅，吩咐：「把豬八戒捆了，不可傷他性命。待他還我二獅，卻將八戒與他。他若無知，壞了我二獅，即將八戒殺了對命！」當晚群妖安歇城外不題。

卻說孫大聖把兩個獅子精抬近城邊，老王見了，即傳令開門，差二三十個校尉，拿繩扛出門，綁

了獅精，扛入城裡。孫大聖收了法毛，同沙僧徑至城樓上，見了唐僧。唐僧道：「這場事甚是利害呀！悟能性命，不知有無？」行者道：「沒事！我們把這兩個妖精拿了，他那裡斷不敢傷。且將二精牢拴緊縛，待明早抵換八戒也。」三個小王子對行者叩頭道：「師父先前賭鬥，只見一身；及後伴輪而回，卻怎麼就有百十位師身？及至拿住妖精，近城來還是一身，此是甚麼法力？」行者笑道：「我身上有八萬四千毫毛，以一化十，以十化百，百千萬億之變化，皆身外身之法也。」那王子一個個頂禮，即時擺上齋來，就在城樓上吃了。各垛口上都要燈籠旗幟，梆鈴鑼鼓，支更傳箭，放炮吶喊。

早又天明。老怪即喚黃獅精定計道：「汝等今日用心拿行者、沙僧，等我暗自飛空上城，拿他那師父並那老王父子，先轉九曲盤桓洞，待你得勝回報。」黃獅領計，便引猱獅、雪獅、搏象、伏狸各執兵器到城邊，滾風釀霧的索戰。這裡行者與沙僧跳出城頭，厲聲罵道：「賊潑怪！快將我師弟八戒送還我，饒你性命！不然，都教你粉骨碎屍！」那妖精那容分說，一擁齊來。這大聖弟兄兩個，各運機謀，擋住五個獅子。這殺比昨日又甚不同：

　　呼呼刮地狂風惡，暗暗遮天墨霧濃。走石飛沙神鬼怕，推林倒樹虎狼驚。鋼槍狠狠鉞斧明，棍鏟銅錘太毒情。恨不得圇圇吞行者，活活潑潑擒住小沙僧。這大聖一條如意棒，卷舒收放甚精靈。沙僧那柄降妖杖，靈霄殿外有名聲。今番幹運神通廣，西域施功掃蕩精。

　　這五個雜毛獅子精與行者、沙僧正自殺到好處，那老怪駕著黑雲，徑直騰至城樓上，搖一搖頭，唬得那城上文武大小官員並守城人夫等，都滾下城去；被他奔入樓中，張開口，把三藏與老王父子一

第九十回
師獅授受同歸一　盜道纏禪靜九靈

頓嗑出，復至坎宮地下，將八戒也著口嗑之。原來他九個頭就有九張口。一口嗑著八戒，一口嗑著老王，一口嗑著大王子，一口嗑著二王子，一口嗑著三王子……六口嗑著六人，還空了三張口，發聲喊叫道：「我先去也！」這五個小獅精見他祖得勝，一個個愈展雄才。

行者聞得城上人喊嚷，情知中了他計，急喚沙僧仔細：他卻把臂膊上毫毛，盡皆拔下，入口嚼爛，噴出，變作千百個小行者，一擁攻上。當時拖倒猱獅，活捉了雪獅，拿住了搏象獅，扛翻了伏狸獅，將黃獅打死；烘烘的嚷到州城之下，倒轉走脫了青臉兒與刁鑽古怪、古怪刁鑽兒二怪。

那城上官看見，卻又開門，將繩把五個獅精又捆了，抬進城去。還未發落，只見那王妃哭哭啼啼，對行者禮拜道：「神師啊，我殿下父子並你師父，性命休矣！這孤城怎生是好？」大聖收了法毛，對王妃作禮道：「賢后莫愁。只因我拿他七個獅精，那老妖弄攝法，定將我師父與殿下父子攝去，料必無傷。待明日絕早，我兄弟二人去那山中，管情捉住老妖，還你四個王子。」那王妃一簇女眷聞得此言，都對行者下拜道：「願求殿下父子全生，皇圖堅固！」拜畢，一個個含淚還宮。行者吩咐各官：「將打死那黃獅精，剝了皮；六個活獅精，牢牢拴鎖。取些齋飯來，我們吃了睡覺。你們都放心，保你無事。」

至次日，大聖領沙僧駕起祥雲，不多時，到於竹節山頭。按雲頭觀看，好座高山！但見：

峰排突兀，嶺峻崎嶇。深澗下潺湲水漱，陡崖前錦繡花香。回巒重迭，古道灣環。真是鶴來松有伴，果然雲去石無依。玄猿覓果向晴輝，麋鹿尋花歡日暖。青鸞聲漸噎，黃鳥語綿蠻。春來桃李爭妍，夏至柳槐競茂。秋到黃花布錦，冬交白雪飛綿。四時（四季）八節（指立

春、春分、立夏、夏至、立秋、秋分、立冬、冬至八個節氣）好風光，不亞瀛洲仙景象。

他兩個正在山頭上看景，忽見那青臉兒，手拿一條短棍，徑跑出崖谷之間。行者喝道：「那裡走！老孫來也！」唬得那小妖一翻一滾的跑下崖谷。他兩個一直追來，又不見蹤跡。向前又轉幾步，卻是一座洞府。兩扇花斑石門，緊緊關閉。門楣上橫嵌著一塊石版，楷鐫了十個大字，乃是「萬靈竹節山，九曲盤桓洞。」

那小妖原來跑進洞去，即把洞門閉了。到中間對老妖道：「爺爺，外面又有兩個和尚來了。」老妖道：「你大王並猻獅、雪獅、搏象、伏狸，可曾來？」小妖道：「不見！不見！只是兩個和尚，在山峰高處眺望。我看見回頭就跑，他趕將來，我卻閉門來也。」老妖聽說，低頭不語。半响，忽的掉下淚來，叫聲：「苦啊！我黃獅孫死了！猻獅孫等又盡被和尚捉進城去矣！此恨怎生報得！」八戒捆在旁邊，與王父子、唐僧，俱攢在一處，恓恓惶惶受苦；聽見老妖說聲「眾孫被和尚捉進城去」，暗暗喜道：「師父莫怕，殿下休愁。我師兄已得勝，捉了眾妖，尋到此間救拔吾等也。」說罷，又聽得老妖叫：「小的們，好生在此看守，等我出去拿那兩個和尚進來，一發懲治。」

你看他身無披掛，手不拈兵，大踏步，走到前邊，只聞得孫行者吆喝哩。他就大開了洞門，不答話，徑奔行者。行者使鐵棒，當頭支住。沙僧掄寶杖就打。那老妖把頭搖一搖，左右八個頭，一齊張開口，把行者、沙僧輕輕的又銜於洞內。教：「取繩索來！」那老妖道：「你這潑猴，古怪、古怪！刁鑽與青臉兒是昨夜逃生而回者，即拿兩條繩，把他二人著實捆了。老妖問道：「你把我那七個兒孫捉了，我今拿住你和尚四個，王子四個，也足以抵得我兒孫之命！小的們，選荊條柳棍來，且打這猴頭一頓，與

第九十回

師獅授受同歸一　盜道纏禪靜九靈

我黃獅孫報報冤仇！」那三個小妖，各執柳棍，專打行者。行者本是熬煉過的身體，那些柳棍兒，只好與他拂癢，他那裡做聲；憑他怎麼捶打，略不介意。八戒、唐僧與王子見了，一個個毛骨悚然。

少時，打打到天晚，也不計其數。沙僧見打得多了，甚不過意道：「我替他打百十下罷。」老妖道：「你且莫忙，明日就打到我老豬也！」打一會，漸漸的天昏了。老妖叫：「小的們，且住，點起燈火來，你們吃些飲食，讓我到錦雲窩略睡睡去。汝三人都是遭過害的，卻用心看守，待明早再打。」三個小妖移過燈來，拿柳棍又打行者腦蓋，就像敲梆子一般，剔剔托，托托剔，緊幾下，慢幾下。夜將深了，卻都盹睡。

行者就使個遁法，將身一小，脫出繩來，抖一抖毫毛，整束了衣服，耳朵內取出棒來，幌一幌，有吊桶粗細，二丈長短，朝著三個小妖道：「你這孽畜，把你老爺就打了許多棍子！老爺還只照舊老爺也把這棍子略搖你搖，看道如何！」把三個小妖輕輕一搖，就搖做三個肉餅；卻又剔亮了燈，解放沙僧。八戒捆急了，忍不住大聲叫道：「哥哥！我的手腳都捆腫了，倒不來先解放我！」這呆子喊了一聲，卻早驚動老妖。老妖一轂轆爬起來道：「是誰人解放？」那行者聽見，一口吹息燈，也顧不得沙僧等眾，使鐵棒，打破幾重門走了。

那老妖到中堂裡叫：「小的們，怎麼沒了燈光？只莫走了人也？」叫一聲，沒人答應；又叫一聲，又沒人答應；及取燈火來看時，只見地下血淋淋的三塊肉餅，老王父子及唐僧、八戒俱在，只不見了行者、沙僧。點著火，前後趕看，忽見沙僧還背貼在廊下站哩；被他一把拿住摔倒，照舊捆了。又找尋行者，但見幾層門盡皆破損，情知是行者打破走了，也不去追趕，將破門補的補，遮的遮，固守家業不題。

卻說孫大聖出了那九曲盤桓洞，跨祥雲，徑轉玉華州。但見那城頭上各廂的土地、神祇與城隍之

神迎空拜接。行者道：「汝等怎麼今夜才見？」城隍道：「小神等知大聖下降玉華州，因有賢王款留，故不敢見；今知王等遇怪，大聖降魔，特來叩接。」行者正在嗔怪處，又見金頭揭諦、六甲六丁神將，押著一尊土地，跪在面前道：「大聖，吾等捉得這個地裡鬼來也。」行者喝道：「汝等不在竹節山護我師父，卻怎麼攘到這裡？」丁甲神道：「大聖，那妖精自你走時，復捉住捲簾大將，依然捆了。我等見他法力甚大，卻將竹節山土地押解至此。他知那妖精的根由，乞大聖問他一問，便好處治，以救聖僧、賢王之苦。」行者聽言，甚喜。

那土地戰兢兢叩頭道：「那老妖前年下降竹節山。那九曲盤桓洞原是六獅之窩。那六個獅子，自得老妖至此，就都拜為祖翁。祖翁乃是個九頭獅子，號為九靈元聖。若得他滅，須去到東極妙岩宮，請他主人公來，方可收伏。他人莫想擒也。」行者聞言，思憶半晌道：「東極妙岩宮，是太乙救苦天尊啊。他座下正是個九頭獅子。這等說，」便教：「揭諦、金甲，還同土地回去，暗中護祐師父、師弟並州王父子。本處城隍守護城池，走出去來。」眾神各各遵守去訖。

這大聖縱筋斗雲，連夜前行。約有寅時分，到了東天門外，正撞著廣目天王與天丁、力士一行儀從。眾皆停住，拱手迎道：「大聖何往？」行者對眾禮畢，道：「前去妙岩宮走走。」天王道：「西天路不走，卻又東天來做甚？」行者道：「因到玉華州，蒙州王相款，遣三子拜我等弟兄為師，習學武藝，不期遇著一伙獅怪。今訪得妙岩宮太乙救苦天尊乃怪之主人公也，欲請他為我降怪救師。」天王道：「那廂因你欲為人師，所以惹出這一窩獅子來也。」行者笑道：「正為此！正為此！」眾天丁、力士一個個拱手，讓道而行。大聖進了東天門，不多時，到妙岩宮前。但見：

彩雲重迭，紫氣氳氳。瓦漾金波焰，門排玉獸崇。花盈雙闕紅霞繞，日映騫林翠霧籠。蒼龍盤護神光藹，黃道光輝瑞氣濃。這的是青華長樂界，東極妙巖宮。

那宮門裡立著一個穿霓帔的仙童，忽見孫大聖，即入宮報道：「爺爺，外面是鬧天宮的齊天大聖來了。」太乙救苦天尊聽得，即喚侍衛眾仙迎接。迎至宮中。只見天尊高坐九色蓮花座上，百億瑞光之中。見了行者，下座來相見。行者朝上施禮。天尊答禮道：「大聖，這幾年不見，前聞得你棄道歸佛，保唐僧西天取經，想是功行完了。」行者道：「功行未完，卻也將近；但如今因保唐僧到玉華州，蒙王子遣三子拜老孫等為師，習學武藝，把我們三件神兵照樣打造，不期夜間被賊偷去。及天明尋找，原是城北豹頭山虎口洞一個金毛獅子成精盜去。老孫用計取出，那精就伙了若干獅精與老孫大鬧。內有一個九頭獅子，神通廣大，將我師父與八戒並王父子四人都銜去，到一竹節山九曲盤桓洞。次日，老孫與沙僧跟尋，亦被銜去。老孫被他捆打無數，幸而弄法走了。他們正在彼處受罪。問及當坊土地，始知天尊是他主人，特來奉請收降解救。」

天尊聞言，即令仙將到獅子房喚出獅奴來問。那獅奴熟睡，被眾將推搖方醒，揪至中廳來見。天尊問道：「獅獸何在？」那奴兒垂淚叩頭，只教：「饒命！饒命！」天尊道：「孫大聖在此，且不打你。你快說為何不謹，走了九頭獅子。」獅奴道：「爺爺，我前日在大千甘露殿中見一瓶酒，不知偷去吃了，不覺沉醉睡著，失於拴鎖，是以走了。」天尊道：「那酒是太上老君送的，喚做『輪回瓊液』。你吃了該醉睡三日不醒。那獅獸今走幾日了？」大聖道：「據土地說，他前年下降，到今二三年

矣。」天尊笑道：「是了！是了！天宮裡一日，在凡世就是一年。」叫獅奴道：「你且起來，饒你死罪，跟我與大聖下方去收他來。汝眾仙都回去，不用跟隨。」

天尊遂與大聖、獅奴，踏雲徑至竹節山。只見那五方揭諦、六丁六甲、本山土地都來跪接。行者道：「汝等護祐，可曾傷著我師？」眾神道：「妖精著了惱睡了，更不曾動甚刑罰。」天尊道：「我那元聖兒也是一個久修得道的真靈。他喊一聲，上通三聖，下徹九泉，等閒也便不傷生。孫大聖，你去他門首索戰，引他出來，我好收之。」

行者聽言，果擎棒跳近洞口，高罵道：「潑妖精，還我人來也！潑妖精，還我人來也！」連叫了數聲。那老妖睡著了，無人答應。行者性急起來，掄鐵棒，往裡打進，口中不住的喊罵。那老妖方才驚醒，心中大怒。爬起來，喝一聲「趕戰！」搖搖頭，便張口來銜。行者回頭跳出。妖精趕到外邊，罵道：「賊猴！那裡走！」

行者立在高崖上笑道：「你還敢這等大膽無禮！你死活也不知哩！這不是你老爺主公在此？」那妖精趕到崖前，早被天尊念聲咒語，喝道：「元聖兒！我來了！」那妖認得是主人，不敢展掙，四隻腳伏之於地，只是磕頭。旁邊跑過獅奴兒，一把摑住項毛，用拳著項上打彀百十，口裡罵道：「你這畜生，如何偷走，教我受罪！」那獅獸合口無言，不敢搖動。獅奴兒打得手困，方才住了。即將錦韂安在他身上，天尊騎了，喝聲教走。他就縱身駕起彩雲，徑轉妙岩宮去。

大聖望空稱謝了。卻入洞中，先解玉華王，次解唐三藏，次又解了八戒、沙僧並三王子。共搜他洞裡物件，消消停停，將眾領出門外。八戒就取了若干枯柴，前後堆上，放起火來，把一個九曲盤桓洞，燒做個烏焦破瓦窯！大聖又發放了眾神，還教土地在此鎮守。卻令八戒、沙僧，各各使法，把王

父子背馱回州。他攏著唐僧。不多時，到了州城，天色漸晚，當有妃后官員，都來接見了。擺上齋筵，共坐享之。長老師徒還是暴紗亭安歇。一宵無話。

次日，王又傳旨，大開素宴。合府大小官員，一一謝恩。行者又叫屠子來，把那六個活獅子殺了，共那黃獅子都剝了皮，將肉安排將來受用。殿下十分歡喜，即命殺了。把一個留在本府內外人用，一個與王府長史等官分用；把五個都剮做一二兩重的塊子，差校尉散給州城內外軍民人等，各吃些須：一則嘗嘗滋味，二則押押驚恐。那些家家戶戶，無不瞻仰。

又見那鐵匠人等造成了三般兵器，對行者磕頭道：「爺爺，小的們工都完了。」問道：「各重多少斤兩？」鐵匠道：「金箍棒有千斤，九齒鈀與降妖杖各有八百斤。」行者道：「也罷了。」叫請三位王子出來。三子對老王道：「父王，今日兵器完矣。」老王道：「為此兵器，幾乎傷了我父子之命。」小王子道：「幸蒙神師施法，救出我等，卻又掃蕩妖邪，除了後患。誠所謂海晏河清，太平之世界也！」當時老王父子賞勞了匠作，又至暴紗亭拜謝了師恩。

三藏又教大聖等快傳武藝，莫誤行程。他三人就各掄兵器，在王府院中，一一傳授。不數日，那三個王子盡皆操演精熟，其餘攻退之方，緊慢之法，各有七十二到解數，無不知之。一則那諸王子心堅，二則虧孫大聖先授了神力，此所以那千斤之棒，八百斤之鈀杖，俱能舉能運。較之初時，自家弄的武藝，真天淵也！有詩為證。詩曰：

緣因善慶遇神師，習武何期動怪獅。掃蕩群邪安社稷，皈依一體定邊夷。
授受心明遺萬古，玉華永樂太平時。
九靈數合元陽理，四面精通道果之。

那王子又大開筵宴，謝了師教。又取出一大盤金銀，用答微情。行者笑道：「快拿進去！快拿進

去！我們出家人，要他何用？」八戒在旁道：「金銀實不敢受，奈何我這件衣服被那些獅子精拉破

了，但與我們換件衣服，足為愛也。」那王子隨命針工，照依色樣，取青錦、紅錦、茶褐錦各數匹，

與三位各做了一件。三人欣然領受，各穿了錦布直裰，收拾了行裝起程。只見那城裡城外，若大若

小，無一人不稱是羅漢臨凡，活佛下界。鼓樂之聲，旌旗之色，盈街塞道。正是家家戶外焚香火，處

處門前獻彩燈。送至許遠方回。他四眾方得離城西去。這一去頓脫群思，潛心正果。才是：無慮無憂

來佛界，誠心誠意上雷音。

　畢竟不知到靈山還有幾多路程，何時行滿，且聽下回分解。

第九十一回

金平府元夜觀燈　玄英洞唐僧供狀

修禪何處用工夫？馬劣猿顛速剪除。牢捉牢拴生五彩，暫停暫住墮三途。若教自在神丹漏，才放從容玉性枯。喜怒憂思須掃淨，得玄得妙恰如無。

話表唐僧師徒四眾離了玉華城，一路平穩，誠所謂極樂之鄉。去有五六日路程，又見一座城池。唐僧問行者道：「此又是甚麼處所？」行者道：「是座城池。但城上有桿無旗，不知地方，俟近前再問。」及至東關廂，見那兩邊茶坊酒肆喧嘩，米市油房熱鬧。街衢中有幾個無事閒游的浪子，見豬八戒嘴長，沙和尚臉黑，孫行者眼紅，都擁擁簇簇的爭看，只是不敢近前而問。唐僧捏著一把汗，惟恐他們惹禍。又走過幾條巷口，還不到城。忽見有一座山門，門上有「慈雲寺」三字，唐僧道：「此處略進去歇歇馬，打一個齋如何？」行者道：「好！好！」四眾遂一齊而入。但見那裡邊：

珍樓壯麗，寶座崢嶸。佛閣高雲外，僧房靜月中。丹霞縹緲浮屠挺，碧樹陰森輪藏清。

真淨土，假龍宮，大雄殿上紫雲籠。兩廊不絕閒人戲，一塔常開有客登。爐中香火時時熱，台上燈花夜夜燄。忽聞方丈金鐘韻，應佛僧人朗誦經。

四眾正看時，又見廊下走出一個和尚，對唐僧作禮道：「老師何來？」唐僧道：「弟子中華唐朝來者。」那和尚倒身下拜，慌得唐僧攙起道：「院主何為行此大禮？」那和尚合掌道：「我這裡向善的人，看經念佛，都指望修到你中華地托生；才見老師豐采衣冠，果然是前生修到的，方得此受用，故當下拜。」唐僧笑道：「惶恐！惶恐！我弟子乃行腳僧，有何受用！若院主在此閒養自在，才是享福哩。」那和尚領唐僧入正殿，拜了佛像。唐僧方才招呼：「徒弟來耶。」原來行者三人，自見那和尚與師父講話，他都背著臉，牽著馬，守著擔，立在一處，和尚不曾在心。忽的聞唐僧叫「徒弟」，他三人方才轉面。那和尚見了，慌得叫：「爺爺呀！你高徒如何恁般醜樣？」唐僧道：「醜則雖醜，倒頗有些法力。我一路甚虧他們保護。」

正說處，裡面又走出幾個和尚作禮。先見的那和尚對後的說道：「這老師是中華大唐來的人物。那三位是他高徒。」眾僧且喜且懼道：「老師中華大國，到此何為？」唐僧言：「我奉唐王聖旨，向靈山拜佛求經。適過寶方，特奔上剎，一則求問地方，二則打頓齋食就行。」那僧人個個歡喜，又邀入方丈。方丈裡又有幾個與人家做齋的和尚。俊的真個難描難畫。醜的卻十分古怪。那許多僧同齋主都來相見。見畢，各坐下。茶罷，唐僧問道：「貴處是何地名？」眾僧道：「我這裡乃天竺國外郡，金平府是也。」唐僧道：「貴府至靈山還有許多遠近？」眾僧道：「此間到都下有二千里。這是我等走過的。西去到靈

山，我們未走，不知還有多少路，不敢妄對。」唐僧謝了。

少時，擺上齋來。齋罷。唐僧要行，卻被眾僧並齋主款留道：「老師寬住一二日，過了元宵，要耍去不妨。」唐僧驚問道：「弟子在路，只知有山，有水，怕的是逢怪，逢魔，把光陰都錯過了。不知幾時是元宵佳節。」眾僧笑道：「老師拜佛與悟禪心重，故不以此為念。今日乃正月十三，到晚就試燈。後日十五上元，方才謝燈。我這裡人家好事，本府太守老爺愛民，各地方俱高張燈火，徹夜笙簫。還有個『金燈橋』，乃上古傳留，至今豐盛。老爺們寬住數日，我荒山頗管待得起。」唐僧無奈，遂俱住下。當晚只聽得佛殿上鐘鼓喧天，乃是街坊眾信人等，送燈來獻佛。唐僧等都出方丈來看了燈，各自歸寢。

次日，寺僧又獻齋。吃罷，同步後園閒耍。果然好個去處。正是：

時維正月，歲居新春。園林幽雅，景物妍森。四時花木爭奇，一派峰巒迭翠。芳草階前萌動，老梅枝上生馨。紅入桃花嫩，青歸柳色新。金谷園富麗休誇，輞川圖流風慢說。水流一道，野鳬（野鴨）出沒無常；竹種千竿，墨客推敲（反覆斟酌）未定。芍藥花、牡丹花、紫薇花、含笑花，天機方醒；山茶花、紅梅花、迎春花、瑞香花，豔質先開。陰崖積雪猶含凍，遠樹浮煙已帶春。又見那鹿向池邊照影，鶴來松下聽琴。東幾廈，西幾亭，客來留宿；南幾堂，北幾塔，僧靜安禪。花卉中，有一兩座養性樓，重簷高拱；山水內，有三四處煉魔室，靜幾明窗。真個是天然堪隱逸，又何須他處覓蓬瀛。

師徒們玩賞一日，殿上看了燈，又都去看燈游戲。但見那：

瑪瑙花城，琉璃仙洞，水晶雲母諸宮：似重重錦繡，迭迭玲瓏。星橋影幌乾坤動，看數株火樹搖紅。六街簫鼓，千門璧月，萬戶香風。幾處鰲峰高聳，有魚龍出海，鸞鳳騰空。羨燈光月色，和氣融融。綺羅隊裡，人人喜聽笙歌，車馬轟轟：看不盡花容玉貌，風流豪俠，佳景無窮。

眾等既在本寺裡看了燈，又到東門廂各街上游戲。到二更時，方才回轉安置。

次日，唐僧對眾僧道：「弟子原有掃塔之願，趁今日上元佳節，請院主開了塔門，讓弟子了此願心。」眾僧隨開了門。沙僧取了袈裟，隨從唐僧。到了一層，就披了袈裟，拜佛禱祝畢，即將笤帚掃了一層，卸了袈裟，付與沙僧。又掃二層，一層層直掃上絕頂。那塔上層層有佛，處處開窗，掃一層，賞玩贊美一層。掃下來，已此天晚，又都點上燈火。

此夜正是十五元宵。眾僧道：「老師父，我們前晚只在荒山與關廂看燈，今晚正節，進城裡看看金燈如何？」唐僧欣然從之，同行者三人及本寺多僧進城看燈。正是：

三五（十五，指正月十五）良宵節，上元春色和。花燈懸鬧市，齊唱太平歌。又見那六街三市燈亮，半空一鑑（鏡子，比喻月亮）初升。那月如馮夷（傳說中的天神，能駕車飛天）推上爛銀盤，這燈似仙女織成鋪地錦。燈映月，增一倍光輝；月照燈，添十分燦爛。觀不盡鐵鎖星橋，看

不了燈花火樹。雪花燈、梅花燈，春冰剪碎；繡屏燈、畫屏燈，五彩攢成。核桃燈、荷花燈，燈樓高掛；青獅燈、白象燈，燈架高檠。蝦兒燈、鱉兒燈，棚前高弄；羊兒燈、兔兒燈，簷下精神。鷹兒燈、鳳兒燈，相連相並；虎兒燈、馬兒燈，同走同行。仙鶴燈、白鹿燈，壽星騎坐；金魚燈、長鯨燈，李白高乘。鰲山燈，神仙聚會，走馬燈，武將交鋒。萬千家燈火樓台，十數里雲煙世界。那壁廂，索琅琅玉鞴飛來；這壁廂，轂轆轆香車輦過。看那紅妝樓上，倚著欄，隔著簾，並著肩，攜著手，雙雙美女貪歡，綠水橋邊，鬧吵吵，錦簇簇，醉醺醺，笑呵呵，對對游人戲彩。滿城中簫鼓喧嘩，徹夜裡笙歌不斷。

有詩為證。詩曰：

錦繡場中唱彩蓮，太平境內簇人煙。
燈明月皎元宵夜，雨順風調大有年。

此時正是金吾（古代掌管京城治安的官名）不禁。亂哄哄的，無數人煙。有那跳舞的，躧蹺的，裝鬼的，騎象的，東一攢，西一簇，看之不盡。卻才到金燈橋上，唐僧與眾僧近前看處，原來是三盞金燈。那燈有缸來大，上照著玲瓏剔透的兩層樓閣，都是細金絲兒編成；內托著琉璃薄片，其光幌月，其油噴香。唐僧回問眾僧道：「此燈是甚油，怎麼這等異香撲鼻？」眾僧道：「老師不知。我這府後有一縣，名喚旻天縣。縣有二百四十里。每年審造差徭，共有二百四十家燈油大戶。府縣的各項差徭

猶可，惟有此大戶甚是吃累：每家當一年，要使二百多兩銀子。此油不是尋常之油，乃是酥合香油。這油每一兩值價銀二兩，每一斤值三十二兩銀子。三盞燈，每缸有五百斤，三缸共一千五百斤，共該銀四萬八千兩。還有雜項繳纏使用，將有五萬餘兩，只點得三夜。」行者道：「這許多油，三夜何以就點得盡？」眾僧道：「這缸內每缸有四十九個大燈馬，都是燈草紮的把，裹了絲綿，有雞子粗細；只點過今夜，見佛爺現了身，明夜油也沒了，燈就昏了。」八戒在旁笑道：「想是佛爺連油都收去了。」眾僧道：「正是此說。滿城裡人家。自古及今，皆是這等傳說。但油乾了，人俱說是佛祖收了燈，自然五穀豐登；若有一年不乾，卻就年成荒旱，風雨不調。所以人家都要這供獻。」

正說處，只聽得半空中呼呼風響，唬得些看燈的人盡皆四散。那些和尚也立不住腳道：「老師父，回去罷。風來了。是佛爺降祥，到此看燈也。」唐僧道：「怎見得是佛來看燈？」眾僧道：「年年如此，不上三更，就有風來。知道是諸佛降祥，所以人皆回避。」唐僧道：「我弟子原是思佛念佛拜佛的人，今逢佳景，果有諸佛降臨，就此拜拜，多少是好。」眾僧連請不回。

少時，風中果現出三位佛身，近燈來了。慌得那唐僧跑上橋頂，倒身下拜。行者急忙扯起道：「師父，不是好人，必定是妖邪也。」說不了，見燈光昏暗，呼的一聲，把唐僧抱起，駕風而去。噫！不知是那山那洞真妖怪，積年假佛看金燈。唬得那八戒兩邊尋找，沙僧左右招呼。行者叫道：「兄弟！不須在此叫喚。師父樂極生悲，已被妖精攝去了！」

那幾個和尚害怕道：「爺爺，怎見得是妖精攝去？」行者笑道：「原來你這伙凡人，累年不識，故被妖邪惑了，只說是真佛降祥，受此燈供。剛才風到處，現佛身者，就是三個妖精。我師父亦不能識，上橋頂就拜，卻被他侮暗燈光，將器皿盛了油，連我師父都攝去。我略走遲了此兒，所以他三個化風而遁。」沙僧道：「師兄，這般卻如

之何？」行者道：「不必遲疑。你兩個同眾回寺，看守馬匹、行李，等老孫趁此風追趕去也。」

好大聖，急縱筋斗雲，起在半空，聞著那腥風之氣，往東北上徑趕。趕至天曉，倏爾風息。見有一座大山，十分險峻，著實嵯峨。好山：

重重丘壑，曲曲源泉。藤蘿懸削壁，松柏挺虛岩。鶴鳴晨霧裡，雁喚曉雲間。峰排戟，突突嶙石砌磐。頂巔高萬仞，峻嶺迭千灣。野花佳木知春發，杜宇黃鶯應景妍。能巍奕，實巉岩，古怪崎嶇險又艱。停玩多時人不語，只聽虎豹有聲鼾。香獐白鹿隨來往，玉兔青狼去復還。深澗水流千萬里，回湍激石響潺潺。

大聖在山崖上，正自找尋路徑，只見四個人，趕著三隻羊，從西坡下，齊吆喝「開泰」。大聖閃火眼金睛，仔細觀看，認得是年、月、日、時四值功曹使者，隱像化形而來。大聖即掣出鐵棒，幌一幌，碗來粗細，有丈二長短，跳下崖來，喝道：「你都藏頭縮頸的那裡走！」四值功曹見他說出風息，慌得喝散三羊，現了本相，閃下路旁施禮道：「大聖，恕罪！恕罪！」行者道：「這一向也不曾用著你們，你們見老孫寬慢，都一個個弄懈怠了，見也不來見我一見！是怎麼說！你們不在暗中保佑吾師，都往那裡去？」功曹道：「你師父寬了禪性，在於金平府慈雲寺貪歡，所以泰極生否，樂盛成悲，今被妖邪捕獲。他身邊有護法伽藍保著哩。吾等知大聖連夜追尋，恐大聖不識山林，特來傳報。」行者道：「你既傳報，怎麼隱姓埋名，趕著三個羊兒，吆吆喝喝作甚？」功曹道：「設此三羊，以應開泰之言，喚著『三陽開泰』，破解你師之否塞也。」行者恨恨的要打，見有此意，卻就免

之。收了棒，回嗔作喜道：「這座山，可是妖精之處？」功曹道：「正是，正是。此山名青龍山。內有洞，名玄英洞。洞中有三個妖精：大的個名辟寒大王，第二個號辟暑大王，這第三個號辟塵大王。內妖精在此有千年了。他自幼兒愛食酥合香油。當年成精，到此假裝佛像，哄了金平府官員人等，設立金燈，燈油用酥合香油。他年年到正月半，變佛像收油；今年見你師父，他認得是聖僧之身，連你師父都攝在洞內，不日要割剮你師之肉，使酥合香油煎吃哩。你快用工夫，救援去也。」

行者聞言，喝退四功曹，轉過山崖，找尋洞府。行未數里，只見那澗邊有一石崖。崖下是座石屋。屋有兩扇石門，半開半掩。門旁立有石碣，上有六字，卻是「青龍山玄英洞」。行者不敢擅入，立定步，叫聲「妖怪！快送我師父出來！」那裡唿喇一聲，大開了門，跑出一陣牛頭精，鄧鄧呆呆的問道：「你是誰，敢在這裡呼喚！」行者道：「我本是東土大唐取經的聖僧唐三藏之大徒弟。路過金平府觀燈，我師被你家魔頭攝來，快早送還，免汝等性命！如或不然，掀翻你窩巢，教你群精都化為膿血！」

那些小妖聽言，急入裡邊報道：「大王！禍事了！禍事了！」三個老妖正把唐僧拿在那洞中深遠處，那裡問甚麼青紅皂白，教小的選剝了衣裳，汲湍中清水洗淨，算計要細切細銼，著酥合香油煎吃。忽聞得報聲「禍事」，老大著驚，問是何故。小妖道：「大門前有一個毛臉雷公嘴的和尚嚷道：『大王攝了他師父來，教快送出去，免吾等性命；不然，就要掀翻窩巢，教我們都化為膿血！』」那老妖聽說，個個心驚道：「才拿了這廝，還不曾問他個姓名來厲。小的們，且把衣服與他穿了，帶過來審他一審，端是何人，何自而來也。」

眾妖一擁上前，把唐僧解了索，穿了衣服，推至座前，唬得唐僧戰兢兢的跪在下面，只叫：「大

王，饒命，饒命！」三個妖精，異口同聲道：「你是那方來的和尚？怎麼見佛像不躲，卻衝撞我的雲路？」唐僧磕頭道：「貧僧是東土大唐駕下差來的，前往天竺國大雷音寺拜佛祖取經的。因到金平府慈雲寺打齋，蒙那寺僧留過元宵看燈。正在金燈橋上，見大王顯現佛像，貧僧乃肉眼凡胎，見佛就拜，故此衝撞大王雲路，蒙那寺僧留過元宵看燈。正在金燈橋上，見大王顯現佛像，貧僧乃肉眼凡胎，見佛就拜，我饒你性命。」那妖精道：「你那東土到此，路程甚遠，一行共有幾眾，都叫甚名字，快實實供來，我饒你性命。」唐僧道：「貧僧俗名陳玄奘，自幼在金山寺為僧。後蒙唐皇敕賜在長安洪福寺為僧官。又因魏徵丞相夢斬涇河老龍，唐王游地府，回生陽世，開設水陸大會，超度陰魂，蒙唐王又選賜貧僧為壇主，大闡都綱。幸觀世音菩薩出現，指化貧僧，說西天大雷音寺有三藏真經，可以超度亡者升天，差貧僧來取，即倚唐為姓，所以人都呼我為唐三藏。我有三個徒弟，大的個姓孫，名悟空行者，乃齊天大聖歸正。」群妖聞得此名，著了一驚道：「這個齊天大聖，可是五百年前大鬧天宮的？」唐僧道：「正是，正是。第二個姓豬，名悟能八戒，乃天蓬大元帥轉世。第三個姓沙，名悟淨和尚，乃捲簾大將臨凡。」三個妖王聽說，個個心驚道：「早是不曾吃他。小的們，且把唐僧將鐵鏈鎖在後面，待拿他三個徒弟來湊吃。」遂點了一群山牛精、水牛精、黃牛精，各持兵器，走出門，掌了號頭，搖旗擂鼓。

三個妖披掛整齊，都到門外喝道：「是誰人敢在我這裡吆喝！」行者閃在石崖上，仔細觀看。那妖精生得：

彩面環睛，二角崢嶸。尖尖四隻耳，靈竅閃光明。一體花紋如彩畫，滿身錦繡若蜚英。

第一個，頭頂狐裘花帽暖，一臉昂毛熱氣騰；第二個，身掛輕紗飛烈焰，四蹄花瑩玉玲玲；

第三個，威雄聲吼如雷振，獠牙尖利賽銀針。個個勇而猛，手持三樣兵：一個使鉞斧，一個大刀能；但看第三個，肩上橫擔挖撻藤。

又見那七長八短、七肥八瘦的大大小小妖精，都是些牛頭鬼怪，各執槍棒。有三面大旗，旗上明明書著「辟寒大王」、「辟暑大王」、「辟塵大王」。孫行者看了一會，忍耐不得，上前高叫道：「潑賊怪！認得老孫麼？」那妖喝道：「你是那鬧天宮的孫悟空？真個是『聞名不曾見面，見面羞殺天神！』你原來是這等個猢猻兒，敢說大話！」行者大怒，罵道：「我把你這個偷燈油的賊！油嘴妖怪，不要胡談！快還我師父來！」趕近前，掄鐵棒就打。那三個老妖，舉三般兵器，急架相迎。這一場在山凹中好殺：

鉞斧鋼刀挖撻藤，猴王一棒敢來迎。辟寒辟暑辟塵怪，認得齊天大大聖。棒起致令神鬼怕，斧來刀砍亂飛騰。好一個混元有法真空像！抵住三妖假佛形。那三個偷油潤鼻身今犯，務捉欽差駕下僧。這個因師不懼山程遠，那個為嘴常年設獻燈。乒乒只聽刀斧響，劈朴惟聞棒有聲。衝衝撞撞三攢一，架架遮遮各顯能。一朝鬥至天將晚，不知那個虧輸那個贏。

孫行者一條棒與那三個妖魔鬥經百五十合，天色將晚，勝負未分。只見那辟塵大王把挖撻藤閃一閃，跳過陣前，將旗搖了一搖，那伙牛頭怪簇擁上前，把行者圍在垓心，各掄兵器，亂打將來。行者見事不諧，唿喇的縱起筋斗雲，敗陣而走。那妖更不來趕，招回群妖，安排些晚食，眾各吃了。也叫

小妖送一碗與唐僧，只待拿住孫行者等才要整治。那師父一則長齋，二則愁苦，哭啼啼的未敢沾唇不題。

卻說行者駕雲回至慈雲寺內，叫聲：「師弟。」那八戒、沙僧正自盼望商量，聽得叫時，一齊出接道：「哥哥，如何去這一日方回？端的師父下落何如？」行者笑道：「昨夜聞風而趕，至天曉，到一山，不見。幸四值功曹傳信道：『那山叫做青龍山，山中有一玄英洞。洞中有三個妖精，喚做辟寒大王、辟暑大王、辟塵大王。原來積年在此偷油，假變佛像，哄了金平府官員人等。今年遇見我們，他不知好歹，反連師父都攝去。老孫審得此情，吩咐功曹等眾暗中保護師父，我尋近門前叫罵。那三怪齊出，都像牛頭鬼形。大的個使鉞斧，第二個使大刀，小妖都來，我見天晚，恐不能取勝，所以駕筋斗回來也。」八戒道：「那裡想是酆都城鬼王弄喧？」沙僧道：「你怎麼就猜道是酆都城鬼王弄喧？」八戒笑道：「哥哥說是牛頭鬼怪，故知之耳。」行者道：「不是！不是！若論老孫看那怪，是三隻犀牛成的精。」八戒道：「若是犀牛，且拿住他，鋸下角來，倒值好幾兩銀子哩！」

鼓，與老孫鬥了一日，殺個手平。那妖王搖動旗，第三個使藤棍。後引一窩子牛頭鬼怪，搖旗播

正說處，眾僧道：「孫老爺可吃晚齋？」行者道：「方便吃些兒，不吃也罷。」眾僧道：「老爺征戰這一日，豈不飢了？」行者笑道：「這日把兒那裡便得飢！老孫曾五百年不吃飲食哩！」眾僧不知是實，只以為說笑。

須臾拿來，行者也吃了，道：「且收拾睡覺，待明日我等都去相持，拿住妖王，庶可救師父也。」沙僧在旁道：「哥哥說那裡話！常言道：『停留長智。』那妖精倘或今晚不睡，把師父害了，卻如之何？不若如今都去，嚷得他措手不及，方才好救師父。少遲，恐有失也。」八戒聞言，抖擻神

威道：「沙兄弟說得是！我們都趁此月光去降魔耶！」

行者依言，即吩咐寺僧：「看守行李、馬匹。待我等把妖精捉來，對本府刺史證其假佛，免卻燈油，以蘇概縣小民之困，卻不是好？」眾僧領諾，稱謝不已。他三個遂縱起祥雲，出城而去。

正是那：懶散無拘禪性亂，災危有分道心蒙。

畢竟不知此去勝敗何如，且聽下回分解。

第九十二回

三僧大戰青龍山　四星挾捉犀牛怪

卻說孫大聖挾同二弟滾著風，駕著雲，向東北艮地上，頃刻至青龍山玄英洞口，按落雲頭。八戒就欲築門，行者道：「且消停。待我進去看看師父生死如何，再好與他爭持。」沙僧道：「這門閉緊，如何得進？」行者道：「我自有法力。」

好大聖，收了棒，捻著訣，念聲咒語，叫「變！」即變做個火焰蟲兒。真個也疾伶！你看他：

展翅星流光燦，古云腐草為螢。神通變化不非輕，自有徘徊之性。飛近石門懸看，旁邊瑕縫穿風。將身一縱到幽庭，打探妖魔動靜。

他自飛入，只見幾隻牛橫敲直倒，一個個呼吼如雷，盡皆睡熟。又至中廳裡面，全無消息。四下門戶通關，不知那三個妖精睡在何處。才轉過廳房，向後又照，只聞得啼泣之聲，乃是唐僧鎖在後房簷柱上哭哩。行者暗暗聽他哭甚，只聽他哭道：

「一別長安十數年，登山涉水苦熬煎。幸來西域逢佳節，喜到金平遇上元。
不識燈中假佛像，概因命裡有災愆。賢徒追襲施威武，但願英雄展大權。」

行者聞言，滿心歡喜，展開翅，飛近師前。唐僧揩淚道：「呀！西方景象不同。此時正月，螢蟲始振，為何就有螢飛？」行者忍不住，叫聲：「師父，我來了！」唐僧喜道：「悟空，我心說正月怎得螢火，原來是你。」行者即現了本相道：「師父啊，為你不識真假，誤了多少路程，費了多少心力。我一行說不是好人，你就下拜，卻被這怪侮暗燈光，盜取酥合香油，連你都攝將來了。我當吩咐八戒、沙僧回寺看守，我即聞風追尋至此間。不識地名，幸遇四值功曹傳報，說此山名青龍山玄英洞。我日間與此怪鬥至天晚方回，與師弟輩細道此情，卻就不曾睡，同他兩個來此。我恐夜深不便交戰，又不知師父下落，所以變化進來，打聽師情。」唐僧喜道：「八戒、沙僧如今在外邊哩？」行者道：「在外邊。才子老孫看時，妖精都睡著。我且解了鎖，挪開門，帶你出去罷。」唐僧點頭稱謝。

行者使個解鎖法，用手一抹，那鎖早自開了。領著師父往前正走，忽聽得妖王在中廳內房裡叫道：「小的們，緊閉門戶，小心火燭。這會怎麼不叫更巡邏，梆鈴都不響了？」原來那伙小妖征戰一日，俱辛辛苦苦睡著；聽見叫喚，卻才醒了。梆鈴響處，有幾個執器械的，敲著鑼，從後而走，可可的撞著他師徒兩個。眾小妖一齊喊道：「好和尚啊！扭開鎖往那裡去！」行者不容分說，掣出棒幌一幌，碗來粗細，就打。棒起處，打死兩個。其餘的丟了器械，近中廳，打著門叫：「大王！不好了！不好了！毛臉和尚在家裡打殺人了！」

那三怪聽見，一轂轆爬將起來，只教：「拿住！拿住！」唬得個唐僧手軟腳軟。行者也不顧師

父，一路棒，滾向前來。眾小妖遮架不住，被他放倒三兩個，推倒兩三個，打開幾層門，徑自出來，叫道：「兄弟們何在？」八戒、沙僧正舉著鈀杖等待，道：「哥哥，如何了？」行者將變化入裡解放師父，正走，被妖驚覺，顧不得師父，打出來的事，講說一遍不題。

那妖王把唐僧捉住，依然使鐵索鎖了。執著刀，掄著斧，燈火齊明，問道：「你這廝怎樣開鎖，那猴子如何得進，快早供來，饒你之命！不然，就一刀兩段！」慌得那唐僧，戰戰兢兢的跪道：「大王爺爺！我徒弟孫悟空，他會七十二般變化。才變個火焰蟲兒，飛進來救我；不期大王知覺，被小大王等撞見，是我徒弟不知好歹，打傷兩個，眾皆喊叫，舉兵著火，他遂顧不得我，走出去。」三個妖王，呵呵大笑道：「早是驚覺，未曾走了！」叫小的們把前後門緊緊關閉。

沙僧道：「閉門不喧嘩，想是暗弄我師父。我們動手耶！」行者道：「說得是。快早打門。」那呆子賣弄神通，舉鈀盡力築去，把那石門築得粉碎，卻又厲聲喊罵道：「偷油的賊怪！快送吾師出來也！」唬得那門內小妖，滾將進去，報道：「大王，不好了！不好了！前門被和尚打破了！」三個妖王十分煩惱道：「這廝著實無禮！」即命取披掛結束了，各持兵器，帥小妖出門迎敵。此時約有三更時候，半天中月明如晝。走出來，更不打話，便就掄兵。八戒敵住大刀，沙僧迎住大棍。這場好殺：

僧三眾，棍杖鈀。三個妖魔膽氣加。鉞斧鋼刀藤挍挷，只聞風響並塵沙。初交幾合噴愁霧，次後飛騰散彩霞。釘鈀解數隨身滾，鐵棒英豪更可誇。降妖寶杖人間少，妖怪頑心不讓他。鉞斧口明尖鐏利，藤條節懷一身花。大刀幌亮如門扇，和尚神通偏賽他。這壁廂因師性

命發狠打，那壁廂不放唐僧劈臉摑。斧剁棒迎爭勝負，鈀掄刀砍兩交搽。扢搋藤條降怪杖，翻翻覆覆逞豪華。

三僧三怪，賭鬥多時，不見輸贏。那辟寒大王喊一聲，叫：「小的們上來！」眾精各執兵刃齊來，早把個八戒絆倒在地。被幾個水牛精，揪揪扯扯，拖入洞裡捆了。沙僧見沒了八戒，只見那群牛發喊嗚聲。即掣寶杖，望辟塵大王虛丟了架子要走，又被群精一擁而來，拉了個躘踵，急掙不起，也被捉去捆了。行者覺道難為，縱筋斗雲，脫身而去。當時把八戒、沙僧拖至唐僧前。唐僧見了，滿眼垂淚道：「可憐你二人也遭了毒手！悟空何在？」沙僧道：「師兄見捉住我們，他就走了。」唐僧道：「他既走了，必然那裡去求救。但我等不知何日方得脫網。」師徒們淒淒慘慘不題。

卻說行者駕筋斗雲復至慈雲寺，寺僧接著，來問：「唐老爺救得否？」行者道：「難救！難救！那妖精神通廣大，我弟兄三個，與他三個鬥了多時，被他呼小妖先捉了八戒，後捉了沙僧，老孫幸走脫了。」眾僧害怕道：「爺爺這般會騰雲駕霧，還捉獲不得，想老師父被傾害也。」行者道：「不妨！不妨！我師父自有伽藍、揭諦、丁甲等神暗中護佑；還捉獲不得，卻也曾吃過草還丹，料不傷命；只是那妖精有本事。汝等可看好馬匹、行李，等老孫上天去求救兵來。」眾僧膽怯道：「爺爺又能上天？」行者笑道：「天宮原是我的舊家。當年我做齊天大聖，因為亂了蟠桃會，被我佛收降，如今沒奈何，保唐僧取經，將功折罪。一路上輔正除邪，我師父該有此難，汝等卻不知也。」眾僧聽此言，又磕頭禮拜。行者出得門，打個唿哨，即時不見。

好大聖，早至西天門外。忽見太白金星與增長天王、殷、朱、陶、許四大靈官講話。他見行者

來，都慌忙施禮道：「大聖那裡去？」行者道：「因保唐僧行至天竺國界金平府旻天縣，我師被本縣慈雲寺僧留賞元宵。比至金燈橋，有金燈三盞，點燈用酥合香油，價貴白金五萬餘兩，年年有諸佛降祥受用。正看時，果有三尊佛像降臨。我師不識好歹，上橋就拜。我說不是好人，早被他悔暗燈光，連油並我師一風攝去。我隨風追襲，至天曉，到一山，幸四功曹報道：『那山名青龍山。山有玄英洞。洞有三怪，名辟寒大王、辟暑大王、辟塵大王。』老孫急上門尋討，與他賭鬥一陣，未勝。是我變化入裡，見師父鎖住未傷，隨解了欲出，又被他知覺，我遂走了。後又同八戒、沙僧苦戰，復被他將二人也捉去捆了。老孫因此特啟玉帝，查他來歷，請命將降之。」

金星呵呵冷笑道：「大聖既與妖怪相持，豈看不出他的出處？」行者道：「認便認得，是一伙牛精。只是他大有神通，急不能降也。」金星道：「那是三個犀牛之精。他因有天文之象，累年修悟成真，亦能飛雲步霧。其怪極愛乾淨，常嫌自己影身，每欲下水洗浴。他的名色也多：有兕犀，有雄犀，有牯犀，有斑犀，又有胡冒犀、墮羅犀、通天花紋犀。都是一孔三毛二角，行於江海之中，能開水道。似那辟寒、辟暑、辟塵都是角有貴氣，故以此為名而稱大王也。若要拿他，只是四木禽星見面就伏。」行者連忙唱喏問道：「是那四木禽星？煩長庚老一一明示明示。」金星笑道：「此星在斗牛宮外，羅布乾坤。你去奏聞玉帝，便見分曉。」行者拱拱手稱謝，徑入天門裡去。

不一時，到於通明殿下，先見葛、丘、張、許四大天師。天師問道：「何往？」行者道：「近行至金平府地方，因我師寬放禪性，元夜觀燈，遇妖魔攝去。老孫不能收降，特來奏聞玉帝求救。」四天師即領行者至靈霄寶殿啟奏。各各禮畢，備言其事。玉帝傳旨：「教點那路天兵相助？」行者奏道：「老孫才到西天門，遇長庚星說：『那怪是犀牛成精，惟四木禽星可以降伏。』」玉帝即差許天

師同行者去斗牛宮點四木禽星下界收降。

及至宮外，早有二十八宿星辰來接。天師道：「吾奉聖旨，教點四木禽星與孫大聖下界降妖。」旁即閃過角木蛟、斗木獬、奎木狼、井木犴應聲呼道：「孫大聖，點我等何處降妖？」行者笑道：「原來是你。這長庚老兒卻隱匿，我不解其意。早說是二十八宿中的四木，老孫徑來相請，又何必勞煩旨意？」四木道：「這長庚老兒卻隱匿，我不解其意。早說是二十八宿中的四木，老孫徑來相請，又何必勞煩旨意？」四木道：「大聖說那裡話！我等不奉旨意，誰敢擅離？端的是那方，快早去來。」行者道：「在金平府東北艮地青龍山玄英洞，犀牛成精。」斗木獬、奎木狼、角木蛟道：「若果是犀牛成精，不須我們，只消井宿（天文學的二十八宿之一）去罷。他能上山吃虎，下海擒犀。」行者道：「那犀不比望月之犀，乃是修行得道，都有千年之壽者。須得四位同去才好，切勿推調。倘一時一位拿他不住，卻不又費事了？」天師道：「你們說得是甚話！旨意著你四人，豈可不去！趁早飛行。我回旨去也。」那天師遂別行者而去。

四木道：「大聖不必遲疑，你先去索戰，引他出來，我們隨後動手。」行者即近前罵道：「偷油的賊怪！還我師來！」原來那門被八戒築破，幾個小妖弄了幾塊板兒搪住，在裡邊聽得罵詈（罵）急跑進報道：「大王，孫和尚在外面罵哩！」辟塵兒道：「他敗陣去了，這一日怎麼又來？想是那裡求些救兵來了。」辟寒、辟暑道：「怕他甚麼救兵！快取披掛來！小的們，都要用心圍繞，休放他走了。」那伙精不知死活，一個個各執槍刀，搖旗擂鼓，走出洞來，對行者喝道：「你個不怕打的猢猻兒，你又來了！」行者最惱得是這「猢猻」二字，咬牙發狠，舉鐵棒就打。三個妖王，調小妖，跑個圈子陣，把行者圈在核心。那壁廂四木禽星一個各輪兵刃道：「孽畜！休動手！」那三個妖王看他四星，自然害怕，俱道：「不好了！不好了！他尋將降手兒來了！小的們，各顧性命走耶！」只聽得

呼呼吼吼，喘喘呵呵，眾小妖都現了本身：原來是那山牛精、水牛精、黃牛精，滿山亂跑。那三個妖王，也現了本相，放下手來，還是四隻蹄子，就如鐵炮一般，逕往東北上跑。這大聖帥井木犴、角木蛟緊追急趕，略不放鬆。惟有斗木獬、奎木狼在東山凹裡、山頭上、山澗中、山谷內，把些牛精打死的、活捉的，盡皆收淨。卻向玄英洞裡解了唐僧、八戒、沙僧。

沙僧認得是二星，隨同拜謝。因問：「二位如何到此相救？」二星道：「吾等是孫大聖奏玉帝請旨調來收怪救你也。」唐僧又滴淚道：「我悟空徒弟怎麼不見進來？」二星道：「那三個老怪是三隻犀牛，他見吾等，各各顧命，向東北巽方逃遁。孫大聖帥井木犴、角木蛟追趕去了。我二星掃蕩群牛到此，特來解放聖僧。」唐僧復又頓首拜謝，朝天又拜。八戒攛起道：「師父，禮多必詐，不須只管拜了。四星官，一則是玉帝聖旨，二則是師兄人情。今既掃蕩群妖，還不知老妖如何降伏。我們且收拾些細軟東西出來，掀翻此洞，以絕其根，回寺等候師兄罷。」奎木狼道：「天蓬元帥說得有理。你與捲簾大將保護你師回寺安歇，待吾等還去巽方迎敵。」二星官即時追襲。

八戒與沙僧將他洞內細軟寶貝——有許多珊瑚、瑪瑙、珍珠、琥珀、瓊琚、寶貝、美玉、良金，搜出一石，搬在外面，請師父到山崖上坐了，他又進去放起火來，把一座洞燒成灰燼，卻才領唐僧找路回金平慈雲寺去。正是：

　經云「泰極還生否」，好處逢凶實有之。愛賞花燈禪性亂，喜游美景道心漓。
　大丹自古宜長守，一失原來到底虧。緊閉牢拴休曠蕩，須臾懈怠見參差。

且不言他三眾得命回寺。卻表斗木獬、奎木狼二星官駕雲直向東北艮方趕妖怪來。二人在那半空中，尋看不見。直到西洋大海，遠望見孫大聖在海上吆喝。他兩個按落雲頭道：「大聖，妖怪那裡去了？」行者恨道：「你兩個怎麼不來追降？這會子卻冒冒失失的問甚？」斗木獬道：「我見大聖與井、角二星戰敗妖魔追趕，料必擒拿。我二人卻就掃蕩群精，入玄英洞救出你師父、師弟。搜了山，燒了洞，把你師父付托與你二弟領回府城慈雲寺。多時不見車駕回轉，故又追尋到此也。」行者聞言，方才喜謝道：「如此，卻是有功。多累！多累！但那三個妖魔，被我趕到此間，等老孫也再去來。」

當有井、角二星，緊緊追拿，教老孫在岸邊抵擋，直入波濤深處。只見那三個妖魔在水底下與井木犴、角木蛟捨死忘生苦鬥哩。他跳近前喊道：「老孫來也！」那妖精抵住二星官，撥轉頭往海心裡飛跑。原來這怪頭上角，極能分水，只聞得嘩嘩嘩（水響聲），沖開明路。這後邊二星官並孫大聖力追之。

好大聖，掄著棒，捻著訣，辟開水徑，忽聽得行者叫喊，顧殘生，撥轉頭往海心裡飛跑。

卻說西海中有個探海的夜叉，巡海的介士，遠見犀牛分開水勢，又認得孫大聖與二天星，即赴水晶宮對龍王慌慌張張報道：「大王！有三隻犀牛，被齊天大聖和二位天星趕來也！」老龍王敖順聽言，即喚太子摩昂：「快點水兵。想是犀牛精辟寒、辟暑、辟塵兒三個惹了孫行者。今既至海，快快拔刀相助。」敖摩昂得令，即忙點兵。頃刻間，龜鱉黿鼉，鯾魚白鱔鯉，與蝦兵蟹卒等，各執槍刀，一齊吶喊，騰出水晶宮外，擋住犀牛精。犀牛精不能前進，急退後，又有井、角二星並大聖攔阻，慌得他失了群，各各逃生，四散奔走，早把個辟塵兒被老龍王領兵圍住。孫大聖見了心歡，叫道：「消停！消停！捉活的，不要死的。」摩昂聽令，一擁上前，將辟塵兒扳翻在地，用鐵鉤子穿了鼻，攢蹄

捆倒。

老龍王又傳號令，教分兵趕那兩個，協助二星官擒拿。即時小龍王帥眾前來，只見井木犴現原身，按住辟寒兒，大口小口的啃著吃哩。摩昂高叫道：「井宿！井宿！莫咬死他。孫大聖要活的，不要死的哩。」連喊數喊，已是被他把頸項咬斷了。摩昂吩咐蝦兵蟹卒，將個死犀牛抬轉水晶宮，卻又與井木犴向前追趕。只見角木蛟把那辟暑兒倒趕回來，只撞著井宿。摩昂帥龜鱉黿鼉，撒開簸箕陣圍住。那怪只教：「饒命！饒命！」井木犴走近前，一把揪住耳朵，奪了他的刀，叫道：「不殺你！不殺你！拿與孫大聖發落去來。」

當即倒了干戈，復至水晶宮外，報道：「都捉來也。」行者見一個斷了頭，血淋津的，倒在地下。一個被井木犴拖著耳朵，推跪在地。近前仔細看了道：「這頭不是兵刀傷的啊。」摩昂笑道：「不是我喊得緊，連身子都著井星官吃了。」行者道：「既是如此，也罷，取鋸子來，鋸下他的這兩隻角，剝了他皮帶去。犀牛肉還留與龍王賢父子享之。」又把辟塵兒穿了鼻，教井木犴牽著，說道：「帶他上金平府見那刺史官，明究其由，問他個積年假佛害民，然後的決（處斬）。」

眾等遵言，辭龍王父子，都出西海。牽著犀牛，會著奎、斗二星，駕雲霧，徑轉金平府。行者足踏祥光，半空中叫道：「金平府刺史，各佐貳（官員中的副職）郎官並府城內外軍民人等聽著：吾乃東土大唐差往西天取經的聖僧。你這府縣，每年家供獻金燈，假充諸佛降祥者，即此犀牛之怪。我等過此，因元夜觀燈，見這怪將燈油並我師父攝去，是我請天神收伏。今已掃清山洞，剿盡妖魔，不得為害。以後你府縣再不可供獻金燈，勞民傷財也。」

那慈雲寺裡，八戒、沙僧方保唐僧進得山門，只聽見行者在半空言語，即便撇了師父，丟下擔子，縱風雲起到空中，問行者降妖之事。行者道：「那一隻被井星咬死，已鋸角剝皮帶來，兩隻活拿在此。」八戒道：「這兩個索性推下此城，與官員人等看看，也認得我們是聖是神。左右累四位星官收雲下地，同到府堂，將這怪的決。已此情真罪當，再有甚講！」四星道：「天蓬帥近來知理明律，卻好呀！」八戒道：「因做了這幾年和尚，也略學得些兒。」

眾神果推落犀牛，一簇彩雲，降至府堂之上。唬得這府縣官員，城裡城外人等，都家家設香案，戶戶拜天神。少時間，慈雲寺僧把長老用轎抬進府門，會著行者，口中不離「謝」字道：「有勞上宿星官救出我等。因不見賢徒，懸懸在念，今幸得勝而回！然此怪不知趕向何方才捕獲也！」行者道：「自前日別了尊師，老孫上天查訪，蒙太白金星識得妖魔是犀牛。當時奏聞玉帝，蒙旨差委，直至洞口交戰。妖王走了，又蒙斗、奎二宿救出尊師。老孫與井、角二宿並力追妖，直趕到西洋大海，又虧龍王遣子帥兵相助。所以捕獲到此審究也。」長老贊揚稱謝不已。又見那府縣正官並佐貳首領，都在那裡高燒寶燭，滿斗焚香，朝上禮拜。

少頃間，八戒發起性來，掣出戒刀，將辟塵兒頭一刀砍下，又一刀把辟暑兒頭也砍下。隨即取鋸子鋸下四隻犀角來。孫大聖更有主張，就教：「四位星官，將此四隻角，拿上界去，進貢玉帝，回繳聖旨。」把自己帶來的二隻：「留一隻在府堂鎮庫，以作向後免征燈油之證；我們帶一隻去，獻靈山佛祖。」四星心中大喜。即時拜別大聖，忽駕彩雲回奏而去。

府縣官，留住他師徒四眾，大排素宴，遍請鄉官陪奉。一壁廂出給告示，曉諭軍民人等，下年不許點設金燈，永蠲（免除）買油大戶之役。一壁廂叫屠子宰剝犀牛之皮，硝熟熏乾，製造鎧甲；把肉

普給官員人等。又一壁廂動支枉罰無礙錢糧，買民間空地，起建四星降妖之廟；又為唐僧四眾建立生祠，各各樹牌刻文，用傳千古，以為報謝。

師徒們索性寬懷領受，把洞裡搜來的寶物，每樣各籠些須在袖，以為各家齋筵之賞。住經個月，猶不得起身。長老吩咐：「悟空，將餘剩的寶物，盡送慈雲寺僧，以為酬禮。瞞著那些大戶人家，天不明走罷；恐只管貪樂，誤了取經，惹佛祖見罪，又生災厄，深為不便。」行者隨將前件一一處分。

次日五更早起，喚八戒備馬。那呆子吃了自在酒飯，睡得夢夢乍道：「這早備馬怎的？」行者道：「師父教走路哩！」呆子抹抹臉道：「又是這長老沒正經！二百四十家大戶都請，才吃了有三十幾頓飽齋，怎麼又弄老豬忍餓！」長老聽言罵道：「饢糟的夯貨！莫胡說！快早起來！再若強嘴，教悟空拿金箍棒打牙！」那呆子聽見說打，慌了手腳道：「師父今番變了，常時疼我，愛我，念我蠢夯護我；哥要打時，他又勸解；今日怎麼發狠轉教打麼？」行者道：「師父怪你為嘴，誤了路程。快早收拾行李、備馬，免打！」那呆子真個怕打，跳起來穿了衣服，吆喝沙僧：「快起來！打將來了！」連忙上馬，開了山門，找路而去。這一去，正所謂：暗放玉籠飛彩鳳，私開金鎖走蛟龍。

沙僧也隨跳起，各各收拾皆完。長老搖手道：「寂寂悄悄的，不要驚動寺僧。」

畢竟不知天明時，酬謝之家端的如何，且聽下回分解。

第九十三回　給孤園問古談因　天竺國朝王遇偶

起念斷然有愛，留情必定生災。靈明何事辨三台？行滿自歸元海。

不論成仙成佛，須從個裡安排。清清淨淨絕塵埃，果正飛升上界。

卻說寺僧，天明不見了三藏師徒，都道：「不曾留得，不曾別得，不曾求告得，清清的把個活菩薩放得走了！」正說處，只見南關廂有幾個大戶來請。眾僧撲掌道：「昨晚不曾防禦，今夜都駕雲去了。」眾人齊望空拜謝。此言一講，滿城中官員人等，盡皆知之。叫此大戶人家，俱治辦五牲花果，往生祠祭獻酬恩不題。

卻說唐僧四眾，餐風宿水，一路平寧，行有半個多月。忽一日，見座高山，唐僧又悚懼道：「徒弟，那前面山嶺峻峭，是必小心！」行者笑道：「這邊路上將近佛地，斷乎無甚妖邪。師父放懷勿慮。」唐僧道：「徒弟，雖然佛地不遠。但前日那寺僧說，到天竺國都下有二千里，還不知是有多少路哩。」行者道：「師父，你好是又把烏巢禪師《心經》忘記了也？」三藏道：「《般若心經》是我

隨身衣鉢。自那烏巢禪師教後，那一日不念，那一時得忘？顛倒也念得來，怎麼忘得！」行者道：「師父只是念得，不曾求那師父解得。」三藏道：「猴頭！怎又說我不曾解得！你解得麼？」行者道：「我解得，我解得。」自此，三藏、行者再不作聲。旁邊笑倒一個八戒，喜壞一個沙僧，說道：「嘴巴！替我一般的做妖精出身，又不是那裡禪和子（和尚），聽過講經，那裡應佛僧，也曾見過說法？弄虛頭，找架子，說甚麼『曉得，解得』！怎麼就不作聲，聽講！請解！」沙僧說：「二哥，你也信他。大哥扯長話，哄師父走路。他曉得弄棒罷了，他那裡曉得講經！」三藏道：「悟能、悟淨，休要亂說。悟空解得是無言語文字，乃是真解。」

他師徒們正說話間，卻倒也走過許多路程，離了幾個山岡，路旁早見一座大寺。三藏道：「悟空，前面是座寺啊。你看那寺，倒也

著『布金禪寺』；懸匾上，留題著『上古遺跡』。」

不小不大，卻也是琉璃碧瓦；半新半舊，卻也是八字紅牆。隱隱見蒼松偃蓋，也不知是幾千百年間故物到於今；潺潺聽流水鳴弦，也不道是那朝代時分開山留得在。山門上，大書

行者看得是「布金禪寺」，八戒也道是「布金禪寺」。三藏在馬上沉思道：「『布金』……『布金』這莫不是舍衛國界了麼？」八戒道：「師父，奇啊！我跟師父幾年，再不曾見識得路，今日也識得路了。」三藏說道：「不是。我常看經典，說是佛在舍衛城祇樹給孤園。這園說是給孤獨長者問太子買了，請佛講經。太子說：『我這園不賣。他若要買我的時，除非黃金滿布園地。』給孤獨長者

聽說，隨以黃金為磚，布滿園地，才買得太子祇園，才請得世尊說法。我想這布金寺莫非就是這個故事。」八戒笑道：「造化！若是就是這個故事，我們也去摸他塊把磚兒送人。」大家又笑了一會，三藏才得下馬來。

進得山門，只見山門下，挑擔的，背包的，推車的，整車坐下，也有睡的去睡，講的去講。忽見他們師徒四眾，俊的又俊，醜的又醜，大家有些害怕，卻也就讓開些路兒。三藏生怕惹事，口中不住只叫：「斯文！斯文！」這時節，卻也大家收斂。轉過金剛殿後，早有一位禪僧走出，卻也威儀不俗。真是：

面如滿月光，身似菩提樹。

擁錫袖飄風，芒鞋石頭路。

三藏見了問訊。那僧即忙還禮道：「師從何來？」三藏道：「弟子陳玄奘，奉東土大唐皇帝之旨，差往西天拜佛求經。路過寶方，造次奉謁，便求借一宿，明日就行。」那僧道：「荒山十方常住，都可隨喜；況長老東土神僧，但得供養，幸甚。」三藏謝了，隨即喚他三人同行。過了回廊香積，徑入方丈。相見禮畢，分賓主坐定。行者三人，亦垂手坐了。

話說這時寺中聽說到了東大唐取經僧人，寺中若大若小，不問長住、掛榻、長老、行童，一都來參見。茶罷，擺上齋供。這時長老還正開齋念偈，八戒早是要緊、饅頭、素食、粉湯一攬直下。這時方丈卻也人多，有知識的，贊說三藏威儀；好耍子的，都看八戒吃飯。卻說沙僧眼溜，看見頭

底，暗把八戒捏了一把，說道：「斯文！」『斯文！』」八戒著忙，急的叫將起來，說道：「『斯文！』肚裡空空！」沙僧笑道：「二哥，你不曉的。天下多少『斯文』，若論起肚子裡來，正替你我一般哩。」八戒方才肯住。三藏念了結齋，左右徹了席面，三藏稱謝。

寺僧問起東土來因，三藏說到古跡，才問布金寺名之由。那僧答曰：「這寺原是舍衛國給孤獨園寺，又名祇園。因是給孤獨長者請佛講經，金磚布地，又易今名。我這寺一望之前，乃是舍衛國。那時給孤獨長者正在舍衛國居住。我荒山原是長者之祇園，因此遂名給孤布金寺。寺後邊還有祇園基址。近年間，若遇時雨滂沱，還淋出金銀珠兒。有造化的，每每拾著。」三藏道：「話不虛傳果是真！」又問道：「才進寶山，見門下兩廊有許多驟馬車擔的行商，為何在此歇宿？」眾僧道：「我這山喚做百腳山。先年且是太平，近因天氣循環，不知怎的，生幾個蜈蚣精，常在路下傷人。雖不至於傷命，其實人不敢走。山下有一座關，喚做雞鳴關。但到雞鳴之時，才敢過去。那些客人，因到晚了，惟恐不便，權借荒山一宿，等雞鳴後便行。」三藏道：「我們也等雞鳴後去罷。」師徒們正說處，又見拿上齋來，卻與唐僧等吃畢。此時上弦月皎。三藏與行者步月閒行，又見個道人來報道：

「我們老師爺要見見中華人物。」三藏急轉身，見一個老和尚，手持竹杖，向前作禮道：「此位就是中華來的師父？」三藏答禮道：「不敢。」老僧稱贊不已。因問：「老師高壽？」三藏道：「虛度四十五年矣。敢問老院主尊壽？」老僧笑道：「比老師痴長一花甲也。」行者道：「今年是一百零五歲了。你看我有多少年紀？」老僧道：「師家貌古神清，況月夜眼花，急看不出來。」敘了一會，又向後廊看看。三藏道：「才說給孤園基址，果在何處？」老僧道：「後門外就是。」快教開門，但見一塊空地，還有些碎石迭的牆腳。三藏合掌嘆曰：

「憶昔檀那須達多，曾將金寶濟貧疴。

祇園千古留名在，長者何方伴覺羅？」

他都玩著月，緩緩而行。行近後門外，至台上，又坐了一坐，忽聞得有啼哭之聲。三藏靜心誠聽，哭的是爺娘不知苦痛之言。他就感觸心酸，不覺淚墮，回問眾僧道：「是甚人在何處悲切？」老僧見問，即命眾僧先回去煎茶，見無人，方才對唐僧、行者下拜。三藏攙起道：「老院主，為何行此禮？」老僧道：「弟子年歲百餘，略通人事。每於禪靜之間，也曾見過幾番景象。若老爺師徒，弟子聊知一二，與他人不同。若言悲切之事，非這位師家，明辨不得。」行者道：「你且說，是甚事？」老僧道：「舊年今日，弟子正明性月之時，忽聞一陣風響，就有悲怨之聲。弟子下榻，到祇園基上看處，乃是一個美貌端正之女。我問他：『你是誰家女子？為甚到於此地？』那女子道：『我是天竺國王的公主。因為月下觀花，被風刮來的。』我將他鎖在一間敝空房裡，將那房砌作個監房模樣，門上止留一小孔，僅遞得碗過。當日與眾僧傳道：『是個妖邪，被我捆了。』但我僧家乃慈悲之人，不肯損他性命。每日與他兩頓粗茶粗飯，吃著度命。那女子也聰明，即解吾意，恐為眾僧點污，就裝瘋作怪，尿裡眠，屎裡臥。白日家說胡話，呆呆鄧鄧的；到夜靜處，卻思量父母啼哭。我幾番家進城乞化打探公主之事，全然無影。故此堅收緊鎖，更不放出。今幸老師來國，萬望到了國中，廣施法力，辨明辨明。一則救拔良善，二則昭顯神通也。」三藏與行者聽罷，切切在心。正說處，只見兩個小和尚請吃茶安置，遂而回去。

八戒與沙僧在方丈中，突突噥噥的道：「明日要雞鳴走路，此時還不來睡！」行者道：「呆子又

說甚麼？」八戒道：「睡了罷。這等夜深，還看甚麼景致。」因此，老僧散去，唐僧就寢。正是那：

人靜月沉花夢悄，暖風微透壁窗紗。

銅壺點點看三汲，銀漢明明照九華。

當夜睡還未久，即聽雞鳴。那前邊行商哄哄皆起，引燈造飯。行者叫點燈來。那寺僧已先起來，安排茶湯點心，在後候敬。八戒歡喜，吃了一盤饃饃，把行李、馬匹牽出。三藏、行者對眾辭謝。老僧又向行者道：「悲切之事，在心！在心！」行者笑道：「謹領！謹領！我到城中，自能聆音而察理，見貌而辨色也。」那伙行商，哄哄嚷嚷的，也一同上了大路。將有寅時，過了雞鳴關。至巳時，方見城垣。真是鐵甕金城，神洲天府。那城：

虎踞龍蟠形勢高，鳳樓麟閣彩光搖。御溝流水如環帶，福地依山插錦標。

曉日旌旗明輦路，春風簫鼓遍溪橋。國王有道衣冠勝，五穀豐登顯俊豪。

當日入於東市街，眾商各投旅店。他師徒們進城，正走處，有一個會同館驛，三藏等徑入驛內。那驛內管事的，即報驛丞道：「外面有四個異樣的和尚，牽一匹白馬進來了。」驛丞聽說有馬，就知是官差的，出廳迎迓。三藏施禮道：「貧僧是東土唐朝欽差靈山大雷音見佛求經的。隨身有關文，入朝照驗。借大人高衙一歇，事畢就行。」驛丞答禮道：「此衙門原設待使客之處，理當款迓。請進，

請進。」三藏喜悅，教徒弟們都來相見。那驛丞看見嘴臉醜陋，暗自心驚，不知是人是鬼，戰兢兢的，只得看茶，擺齋。三藏見他驚怕，道：「大人勿驚，我等三個徒弟，相貌雖醜，心地俱良。俗謂『山惡人善』，何以懼為！」

驛丞聞言，方才定了心性，問道：「國師，唐朝在於何方？」三藏道：「在南贍部洲中華之地。」又問：「幾時離家？」三藏道：「貞觀十三年，今已歷過十四載，苦經了些萬水千山，方到此處。」驛丞道：「神僧！神僧！」三藏問道：「上國天年幾何？」驛丞道：「我敝處乃大天竺國，自太祖太宗傳到今，已五百餘年。現在位的爺爺，愛山水花卉，號做怡宗皇帝，改元靖宴，今已二十八年了。」三藏道：「今日貧僧要去見駕倒換關文，不知可得遇朝？」驛丞道：「好！好！正好！近因國王的公主娘娘，年登二十青春，正在十字街頭，高結彩樓，拋打繡球，撞天婚招駙馬。今日正當熱鬧之際，想我國王爺爺還未退朝。若欲倒換關文，趁此時好去。」三藏欣然要走，只見擺上齋來，遂與驛丞、行者等吃了。

時已過午。三藏道：「我好去了。」行者道：「我保師父去。」八戒道：「我去。」沙僧道：「二哥罷麼。你的嘴臉不見怎的，莫到朝門外裝胖，還教大哥去。」三藏道：「悟淨說得好。呆子粗夯，悟空還有些細膩。」那呆子掬著嘴道：「除了師父，我三個的嘴臉也差不多兒。」三藏卻穿了袈裟，行者拿了引袋同去。只見街坊上，士農工商，文人墨客，愚夫俗子，齊咳咳都道：「看拋繡球去也！」三藏立於道旁，對行者道：「他這裡人物衣冠，宮室器用，言語談吐，也與我大唐一般。我想著我俗家先母也是拋打繡球遇舊姻緣，結了夫婦。此處亦有此等風俗。」行者道：「我們也去看看。」三藏道：「不可！不可！你我服色不便，恐有嫌疑。」行者道：「師父，你忘了那給孤布金寺

老僧之言：一則去看彩樓，二則去辦真假。似這般忙忙的，那皇帝必聽公主之喜報，那裡視朝理事？且去去來！」三藏聽說，真與行者相隨。見各項人等俱在那裡看打繡球。呀！那去去，卻是漁翁拋下鉤和線，從今釣出是非來。

話表那個天竺國王，因愛山水花卉，前年帶后妃公主在御花園，月夜賞玩，惹動一個妖邪，把公主攝去，他卻變做一個假公主。知得唐僧今年、今月、今日、今時到此，他假借國家之富，搭起彩樓。欲招唐僧為偶，採取元陽真氣，以成太乙上仙。正當午時三刻，三藏與行者雜入人叢，行近樓下，那公主才拈香焚起，祝告天地。左右有五七十胭嬌繡女，近侍的捧著繡球。公主轉睛觀看，見唐僧來得至近，將繡球取過來，親手拋在唐僧頭上。唐僧著了一驚，把個毗盧帽子打歪──雙手忙扶著那球。那球轂轆的滾在他衣袖之內。那樓上齊聲發喊道：「打著個和尚了！打著個和尚了！」

噫！十字街頭，那些客商人等，濟濟哄哄，都來奔搶繡球，被行者喝一聲，把牙傞一傞，把腰躬一躬，長了有三丈高，使個神威，弄出醜臉，唬得些人跌跌爬爬，不敢相近。霎時人散，行者還現了本相。那樓上繡女宮娥並大小太監，都來對唐僧下拜道：「貴人！貴人！請入朝堂賀喜。」三藏急還禮，扶起眾人，回頭埋怨行者道：「你這猴頭，又是撮弄我也！」行者笑道：「繡球兒打在你頭上，滾在你袖裡，干我何事？埋怨怎麼？」三藏道：「似此怎生區處？」行者道：「師父，你且放心。便入朝見駕，我回驛報與八戒、沙僧等候。若是公主不招你便罷，倒換了關文就行；如必欲招你，你對國王說，『召我徒弟來，我要吩咐他一聲。』那時召我三個入朝，我其間自能辨別真假。此是『倚婚降怪』之計。」唐僧無已從言，行者轉身回驛。

那長老被眾宮娥等攙擁至樓前。公主下樓，玉手相攙，同登寶輦，擺開儀從，回轉朝門。早有黃門官先奏道：「萬歲，公主娘娘攙著一個和尚，想是繡球打著，現在午門外候旨。」那國王見說，心甚不喜；意欲趕退，又不知公主之意何如，只得含情宣入。公主與唐僧遂至金鑾殿下，正是一對夫妻呼萬歲，兩門邪正拜千秋。禮畢，又宣至殿上，開言問道：「僧人何來，遇朕女拋球得中？」唐僧俯伏奏道：「貧僧乃南贍部洲大唐皇帝差往西天大雷音寺拜佛求經的。因有長路關文，特來朝王倒換。路過十字街彩樓之下，不期公主娘娘拋繡球，打在貧僧頭上。貧僧是出家異教之人，怎敢與玉葉金枝為偶！萬望赦貧僧死罪，倒換關文，打發早赴靈山，見佛求經，回我國土，永注陛下之天恩也！」國王道：「你乃東土聖僧，正是『千里姻緣使線牽』。寡人公主，今登二十歲未婚，因擇今日年月日時俱利，所以結彩樓拋球，以求佳偶。可可的你來拋著，朕雖不喜，卻不知公主之意如何。」那公主叩頭道：「父王，常言『嫁雞逐雞，嫁犬逐犬』。女有誓願在先，結了這球，告奏天地神明，撞天婚拋打；今日打著聖僧，即是前世之緣，遂得今生之遇，豈敢更移！願招他為駙馬。」國王方喜。即宣欽天監正台官選擇日期。一壁廂收拾妝奩，又出旨曉諭天下。三藏聞言，更不謝恩，只教：「放赦！放赦！」國王道：「這和尚甚不通理。朕以一國之富，招你做駙馬，為何不在此享用，念念只要取經！再若推辭，教錦衣官校推出斬了！」長老唬得魂不附體，只得戰兢兢叩頭啟奏道：「感蒙陛下天恩。但貧僧一行四眾，還有三個徒弟在外，今當領納（接受、領受）只是不曾吩咐得一言，萬望召他到此，倒換關文，教他早去，不誤了西來之意。」國王遂准奏道：「你徒弟在何處？」三藏道：「都在會同館驛。」隨即差官召聖僧徒弟領關文西去，留聖僧在此為駙馬。長老只得起身侍立。有詩為證：

大丹不漏要三全，苦行難成恨惡緣。道在聖傳修在己，善由人積福由天。休逞六根多貪欲，頓開一性本來原。無愛無思自清淨，管教解脫得超然。

當時差官至會同館驛，宣召唐僧徒弟不題。

卻說行者自彩樓下別了唐僧，走兩步，笑兩聲，喜喜歡歡的回驛。八戒、沙僧迎著道：「哥哥，你怎麼那般喜笑？師父如何不見？」行者道：「師父喜了。」八戒道：「還未到地頭，又不曾見佛取得經回，是何來之喜？」行者笑道：「我與師父只走至十字街彩樓之下，可可的被當朝公主拋繡球打中了師父，師父被些宮娥、彩女、太監推擁至樓前，同公主坐輦入朝，招為駙馬，此非喜而何？」八戒聽說，跌腳捶胸道：「早知我去好來！都是那沙僧憊懶！——你不阻我啊，我徑奔彩樓之下，一繡球打著我老豬，那公主招了我，卻不美哉，妙哉！俊刮標致，停當，大家造化耍子兒，何等有趣！」沙僧上前，把他臉上一抹道：「不羞！不羞！好個嘴巴骨子！『三錢銀子買個老驢，自誇騎得！』要是一繡球打著你，就連夜燒『退送紙』也還道遲了。『皮肉粗糙，骨格堅強，各有一得可取。』」八戒道：「這黑子不知趣！醜自醜，還有些風味。自古道：『醜自醜，敢惹你這晦氣進門！』」八戒道：「哥哥又說差了。師父做了駙馬，到宮中與皇帝的女兒交歡，又不是爬山�路，遇怪逢魔，要你保護他怎的！他那樣一把胡談！且收拾行李，來叫我們，卻好進朝保護他。」八戒道：「你這個淫心不斷的夯貨！說那甚胡話！」

正吵鬧間，只見驛丞來報道：「聖上有旨，差官來請三位神僧。」八戒道：「端的請我們為

何？」驛丞道：「老神僧幸遇公主娘娘，打中繡球，招為駙馬，故此差官來請。」行者道：「差官在那裡？教他進來。」那官看行者施禮。禮畢，不敢仰視，只管暗念誦道：「是鬼，是怪？是雷公，夜叉？」行者道：「那官兒，有話不說，為何沉吟？」那官兒慌得戰戰兢兢的，雙手舉著聖旨，口裡亂道：「我公主有請會親——我主公會親有請！」八戒道：「我這裡沒刑具，不打你，你慢慢說，不要怕。」行者道：「莫成道怕你打？怕你那臉哩！快收拾挑擔牽馬進朝，見師父議事去也！」這正是：

路逢狹道難回避，定教恩愛反為仇。

畢竟不知見了國王有何話說，且聽下回分解。

第九十四回

四僧宴樂御花園　一怪空懷情欲喜

話表孫行者三人，隨著宣召官至午門外，黃門官即時傳奏宣進。他三個齊齊站定，更不下拜。國王問道：「那三位是聖僧駙馬之高徒？姓甚名誰？何方居住？因甚事出家？取何經卷？」行者即近前，意欲上殿。旁有護駕的喝道：「不要走！有甚話，立下奏來。」行者笑道：「我們出家人，得一步就進一步。」隨後八戒、沙僧亦俱近前。長老恐他村魯驚駕，便起身叫道：「徒弟啊，陛下問你來因，你即奏上。」行者見他師父在旁侍立，忍不住大叫一聲道：「陛下輕人重己！既招我師為駙馬，如何教他侍立？世間稱女夫謂之『貴人』，豈有貴人不坐之理！」國王聽說，大驚失色。欲退殿，恐失了觀瞻。只得硬著膽，教近侍的取繡墩來，請唐僧坐了。行者才奏道：

老孫祖居東勝神洲傲來國花果山水簾洞。父天母地，石裂吾生。曾拜至人，學成大道。下海降龍，登山擒獸。消死名，上生籍，官拜齊天大聖。玩賞瓊樓，喜游寶閣。會天仙，日日歌歡；居聖境，朝朝快樂。只因亂卻蟠桃宴，大反天宮，被

佛擒伏，困壓在五行山下，飢餐鐵彈，渴飲銅汁，五百年未嘗茶飯。幸我師出東土，拜西方，觀音教令脫天災，離大難，皈正在瑜伽門下。舊諱悟空，稱名行者。」

國王聞得這般名重，慌得下了龍床，走將來，以御手挽定長老道：「駙馬，也是朕之天緣，得遇你這仙姻仙眷。」三藏滿口謝恩，請國王登位。復問：「那位是第二高徒？」八戒掬嘴揚威道：

「老豬先世為人，貪歡愛懶。一生混沌，亂性迷心。未識天高地厚，難明海闊山遙。正在幽閒之際，忽然遇一真人。半句話，解開業網；兩三言，劈破災門。當時省悟，立地投師，謹修二八之工夫，敬煉三三之前後。行滿飛升，得超天府。荷蒙玉帝厚恩，官賜天蓬元帥，管押河兵，逍遙漢闕。只因蟠桃酒醉，戲弄嫦娥，謫官銜，遭貶臨凡；錯投胎，托生豬像。住福陵山，造惡無邊。遇觀音，指明善道。皈依佛教，保護唐僧。徑往西天，拜求妙典。法諱悟能，稱為八戒。」

國王聽言，膽戰心驚，不敢觀覷。這呆子越弄精神，搖著頭掬著嘴，撐起耳朵呵呵大笑。三藏又怕驚駕，即叱道：「八戒收斂！」方才叉手拱立，假扭斯文。又問：「第三位高徒，因甚皈依？」沙和尚合掌道：

「老沙原係凡夫，因怕輪回訪道。雲游海角，浪蕩天涯。常得衣缽隨身，每煉心神在

舍。因此虔誠，得逢仙侶。養就孩兒，配緣姹女。工滿三千，合和四相（佛教指離、合、違、順四種情況）。超天界，拜玄穹，官授捲簾大將，侍御鳳輦龍車，封號將軍。也為蟠桃會上，失手打破玻璃盞，貶在流沙河，改頭換面，造孽傷生。幸喜菩薩遠遊東土，勸我飯依，等候唐朝佛子，往西天求經果正。從立自新，復修大覺。指河為姓，法諱悟淨，稱名沙僧。」

國王見說，多驚多喜。喜的是女兒招了活佛，驚的是三個實乃妖神。正在驚喜之間，忽有正臺陰陽官奏道：「婚期已定本年本月十二日。壬子良辰，周堂通利，宜配婚姻。」國王道：「今日是何日辰？」陰陽官奏：「今日初八，乃戊申之日，猿猴獻果，正宜進賢納事。」國王大喜，即著當駕官打掃御花園館閣樓亭，且請駙馬同三位高徒安歇，待後安排合巹佳筵，著公主匹配。眾等欽遵，國王退朝，多官皆散不題。

卻說三藏師徒們都到御花園，天色漸晚，擺了素膳。八戒喜道：「這一日也該吃飯了。」管辦人即將素米飯、麵飯等物，整擔挑來。那八戒吃了又添，添了又吃，直吃得撐腸拄腹，方才住手。少頃，又點上燈，設鋪蓋，各自歸寢。長老見左右無人，卻恨責行者，怒聲叫道：「悟空！你這猢猻，番番害我！我說只去倒換關文，莫向彩樓前去，你怎麼直要引我去看看？如今看得好麼！卻惹出這般事來，怎生是好？」行者陪笑道：「師父說，『先母也是拋打繡球，遇舊緣，成其夫婦。』似有慕古之意，老孫才引你去。又想著那個給孤布金寺長老之言，就此檢視真假。適見那國王之面，略有些晦暗之色，但只未見公主何如耳。」

長老道：「你見公主便怎的？」行者道：「老孫的火眼金睛，但見面，就認得真假善惡，富貴貧

窮，卻好施為，辨明邪正。」沙僧與八戒笑道：「哥哥近日又學得會相面了。」行者道：「相面之士，當我孫子罷了。」三藏喝道：「且休調嘴！只是他如今定要招我，果何以處之？」行者道：「且到十二日會喜之時，必定那公主出來參拜父母，等老孫在旁觀看。若還是個真女人，你就做了駙馬，享用國內之榮華也罷。」三藏聞言，越生嗔怒，罵道：「好猢猻！你還害我哩！卻是悟能說的，我們十節兒已上了九節七八分了，你還把熱舌頭鐸我！快早夾著，你休開那臭口！再若無禮，我就念起咒來，教你了當不得（承受不了）！」行者聽說念咒，慌得跪在面前道：「莫念！莫念！若是真女人，待拜堂時，我們一齊大鬧皇宮，領你去也。」師徒說話，不覺早已入更（即晚上七點）。正是：

沉沉宮漏，蔭蔭花香。繡戶垂珠箔，閒庭絕火光。秋千索冷空留影，羌笛聲殘靜四方。繞屋有花籠月燦，隔空無樹顯星芒。杜鵑啼歇，蝴蝶夢長。銀漢橫天宇，白雲歸故鄉。正是：

離人情切處，風搖嫩柳更淒涼。

八戒道：「師父，夜深了，有事明早再議。且睡！且睡！」師徒們果然安歇。一宵夜景不題，早又金雞唱曉。五更三點，國王即登殿設朝。但見：

宮殿開軒紫氣高，風吹御樂透青霄。雲移豹尾旌旗動，日射螭頭玉佩搖。香霧細添宮柳綠，露珠微潤苑花嬌。山呼舞蹈千官列，海晏河清一統朝。

眾文武百官朝罷，又宣：「光祿寺安排十二日會喜佳筵。今日且整春釐，請駙馬在御花園中款玩。」吩咐儀制司領三位賢親去會同館少坐，著光祿寺安排三席素宴去彼奉陪。兩處俱著教坊司奏樂，伏侍賞春景消遲日（春日）也。八戒聞得，應聲道：「陛下，我師徒自相會，更無一刻相離。今日既在御花園飲宴，帶我們去耍兩日，好教師父替你家做駙馬；不然，這個買賣生意弄不成。」那國王見他醜陋，說話粗俗，又見他扭頭捏頸，搖耳朵，即像有些風氣，猶恐攪破親事，只得依從；便教：「在永鎮華夷閣裡安排二席，我與駙馬同坐。留春亭上，安排三席，請三位別坐。恐他師徒們坐次不便。」那呆子才朝上唱個喏，叫聲多謝。各各而退。又傳旨教內宮官排宴，著三宮六院后妃與公主上頭（女子出嫁時把頭髮攏上去，結成髮髻），就為添妝餼子，以待十二日佳配。

將有巳時前後，那國王排駕，請唐僧都到御花園內觀看。好去處：

徑鋪彩石，檻鑿雕欄。徑鋪彩石，徑邊石畔長奇葩；檻鑿雕欄，欄外欄中生異卉。天桃迷翡翠，嫩柳閃黃鸝。步覺幽香來袖滿，行沾清味上衣多。鳳台龍沼，竹閣松軒。鳳台之上，吹簫引鳳來儀；龍沼之間，養魚化龍而去。竹閣有詩，費盡推敲裁白雪；松軒文集，考成珠玉注青編（泛指古書）。假山拳石翠，曲水碧波深。牡丹亭、薔薇架、迭錦鋪絨；茉藜檻、海棠畦、堆霞砌玉。芍藥異香，蜀葵奇豔。白梨紅杏斗芳菲，紫蕙金萱爭爛熳。麗春花、木筆花、杜鵑花，天天灼灼；含笑花、鳳仙花、玉簪花，戰戰巍巍。一處處紅透胭脂潤，一叢叢芳濃錦繡圍。更喜東風回暖日，滿園嬌媚逞光輝。

一行君王幾位，觀之良久。早有儀制司官邀請行者三人入留春亭。國王攜唐僧上華夷閣，各自飲宴。那歌舞吹彈，鋪張陳設，真是：

峥嵘閶闔曙光生，鳳閣龍樓瑞靄橫。春色細鋪花草繡，天光遙射錦袍明。笙歌繚繞如仙宴。杯羽飛傳玉液清。君悅臣歡同玩賞，華夷永鎮世康寧。

此時長老見那國王敬重，無計可奈，只得勉強隨喜，誠是外喜而內憂也。坐間見壁上掛著四面金屏，屏上畫著春夏秋冬四景，皆有題詠，皆是翰林名士之詩：

《春景詩》曰：

周天一氣轉洪鈞，大地熙熙萬象新。
桃李爭妍花爛熳，燕來畫棟迭香塵。

《夏景詩》曰：

熏風拂拂思遲遲，宮院榴葵映日輝。
玉笛音調驚午夢，芰荷香散到庭幃。

《秋景詩》曰：

金井梧桐一葉黃，珠簾不捲夜來霜。

燕知社日辭巢去，雁折蘆花過別鄉。

《冬景詩》曰：

天雨飛雲暗淡寒，朔風吹雪積千山。

深宮自有紅爐暖，報道梅開玉滿欄。

那國王見唐僧恣意看詩，便道：「駙馬喜玩詩中之味，必定善於吟哦。如不吝珠玉，請依韻各和一首如何？」長老是個對景忘情，明心見性之意；見國王欽重，命和前韻，他不覺忽談一句道：「日暖冰消大地鈞。」國王大喜，即召侍衛官：「取文房四寶，請駙馬和完錄下，俟朕緩緩味之。」長老欣然不辭，舉筆而和：

和《春景詩》曰：

日暖冰消大地鈞，御園花卉又更新。

和風膏雨民沾澤，海晏河清絕俗塵。

和《夏景詩》曰：

斗指南方白晝遲，槐雲榴火鬥光輝。

黃鸝紫燕啼宮柳，巧轉雙聲入絳幃。

和《秋景詩》曰：

香飄橘綠與橙黃，松柏青青喜降霜。

籬菊半開攢錦繡，笙歌韻徹水雲鄉。

和《冬景詩》曰：

瑞雪初晴氣味寒，奇峰巧石玉圍山。

爐燒獸炭煨酥酪，袖手高歌倚翠欄。

國王見和大喜。稱唱道：「好個『袖手高歌倚翠欄』！」遂命教坊司以新詩奏樂，盡日而散。行者三人在留春亭亦盡受用，各飲了幾杯，也都有些酣意，正欲去尋長老，只見長老已同國王在一閣。八戒呆性發作，應聲叫道：「好快活！好自在！今日也受用這一下了！卻該趁飽兒睡覺去

也！」沙僧笑道：「二哥忒沒修養。這氣飽飫，如何睡覺？」八戒道：「你那裡知，俗語云：『吃了飯兒不挺屍，肚裡沒板脂』哩！」

唐僧與國王相別，只謹言，只謹言。既至亭內，嗔責他三人道：「這夯貨，越發村了！這是甚麼去處，只管大呼小叫！倘或惱著國王，卻不被他傷害性命？」八戒道：「沒事！沒事！我們與他親家禮道的，他便不好生怪。常言道：『打不斷的親，罵不斷的鄰。』大家耍子，怕他怎的？」長老叱道，教：「拿過呆子來，打他二十禪杖！」行者果一把揪翻，長老舉杖就打。呆子喊叫道：「駙馬爺爺！饒罪！饒罪！」旁有陪宴官勸住。呆子爬將起來，突突囔囔的道：「好貴人！好駙馬！親還未成，就行起王法來了！」行者捂著他嘴道：「莫胡說！莫胡說！快早睡去。」他們又在留春亭住了一宿。到明早，依舊宴樂。

不覺樂了三四日，正值十二日佳辰。有光祿寺三部各官回奏道：「臣等自八日奉旨，駙馬府已修完，專等妝奩鋪設。合巹宴亦已完備，葷素共五百餘席。」國王遂退入內宮，只見那三宮皇后，六院嬪妃，引領著公主，都在昭陽宮談笑。真個是花團錦簇！那一片富麗妖嬈，真勝似天堂月殿，不亞於仙府瑤宮。有對御前啟奏道：「萬歲，正宮娘娘有請。」國王心喜，正欲請駙馬赴席，忽有內宮官奏道：「臣等自八日奉旨，駙馬府已修……」

《喜會佳姻》新詞四首為證。

《喜詞》云：

喜！喜！喜！欣然樂矣！結婚姻，恩愛美。巧樣宮妝，嫦娥怎比。龍釵與鳳鏡，豔豔飛金縷。櫻唇皓齒朱顏，裊娜如花輕體。錦重重，五彩叢中；香拂拂，千金隊裡。

《會詞》云：

　　會！會！會！妖嬈嬌媚。賽毛嬙，欺楚妹。傾國傾城，比花比玉。妝飾更鮮妍，釵環多艷麗。蘭心蕙性清高，粉臉冰肌榮貴。黛眉一線遠山微，窈窕嫣姌攢錦隊。

《佳詞》云：

　　佳！佳！佳！玉女仙娃。深可愛，實堪誇。異香馥郁，脂粉交加。天台福地遠，怎似國王家。笑語紛然嬌態，笙歌繚繞喧嘩。花堆錦砌千般美，看遍人間怎若他。

《姻詞》云：

　　姻！姻！姻！蘭麝香噴。仙子陣，美人群。嬪妃換彩，公主妝新。雲鬢堆鴉髻，霓裳壓鳳裙。一派仙音嘹亮，兩行朱紫繽紛。當年曾結乘鸞信，今朝幸喜會佳姻。

　　卻說國王駕到，那后妃引著公主，並彩女、宮娥都來迎接。國王喜孜孜，進了昭陽宮坐下。后妃等朝拜畢，國王道：「公主賢女，自初八日結彩拋球，幸遇聖僧，想是心願已足。各衙門官，又能體朕心，各項事俱已完備。今日正是佳期，可早赴合巹之宴，不要錯過時辰。」那公主走近前，倒身下

拜，奏道：「父王，乞赦小女萬千之罪。有一言啟奏：這幾日聞得宮官傳說，唐聖僧有三個徒弟，他生得十分醜惡，小女不敢見他，恐見時必生恐懼。萬望父王將他發放出城方好，不然驚傷弱體，反為禍害也。」國王道：「孩兒不說，朕幾乎忘了。果然生得有些醜惡。連日教他在御花園裡留春亭管待。趁今日就上殿，打發他關文，教他出城，卻好會宴。」公主叩頭謝了恩。國王即出駕上殿，傳旨：「請駙馬共他三位。」

原來那唐僧捏指頭兒算日子，熬至十二日，天未明，就與他三人計較道：「今日卻是十二了，這事如何區處？」行者道：「那國王我已識得他有些晦氣，還未沾身，不為大害；但只不得公主見面，若得出來，老孫一覷，就知真假，方才動作。你只管放心。他如今一定來請，打發我等出城。你自應承莫怕。我閃閃身兒就來，緊緊護護你也。」師徒們正講，果見當駕官同儀制司來請。行者笑道：「去來！去來！必定是與我們送行，好留師父會合。」八戒道：「送行必定有千百兩黃金白銀，我們也好買些人事（禮物）回去。到我那丈人家，也再會親耍子兒去耶。」沙僧道：「二哥箝著口，休亂說，只憑大哥主張。」

遂此將行李、馬匹，俱隨那些官到於丹墀下。國王見了，教請行者三位近前道：「汝等將關文拿上來，朕當用寶花押交付汝等，外多備盤纏，送你三位早去靈山見佛。若取經回來，還有重謝。留駙馬在此，勿得懸念。」行者稱謝。遂教沙僧取出關文遞上。國王看了，即用了印，押了花字，又取黃金十錠，白金二十錠，聊達親禮。八戒原來財色心重，即去接了。行者朝上唱個喏道：「聒噪！聒噪！」便轉身要走，慌得個三藏一轂轆爬起，扯住行者，咬響牙根道：「你們都不顧我就去了！」行者把手捏著三藏手掌，丟個眼色道：「你在這裡寬懷歡會，我等取了經，回來看你。」那長老似信不

信的，不肯放手。多官都看見，以為實是相別而去。早見國王又請駙馬上殿，著多官送三位出城。長老只得放了手上殿。

行者三人，同眾出了朝門，各自相別。八戒道：「我們當真的走哩？」行者不言語，只管走至驛中。驛丞接入，看茶，擺飯。行者對八戒、沙僧道：「你兩個只在此，切莫出頭。但驛丞問甚麼事情，且含糊答應，莫與我說話。我保師父去也。」

好大聖，拔一根毫毛，吹口仙氣，叫「變！」即變作本身模樣，與八戒、沙僧同在驛內。真身卻幌的跳在半空，變作一個蜜蜂兒，其實小巧。但見：

　　翅黃口甜尾利，隨風飄舞顛狂。最能摘蕊與偷香，度柳穿花搖蕩。

　　辛苦幾番淘染，飛來飛去空忙。釀成濃美自何嘗，只好留存名狀。

你看他輕輕的飛入朝中。遠見那唐僧在國王左邊繡墩上坐著，愁眉不展，心存焦躁。逕飛至他毗盧帽上，悄悄的爬及耳邊，叫道：「師父，我來了，切莫憂慮。」這句話，只有唐僧聽見，那伙凡人，莫想知覺。唐僧聽見，始覺心寬。不一時，宮官來請道：「萬歲，合巹嘉筵已排設在鳷鵲宮中。娘娘與公主，俱在宮伺候。專請萬歲同貴人會親也。」國王喜之不盡，即同駙馬進宮而去。正是那：

　　邪主愛花花作禍，禪心動念念生愁。畢竟不知唐僧在內宮怎生解脫，且聽下回分解。

第九十五回

假合真形擒玉兔　真陰歸正會靈元

卻說那唐僧憂憂愁愁，隨著國王至後宮，只聽得鼓樂喧天，隨聞得異香撲鼻，低著頭，不敢仰視。行者暗裡欣然，叮在那毗盧帽頂上，運神光，睜火眼金睛觀看，又只見那兩班彩女，擺列的似蕊宮仙府，勝強似錦帳春風。真個是：

娉婷裊娜，玉質冰肌。一雙雙嬌欺楚女，一對對美賽西施。雲鬢高盤飛彩鳳，娥眉微顯遠山低。笙簧雜奏，簫鼓頻吹。宮商角徵羽，抑揚高下齊。清歌妙舞常堪愛，錦砌花團色色怡。

行者見師父全不動念，暗自裡咂嘴誇稱道：「好和尚！好和尚！身居錦繡心無愛，足步瓊瑤意不迷。」

少時，皇后、嬪妃簇擁著公主出鳷鵲宮，一齊迎接，都道聲「我王萬歲，萬萬歲！」慌的個長老

戰戰兢兢，莫知所措。行者早已知識，見那公主頭頂上微露出一點妖氛，卻也不十分凶惡，即忙爬近耳朵叫道：「師父，公主是個假的。」長老道：「是假的，卻如何教他現相？」行者道：「使出法身，就此拿他也。」長老道：「不可！不可！恐驚了主駕。且待君後退散，再使法力。」

那行者一生性急，那裡容得，大吼一聲，現了本相，趕上前，揪住公主罵道：「好孽畜！你在這裡弄假成真，只在此這等受用也盡彀了，心尚不足，還要騙我師父，破他的真陽，遂你的淫性哩！」唬得那國王呆呆掙掙，后妃跌跌爬爬，宮娥彩女，無一個不東躲西藏，各顧性命。好便似：

春風蕩蕩，秋氣瀟瀟。春風蕩蕩過園林，千花擺動；秋氣瀟瀟來徑苑，萬葉飄搖。刮折牡丹敧檻下，吹歪芍藥臥欄邊。沼岸芙蓉亂撼，台基菊蕊鋪堆。海棠無力倒塵埃，玫瑰有香眠野徑。春風吹折芰荷梗，冬雪壓歪梅嫩蕊。石榴花瓣，亂落在內院東西；岸柳枝條，斜垂在皇宮南北。好花風雨一宵狂，無數殘紅鋪地錦。

三藏一發慌了手腳，戰兢兢抱住國王，只叫：「陛下，莫怕！莫怕！此是我頑徒使法力，辨真假也。」

卻說那妖精見事不諧，掙脫了手，解剝了衣裳，摔摔頭，搖落了釵環首飾，即跑到御花園土地廟裡，取出一條碓嘴樣的短棍，急轉身來亂打行者。行者隨即跟來，使鐵棒劈面相迎。他兩個吆吆喝喝，就在花園鬥起。後卻大顯神通，各駕雲霧，殺在空中。這一場⋯⋯

金箍鐵棒有名聲，碓嘴短棍無人識。一個因取真經到此方，一個為愛奇花來住跡。那怪久知唐聖僧，要求配合元精液。舊年攝去真公主，變作人身欽愛惜。今逢大聖認妖氛，救援活命分虛實。短棍行凶著頂丟，鐵棒施威迎面擊。喧喧嚷嚷兩相持，雲霧滿天遮白日。

他兩個殺在半空賭鬥，嚇得那滿城中百姓心慌，盡朝裡多官膽怕。長老扶著國王，只叫「休驚！請勸娘娘與眾等莫怕。你公主是個假作真形的。等我徒弟拿住他，方知好歹也。」那些妃子，有膽大的，把那衣服、釵環拿與皇后看了，道：「這是公主穿的、戴的，今都丟下，精著身子，與那和尚在天上爭打，必定是個妖邪。此時國王、后妃人等才正了性，望空仰視不題。

卻說那妖精與大聖鬥經半日，不分勝敗。行者把棒丟起，叫一聲「變！」就以一變十，以十變百，以百變千，半天裡，好似蛇游蟒攪，亂打妖邪。妖邪慌了手腳，將身一閃，化道清風，即奔碧空之上逃走。行者念聲咒語，將鐵棒收做一根，縱祥光一直趕來。將近西天門，望見那旌旗閃灼，行者厲聲高叫道：「把天門的，擋住妖精，不要放他走了！」真個那天門上，有護國天王領著龐、劉、苟、畢四大元帥，各展兵器攔阻。妖邪不能前進，急回頭，捨死忘生，使短棍又與行者相持。這大聖用心力掄鐵棒，仔細迎著看時，見那短棍兒一頭壯，一頭細，卻似春碓臼的杵頭模樣，叱吒一聲，喝道：「孽畜！你拿的是甚麼器械，敢與老孫抵敵！快早降伏，免得這一棒打碎你的天靈！」那妖邪咬著牙道：「你也不知我這兵器！聽我道：

仙根是段羊脂玉，磨琢成形不計年。混沌開時吾已得，洪蒙判處我當先。

源流非比凡間物，本性生來在上天。一體金光和四相，五行瑞氣合三元。

隨吾久住蟾宮內，伴我常居桂殿邊。因為愛花垂世境，故來天竺假嬋娟。

與君共樂無他意，欲配唐僧了宿緣。你怎欺心破佳偶，死尋趕戰逞凶頑！

這般器械名頭大，在你金箍棒子前。廣寒宮裡搗藥杵，打人一下命歸泉！」

行者聞說，呵呵冷笑道：「好孽畜啊！你既住在蟾宮之內，就不知老孫的手段？你還敢在此支吾，快早現相降伏，饒你性命！」那怪道：「我認得你是五百年前大鬧天宮的弼馬溫，理當讓你；但只是破人親事，如殺父母之仇，故此情理不甘，要打你欺天罔上的弼馬溫！」那大聖惱得是「弼馬溫」三字。他聽得此言，心中大怒，舉鐵棒劈面就打。那妖邪掄杵來迎。就於西天門前，發狠相持。這一場：

金箍棒，搗藥杵，兩般仙器真堪比。那個為結婚姻降世間，這個因保唐僧到這裡。原來是國王沒正經，愛花引得妖邪喜。致使如今恨苦爭，兩家都把頑心起。一衝一撞賭輸贏，劍語劍言齊鬥嘴。藥杵英雄世罕稀，鐵棒神威還更美。金光湛湛幌天門，彩霧輝輝連地裡。來往戰經十數回，妖邪力弱難搪抵。

那妖精與行者又鬥了十數回，見行者的棒勢緊密，料難取勝，虛丟一杵，將身幌一幌，金光萬道，徑奔正南上敗走。大聖隨後追襲。忽至一座大山，妖精按金光，鑽入山洞，寂然不見。又恐他遁

身回國，暗害唐僧，他認了這山的規模，返雲頭逕轉國內。

此時有申時矣。那國王正扯著三藏，戰戰兢兢，只叫：「聖僧救我！」那些嬪妃、皇后也正惶惶，只見大聖自雲端裡落將下來，叫道：「師父，我來也！」三藏道：「悟空，我來了。」行者立於鴟鵲宮外，叉手當胸道：「假公主是個妖邪。初時與他我問你：假公主之事，端的如何？」行者立於打了半日，他戰不過我，化道清風，逕往天門上跑，是我吆喝天神擋住。他現了相，又與我鬥到十數合，又將身化作金光，敗回正南上一座山上。我急追至山，無處尋覓，恐怕他來此害你，特地回顧也。」國王聽說，扯著唐僧問道：「既然假公主是個妖邪，我真公主在於何處？」行者應聲道：「望我拿住假公主，你那真公主自然來也。」那后妃等聞得此言，都解了恐懼，一個個上前拜告道：「望聖僧救得我真公主來，分了明暗，必當重謝。」行者道：「此間不是我們說話處，請陛下與我師出宮上殿，娘娘等各轉各宮，召我師弟八戒、沙僧來保護師父，我卻好去降妖。一則分了內外，二則免我懸心。」國王依言，感謝不已。遂與唐僧攜手出宮，逕至殿上。眾后妃各各回宮。謹當辨明，以表我一場心力。」須臾間，二人早至。行者備言前事，教他兩個用心護持。這大聖縱筋斗雲，飛空而去。那殿前多官，一壁廂教備素膳，一壁廂請八戒、沙僧，一個個望空禮拜不已。

孫大聖逕至正南方那座山上尋找。原來那妖邪敗了陣，到此山，鑽入窩中，將門兒使石塊擋塞，虛怯怯藏隱不出。行者尋一會不見動靜，心甚焦惱，捻著訣，念動真言，喚出那山中土地、山神審問。少時，二神至了，叩頭道：「不知！不知！知當遠接。萬望恕罪！」行者道：「我且不打你。我問你：這山叫做甚麼名字？此處有多少妖精？從實說來，饒你罪過。」二神告道：「大聖，此山喚做毛穎山。山中只有三處兔穴。亙古至今，沒甚妖精。乃五環之福地也。大聖要尋妖精，還是西天路上

去有。」行者道：「老孫到了西天天竺國，那國王有個公主被個妖精攝去，他就變做公主模樣，戲哄國王，結彩樓，拋繡球，欲招駙馬。我保唐僧至其樓下，被他有心打著唐僧，欲為配偶，誘取元陽。是我識破，就於宮中現身捉獲。他就脫了人衣、首飾，使一條短棍，喚名搗藥杵，與我鬥了半日，他就化清風而去。被老孫趕至西天門，又鬥有十數合，他料不能勝，復化金光，逃至此處。如何不見？」

二神聽說，即引行者去那三窟中尋找。始於山腳下窟邊看處，亦有幾個草兔兒，也驚得走了。尋至絕頂上窟中看時，只見兩塊大石頭，將窟門擋住。土地道：「此間必是妖邪趕急鑽進去也。」行者即使鐵棒，撬開石塊。那妖邪果藏在裡面，呼的一聲，就跳將出來，舉藥杵來打。行者掄起鐵棒架住，唬得那山神倒退，土地忙奔。那妖邪口裡嚷嚷突突的，罵著山神、土地道：「誰教你引著他往這裡來找尋！」他支支撐撐的，抵著鐵棒，且戰且退，奔至空中。

正在危急之際，卻又天色晚了。這行者愈發狠性，下毒手，恨不得一棒打殺。忽聽得九霄碧漢之間，有人叫道：「大聖，莫動手！莫動手！棍下留情！」行者回頭看時，原來是太陰星君，後帶著姮娥仙子，降彩雲到於當面。慌得行者收了鐵棒，躬身施禮道：「老太陰，那裡來的？老孫失回避了。」太陰道：「與你對敵的這個妖邪，是我廣寒宮搗玄霜仙藥之玉兔也。他私自偷開玉關金鎖，走出宮來，經今一載。我算他目下有傷命之災，特來救他性命。望大聖看老身饒他罷。」行者喏喏連聲，只道：「不敢！不敢！怪道他會使搗藥杵！原來是個玉兔兒！老太陰不知，他攝藏了天竺國之公主，卻又假合真形，欲破我聖僧師父之元陽。其情其罪，其實何甘！怎麼便可輕恕饒他？」太陰道：「你亦不知。那國王之公主，也不是凡人，原是蟾宮中之素娥。十八年前，他曾把玉兔兒打了一

掌，卻就思凡下界。一靈之光，遂投胎於國王正宮皇后之腹，當時得以降生。這玉兔兒懷那一掌之仇，故於舊年走出廣寒，拋素娥於荒野。但只是不該欲配唐僧。此罪真不可道。幸汝留心，識破真假，卻也未曾傷損你師。萬望看我面上，恕他之罪，我收他去也。」行者笑道：「既有這些因果，老孫也不敢抗違。但只是你收了玉兔兒，恐那國王不信，敢煩太陰君同眾仙妹將玉兔兒拿到那廂，對國王明證明證。一則顯老孫之手段，二來說那素娥下降之因由，然後著那國王取素娥公主之身，以見顯報之意也。」太陰君信其言，用手指定妖邪，喝道：「那孽畜還不歸正同來！」玉兔兒打個滾，現了原身。真個是：

> 缺唇尖齒，長耳稀鬚。團身一塊毛如玉，展足千山蹄若飛。直鼻垂酥，果賽霜華填粉膩；雙睛紅映，猶欺雪上點胭脂。伏在地，白穰穰一堆素練；伸開腰，白鐸鐸一架銀絲。幾番家，吸殘清露瑤天曉，搗藥長生玉杵奇。

那大聖見了，不勝欣喜，踏雲光，向前引導。那太陰君領著眾姮娥仙子，帶著玉兔兒，徑轉天竺國界。此時正黃昏，看看月上。到城邊，聞得譙樓上擂鼓。那國王與唐僧尚在殿內，八戒、沙僧與多官都在階前。方議退朝，只見正南上一片彩霞，光明如晝。眾抬頭看處，又聞得孫大聖厲聲高叫道：「天竺陛下，請出你那皇后嬪妃看者。這寶幢下乃月宮太陰星君，兩邊的仙妹是月裡嫦娥。這個玉兔兒卻是你家的假公主，今現真相也。」那國王急召皇后、嬪妃與宮娥、彩女等眾，朝天禮拜。他和唐僧及多官亦俱望空拜謝。滿城中各家各戶，也無一人不設香案，叩頭念佛。正此觀看處，豬八戒動了

欲心，忍不住，跳在空中，把霓裳仙子抱住道：「姐姐，我與你是舊相識，我和你耍子兒去也。」行者上前，揪著八戒，打了兩掌，罵道：「你這個村潑呆子！此是甚麼去處，敢動淫心！」八戒道：「拉閒散悶耍子而已！」

那太陰君令轉仙幢，與眾嫦娥收回玉兔，徑上月宮而去。

行者把八戒揪落塵埃。這國王在殿上謝了行者。又問前因道：「多感神僧大法力捉了假公主，朕之真公主卻在何處所也？」行者道：「你那真公主也不是凡胎，就是月宮裡素娥仙子。因十八年前，他將玉兔兒打了一掌，就思凡下界，投胎在你正宮腹內，生下身來。那玉兔兒懷恨前仇，所以舊年間偷開玉關金鎖走下來，把素娥攝抛荒野，他卻變形哄你。這段因果，是太陰君親口才與我說的。今日既去其假者，明日請御駕去尋其真者。」國王聞說，又心意慚惶，止不住腮邊流淚道：「孩兒！我自幼登基，雖城門也不曾出去，卻教我那裡去尋你也！」行者笑道：「不須煩惱。你公主現在給孤布金寺裡裝瘋。今且各散，到天明我還你個真公主便是。」眾官又拜伏奏道：「我王且心寬。這幾位神僧，乃騰雲駕霧之神佛，必知未來過去之因由。明日即煩神僧回眾同去一尋，便知端的。」國王依言，即請至留春亭擺齋安歇。此時已近二更。正是那：

銅壺滴漏月華明，金鐸叮噹風送聲。杜宇正啼春去半，落花無路近三更。御園寂寞秋千影，碧落空孚銀漢橫。三市六街無客走，一天星斗夜光晴。

當夜各寢不題。

這一夜，國王退了妖氣，陡長精神，至五更三點，復出臨朝。朝畢，命請唐僧四眾，議尋公主。

長老隨至，朝上行禮。大聖三人，一同打個問訊。國王欠身道：「昨所雲公主孩兒，敢煩神僧為一尋救。」長老道：「貧僧前日自東來，行至天晚，見一座給孤布金寺，特進求宿，幸那寺僧相待。當晚齋罷，步月閒行，行至布金舊園，觀看基址，忽聞悲聲入耳。詢問其由，本寺一老僧，年已百歲之外，他屏退左右，細細的對我說了一遍，道：『悲聲者，乃舊年春深時，我正明性月，忽然一陣風生，就有悲怨之聲。下榻到祇園基上看處，乃是一個女子。詢問其故，那女子道：「我是天竺國王公主。因為夜間玩月觀花，被風刮至於此。」』那老僧多知人禮，即將公主鎖在一間僻靜房中。惟恐本寺頑僧污染，只說是妖精被我鎖住。公主識得此意，日間胡言亂語，討些茶飯吃了；夜深無人處，思量父母悲啼。那老僧也曾來國打聽幾番，見公主在宮無恙，所以不敢聲言舉奏。因見我徒弟有些神通，那老僧千叮萬囑，教貧僧來此查訪。不期他原是蟾宮玉兔為妖，假合真形，變作公主模樣。他卻又有心要破我元陽。幸虧我徒施威顯法，認出真假。今已被太陰星收去。賢公主見在布金寺裝瘋也。」國王見說此詳細，放聲大哭。早驚動三宮六院，都來問及前因。無一人不痛哭者。良久，國王又問：「布金寺離城多遠？」三藏道：「只有六十里路。」國王遂傳旨：「著東西二宮守殿，掌朝太師衛國，朕同正宮皇后帥多官，四神僧，去寺取公主也。」

當時擺駕，一行出朝。你看那行者就跳在空中，把腰一扭，先到了寺裡。眾僧慌忙跪接道：「老爺去時，與眾步行，今日何從天上下來？」行者笑道：「你那老師在於何處？快叫他出來，排設香案接駕。天竺國王、皇后、多官與我師父都來了。」眾僧不解其意，即請出那老僧。老僧見了行者，倒身下拜道：「老爺，公主之事如何？」行者把那假公主拋繡球，欲配唐僧，並趕捉賭鬥，與太陰星收去玉兔之言，備陳了一遍。那老僧又磕頭拜謝。行者攙起道：「且莫拜，且莫拜。快安排接駕。」眾

僧才知後房裡鎖得是個女子。一個個驚驚喜喜，便都設了香案，擺列山門之外，穿了袈裟，撞起鐘鼓等候。不多時，聖駕早到。果然是：

繽紛瑞靄滿天香，一座荒山倏被祥。虹流千載清河海，電繞長春賽禹湯。草木沾恩添秀色，野花得潤有餘芳。古來長者留遺跡，今喜明君降寶堂。

國王到於山門之外，只見那眾僧齊齊整整，俯伏接拜，又見孫行者立在中間，國王道：「神僧何先到此？」行者笑道：「老孫把腰略扭一扭兒，就到了。你們怎麼就走這半日？」隨後唐僧等俱到。

長老引駕，到於後面房邊，那公主還裝瘋胡說。老僧跪指道：「此房內就是舊年風吹來的公主娘。」國王即令開門。隨即打開鐵鎖，開了門。國王與皇后見了公主，認得形容，不顧穢污，近前一把摟抱道：「我的受苦的兒啊！你怎麼遭這等折磨，在此受罪！」真是父母子女相逢，比他人不同。

三人抱頭大哭。哭了一會，敘畢離情，即令取香湯，教公主沐浴更衣，上輦回國。

行者又對國王拱手道：「老孫還有一事奉上。」國王答禮道：「神僧有事吩咐，朕即從之。」行者道：「他這山，名為百腳山。近來說有蜈蚣成精，黑夜傷人，往來行旅，甚為不便。我思蜈蚣惟雞可以降伏，可選絕大雄雞千隻，撒放山中，除此毒蟲。就將此山名改換改換，賜文一道敕封，就當謝此僧存養公主之恩也。」國王甚喜，領諾。隨差官進城取雞；又改山名為寶華山，仍著工部辦料重修，賜與封號，喚做「敕建寶華山給孤布金寺」，把那老僧封為「報國僧官」，永遠世襲，賜俸三十六石。僧眾謝了恩，送駕回朝。公主入宮，各各相見。安排筵宴，與公主釋悶賀喜。后妃母子，復聚

首團圞。國王君臣，亦共喜，飲宴一宵不題。

次早，國王傳旨，召丹青圖下聖僧四眾喜容，供養在華夷樓上。又請公主新妝重整，出殿謝唐僧四眾救苦之恩。謝畢，唐僧辭王西去。那國王那裡肯放，大設佳宴，一連吃了五六日，著實好了呆子，盡力放開肚量受用。國王見他們拜佛心重，苦留不住，遂取金銀二百錠，寶貝各一盤奉謝。師徒們一毫不受。教擺鑾駕，請老師父登輦，差官遠送。那后妃並臣民人等俱各叩謝不盡。及至前途，又見眾僧叩送，俱不忍相別。行者見送者不肯回去，無已，捻訣，往巽地上吹口仙氣，一陣暗風，把送的人都迷了眼目，方才得脫身而去。

這正是：沐淨恩波歸了性，出離金海悟真空。畢竟不知前路如何，且聽下回分解。

第九十六回　寇員外喜待高僧　唐長老不貪富貴

色色原無色，空空亦非空。靜喧語默本來同，夢裡何勞說夢。

有用用中無用，無功功裡施功。還如果熟自然紅，莫問如何修種。

話表唐僧師眾，使法力，阻住那布金寺僧。僧見黑風過處，不見他師徒，以為活佛臨凡，磕頭而回不題。

他師徒們西行，正是春盡夏初時節：

清和天氣爽，池沼芰荷生。

梅逐雨餘熟，麥隨風裡成。

草香花落處，鶯老柳枝輕。

江燕攜雛習，山雞哺子鳴。

斗南當日永，萬物顯光明。

說不盡那朝餐暮宿，轉澗尋坡。在那平安路上，行經半月。前邊又見一城垣相近。三藏問道：「徒弟，此又是甚麼去處？」行者道：「不知，不知。」八戒笑道：「這路是你行過的，怎說不知？」行者道：「這呆子全不察理！這路雖是走過幾遍，那時只在九霄空裡，駕雲而來，駕雲而去，何曾落在此地？事不關心，查他做甚，此所以不知。」

卻有甚蹺蹊，又捉弄你也？」

說話間，不覺已至邊前。三藏下馬，過吊橋，徑入門裡。長街上，只見廊下坐著兩個老兒敘話。三藏叫：「徒弟，你們在那街心裡站住，低著頭，不要放肆，等我去那廊下，問個地方。」行者等果依言立住。長老近前合掌，叫聲：「老施主，貧僧問訊了。」那二老正在那裡閒講閒論，說甚興衰得失，誰聖誰賢，當時的英雄事業，而今安在，誠可謂大嘆息。忽聽得道聲問訊，隨答禮道：「長老有何話說？」三藏道：「貧僧乃遠方來拜佛祖的，適到寶方，不知是甚地名。那裡有向善的人家，化齋一頓？」老者道：「我敝處是銅台府。府後有一縣，叫做地靈縣。長老若要吃齋，不須募化，過此牌坊，南北街，坐西向東者，有一個虎坐門樓，乃是寇員外家。他門前有個萬僧不阻之牌。似你這遠方僧，盡著受用。去！去！去！莫打斷我們的話頭。」三藏謝了，轉身對行者道：「此處乃銅台府地靈縣。那二老道：『過此牌坊，南北街，向東虎坐門樓，有個寇員外家，他門前有個「萬僧不阻」之牌。』教我到他家去吃齋哩。」沙僧道：「西方乃佛家之地，真個有齋僧的。此間既是府縣，不必照驗關文，我們去化此齋吃了，就好走路。」

長老與三人緩步長街，又惹得那市口裡人，都驚驚恐恐，猜猜疑疑的，圍繞爭看他們相貌。長老吩咐閉口，只教：「莫放肆！莫放肆！」三人果低著頭，不敢仰視。轉過拐角，果見一條南北大街。正行時，見一個虎坐門樓，門裡邊影壁上掛著一面大牌，書著「萬僧不阻」四字。三藏道：「西方佛地，賢者、愚者，俱無詐偽。那二老說時，我猶不信，至此果如其言。」八戒村野，就要進去。行者道：「呆子且住。待有人出來，問及何如，方好進去。」沙僧道：「大哥說得有理。恐一時不分內外，惹施主煩惱。」在門口歇下馬匹、行李。

須臾間，有個蒼頭出來，提著一把秤，一隻籃兒，猛然看見，慌得丟了，倒跑進去報道：「主公！外面有四個異樣僧家來也！」那員外拄著拐，正在天井中閒走，口裡不住的念佛，一聞報道，就丟了拐，出來迎接。見他四眾，也不怕醜惡，只叫：「請進，請進。」三藏謙謙遜遜，一同都入。轉過一條巷子，員外引路，至一座房裡，說道：「此上手房宇，乃管待老爺們的佛堂、經堂、齋堂。下手的，是我弟子老小居住。」三藏稱讚不已。隨取袈裟穿了拜佛，舉步登堂觀看，但見那：

香雲靉靆，燭焰光輝。滿堂中錦簇花攢，四下裡金鋪彩絢。朱紅架，高掛紫金鐘；彩漆桌，對設花腔鼓。繡成八寶，盡戧黃金。古銅爐，古銅瓶，雕漆桌，雕漆盒。古銅爐內，常常不斷沉檀；古銅瓶中，每有蓮花現彩。雕漆桌上五雲鮮，雕漆盒中香瓣積。玻璃盞，淨水澄清；琉璃燈，香油明亮。一聲金磬，響韻虛徐。真個是紅塵不到賽珍樓，家奉佛堂欺上剎。

見那：

長老淨了手，拈了香，叩頭拜畢，卻轉回與員外行禮。員外道：「且住！請到經堂中相見。」又

方台竪櫃，玉匣金函。方台竪櫃，堆積著無數經文；玉匣金函，收貯著許多簡札。彩漆桌上，有紙墨筆硯，都是些精精致致的文房；椒粉屏前，有書畫琴棋，盡是些妙妙玄玄的真趣。放一口輕玉浮金之仙磬。掛一柄披風披月之龍髯。清氣令人神氣爽，齋心自覺道心閒。

長老到此，正欲行禮，那員外又攔住道：「請寬佛衣。」三藏脫了袈裟，才與長老見了。又請行者三人見了。又叫把馬餵了，行李安在廊下，方問起居。三藏道：「貧僧是東土大唐欽差，詣寶方謁靈山見佛祖求真經者。聞知尊府敬僧，故此拜見，求一齋就行。」員外面生喜色，笑吟吟的道：「弟子賤名寇洪，字大寬，虛度六十四歲。自四十歲上，許齋萬僧，才做圓滿。今已齋了二十四年，有一簿齋僧的帳目。連日無事，把齋過的僧名算一算，已齋過九千九百九十六員。止少四眾，不得圓滿。今日可可的天降老師四位，完足萬僧之數，請留尊諱。好歹寬住月餘，待做了圓滿，弟子著轎馬送老師上山。此間到靈山只有八百里路，苦不遠也。」三藏聞言，十分歡喜，都就權且應承不題。

他那幾個大小家僮，往宅裡搬柴打水，取米麵蔬菜，整治齋供，忽驚動員外媽媽問道：「是那裡來的僧，這等上緊？」僮僕道：「才有四位高僧，爹爹問他起居，他說是東土大唐皇帝差來的，往靈山拜佛爺爺。到我們這裡，不知有多少路程。爹爹說是天降的，吩咐我們快整齋，供養他也。」那老媼聽說也喜，叫丫鬟：「取衣服來我穿，我也去看看。」僮僕道：「奶奶，只一位看得，那三位看不

得，形容醜得狠哩。」老嫗道：「汝等不知。但形容醜陋，古怪清奇，必是天人下界。快先去報你爹爹知道。」那僮僕跑至經堂，對員外道：「奶奶來了，要拜見東土老爺哩。」三藏聽見，即起身下座。說不了，老嫗已至堂前。舉目見唐僧相貌軒昂，豐姿英偉。轉面見行者三人模樣非凡，雖知他是天人下界，卻也有幾分悚懼，朝上跪拜。三藏急急還禮道：「有勞菩薩錯敬。」老嫗問員外說道：「四位師父，怎不並坐？」八戒掬著嘴道：「我三個是徒弟。」噫！他這一聲，就如深山虎嘯。那媽媽一發害怕。

正說處，又見一個家僮來報道：「兩個叔叔也來了。」三藏急轉身看時，原來是兩個少年秀才。那秀才走上經堂，對長老倒身下拜，慌得三藏急便還禮。員外上前扯住道：「這是我兩個小兒，喚名寇梁、寇棟，在書房裡讀書方回，來吃午飯。知老師下降，故來拜也。」三藏喜道：「賢哉！賢哉！正是欲高門第須為善，要好兒孫在讀書。」

二秀才啟上父親道：「這老爺是那裡來的？」員外笑道：「來路遠哩。南贍部洲東土大唐皇帝欽差到靈山拜佛祖爺爺取經的。」秀才道：「我看《事林廣記》上，蓋天下只有四大部洲。我們這裡叫做西牛賀洲。還有個東勝神洲。想南贍部洲至此，不知走了多少年代？」三藏笑道：「貧僧在路，耽擱的日子多，行的日子少。常遭毒魔狠怪，萬苦千辛。甚虧我三個徒弟保護。共計一十四遍寒暑，方得至寶方。」

秀才聞言，稱獎不盡道：「真是神僧！真是神僧！」說未畢，又有個小的來請道：「齋筵已擺，請老爺進齋。」員外著媽媽與兒子轉宅，他卻陪四眾進齋堂吃齋。那裡鋪設的齊整。但見：

金漆桌案，黑漆交椅。前面是五色高果，第二行五盤小菜、第三行五碟水果，第四行五大盤閒食。般般甜美，件件馨香。素湯米飯，蒸卷饅頭，辣辣燙燙熱騰騰，盡皆可口，真足充腸。七八個僮僕往來奔奉，四五個庖丁不住手。

你看那上湯的上湯，添飯的添飯。一往一來，真如流星趕月。這豬八戒一口一碗，就是風捲殘雲。師徒們盡受用了一頓。長老起身，對員外謝了齋，就欲走路。那員外攔住道：「老師，放心住幾日兒。常言道：『起頭容易結梢難。』只等我做過了圓滿，方敢送程。」三藏見他心誠意懇，沒奈何住了。

早經過五七遍朝夕，那員外才請了本處應佛僧二十四員，辦做圓滿道場。眾僧們寫作有三四日，選定良辰，開啟佛事。他那裡與大唐的世情一般，卻倒也：

大揚幡，鋪設金容；齊秉燭，燒香供養。擂鼓敲鐃，吹笙捻管。雲鑼兒，橫笛音清，也都是尺工字樣。打一回，吹一蕩，朗言齊語開經藏。先安土地，次請神將。發了文書，拜了佛像。談一部《孔雀經》，句句消災障；點一架藥師燈，焰焰輝光亮。拜水懺，解冤怨；諷《華嚴》，除誹謗。三乘妙法甚精勤，一二沙門皆一樣。

如此做了三晝夜，道場已畢。唐僧想著雷音，一心要去，又相辭謝。員外道：「老師辭別甚急，想是連日佛事冗忙，多致簡慢，有見怪之意。」三藏道：「深擾尊府，不知何以為報，怎敢言怪！但

只當時聖君送我出關，問幾時可回，我就誤答三年可回。不期在路耽擱，今已十四年矣！取經未知有無，及回又得十二三年，豈不違背聖旨？罪何可當！望老員外讓貧僧前去，待取得經回，再造府久住些時，有何不可！」八戒忍不住，高叫道：「師父忒也不從人願！不近人情！老員外大家巨富，許下這等齋僧之願，今已圓滿，又況留得至誠，須住年把，也不妨事；只管要去怎的？放了這等現成好齋不吃，卻往人家化募！前頭有你甚老爺、老娘家哩？」長老咄的喝了一聲道：「你這夯貨，只知要吃，更不管回向之因，正是那『槽裡吃食，胃裡擦癢』的畜生！汝等既要貪此嗔痴，明日等我自家去罷。」行者見師父變了臉，即揪住八戒，著頭打一頓拳，罵道：「呆子不知好歹，惹得師父連我們都怪了！」沙僧笑道：「打得好！打得好！只這等不說話，還惹人嫌，且又插嘴！」那呆子氣呼呼的，立在旁邊，再不敢言。員外見他師徒們生惱，只得滿面陪笑道：「老師莫焦躁，今日且少寬容，待明日我辦些旗鼓，請幾個鄰裡親戚，送你們起程。」

正講處，那老嫗又出來道：「老師父，既蒙到舍，不必苦辭。今到幾日了？」三藏道：「已半月矣。」老嫗道：「這半月算我員外的功德。老身也有些針線錢兒，也願齋老師父半月。」說不了，寇棟兄弟又出來道：「四位老爺，家父齋僧二十餘年，更不曾遇著好人，今幸圓滿，四位下降，誠然是蓬屋生輝。學生年幼，不知因果，常聞得有云：『公修公得，婆修婆得，不修不得。』我家父、家母，各欲獻芹者，正是各求得些因果，何必苦辭？就是愚兄弟，也省得有些束修錢兒，也只望供養老爺半月，方才送行。」三藏道：「令堂老菩薩盛情，已不敢領，怎麼又承賢昆玉厚愛？決不敢領。今朝定要起身。萬勿見罪。不然，久違欽限，罪不容誅矣。」那老嫗與二子見他執一不住，便生惱來道：「好意留他，他這等固執要去，要去便就去了罷！只管勞叨甚麼！」母子遂抽身進去。八戒忍不

住口，又對唐僧道：「師父，不要拿過了班兒，了了他母子的願心也罷了，只管忙怎的？」唐僧又咄了一聲，喝道：『留得在，落得怪。』我們且住一個月兒，那呆子就自家把嘴打了兩下道：「唪！唪！唪！」說道：「莫多話！文做聲了！」行者與沙僧揪揪的笑在一邊。唐僧又怪行者道：「你笑甚麼？」即捻訣要念《緊箍兒咒》，慌得個行者跪下道：「師父，我不曾笑，我不曾笑！千萬莫念，莫念！」

員外又見他師徒們漸生煩惱，再也不敢苦留，只叫：「老師不必吵鬧，准於明早送行。」遂此出了經堂，吩咐書辦，寫了百十個簡帖兒，邀請鄰里親戚，明早奉送唐朝老師西行。一壁廂又叫庖人安排餞行的筵宴；一壁廂又叫管辦的做二十對彩旗，覓一班吹鼓手樂人，南來寺裡請一班和尚，東岳觀裡請一班道士，限明日巳時，各項俱要整齊。眾執事領命去訖。不多時，天又晚了。吃了晚齋，各歸寢處。正是那：

月皎風清花弄影，
銀河慘淡映星辰。
子規啼處更深矣，
天籟無聲大地鈞。
幾點歸鴉過別村，
樓頭鐘鼓遠相聞。
六街三市人煙靜，
萬戶千門燈火昏。

當時三四更天氣，各管事的家僮，盡皆早起，買辦各項物件。你看那辦筵席的，廚上慌忙；置彩旗的，堂前吵鬧；請僧道的，兩腳奔波；叫鼓樂的，一身急縱；送簡帖的，東走西跑；備轎馬的，上呼下應。這半夜，直嚷至天明，將巳時前後，各項俱完，也只是有錢不過。

卻表唐僧師徒們早起，又有那一班人供奉。長老吩咐收拾行李，扣備馬匹。呆子聽說要走，又努

嘴胖唇，唧唧噥噥，只得將衣鉢收拾，找啟高肩擔子。沙僧刷鞄馬匹，套起鞍轡伺候。行者將九環杖遞在師父手裡，他將通關文牒的引袋兒，掛在胸前，只是一齊要走。員外又都請至後面大廠廳內。那裡面又鋪設了筵宴，比齋堂中相待的更是不同。但見那：

簾幕高掛，屏圍四繞。正中間，掛一幅壽山福海之圖；兩壁廂，列四軸春夏秋冬之景。龍文鼎內香飄靄，鵲尾爐中瑞氣生。看盤簇彩，寶妝花色色鮮明；排桌堆金，獅仙糖齊齊擺列。階前鼓舞按宮商，堂上果肴鋪錦繡。素湯素飯甚清奇，香酒香茶多美豔。雖然是百姓之家，卻不亞王侯之宅。只聽得一片歡聲，真個也驚天動地。

長老正與員外作禮，只見家僮來報：「客俱到了。」卻是那請來的左鄰、右舍、妻弟、姨兄、姐夫、妹丈；又有那些同道的齋公，念佛的善友，一齊都向長老禮拜。拜畢，各各敘坐。只見堂下面鼓瑟吹笙，堂上邊弦歌酒宴，八戒留心，對沙僧道：「兄弟，放懷放量吃些兒。離了寇家，再沒這好豐盛的東西了！」沙僧笑道：「二哥說那裡話！常言道：『珍饈百味，一飽便休。只有私房路，那有私房肚？』」八戒道：「你也忒不濟！不濟！我這一頓盡飽吃了，就是三日也急忙不餓。」行者聽見道：「呆子，莫脹破了肚子！如今要走路哩！」

說不了，日將中矣。長老在上舉箸，念《揭齋經》。八戒慌了，拿過添飯來，一口一碗，又丟戤有五六碗，把那饅頭、卷兒、餅子、燒果，沒好沒歹的，滿滿籠了兩袖，才跟師父起身。長老謝了員外，又謝了眾人，一同出門。你看那門外擺著彩旗寶蓋，鼓手樂人。又見那兩班僧道方來，員外笑

道：「列位來遲，老師去急，不及奉齋，俟回來謝罷。」眾等讓敘道路，抬轎的抬轎，騎馬的騎馬，步行的步行，都讓長老四眾前行。只聞得鼓樂喧天，旗幡蔽日，人煙湊集（聚集），車馬駢填，都來看寇員外迎送唐僧。這一場富貴，真賽過珠圍翠繞，誠不亞錦帳藏春！

那一班僧，打一套佛曲；那一班道，吹一道玄音，俱送出府城之外。行至十里長亭，又設著筵食壺漿，擎杯把盞，相飲而別。那員外猶不忍捨，噙著淚道：「老師取經回來，是必到舍再住幾日，以了我寇洪之心。」三藏感之不盡，謝之無已道：「我若到靈山，得見佛祖，首表員外之大德。回時定踵門叩謝，叩謝！」說說話兒，不覺的又有二三里路。長老懇切拜辭。那員外又放聲大哭而轉。這正是：

　　有願齋僧歸妙覺，無緣得見佛如來。

且不說寇員外送至十里長亭，同眾回家。卻說他師徒四眾，行有四五十里之地，天色將晚。長老道：「天晚了，何方借宿？」八戒挑著擔，努著嘴道：「放了現成茶飯不吃，清涼瓦屋不住，卻要走甚麼路，像搶喪踵魂的！如今天晚，倘下起雨來，卻如之何！」三藏罵道：「潑孽畜，又來報怨了！常言道：『長安雖好，不是久戀之家。』待我們有緣拜了佛祖，取得真經，那時回轉大唐，奏過主公，將那御廚裡飯，憑你吃上幾年，脹死你這孽畜，教你做個飽鬼！」那呆子嚇嚇的暗笑，不敢復言。

行者舉目遙觀，只見大路旁有幾間房宇，急請師父道：「那裡安歇，那裡安歇。」長老至前，見

是一座倒塌的牌坊，坊上有一舊匾，匾上有落顏色積塵的四個大字，乃「華光行院」。長老下了馬道：「華光菩薩是火焰五光佛的徒弟。因剿除毒火鬼王，降了職，化做五顯靈官。此間必有廟祝。」遂一齊進去。但見廊房俱倒，牆壁皆傾，更不見人之蹤跡，只是些雜草叢菁。欲抽身而出，不期天上黑雲蓋頂，大雨淋漓。沒奈何，卻在那破房之下，揀遮得風雨處，將身躲避。密密寂寂，不敢高聲，恐有妖邪知覺。坐的坐，站的站，苦捱了一夜未睡。

咦！真個是：泰極還生否，樂處又逢悲。畢竟不知天曉向前去還是如何，且聽下回分解。

第九十七回

金酬外護遭魔蟄　聖顯幽魂救本原

且不言唐僧等在華光破屋中，苦奈夜雨存身。卻說銅台府地靈縣城內有伙凶徒，因宿娼、飲酒、賭博，花費了家私，無計過活，遂伙了十數人做賊，算道本城那家是第一個財主，那家是第二個財主，去打劫些金銀用度。內有一人道：「也不用緝訪，也不須算計，只有今日送那唐朝和尚的寇員外家，十分富厚。我們乘此夜雨，街上人也不防備，火甲等也不巡邏，就此下手，劫他些資本，我們再去嫖賭兒耍子，豈不美哉！」眾賊歡喜，齊了心，都帶了短刀、蒺藜、拐子、悶棍、麻繩、火把，冒雨前來。打開寇家大門，吶喊殺入。慌得他家裡，若大若小，是男是女，俱躲個乾淨。那媽媽兒躲在床底；老頭兒閃在門後；寇梁、寇棟與著親的幾個兒女，都戰戰兢兢的四散逃走顧命。那伙賊，拿著刀，點著火，將他家箱籠打開，把些金銀寶貝，首飾衣裳，器皿家伙，盡情搜劫。那員外割捨不得，拼了命，走出門來，對眾強人哀告道：「列位大王，彀你用的便罷，可憐三魂渺渺歸陰府，七魄悠悠別世人！眾賊得了手，走出寇家，順城腳做了軟梯，漫城牆一一繫出，冒著雨連夜奔西而去。那寇家僅那眾強人那容分說，趕上前，把寇員外撩陰一腳，踢翻在地，可憐三魂渺渺歸陰府，七魄悠悠別世人！眾賊得了手，走出寇家，順城腳做了軟梯，漫城牆一一繫出，冒著雨連夜奔西而去。那寇家僅

僕，見賊退了，方才出頭。及看時，老員外已死在地下。放聲哭道：「天呀！主人公已打死了！」眾皆伏屍而哭，悲悲啼啼。

將四更時，那媽媽想恨唐僧等不受他的齋供，因為花撲撲的送他，惹出這場災禍，便生妒害之心，欲陷他四眾。扶著寇梁道：「兒啊，不須哭了。你老子今日也齋僧，明日也齋僧，豈知今日做圓滿，齋著那一伙送命的僧也！」他兄弟道：「母親，怎麼是送命的僧？」媽媽道：「賊勢凶勇，殺進房來，我就躲在床下，戰兢兢的留心向燈火處看得明白。你說是誰？點火的是唐僧，持刀的是豬八戒，搬金銀的是沙和尚，打死你老子的是孫行者。」二子聽言，認了真實道：「母親既然看得明白，必定是了。他四人在我家住了半月，將我家門戶牆垣、窗櫺巷道，俱看熟了，財動人心，所以乘此夜雨，復到我家。即劫去財物，又害了父親，此情何毒！待天明到府裡遞失狀坐名告他。」寇棟道：「失狀如何寫？」寇梁道：「就依母親之言。寫道：

「唐僧點著火，八戒叫殺人。
沙和尚劫出金銀去，孫行者打死我父親。」

一家子吵吵鬧鬧，不覺天曉。一壁廂傳請親人，置辦棺木；一壁廂寇梁兄弟，赴府投詞（到官府遞交訴訟狀子）。

原來這銅台府刺史正堂大人……

平生正直，素性賢良。少年向雪案攻書，早歲在金鑾對策（指參加科舉考試）。常懷忠義之心，每切仁慈之念。名揚青史播千年，龔黃（龔遂和黃霸，西漢著名的良吏）再見；聲振黃堂傳萬古，卓魯（後漢良吏卓茂和魯恭）重生。

當時坐了堂，發放了一應事務，即令抬出放告牌。這寇梁兄弟抱牌而入，跪倒高叫道：「爺爺，小的們是告強盜得財，殺傷人命重情事。」刺史接上狀去，看了這般這的，如此如彼，即問道：「昨日有人傳說，你家齋僧圓滿，齋得四眾高僧，乃東土唐朝的羅漢，花撲撲的滿街鼓樂送行，怎麼卻有這般事情？」寇梁等磕頭道：「爺爺，小的父親寇洪，齋僧二十四年，因這四僧遠來，恰足萬僧之數；因此做了圓滿，留他住了半月。他就將路道、門窗都看熟了。當日送出，當晚復回，乘黑夜風雨，遂明火執杖，殺進房來，劫去金銀財寶，衣服首飾；又將父打死在地。望爺爺與小民做主！」刺史聞言，即點起馬步快手並民壯人役，共有百五十人，各執鋒利器械，出西門一直來趕唐僧四眾。

卻說他師徒們，在那華光行院破屋下挨至天曉。方才出門，上路奔西。可可的那些強盜當夜打劫了寇家，繫出城外，也向西方大路上，行經天曉，走過華光院西去，有二十里遠近，藏於山凹中，分撥金銀等物。分還未了，忽見唐僧四眾順路而來，眾賊心猶不歇，指定唐僧道：「那不是昨日送行的和尚來了！」眾賊笑道：「來得好！來得好！我們也是幹這般沒天理的買賣。這些和尚緣路來，又在寇家許久，不知身邊有多少東西，我們索性去截住他，奪了盤纏，搶了白馬湊分，卻不是遂心滿意之事？」眾賊遂持兵器，吶一聲喊，跑上大路，一字兒擺開。叫道：「和尚！不要走！快留下買路錢，饒你性命！牙迸半個『不』字，一刀一個，決不留存！」唬得個唐僧在馬上亂戰，沙僧與八戒心慌，

對行者道：「怎的了！怎的了！苦奈得半夜雨天，又早遇強徒斷路，誠所謂『禍不單行』也！」行者笑道：「師父莫怕，兄弟勿憂。等老孫去問他一問。」

好大聖，束一束虎皮裙子，抖一抖錦布直裰，走近前，叉手當胸道：「列位是做甚麼的？」賊徒喝道：「這廝不知死活，敢來問我！你顧下沒眼，不認得我是大王爺爺？快將買路錢來，放你過去！」行者聞言，滿面陪笑道：「你原來是剪徑的強盜！」賊徒發狠叫：「殺了！」行者假假的驚恐道：「大王！大王！我是鄉村中的和尚，不會說話，莫怪，莫怪！若要買路錢，不要問那三個，只消問我。我是個管帳的。凡有經錢、襯錢，那裡化緣的、布施的，都在包袱中，盡是我管出入。那個騎馬的，雖是我的師父，他卻只會念經，不管閒事，財色俱忘，一毫沒有。那個黑臉的，是我半路上收的個後生，只會養馬。那個長嘴的，是我雇的長工，只會挑擔。你把三個放過去，我將盤纏、衣缽，盡情送你。」眾賊聽說：「這個和尚倒是個老實頭兒。既如此，饒了你命，教那三個丟下行李，放他過去。」

行者回頭使個眼色，沙僧就丟了行李擔子，與師父牽著馬，同八戒往西徑走。行者低頭打開包袱，就地摳把塵土，往上一灑，念個咒語，乃是個定身之法；喝一聲「住！」那伙賊——共有三十來名——一個個咬著牙，睜著眼，撒著手，直直的站定，莫不能言語，不得動身。行者跑出路口，叫道：「師父，回來！回來！」八戒慌了道：「不好，不好！師兄叫我們來了！他身上又無錢財，包袱裡又無金銀，必定是叫師父要馬哩。叫我們是剝衣服了。」沙僧笑道：「二哥莫亂說！大哥是個得的。向者那般毒魔狠怪，也能收服，怕這幾個毛賊？他那裡招呼，必有話說，快回去看看。」長老聽言，欣然轉馬，回至邊前，叫道：「悟空，有甚事叫回來也？」行者道：「你們看這些賊是怎的

說？」八戒近前推著他，叫道：「強盜，你怎的不動彈了？」那賊渾然無知，不言不語。八戒道：「好的痴啞了！」行者笑道：「是老孫使個定身法定住也。」八戒道：「既定了身，未曾定口，怎麼連聲也不做？」行者道：「師父請下馬坐著。常言道：『只有錯拿，沒有錯放。』兄弟，你們把賊都扳翻倒，捆了，教他供一個供狀，看他是個雛兒強盜，把勢強盜。」沙僧道：「沒繩索哩。」行者即拔下些毫毛，吹口仙氣，變作三十條繩索，一齊下手，把賊扳翻，都四馬攢蹄捆住，那伙賊漸漸蘇醒。

行者請唐僧坐在上首，他三人各執兵器喝道：「毛賊！你們一起有多少人？做了幾年買賣？打劫了有多少東西？可曾殺傷人口？還是初犯，卻是二犯，三犯？」眾賊開口道：「爺爺饒命！」行者道：「莫叫喚！從實供來！」眾賊道：「老爺，我們不是久慣做賊的，都是好人家子弟。只因不才，吃酒賭錢，宿娼頑耍，將父祖家業，盡花費了，一向無幹，又無錢用。訪知銅台府城中寇員外家資財豪富，昨日合伙，當晚乘夜雨昏黑，就去打劫。劫的有些金銀服飾，在這路北下山凹裡正自分贓，忽見老爺們來。內中有認得是寇員外送行的，必定身邊有物；又見行李沉重，白馬快走，人心不足，故又來邀截。豈知老爺有大神通法力，將我們困住。萬望老爺慈悲，收去那劫的財物，饒了我的性命也！」

三藏聽說是寇家劫的財物，猛然吃了一驚，慌忙站起道：「悟空，寇老員外十分好善，如何招此災厄？」行者笑道：「只為送我們起身，那等彩帳花幢，盛張鼓樂，驚動了人眼目，所以這伙光棍就去下手他家。今又幸遇著我們，奪下他這許多金銀服飾。」三藏道：「我們擾他半月，感激厚恩，無以為報，不如將此財物護送他家，卻不是一件好事？」行者依言。即與八戒、沙僧，去山凹裡取將那

些贓物，收拾了，馱在馬上。又教八戒挑了一擔金銀，沙僧挑著自己行李。行者欲將這伙強盜一棍盡情打死，又恐唐僧怪他傷人性命，只得將身一抖，收上毫毛。那伙賊鬆了手腳，爬起來，一個個落草逃生而去。這唐僧轉步回身，將財物送還員外。

這一去，卻似飛蛾投火，反受其殃。有詩為證。詩曰：

恩將恩報人間少，反把慈變作仇。

下水救人終有失，三思行事卻無憂。

三藏師徒們將著金銀服飾拿轉，正行處，忽見那槍刀簇簇而來。三藏大驚道：「徒弟，你看那兵器簇擁相臨，是甚好歹？」八戒道：「禍來了，禍來了！這是那放去的強盜，他取了兵器，又伙了些人，轉過路來與我們鬥殺也！」沙僧道：「二哥，那來的不是賊勢。——大哥，你仔細觀之。」行者悄悄的向沙僧道：「師父的災星又到了，此必是官兵捕賊之意。」說不了，眾兵卒至邊前，撒開個圈子陣，把他師徒圍住道：「好和尚！打劫了人家東西，還在這裡搖擺哩！」一擁上前，先把唐僧抓下馬來，用繩捆了；又把行者三人，也一齊捆了；穿上扛子，兩個抬一個，趕著馬，奪了擔，徑轉府城。只見那：

唐三藏，戰戰兢兢，滴淚難言。豬八戒，絮絮叨叨，心中報怨。沙和尚，囊突突，意下躊躇。孫行者，笑嘻嘻，要施手段。

眾官兵攢擁扛抬，須臾間，拿到城裡。徑自解上黃堂報道：「老爺，民快（負責捕獲盜賊的人員）人等，捕獲強盜來了。」那刺史端坐堂上，賞勞了民快，撿看了賊贓，當叫寇家領去。卻將三藏等提近廳前，問道：「你這起和尚，口稱是東土遠來，向西天拜佛，卻原來是些說法罷看門路，打家劫舍之賊！」三藏道：「大人容告：貧僧實不是賊，決不敢假，隨身現有通關文牒可照。只因寇員外家齋我等半月，情意深重，我等路遇強盜，奪轉打劫寇家的財物，因送還寇家報恩，不期民快人等捉獲，以為是賊，實不是賊，報官報恩？如何只是你四眾！你看！寇遞遞得失狀，坐名告你，你還敢展掙？」三藏聞言，一似大海烹舟，魂飛魄喪。叫：「悟空，你何不上來折辨？」行者道：「有贓是實，折辨何為！」刺史道：「正是啊！贓證現存，還敢抵賴？」叫手下：「拿腦箍來，把這禿賊的光頭箍他一箍，然後再打！」行者慌了，心中暗想道：「雖是我師父該有此難，還不可教他十分受苦。」他見那皂隸們收拾索子，結腦箍，即便開口道：「大人且莫箍那個和尚。昨夜打劫寇家，點火的也是我，持刀的也是我，劫財的也是我，殺人的也是我。我是個賊頭，要打只打我，與他們無干。但只不放我便是。」刺史聞言，就教：「先箍起這個來。」皂隸們齊來上手，把行者套上腦箍，收緊了一勒，扯撲的把索子斷了。又結又箍，一連箍了三四次，他的頭皮，皺也不曾皺一些兒。卻又換索子再結時，只聽得有人來報道：「老爺，都下陳少保爺爺到了，請老爺出郭迎接。」那刺史即命刑房吏：「把賊收監，好生看轄。待我接過上司，再行拷問。」刑房吏遂將唐僧四眾，推進監門。八戒、沙僧將自己行李擔進隨身。

三藏道：「徒弟，這是怎麼起的？」行者笑道：「師父，進去！進去！這裡邊沒狗叫，倒好要

子！」可憐把四眾捉將進去，一個個都推入轄床（古代殘酷的刑具），扣拽了滾肚、敵腦、攀胸（三種不同的刑具）。禁子們又來亂打。三藏苦痛難禁，只叫：「悟空！怎的好！怎的好！」行者道：「他打是要錢哩。常言道：『好處安身，苦處用錢。』如今與他些錢，便罷了。」三藏道：「我的錢自何來？」行者道：「若沒錢，衣物也是。把那袈裟與了他罷。」三藏聽說，就如刀刺其心。一時間見他打不過，只得開言道：「悟空，隨你罷。」行者便叫：「列位長官，不必打了。我們擔進來的那兩個包袱中，有一件錦襴袈裟，價值千金。你們解開拿了去罷。」眾禁子聽言，一齊動手，把兩個包袱解看。雖有幾件布衣，雖有個引袋，俱不值錢。只見幾層油紙包裹著一物，霞光焰焰，知是好物。抖開看時，但只見：

　　巧妙明珠綴，稀奇佛實攢。
　　盤龍鋪繡結，飛鳳錦沿邊。

眾皆爭看，又驚動本司獄官。走來喝道：「你們在此嚷甚的？」禁子們跪道：「老爹才子卻提控，送下四個和尚，乃是大伙強盜。他見我們打了他幾下，把這兩個包袱與我。我們打開看時，見有此物，無可處置。若眾人扯破分之，其實可惜；若獨歸一人，眾人無利。幸老爹來，憑老爹做個劈著（裁判）。」獄官見了，乃是一件袈裟，又將別項衣服，並引袋兒通檢看了。又打開袋內關文一看，見有各國的寶印花押，道：「早是我來看呀！不然，你們都撞出事來了。這和尚不是強盜。切莫動他衣物。待明日太爺再審，方知端的。」眾禁子聽言，將包袱還與他，照舊包裹，交與獄官收訖。

　　漸漸天晚，聽得樓頭起鼓，火甲巡更。捱至四更三點，行者見他們都不呻吟，盡皆睡著。他暗想道：「師父該有這一夜牢獄之災。老孫不開口折辨，不使法力者，蓋為此耳。如今四更將盡，災將滿矣。我須去打點打點，天明好出牢門。」你看他弄本事，將身小一小，脫出轄床，搖身一變，變做個蜢蟲兒，從房簷瓦縫裡飛出。見那星光月皎，正是清和夜靜之天，他認了方向，徑飛向寇家門首。只見那街西下一家兒燈火明亮。又飛近他門口看時，原來是個做豆腐的。見一個老頭兒燒火，媽媽兒擠漿。那老兒忽的叫聲：「媽媽，寇大官且是有子有財，只是沒壽。我和他小時，同學讀書，我還大他五歲。他老子叫做寇銘，當時也不上千畝田地，放些租帳，也討不起。他到二十歲時，那銘老兒死了，他掌著家當，其實也是他一步好運。娶的妻是那張旺之女，小名叫做穿針兒，卻倒旺夫。自進他門，種田又收，放帳又起；買著的有利，做著的賺錢，被他如今掙了有十萬家私。他到四十歲上，就回心向善，齋了萬僧。不期昨夜被強盜踢死。可憐！今年才六十四歲，正好享用，何期這等向善，不得好報，乃死於非命？可嘆！可嘆！」

　　行者一一聽之，卻早五更初點。他就飛入寇家，只見那堂屋裡已停著棺材，材頭邊點著燈，擺列著香燭花果，媽媽在旁啼哭；又見他兩個兒子也來拜哭，兩個媳婦拿兩盞兒飯供獻；寇梁兄弟伏地在下，不敢動。只叫：「爹爹，咳嗽了一聲。唬得那兩個媳婦，查手舞腳的往外跑；兩個兒子膽大，把材頭撲了一把道：「老爹爹！爹……」那媽媽子膽大，把材頭撲了一把道：「老員外，你活了？」行者學著那員外的聲音道：「我不曾活。」兩個兒子一發慌了，不住的叩頭垂淚，只叫：「爹爹！嚛！嚛！嚛！」媽媽子硬著膽，又問道：「員外，你不曾活，如何說話？」行者道：「我是閻王差鬼使押將來家與你們講話的。說道：『那張氏穿針兒枉口誑舌，陷害無辜。』」那媽媽子聽見叫他小名，慌得跪倒磕頭

道：「好老兒啊！這等大年紀還叫我的小名兒！我那些枉口誑舌，害甚麼無辜？」行者喝道：「那裡

有個甚麼『唐僧點著火，八戒叫殺人。沙僧劫出金銀去，行者打死你父親』？只因你誑言，把那好人

受難：那唐朝四位老師，路遇強徒，奪將財物，送來謝我，是何等好意！你卻假捻失狀，著兒子們首

官，官府又未細審；又如今把他們監禁，那獄神、土地、城隍俱慌了，坐立不寧，報與閻王。閻王轉

差鬼使押解我來家，教你們趁早解放他去；不然，教我在家攪鬧一月，將合門老幼並雞狗之類，一個

也不存留！」寇梁兒弟又磕頭哀告道：「爹爹請回，切莫傷殘老幼。待天明就去本府投遞解狀，願認

招回，只求存歿均安也。」行者聽了，即叫：「燒紙，我去呀！」他一家兒都來燒紙。

行者一翅飛起，徑又飛至刺史住宅裡面。低頭觀看，那房內裡已有燈光，見刺史已起來了。他就

飛進中堂看時，只見中間後壁掛著一軸畫兒，是一個官兒騎著一匹點子馬，有幾個從人，打著一把青

傘，搴著一張交床，更不識是甚麼故事，行者就釘在中間，忽然那刺史自房裡出來，彎著腰梳洗。行

者猛的裡咳嗽一聲，把刺史嚇得慌慌張張，走入房內。梳洗畢，穿了大衣，即出來對著畫兒焚香禱告

道：「伯考姜公乾一神位。孝侄姜坤三蒙祖上德蔭，忝中甲科，今叨受銅台府刺史，旦夕侍奉香火不

絕，為何今日發聲？切切勿為邪為祟，恐唬家眾。」行者暗笑道：「此是他大爺的神子！」卻就綽著經

兒叫道：「坤三賢侄，你做官雖承祖蔭，一向清廉，怎的昨日無知，把四個聖僧當賊，四

於禁內！那獄神、土地、城隍不安，報與閻君，閻君差鬼使押我來對你說，教你推情察理，快快解放

他；不然，就教你去陰司折證也。」刺史聽說，心中悚懼道：「大爺請回，小侄升堂，當就釋放。」

行者道：「既如此，燒紙來。我去見閻君回話。」刺史復添香燒紙拜謝。

行者又飛出來看時，東方早已發白。及飛到地靈縣，又見那合縣官卻都在堂上。他思道：「蟲蟲

兒說話，被人看見，露出馬腳來不好。」他就半空中，改了個大法身，從空裡伸下一隻腳來，把個縣堂屋滿。口中叫道：「眾官聽著：吾乃玉帝差來的浪蕩游神。說你這府監裡屈打了取經的佛子，驚動三界諸神不安，教吾傳說，趁早放他；若有差池，教我再來一趟，先踢死合府縣官，後屈死四境居民，把城池都踏為灰燼！」概縣官吏人等，慌得一齊跪倒，磕頭禮拜道：「上聖請回。我們如今進府，稟上府尊，即教放出。千萬莫動腳，驚唬死下官。」行者才收了法身，仍變做個蟭蟟蟲兒，從監房瓦縫兒飛入，依舊鑽在轄床中間睡著。

卻說那刺史升堂，才抬出投文牌去，早有寇梁兄弟，抱牌跪門叫喊。刺史著令進來。二人將解狀遞上。刺史見了，發怒道，「你昨日遞了失狀，就與你拿了賊來，怎麼今日又來遞解狀？」二人滴淚道：「老爺，今夜小的父親顯魂道：『唐朝聖僧，原將賊徒拿住，奪獲財物，放了賊去，好意將財物送還我家報恩，怎麼反將他當賊，拿在獄中受苦！獄中土地城隍俱不安，報了閻王，閻王差鬼使押解我來教你赴府再告，釋放唐僧，庶免災咎；不然，老幼皆亡。』因此，特來遞個解詞。望老爺方便！方便！」刺史他說了這話，卻暗想道：「他那父親，乃是熱屍新鬼，顯魂報應猶可；我伯父死去五六年了，卻怎麼今夜也來顯魂，教我審放？」正忖度間，只見那地靈縣知縣等官，急急跑上堂，亂道：「老大人，不好了！不好了！適才玉帝差浪蕩游神下界，教你快放城中好人。昨日拿的那些和尚，不是強盜，都是取經的佛子。若少遲延，就要踢殺我等官員，還要把城池連百姓盡踏為灰燼。」刺史又大驚失色，即叫刑房吏火速寫牌提出。當時開了監門提出。八戒愁道：「今日又不知怎的打哩。」行者笑道：「管你一下兒也不敢打。出去切不可下跪，他還要下來請我們上坐。卻等我問他要行李，要馬匹。少了一老孫俱已幹辦停當。上堂切不可下跪，

些兒，等我打他你看。」

說不了，已至堂口。那刺史、知縣並府縣大小官員，一見都下來迎接道：「聖僧昨日來時，一則接上司忙迫，二則又見了所獲之臟，未及細問端的。」唐僧合掌躬身，又將前情細陳了一遍。眾官滿口認稱，都道：「錯了，錯了！莫怪，莫怪！」又問獄中可曾有甚疏失。行者近前努目睜看，厲聲高叫道：「我的白馬是堂上人得了，行李是獄中人得了，快快還我！今日卻該我拷較你們了！枉拿平人做賊，你們該個甚罪？」府縣官見他作惡，無一個不怕，即便叫收馬的牽馬來，收行李的取行李來，一一交付明白。你看他三人一個個逞凶，眾官只以寇家遮飾。三藏勸解了道：「徒弟，是他不得明白。我們且到寇家去，一則吊問，二來與他對證對證，看是何人見我做賊。」行者道：「說得是。等老孫把那死的叫起來，看是那個打他。」沙僧就在府堂上把唐僧撮上馬，吆吆喝喝，一擁而出。那些府縣多官，也一一俱到寇家。唬得那寇梁兄弟在門前不住的磕頭，接進廳。只見他孝堂之中，一家兒都在孝幔裡啼哭。行者叫道：「那打誑語栽害平人的媽媽子，且莫哭！等老孫叫你老公來，看他說是那個打死的，羞他一羞！」眾官員只道孫行者說的是笑話。行者道：「列位大人，略陪我師父坐坐。八戒、沙僧，好生保護。等我去了就來。」

好大聖，跳出門，望空就起。只見那遍地彩霞籠住宅，一天瑞氣護元神。眾等方才認得是個騰雲駕霧之仙，起死回生之聖。這裡一一焚香禮拜不題。

那大聖一路筋斗雲，直至幽冥地界，徑撞入森羅殿上，慌得那……

十代閻君拱手接，五方鬼判叩頭迎。千株劍樹皆欹側，萬迭刀山盡坦平。

枉死城中魃魅化，奈河橋下鬼超生。正是那神光一照如天赦，黑暗陰司處處明。

十閻王接下大聖，相見了，問及何來何幹。行者道：「銅台府地靈縣齋僧的寇洪之鬼，是那個收緣簿子的案長。既大聖來取，我再延他陽壽一紀（十二年），教他跟大聖去。」金衣童子遂領出寇洪。寇洪見了行者，聲聲叫道：「老師！老師！救我一救！」行者道：「你被強盜踢死。此乃陰司地藏王菩薩之處。我老孫特來取你到陽世間，對明此事。既蒙菩薩放回，又延你陽壽一紀，待十二年之後，你再來也。」那員外頂禮不盡。

行者謝辭了菩薩，將他吹化為氣，掉於衣袖之間，同去幽府，復返陽間。駕雲頭，到了寇家。即喚八戒撬開材蓋，把他魂兒推付本身。須臾間，透出氣來活了。那員外爬出材來，對唐僧四眾磕頭道：「師父！師父！寇洪死於非命，蒙師父至陰司救活，乃再造之恩！」言謝不已。及回頭，見各官羅列，即又磕頭道：「列位老爹都如何在舍？」那刺史道：「你兒子始初遞失狀，坐名告了聖僧，我即差人捕獲；不期聖僧路遇殺劫你家之賊，奪取財物，送還你家；縣中又蒙浪蕩游神下界，一時就有這許多顯應，所以放出聖僧。今夜被你顯魂，我先伯亦來家訴告；是我下人誤捉，未得詳審，當送監禁。」那員外跪道：「老爹，其實枉了這四位聖僧！那夜有三十多名強盜，火執杖，劫去家私，是我難捨，向賊理說，不期被他一腳，撩陰踢死，與這四位何干！」叫過妻子

來，「是誰人踢死，你等輒敢妄告？請老爹定罪。」當時一家老小，只是磕頭。刺史寬恩，免其罪過。寇洪教安排筵宴，酬謝府縣厚恩。個個未坐回衙。至次日，再掛齋僧牌，又款留三藏；三藏決不肯住。卻又請親友，辦旌幢，如前送行而去。咦！這正是：

　　地辟能存凶惡事，天高不負善心人。

　　逍遙穩步如來徑，只到靈山極樂門。

畢竟不知見佛何如，且聽下回分解。

第九十八回

猿熟馬馴方脫殼　功成行滿見真如

話表寇員外既得回生，復整理了幢鐐鼓樂，僧道親友，依舊送行不題。卻說唐僧四眾，上了大路。果然西方佛地，與他處不同。見了些琪花、瑤草、古柏、蒼松。所過地方，家家向善，戶戶齋僧。每逢山下人修行，又見林間客誦經。師徒們夜宿曉行，又經有六七日，忽見一帶高樓，幾層傑閣。真個是：

沖天百尺，聳漢凌空。低頭觀落日，引手摘飛星。豁達窗軒吞宇宙，嵯峨棟宇接雲屏。黃鶴信來秋樹老，彩鸞書到晚風清。此乃是靈宮寶闕，琳館珠庭。真堂談道，宇宙傳經。花向春來美，松臨雨過青。紫芝仙果年年秀，丹鳳儀翔萬感靈。

三藏舉鞭遙指道：「悟空，好去處耶！」行者道：「師父，你在那假境界，假佛像處，倒強要下拜；今日到了這真境界，真佛像處，倒還不下馬，是怎的說？」三藏聞言，慌得翻身跳下來，已到了

那樓閣門首。只見一個道童，斜立山門之前，叫道：「那來的莫非是東土取經人麼？」長老急整衣，抬頭觀看。見他：

身披錦衣，手搖玉麈。身披錦衣，寶閣瑤池常赴宴；手搖玉麈，丹台紫府每揮塵。肘懸仙籙，足踏履鞋。飄然真羽士，秀麗實奇哉。煉就長生居勝境，修成永壽脫塵埃。聖僧不識靈山客，當年金頂大仙來。

孫大聖認得他，即叫：「師父，此乃是靈山腳下玉真觀金頂大仙，他來接我們哩。」三藏方才醒悟，進前施禮。大仙笑道：「聖僧今年才到。我被觀音菩薩哄了。他十年前領佛金旨，向東土尋取經人，原說二三年就到我處。我年年等候，渺無消息，不意今年才相逢也。」三藏合掌道：「有勞大仙盛意，感激！感激！」遂此四眾牽馬挑擔，同入觀裡。卻又與大仙一一相見。即命看茶擺齋，又叫小童兒燒香湯與聖僧沐浴了，好登佛地。正是那：

功滿行完宜沐浴，煉馴本性合天真。千辛萬苦今方息，九戒三皈始自新。魔盡果然登佛地，災消故得見沙門。洗塵滌垢全無染，反本還原不壞身。

師徒們沐浴了，不覺天色將晚。就於玉真觀安歇。

次早，唐僧換了衣服，披上錦襴袈裟，戴了毗盧帽，手持錫杖，登堂拜辭大仙。大仙笑道：「昨

日鑑樓，今日鮮明，觀此相，真佛子也。」三藏拜別就行。大仙道：「且住，等我送你。」行者道：

「不必你送，老孫認得路。」大仙道：「你認得的是雲路。聖僧還未登雲路，當從本路而行。」行者

道：「這個講得是。老孫雖走了幾遭，只是雲來雲去，實不曾踏著此地。既有本路，還煩你送送。我

師父拜佛心重，幸勿遲疑。」那大仙笑吟吟，攜著唐僧手，接引游壇上法門。原來這條路不出山門，

就自觀宇中堂穿出後門便是。大仙指著靈山道：「聖僧，你看那半天中有祥光五色，瑞藹千重的，就

是靈鷲高峰，佛祖之聖境也。」唐僧見了就拜。行者笑道：「師父，還不到拜處哩。常言道：『望山

走倒馬。』離此鎮還有許遠，如何就拜！若拜到頂上，得多少頭磕是？」大仙道：「聖僧，你與大

聖、天蓬、捲簾四位，已此到於福地，望見靈山，我回去也。」三藏遂拜辭而去。

大聖引著唐僧等，徐徐緩步，登了靈山。不上五六里，見了一道活水，滾浪飛流，約有八九里寬

闊，四無人跡。三藏心驚道：「悟空，這路來得差了。敢莫大仙錯指了？此水這般寬闊，這般沟湧，

又不見舟楫，如何可渡？」行者笑道：「不差！你看那壁廂不是一座大橋？要從那橋上行過去，方成

正果哩。」長老等又近前看時，橋邊有一區，區上有「凌雲渡」三字。原來是一根獨木橋。正是：

　　遠看橫空如玉棟，近觀斷水一枯槎。維河架海還容易，獨木單梁人怎踏！

　　萬丈虹霓平臥影，千尋白練接天涯。十分細滑渾難渡，除是神仙步彩霞。

三藏心驚膽戰道：「悟空，這是路？」八戒慌了道：「這是路，那個敢走？水面又寬，波浪又湧，獨獨一根木頭，又細又滑，怎生動

路！」八戒慌了道：「這是路，那個敢走？水面又寬，波浪又湧，獨獨一根木頭，又細又滑，怎生動

腳！」行者笑道：「正是路！正是

腳？」行者道：「你都站下，等老孫走個兒你看。」

好大聖，拽開步，跳上獨木橋，搖搖擺擺。須臾，跑將過去，在那邊招呼道：「過來！過來！」唐僧搖手。八戒、沙僧咬指道：「難！難！難！」行者又從那邊跑過來，拉著八戒道：「呆子，跟我走，跟我走！」那八戒臥倒在地道：「滑！滑！滑！走不得！你饒我罷！讓我駕風霧過去！」行者按住道：「這是甚麼去處，許你駕風霧！必須從此橋上走過，方可成佛。」八戒道：「哥啊，佛做不成也罷，實是走不得！」

他兩個在那橋邊，滾滾爬爬，扯扯拉拉的耍鬥，沙僧走去勸解，才撒脫了手。三藏回頭，忽見那下溜中有一人撐一隻船來，叫道：「上渡！上渡！」長老大喜道：「徒弟，休得亂頑。那裡有隻渡船兒來了。」他三個跳起來站定，同眼觀看，那船兒來得至近，原來是一隻無底的船兒。行者火眼金睛，早已認得是接引佛祖，又稱為南無寶幢光王佛。行者卻不破題，只管叫：「這裡來！撐攏來！」霎時撐近岸邊，又叫：「上渡！上渡！」三藏見了，又心驚道：「你這無底的破船兒，如何渡人？」

佛祖道：「我這船：

鴻蒙初判有聲名，幸我撐來不變更。
有浪有風還自穩，無終無始樂升平。
六塵不染能歸一，萬劫安然自在行。
無底船兒難過海，今來古往渡群生。」

孫大聖合掌稱謝道：「承盛意，接引吾師。師父，上船去。他這船兒，雖是無底，卻穩；縱有風浪，也不得翻。」長老還自驚疑，行者叉著膊子，往上一推。那師父踏不住腳，轂轆的跌在水裡，早

被撐船人一把扯起，站在船上。師父還抖衣服，垛鞋腳，報怨行者。行者卻引沙僧、八戒，牽馬挑擔，也上了船，都立在艕艚之上。那佛祖輕輕用力撐開，只見上溜頭決下一個死屍。長老見了大驚。行者笑道：「師父莫怕，那個原來是你。」八戒也道：「是你，是你！」沙僧拍著手，也道：「是你，是你！」那撐船的打著號子，也說：「那是你！可賀，可賀！」他們三人，也一齊聲相和。撐著船，不一時，穩穩當當的過了凌雲仙渡。三藏才轉身，輕輕的跳上彼岸。有詩為證。詩曰：

脫卻胎胞骨肉身，相親相愛是元神。
今朝行滿方成佛，洗淨當年六六塵。

此誠所謂廣大智慧，登彼岸無極之法。四眾上岸回頭，連無底船兒卻不知去向。行者方說是接引佛祖。三藏方才省悟，急轉身，反謝了三個徒弟。行者道：「兩不相謝。彼此皆扶持也。我等虧師父解脫，借門路修功，幸成了正果；師父也賴我等保護，秉教伽持，喜脫了凡胎。師父，你看這面前花草松篁，鸞鳳鶴鹿之勝境，比那妖邪顯化之處，孰美孰惡？何善何凶？」三藏稱謝不已。一個個身輕體快，步上靈山。早見那雷音古剎：

頂摩霄漢中，根接須彌脈。巧峰排列，怪石參差。懸崖下瑤草琪花，曲徑旁紫芝香蕙。

仙猿摘果入桃林，卻似火燒金；白鶴棲松立枝頭，渾如煙捧玉。彩鳳雙雙，青鸞對對，彩鳳

雙雙，向日一鳴天下瑞；青鸞對對，迎風耀舞世間稀。又見那黃森森金瓦迭鴛鴦，明幌幌花磚鋪瑪瑙。東一行，西一行，盡都是慈宮珠闕；南一帶，北一帶，看不了寶閣珍樓。天王殿上放霞光，護法堂前噴紫焰。浮屠塔顯，優缽花香。正是地勝疑天別，雲閒覺晝長。紅塵不到諸緣盡，萬劫無虧大法堂。

師徒們逍逍遙遙，走上靈山之巔。又見青松林下列優婆，翠柏叢中排善士。長老就便施禮，慌得那優婆塞（在家奉佛的男子）、優婆夷（在家奉佛的女子）、比丘僧、比丘尼合掌道：「聖僧且休行禮。待見了牟尼，卻來相敘。」行者笑道：「早哩！早哩！且去拜上位者。」

那長老手舞足蹈，隨著行者，直至雷音寺山門之外。那廂有四大金剛迎住道：「聖僧來耶？」三藏躬身道：「是弟子玄奘到了。」答畢，就欲進門。金剛道：「聖僧少待，容稟過再進。」那金剛著一個轉山門報與二門上四大金剛，說唐僧到了；二門上又傳入三門上，說唐僧到了；三山門內原是打供的神僧，聞得唐僧到時，急至大雄殿下，報與如來至尊釋迦牟尼文佛說：「唐朝聖僧，到於寶山，取經來了。」佛爺爺大喜。即召聚八菩薩、四金剛、五百阿羅、三千揭諦、十一大曜、十八伽藍，兩行排列，卻傳金旨，召唐僧進那裡邊，一層一節，欽依佛旨，叫：「聖僧進來。」這唐僧循規蹈矩，同悟空、悟能、悟淨，牽馬挑擔，徑入山門。正是：

當年奮志奉欽差，領牒辭王出玉階。清曉登山迎霧露，黃昏枕石臥雲霾。

挑禪遠步三千水，飛錫長行萬里崖。念念在心求正果，今朝始得見如來。

四眾到大雄寶殿殿前，對如來倒身下拜。拜罷，又向左右再拜。各各三匝已遍，復向佛祖長跪，將通關文牒奉上。如來一一看了，還遞與三藏。三藏俯伏作禮，啟上道：「弟子玄奘，奉東土大唐皇帝旨意，遙詣寶山，拜求真經，以濟眾生。望我佛祖垂恩，早賜回國。」如來方開憐憫之口，大發慈悲之心，對三藏言曰：「你那東土乃南贍部洲。只因天高地厚，物廣人稠，多貪多殺，多淫多誑，多欺多詐；不遵佛教，不向善緣，不敬三光（指日、月、星），不重五穀；不忠不孝，不義不仁，瞞心昧己，大斗小秤，害命殺牲，造下無邊之孽，罪盈惡滿，致有地獄之災；所以永墮幽冥，受那許多碓搗磨舂之苦，變化畜類。有那許多披毛頂角之形，將身還債，將肉飼人。其永墮阿鼻，不得超升者，皆此之故也。雖有孔氏在彼立下仁義禮智之教，帝王相繼，治有徒流絞斬之刑，其如愚昧不明，放縱無忌之輩可耶！我今有經三藏，可以超脫苦惱，解釋災愆。三藏：有《法》一藏，談天；有《論》一藏，說地；有《經》一藏，度鬼。共計三十五部，該一萬五千一百四十四卷。真是修真之徑，正善之門。凡天下四大部洲之天文、地理、人物、鳥獸、花木、器用、人事，無般不載。汝等遠來，待要全付與汝取去，但那方之人，愚蠢村強，毀謗真言，不識我沙門之奧旨。」叫：「阿儺、伽葉，你兩個引他四眾，到珍樓之下，先將齋食待他。齋罷，開了寶閣，將我那三藏經中，三十五部之內，各檢幾卷與他，教他傳流東土，永注洪恩。」

二尊者即奉佛旨，將他四眾，領至樓下。看不盡那奇珍異寶，擺列無窮。只見那設供的諸神，鋪排齋宴，並皆是仙品、仙肴、仙茶、仙果，珍饈百味，與凡世不同。師徒們頂禮了佛恩，隨心享用。

其實是：

寶焰金光映目明，異香奇品更微精。千層金閣無窮麗，一派仙音入耳清。

素味仙花人罕見，香茶異食得長生。向來受盡千般苦，今日榮華喜道成。

這番造化了八戒，便宜了沙僧：佛祖處正壽長生，脫胎換骨之饌，盡著他受用。二尊者陪奉四眾

餐畢，卻入寶閣，開門登看。那廂有霞光瑞氣，籠罩千重；彩霧祥雲，遮漫萬道。經櫃上，寶篋外，

都貼了紅簽，楷書著經卷名目。乃是：

《涅槃經》一部　　　　　七百四十八卷

《菩薩經》一部　　　　　一千二十一卷

《虛空藏經》一部　　　　四百卷

《首楞嚴經》一部　　　　一百一十卷

《恩意經大集》一部　　　五十卷

《決定經》一部　　　　　一百四十卷

《寶藏經》一部　　　　　四十五卷

《華嚴經》一部　　　　　五百卷

《禮真如經》一部　　　　九十卷

《大般若經》一部　　　　九百一十六卷

《大光明經》一部　　　　三百卷

第九十八回

猿熟馬馴方脫殼　功成行滿見真如

《未曾有經》一部　一千一百一十卷

《維摩經》一部　一百七十卷

《三論別經》一部　二百七十卷

《金剛經》一部　一百卷

《正法論經》一部　一百二十卷

《佛本行經》一部　八百卷

《五龍經》一部　三十二卷

《菩薩戒經》一部　一百一十六卷

《大集經》一部　一百三十卷

《摩竭經》一部　三百五十卷

《法華經》一部　一百卷

《瑜伽經》一部　一百卷

《寶常經》一部　二百二十卷

《西天論經》一部　一百三十卷

《僧祇經》一部　一百五十七卷

《佛國雜經》一部　一千九百五十卷

《起信論經》一部　一千卷

《大智度經》一部　一千八十卷

《寶威經》一部　一千二百八十卷

《本閣經》一部　八百五十卷

《正律文經》一部　二百卷

《大孔雀經》一部　二百二十卷

《維識論經》一部　一百卷

《具舍論經》一部　二百卷

阿儺、伽葉引唐僧看遍經名，對唐僧道：「聖僧東土到此，有些甚麼人事（禮物）送我們？快拿出來，好傳經與你去。」三藏聞言道：「弟子玄奘，來路迢遙，不曾備得。」二尊者笑道：「好，好，好！白手傳經繼世，後人當餓死矣！」行者見他講口扭捏，不肯傳經，他忍不住叫噪道：「師父，我們去告如來，教他自家來把經與老孫也。」阿儺道：「莫嚷！此是甚麼去處，你還撒野放刁！到這邊來接著經。」八戒、沙僧耐住了性子，勸住了行者，轉身來接。一卷卷收在包裡，馱在馬上，又捆了兩擔，八戒與沙僧挑著，卻來寶座前叩頭，謝了如來，一直出門。逢一位佛祖，拜兩拜；見一尊菩薩，拜兩拜。又到大門，拜了比丘僧、尼，優婆夷、塞，一一相辭，下山奔路不題。

卻說那寶閣上有一尊燃燈古佛，他在閣上，暗暗的聽著那傳經之事，心中甚明，原是阿儺、伽葉將無字之經傳去，卻自笑云：「東土眾僧愚迷，不識無字之經，卻不枉費了聖僧這場跋涉？」問：「座邊有誰在此？」只見白雄尊者閃出。古佛吩咐道：「你可作起神威，飛星趕上唐僧，把那無字之經奪了，教他再來求取有字真經。」白雄尊者，即駕狂風，滾離了雷音寺山門之外，大作神威。那陣

好風，真個是：

佛前勇士，不比巽二風神。仙竅怒號，遠賽吹噓少女。這一陣，魚龍皆失穴，江海逆波濤。玄猿捧果難來獻，黃鶴回雲找舊巢。丹鳳清音鳴不美，錦雞喔運叫聲嘈。青松枝折，優鉢花飄。翠竹竿竿倒，金蓮朵朵搖。鐘聲遠送三千里，經韻輕飛萬壑高。崖下奇花殘美色，路旁瑤草偃鮮苗。彩鸞難舞翅，白鹿躲山崖。蕩蕩異香漫宇宙，清清風氣徹雲霄。

那唐長老正行間，忽聞香風滾滾，只道是佛祖之禎祥，未曾提防。又聞得響一聲，半空中伸下一隻手來，將馬馱的經，輕輕搶去，唬得個三藏捶胸叫喚，八戒滾地來追，沙和尚護守著經擔，孫行者急趕去如飛。那白雄尊者，見行者趕得將近，恐他棍頭上沒眼，一時間不分好歹，打傷身體，即將經包摔碎，拋落塵埃。行者見經包破落，又被香風吹得飄零，卻就按下雲頭顧經，不去追趕。那白雄尊者收風斂霧，回報古佛不題。

八戒去追趕，見經本落下，遂與行者收拾背著，來見唐僧。唐僧滿眼垂淚道：「徒弟啊！這個極樂世界，也還有凶魔欺害哩！」沙僧接了抱著的散經，打開看時，原來雪白，並無半點字跡。慌忙遞與三藏道：「師父，這一卷沒字。」行者又打開一卷，看時，也無字。三藏叫：「通打開來看看。」卷卷俱是白紙。長老短嘆長吁的道：「我東土人果是沒福！似這般無字的空本，取去何用？怎麼敢見唐王！誑君之罪，誠不容誅也！」行者早已知之，對唐僧道：「師父，不消說了。這就是阿儺、伽葉那廝，問我要人事，沒有，故將此白紙本子與我們來了。快回去告在如來之

前，問他揩財作弊之罪。」八戒嚷道：「正是！正是！告他去來！」四眾急急回山，無好步，忙忙又轉上雷音。

不多時，到於山門之外。眾皆拱手相迎，笑道：「聖僧是換經來的？」三藏點頭稱謝。眾金剛也不阻擋，讓他進去，直至大雄殿前。行者嚷道：「如來！我師徒們受了萬蜇千魔，千辛萬苦，自東土拜到此處，蒙如來吩咐傳經，被阿儺、伽葉揩財不遂，通同作弊，故意將無字的白紙本兒教我們拿去，我們拿他去何用？望如來救治！」

佛祖笑道：「你且休嚷。他兩個問你要人事之情，我已知矣。但只是經不可輕傳，亦不可以空取。向時眾比丘聖僧下山，曾將此經在舍衛國趙長者家與他誦了一遍，保他家生者安全，亡者超脫，只討得他三斗三升米粒黃金回來。我還說他們忒賣賤了，教後代兒孫沒錢使用。你如今空手來取，是以傳了白本。白本者，乃無字真經，倒也是好的。因你那東土眾生，愚迷不悟，只可以此傳之耳。」即叫：「阿儺、伽葉，快將有字的真經，每部中各檢幾卷與他，來此報數。」

二尊者復領四眾，到珍樓寶閣之下，仍問唐僧要些人事。三藏無物奉承，即命沙僧取出紫金缽盂，雙手奉上道：「弟子委是窮寒路遙，不曾備得人事。這缽盂乃唐王親手所賜，教弟子持此，沿路化齋。今特奉上，聊表寸心。萬望尊者不鄙輕褻，將此收下，待回朝奏上唐王，定有厚謝。只是以有字真經賜下，庶不孤欽差之意，遠涉之勞也。」那阿儺接了，但微微而笑。被那些管珍樓的力士，管香積的庖丁，看閣的尊者，你抹他臉，我撲他背，彈指的，扭唇的，一個個笑道：「不羞！不羞！需索取經的人事！」

須臾，把臉皮都羞皺了，只是拿著缽盂不放。伽葉卻才進閣檢經，一一查與三藏。三藏卻叫：

「徒弟們，你們都好生看看，莫似前番。」他三人接一卷，看一卷，卻都是有字的。傳了五千零四十八卷，乃一藏之數。收拾齊整，駄在馬上；剩下的，還裝了一擔，八戒挑著。自己行囊，沙僧挑著。到我佛如來之前。正是那：

行者牽了馬，唐僧拿了錫杖，按一按毗盧帽，抖一抖錦斕袈裟，才喜喜歡歡，

《大藏真經》滋味甜，如來造就甚精嚴。須知玄奘登山苦，可笑阿儺卻愛錢。先次未詳虧古佛，後來真實始安然。至今得意傳東土，大眾均將雨露沾。

阿儺、伽葉引唐僧來見如來。如來高升蓮座，指令降龍、伏虎二大羅漢敲響雲磬，遍請三千諸佛、三千揭諦、八金剛、四菩薩、五百尊羅漢、八百比丘僧、大眾優婆塞、比丘尼、優婆夷，各天各洞、福地靈山，大小尊者聖僧，該坐的請登寶座，該立的侍立兩旁。一時間，天樂遙聞，仙音嘹亮，滿空中祥光迭迭，瑞氣重重，諸佛皆集，參見了如來。如來問：「阿儺、伽葉，傳了多少經卷與他？可一一報數。」二尊者即開報：「現付去唐朝：

《涅槃經》　　　四百卷

《菩薩經》　　　三百六十卷

《虛空藏經》　　二十卷

《首楞嚴經》　　三十卷

《恩意經大集》 四十卷

《決定經》 四十卷

《寶藏經》 二十卷

《華嚴經》 八十一卷

《禮真如經》 三十卷

《大般若經》 六百卷

《金光明品經》 五十卷

《未曾有經》 五百五十卷

《維摩經》 三十卷

《三論別經》 四十二卷

《金剛經》 一卷

《正法論經》 二十卷

《佛本行經》 一百一十六卷

《五龍經》 二十卷

《菩薩戒經》 六十卷

《大集經》 三十卷

《摩竭經》 一百四十卷

《法華經》 十卷

《瑜伽經》　　　　三十卷

《寶常經》　　　　一百七十卷

《西天論經》　　　三十卷

《僧祇經》　　　　一百一十卷

《佛國雜經》　　　一千六百三十八卷

《起信論經》　　　五十卷

《大智度經》　　　九十卷

《寶威經》　　　　一百四十卷

《本閣經》　　　　五十六卷

《正律文經》　　　十卷

《大孔雀經》　　　十四卷

《維識論經》　　　十卷

《具舍論經》　　　十卷

在藏總經，共三十五部，各部中檢出五千零四十八卷，與東土聖僧傳留在唐。現俱收拾整頓於人馬馱擔之上，專等謝恩。」

三藏四眾拴了馬，歇了擔，一個個合掌躬身，朝上禮拜。如來對唐僧言曰：「此經功德，不可稱量。雖為我門之龜鑑，實乃三教（指儒教、佛教、道教）之源流。若到你那南贍部洲，示與一切眾生，不

可輕慢。非沐浴齋戒，不可開卷。寶之！重之！蓋此內有成仙了道之奧妙，有發明萬化之奇方也。」

三藏叩頭謝恩，信受奉行，依然對佛祖遍禮三匝，承謹歸誠，領經而去；去到三山門，一一又謝了眾聖不題。

如來因打發唐僧去後，才散了傳經之會。旁又閃上觀世音菩薩合掌啟佛祖道：「弟子當年領金旨向東土尋取經之人，今已成功，共計得一十四年，乃五千零四十日，還少八日，不合藏數（一藏之數，即五千零四十八卷）。望我世尊，早賜聖僧回東轉西，須在八日之內，庶完藏數，准弟子繳金旨。」如來大喜道：「所言甚當。准繳金旨。」即叫八大金剛吩咐道：「汝等快使神威，駕送聖僧回東，把真經傳留，即引聖僧西回。須在八日之內，以完一藏之數。勿得遲違。」金剛隨即趕上唐僧，叫道：「取經的，跟我來！」唐僧等俱身輕體健，蕩蕩飄飄，隨著金剛，駕雲而起。

這才是：見性明心參佛祖，功完行滿即飛升。畢竟不知回東土怎生傳授，且聽下回分解。

第九十九回

九九數完魔滅盡　三三行滿道歸根

話表八金剛既送唐僧回國不題。那三層門下，有五方揭諦、四值功曹、六丁六甲、護教伽藍，走向觀音菩薩前啟道：「弟子等向蒙菩薩法旨，暗中保護聖僧，今日聖僧行滿，菩薩繳了佛祖金旨，我等望菩薩准繳法旨。」菩薩亦甚喜道：「准繳，准繳。」又問道：「那唐僧四眾，一路上心行何如？」諸神道：「委實心虔志誠，料不能逃菩薩洞察。但只是唐僧受過之苦，真不可言。他一路上歷過的災愆（災難）患難，弟子已謹記在此。這就是他災難的簿子。」菩薩從頭看了一遍，上寫道：

「蒙差揭諦皈依旨，謹記唐僧難數清：
金蟬遭貶第一難，出胎幾殺第二難，
滿月拋江第三難，尋親報冤第四難，
出城逢虎第五難，折從落坑第六難，
雙叉嶺上第七難，兩界山頭第八難，

陡澗換馬第九難，夜被火燒第十難，

失卻袈裟十一難，收降八戒十二難，

黃風怪阻十三難，請求靈吉十四難，

流沙難渡十五難，收得沙僧十六難，

四聖顯化十七難，五莊觀中十八難，

難活人參十九難，貶退心猿二十難，

黑松林失散二十一難，寶象國捎書二十二難，

金鑾殿變虎二十三難，平頂山逢魔二十四難，

蓮花洞高懸二十五難，烏雞國救主二十六難，

被魔化身二十七難，號山逢怪二十八難，

風攝聖僧二十九難，心猿遭害三十難，

請聖降妖三十一難，黑河沉沒三十二難，

搬運車遲三十三難，大賭輸贏三十四難，

祛道興僧三十五難，路逢大水三十六難，

身落天河三十七難，魚籃現身三十八難，

金兜山遇怪三十九難，普天神難伏四十難，

問佛根源四十一難，吃水遭毒四十二難，

西梁國留婚四十三難，琵琶洞受苦四十四難，

再貶心猿四十五難，難辨獼猴四十六難，

路阻火焰山四十七難，求取芭蕉扇四十八難，

收縛魔王四十九難，賽城掃塔五十難，

取寶救僧五十一難，棘林吟詠五十二難，

小雷音遇難五十三難，諸天神遭困五十四難，

稀柿衕穢阻五十五難，朱紫國行醫五十六難，

拯救疲癃五十七難，降妖取後五十八難，

七情迷沒五十九難，多目遭傷六十難，

路阻獅駝六十一難，怪分三色六十二難，

城裡遇災六十三難，請佛收魔六十四難，

比丘救子六十五難，辨認真邪六十六難，

松林救怪六十七難，僧房臥病六十八難，

無底洞遭困六十九難，滅法國難行七十難，

隱霧山遇魔七十一難，鳳仙郡求雨七十二難，

失落兵器七十三難，會慶釘鈀七十四難，

竹節山遭難七十五難，玄英洞受苦七十六難，

趕捉犀牛七十七難，天竺招婚七十八難，

銅台府監禁七十九難，凌雲渡脫胎八十難，

路經十萬八千里，聖僧歷難簿分明。

菩薩將難簿目過了一遍，急傳聲道：「佛門中『九九』歸真。聖僧受過八十難，還少一難，不得完成此數。」即令揭諦，「趕上金剛，還生一難者。」這揭諦得令，飛雲一駕向東來。一晝夜趕上八大金剛，附耳低言道：「如此如此，……謹遵菩薩法旨，不得違誤。」八金剛聞得此言，刷的把風按下，將他四眾，連馬與經，墜落下地。噫！正是那：

九九歸真道行難，堅持篤志立玄關。必須苦練邪魔退，定要修持正法還。
莫把經章當容易，聖僧難過許多般。古來妙合參同契，毫髮差殊不結丹。

三藏腳踏了凡地，自覺心驚。八戒呵呵大笑道：「好！好！好！這正是要快得遲。」沙僧道：「好！好！好！因是我們走快了些兒，教我們在此歇歇哩。」大聖道：「俗語云：『十日灘頭坐，一日行九灘。』」三藏道：「你三個且休鬥嘴。認認方向，看這是甚麼地方。」沙僧轉頭四望道：「是這裡！是這裡！師父，你聽聽水響。」行者道：「他祖家乃流沙河。」沙僧道：「不是，不是。此通天河也。」三藏道：「徒弟啊，仔細看在那岸。」八戒道：「水響想是你的祖家了。」行者道：「師父，此是通天河西岸。」三藏道：「我記起來了。東岸邊原有個陳家莊。那年到此，虧你救了他兒女，深感我們，要造船相送，幸白黿伏渡。我記得西岸上，四無人煙。這番如何是好？」八戒道：「只說凡人會作弊，原來這佛面前的金剛也會作弊。他奉佛

第九十九回

九九數完魔滅盡　三三行滿道歸根

旨，教送我們東回，怎麼到此半路上就丟下我們？如今豈不進退兩難！怎生過去！」沙僧道：「二哥休報怨。我的師父已得了道。前在凌雲渡已脫了凡胎，今番斷不落水。教師兄同你我都作起攝法，把師父駕過去也。」行者頻頻的暗笑道：「駕不去！駕不去！」你看他怎麼就說個駕不去？若肯使出神通，說破飛升之奧妙，師徒們就一千個河也過去了；只因心裡明白，知道唐僧九九之數未完，還該有一難，故羈留於此。

師徒們口裡紛紛的講，足下徐徐的行，直至水邊，忽聽得有人叫道：「唐聖僧，唐聖僧！這裡來，這裡來！」四眾皆驚。舉頭觀看，四無人跡，卻是一個大白賴頭黿在岸邊探著頭叫道：「老師父，我等了你這幾年，卻才回也？」行者笑道：「老黿，向年累你，今歲又得相逢。」三藏與八戒、沙僧都歡喜不盡。行者道：「老黿，你果有接待之心，可上岸來。」那老黿即縱身爬上河來。行者叫把馬牽上他身。八戒還蹲在馬尾之後。唐僧站在馬頸左邊。沙僧站在右邊。行者一腳踏著他師徒四眾，一腳踏著老黿的頭叫道：「老黿，好生走穩著。」那老黿蹬開四足，踏水面如行平地，將他師徒四眾，連馬五口，駄在身上，徑回東岸而來。誠所謂：

不二門戶法奧玄，諸魔戰退識人天。本來面目今方見，一體原因始得全。
秉證三乘憑出入，丹成九轉任周旋。挑包飛杖通休講，幸喜還元遇老黿。

老黿駄著他們，屜波踏浪，行經多半日，將次天晚，好近東岸，忽然問曰：「老師父，我向年央到西方見我佛如來，與我問聲歸著之事，還有多少年壽，果曾問否？」

原來那長老自到西天玉真觀沐浴，凌雲渡脫胎，步上靈山，專心拜佛及參諸佛菩薩聖僧等眾，意念只在取經，他事一毫不理，所以不曾問得老黿年壽，無言可答；卻又不敢欺，把他四眾連馬並經，通皆落水。噫！還喜得唐僧脫了胎，成了道。若似前番，已經沉底。又幸白馬是龍，八戒、沙僧會水，行者笑巍巍顯大神通，把唐僧扶駕出水，登彼東岸。只是經包、衣服、鞍轡俱濕了。

師徒方登岸整理，忽又一陣狂風，天色昏暗，雷閃俱作，走石飛沙。但見那：

一陣風，乾坤播蕩；一聲雷，振動山川。一個閃，鑽雲飛火；一天霧，大地遮漫。風氣呼號，雷聲激烈。閃掣紅綃，霧迷星月。風鼓的塵沙撲面，雷驚的虎豹藏形，閃幌的飛禽叫噪，霧漫的樹木無蹤。那風攪得個通天河波浪翻騰，那雷振得個通天河魚龍喪膽，那閃照得個通天河徹底光明，那霧蓋得個通天河岸崖昏慘。好風！頹山烈石松篁倒。好雷！驚蟄傷人威勢豪。好閃！流天照野金蛇走。好霧！混混漫空蔽九霄。

唬得那三藏按住了經包，沙僧壓住了經擔，八戒牽住了白馬，行者卻雙手掄起鐵棒，左右護持。原來那風、霧、雷、閃乃是些陰魔作號（作耗，攪亂），欲奪所取之經。勞攘了一夜，直到天明，卻才止息。長老一身水衣，戰兢兢的道：「悟空，這是怎的起？」行者氣呼呼的道：「師父，你不知就裡。我等保護你取獲此經，乃是奪天地造化之功，可以與乾坤並久，日月同明，壽享長春，法身不朽；此所以為天地不容，鬼神所忌，欲來暗奪之耳。一則這經是水濕透了；二則是你的正法身壓住，

雷不能轟，電不能照，霧不能迷；又是老孫掄著鐵棒，使純陽之性，護持住了；及至天明，陽氣又盛……所以不能奪去。」

三藏、八戒、沙僧方才省悟，各謝不盡。少頃，太陽高照，卻移經於高崖上，開包曬晾。至今彼處曬經之石尚存。他們又將衣鞋都曬在崖旁，立的立，坐的坐，跳的跳。真個是：

一體純陽喜回陽，陰魔不敢逞強梁。須知水勝真經伏，不怕風雷閃霧光。曬經石上留蹤跡，千古無魔到此方。

自此清平歸正覺，從今安泰到仙鄉。

他四眾檢看經本，一一曬晾，早見幾個打魚人，來過河邊，抬頭看見。內有認得的道：「老師父可是前年過此河往西天取經的？」八戒道：「正是，正是。你是那裡人？怎麼認得我們？」漁人道：「我們是陳家莊上人。」八戒道：「陳家莊離此有多遠？」漁人道：「過此沖南有二十里，就是也。」八戒道：「師父，我們把經搬到陳家莊上曬去。他那裡有住坐，又有得吃，就教他家與我們漿漿衣服，卻不是好？」三藏道：「不去罷。在此曬乾了，就收拾找路回也。」那幾個漁人，行過南沖，恰遇著陳澄。叫道：「二老官，前年在你家替祭兒子的師父回來了。」陳澄道：「你在那裡看見？」漁人回指道：「都在那石上曬經哩。」

陳澄隨帶了幾個佃戶，走過沖來望見，跑近前跪下道：「老爺取經回來，功成行滿，怎麼不到舍下，卻在這裡盤弄？快請，快請到舍。」行者道：「等曬乾了經，和你去。」陳澄又問道：「老爺的經典、衣物，如何濕了？」三藏道：「昔年虧白黿駄渡河西，今年又蒙他駄渡河東。已將近岸，被他

問昔年托問佛祖壽年之事，我本未曾問得，他遂淬在水內，故此濕了。」又將前後事細說了一遍。那陳澄拜請甚懇，三藏無已，遂收拾經卷。不期石上把《佛本行經》沾住了幾卷，遂將經尾沾破了。所以至今《本行經》不全，曬經石上猶有字跡。三藏懊悔道：「是我們怠慢了，不曾看顧得！」行者笑道：「不在此！不在此！蓋天地不全。這經原是全全的，今沾破了，乃是應不全之奧妙也。豈人力所能與耶！」師徒們果收拾畢，同陳澄赴莊。

那莊上人家，一個傳十，十個傳百，百個傳千，若老若幼，都來接看。陳清領合家人眷，俱出來拜見，拜謝昔日救女兒之恩。陳清聞說，隨命看茶擺齋。三藏自受了佛祖的仙品、仙肴，又脫了凡胎成佛，全不思凡間之食。二老苦勸，沒奈何，略見他意。孫大聖自來不吃煙火食，也道：「彀了。」沙僧也不似前番，就放下碗。行者道：「呆子也不吃了？」八戒道：「不知怎麼，脾胃一時就弱了。」遂此收了齋筵，卻又問取經之事。三藏又將先至玉真觀沐浴，凌雲渡脫胎，及至雷音寺參拜如來，蒙珍樓賜宴，寶閣傳經，卻又被二尊者索人事未遂，故傳無字之經，後復拜告如來，始得授一藏之數，並白黿淬水，陰魔暗奪之事，細細陳了一遍，就欲拜別。

那二老舉家，如何肯放，且道：「向蒙救拔兒女，深恩莫報，已創建一座院宇，名曰『救生寺』，專侍奉香火不絕。」又喚出原替祭之兒女陳關保、一秤金叩謝，復請至寺觀看。三藏卻又將經包兒收在他家堂前，與他念了一卷《寶常經》。後至寺中，只見陳家又設饌在此。還不曾坐下，又一起來請。絡繹不絕，爭不上手。三藏俱不敢辭，略略見意。只見那座寺果然蓋得齊整：

山門紅粉膩，多賴施主功。一座樓台從此立，兩廊房宇自今興。朱紅隔扇，七寶玲瓏。香氣飄雲漢，清光滿太空。幾株嫩柏還澆水，數幹喬松未結叢。活水迎前，通天逐逐翻波浪；高崖倚後，山脈重重接地龍。

三藏看畢，才上高樓。樓上果裝塑著他四眾之像。八戒看見，扯著行者道：「兄長的相兒甚像。」沙僧道：「二哥，你的又像得緊。只是師父的又忒俊了些兒。」三藏道：「卻好！卻好！」遂下樓來。下面前殿後廊，還有擺齋的候請。行者卻問：「向日大王廟兒如何了？」眾老道：「那廟當年拆了。老爺，這寺自建立之後，年年成熟，歲歲豐登，卻是老爺之福庇。」行者笑道：「此天賜耳，與我們何與！但只我們自今去後，保你這一莊上人家，子孫繁衍，六畜安生，年年風調雨順，歲歲雨順風調。」眾等都叩頭拜謝。

只見那前前後後，更有獻果獻齋的無限人家。八戒笑道：「我的蹭蹬！那時節吃得，卻沒人家連請是請；今日吃不得，卻一家不了，又是一家。」饒他氣滿，略動手，又吃個八九盤素食；縱然胃傷，又吃了二三十個饅頭。已皆盡飽。又有人來相邀。三藏道：「弟子何能，感蒙至愛！望今夕暫停，明早再領。」

時已深夜。三藏守定真經，不敢暫離，就於樓下打坐看守。將及三更，三藏悄悄的叫道：「悟空，這裡人家，識得我們道成事完了。自古道：『真人不露相，露相不真人。』恐為久淹，失了大事。」行者道：「師父說得有理。我們趁此深夜，人皆熟睡，寂寂的去了罷。」八戒卻也知覺，沙僧盡自分明，白馬也能會意。遂此起了身，輕輕的抬上馱垛，挑著擔，從廊廡馱出。到於山門，只見門

上有鎖。行者又使個解鎖法，開了二門、大門，找路望東而去。只聽得半空中有八大金剛叫道：「逃

走的，跟我來！」那長老聞得香風蕩蕩，起在空中。

這正是：丹成識得本來面，體健如如（常在）拜主人。畢竟不知怎生見那唐王，且聽下回分解。

第一百回

徑回東土　五聖成真

且不言他四眾脫身，隨金剛駕風而起。卻說陳家莊救生寺內多人，天曉起來，仍治果肴來獻，至樓下，不見了唐僧。這個也來問，那個也來尋，俱慌慌張張，莫知所措，叫苦連天的道：「清清把個活佛放去了！」一會家無計，將辦下的品物，俱抬在樓上祭祀燒紙。以後每年四大祭，二十四小祭。還有那告病的，保安的，求親許願，求財求子的，無時無日，不來燒香祭賽。真個是金爐不斷千年火，玉盞常明萬載燈。不題。

卻說八大金剛使第二陣香風，把他四眾，不一日，送至東土，漸漸望見長安。原來那太宗年年自貞觀十三年九月望前三日送唐僧出城，至十六年，即差工部官在西安關外起建了望經樓接經。太宗年年親至其地。恰好那一日出駕復到樓上，忽見正西方滿天瑞靄，陣陣香風，金剛停在空中叫道：「聖僧，此間乃長安城了。我們不好下去，這裡人伶俐，恐洩漏吾像。孫大聖三位也不消去，汝自去傳了經與汝主，即便回來。我在霄漢中等你，與你一同繳旨。」大聖道：「尊者之言雖當，但吾師如何挑得經擔！如何牽得這馬！須得我等同去一送。煩你在空少等，諒不敢誤。」金剛道：「前日觀音菩薩啟過

如來，往來只在八日，方完藏數。今已經四日有餘，只怕八戒貪圖富貴，誤了期限。」八戒笑道：「師父成佛，我也望成佛，豈有貪圖之理！潑大粗人！都在此等我，待交了經，就來與你回向也。」呆子挑著擔，沙僧牽著馬，行者扶著聖僧，都按下雲頭，落於望經樓邊。

太宗同多官一齊見了，即下樓相迎道：「御弟來也？」唐僧即倒身下拜。太宗攙起，又問：「此三者何人？」唐僧道：「是途中收的徒弟。」太宗大喜，即命侍官：「將朕御車馬扣背，請御弟上馬，同朕回朝。」唐僧謝了恩，騎上馬。大聖掄金箍棒緊隨。八戒、沙僧俱扶馬挑擔，隨駕後共入長安。真個是：

當年清宴樂升平，文武安然顯俊英。水陸場中僧演法，金鑾殿上主差卿。

關文敕賜唐三藏，經卷原因配五行。苦煉凶魔種種滅，功成今喜上朝京。

唐僧四眾，隨駕入朝。滿城中無一不知是取經人來了。卻說那長安唐僧舊住的洪福寺大小僧人，看見幾株松樹一棵棵頭俱向東，驚訝道：「怪哉！怪哉！今夜未曾刮風，如何這樹頭都扭過來了？」內有三藏的舊徒道：「快拿衣服來！取經的老師父來了！」眾僧問道：「你何以知之？」舊徒曰：「當年師父去時，曾有言道：『我去之後，或三五年，或六七年，但看松樹枝頭若是東向，我即回矣。』我師父口佛口聖言，故此知之。」急披衣而出。至西街時，早已有人傳說：「取經的人適才方到，萬歲爺爺接入城來了。」眾僧聽說，又急急跑來，卻就遇著。一見大駕，不敢近前，隨後跟至朝門之外。唐僧下馬，同眾進朝。唐僧將龍馬與經擔，同行者、八戒、沙僧，站在玉階之下。太宗傳

宣：「御弟上殿。」賜坐。唐僧又謝恩坐了，教把經卷抬來。行者等取出，近侍官傳上。太宗又問：

「多少經數？怎生取來？」三藏道：「臣僧到了靈山，參見佛祖，蒙差阿儺、伽葉二尊者先引至珍樓內賜齋，次到寶閣內傳經。那尊者需索人事（索要禮物），因未備得，不曾送他，他遂以經與了。當謝佛祖之恩，東行，忽被妖風攝了經去。幸小徒有些神通趕奪，卻俱拋擲散漫。因展看，皆是無字空本。臣等著驚，復去拜告懇求。佛祖道：『此經成就之時，有比丘聖僧將下山與舍衛國趙長者家看誦了一遍，保祐他家生者安全，亡者超脫，止討了他三斗三升米粒黃金，意思還嫌賣賤了，後來子孫沒錢使用。』我等知二尊者需索人事，佛祖明知，只得將欽賜紫金鉢盂送他，方傳了有字真經。此經有三十五部。各部中檢了幾卷傳來，共計五千零四十八卷。此數蓋合一藏也。」太宗更喜，教：「光祿寺設宴開東閣酬謝。」忽見他三徒立在階下，容貌異常，便問：「高徒果外國人耶？」長老俯伏道：

「大徒弟姓孫，法名悟空，臣又呼他為孫行者。他出身原是東勝神洲傲來國花果山水簾洞人氏。因五百年前大鬧天宮，被佛祖困壓在西番兩界山石匣之內，蒙觀音菩薩勸善，情願皈依，是臣到彼救出，甚虧此徒保護。二徒弟姓豬，法名悟能，臣又呼他為豬八戒。他出身原是福陵山雲棧洞人氏。因在烏斯藏高老莊上作怪，即蒙菩薩勸善，虧行者收之。一路上挑擔有力，涉水有功。三徒弟姓沙，法名悟淨，臣又呼他為沙和尚。他出身原是流沙河作怪者，也蒙菩薩勸善，秉教沙門。那匹馬不是主公所賜者。」太宗道：「毛片相同，如何不是？」三藏道：「臣到蛇盤山鷹愁澗涉水，原馬被此馬吞之，虧行者請菩薩問此馬來歷，原是西海龍王之子，因有罪，也蒙菩薩救解，教他與臣作腳力。當時變作原馬，毛片相同。幸虧他登山越嶺，跋涉崎嶇。去時騎坐，來時馱經，亦甚賴其力也。」太宗聞言，稱贊不已。又問：「遠涉西方，端的（究竟）路程多少？」三藏道：「總記菩薩之言，有十萬八千里之

遠。途中未曾記數。只知經過了一十四遍寒暑。日日山，日日嶺。遇林不小，遇水寬洪。還經幾座國王，俱有照驗印信。」叫：「徒弟，將通關文牒取上來，對主公繳納。」當時遞上。太宗看了，乃貞觀一十三年九月望前三日給。太宗笑道：「久勞遠涉。今已貞觀二十七年矣。」牒文上有寶象國印，烏雞國印，車遲國印，西梁女國印，祭賽國印，朱紫國印，獅駝國印，比丘國印，滅法國印；又有鳳仙郡印，玉華州印，金平府印。太宗覽畢，收了。

早有當駕官請宴，即下殿攜手而行。又問：「高徒能禮貌乎？」三藏道：「小徒俱是山村曠野之妖身，未諳中華聖朝之禮數。萬望主公赦罪。」太宗笑道：「不罪他，不罪他。都同請東閣赴宴去也。」三藏又謝了恩，招呼他三眾，都到閣內觀看。果是中華大國，比尋常不同。你看那：

門懸彩繡，地襯紅氈。異香馥郁，奇品新鮮。琥珀杯，琉璃盞，鑲金點翠；黃金盤，白玉碗，嵌錦花纏。爛煮蔓菁，糖澆香芋。蘑菇甜美，海菜清奇。幾次添來薑辣筍，數番辦上蜜調葵。麵筋椿樹葉，木耳豆腐皮。石花仙菜，蕨粉乾薇。花椒煮萊菔，芥末拌瓜絲。幾盤素品還猶可，數種奇稀果奪魁。核桃柿餅，龍眼荔枝。宣州繭栗山東棗，江南銀杏兔頭梨。榛松蓮肉葡萄大，榧子瓜仁菱米齊。橄欖林檎，蘋婆沙果。慈菇嫩藕，脆李楊梅。無般不備，無件不齊。還有些蒸酥蜜食兼嘉饌，更有那美酒香茶與異奇。說不盡百味珍饈真上品，果然是中華大國異西夷。

師徒四眾與文武多官，俱侍列左右。太宗皇帝仍正坐當中。歌舞吹彈，整齊嚴肅，遂盡樂一日。

正是：

> 君王嘉會賽唐虞，取得真經福有餘。
> 千古流傳千古盛，佛光普照帝王居。

當日天晚，謝恩宴散。太宗回宮，多官回宅。唐僧等歸於洪福寺，只見寺僧磕頭迎接。方進山門，眾僧報道：「師父，這樹頭兒今早俱忽然向東。我們記得師父之言，遂出城來接。果然到了！」長老喜之不勝，遂入方丈。此時八戒也不嚷茶飯，也不弄喧頭。行者、沙僧，個個穩重。只因道果完成，自然安靜。當晚睡了。

次早，太宗升朝，對群臣言曰：「朕思御弟之功，至深至大，無以為酬。一夜無寐，口占幾句俚談，權表謝意。但未曾寫出。」叫：「中書官來，朕念與你，你一一寫之。」其文云：

「蓋聞二儀（天和地）有象，顯覆載以含生；四時無形，潛寒暑以化物。是以窺天鑑地，庸愚皆識其端；明陰洞陽，賢哲罕窮其數。然天地包乎陰陽，而易識者，以其有像也；陰陽處乎天地，而難窮者，以其無形也。故知象顯可征，雖愚不惑；形潛莫睹，在智猶迷。況乎佛道崇虛，乘幽控寂。弘濟萬品，典御十方。舉威靈而無上，抑神力而無下；大之則彌於宇宙，細之則攝於毫釐。無滅無生，歷千劫而互古；若隱若顯，運百福而長今。妙道凝玄，遵之莫知其際；法流湛寂，挹之莫測其源。故知蠢蠢凡愚，區區庸鄙，投其旨趣，能無疑惑者

哉！然則大教之興，基乎西土。騰漢庭而皎夢（傳說漢明帝劉莊夢見金人頂上有日月光，佛教因而傳入中國。），照東域而流慈。古者，分形分跡之時，言未馳而成化；當常見常隱之世，民仰德而知遵。及乎晦影歸真，遷移越世，金容掩色，不鏡三千之光（佛的金容光明可照三千大千世界）；麗像開圖，空端四八之相（佛可以變化成有三十二種形象）。於是微言廣被，拯禽類於三途（佛教指修行的十種境界）；遺訓遐宣，導群生於十地。佛有經，能分大小之乘；更有法，傳訛邪正之術。我僧玄奘法師者，法門之領袖也。幼懷慎敏，早悟三空（佛教指我空、法空、我法俱空）之功；長契神清，先包四忍（泛指堅守佛理，忍受各種磨難）之行。松風水月，未足比其清華；仙露明珠，詎能方其朗潤！故以智通無累，神測未形。超六塵而迥出，使千古而傳芳。凝心內境，悲正法之陵遲；棲慮玄門，慨深文之訛謬。思欲分條振理，廣彼前聞；截偽續真，開茲後學。是以翹心淨土，法游西域。乘危遠邁，策杖孤征。積雪晨飛，途間失地；驚沙夕起，空外迷天。萬里山川，撥煙霞而進步；百重寒暑，躡霜雨而前蹤。誠重勞輕，求深欲達。周游西宇，十有四年。窮歷異邦，詢求正教。雙林（傳說佛祖死亡的地方）八水（佛教說須彌山下大海中有八功德水，水有甘、冷、不傷喉等八種優點和功能），味道餐風；鹿苑鷲峰，瞻奇仰異。承至言於先聖，受真教於上賢。探賾妙門，精窮奧業。三乘六律之道，馳驟於心田；一藏百篋之文，波濤於海口。爰自所歷之國無涯，求取之經有數。總得大乘要文，凡三十五部，計五千四十八卷，譯布中華，宣揚勝業。引慈雲於西極，注法雨於東陲。聖教缺而復全，蒼生罪而還福。濕火宅（佛教比喻充滿煩惱和磨難的俗果）之乾焰，共拔迷途；朗金水（佛教指智慧）之昏波，同臻彼岸。是知惡因業墜，善以緣升。升墜之端，惟人自作。譬之桂生高嶺，雲露方得泫其花；蓮

出綠波，飛塵不能染其葉。非蓮性自潔而桂質本貞，良由所附者高，則微物不能累；所憑者淨，則濁類不能沾。夫以卉木無知，猶資善而成善，矧乎人倫有識，寧不緣慶而成慶？方冀真經傳布，並日月而無窮；景福遐敷（傳布到遠方），與乾坤而永大也歟！

寫畢，即召聖僧。此時長老已在朝門外候謝。聞宣急入，行俯伏之禮。太宗傳請上殿，將文字遞與長老。覽遍，復下謝恩，奏道：「主公文辭高古，理趣淵微。但不知是何名目。」太宗道：「朕夜口占，答謝御弟之意，名曰『聖教序』。不知好否。」長老叩頭，稱謝不已。太宗又曰：

「朕才愧珪璋，言慚金石。至於內典，尤所未聞。口占敘文，誠為鄙拙。穢翰墨於金簡，標瓦礫於珠林。循躬省慮，靦面恧心。甚不足稱。虛勞致謝。」

當時多官齊賀，頂禮聖教御文，遍傳內外。太宗道：「御弟將真經演誦一番，何如？」長老道：「主公，若演真經，須尋佛地。寶殿非可誦之處。」太宗甚喜。即問當駕官：「長安城寺，有那座寺院潔淨？」班中閃上大學士蕭瑀奏道：「城中有一雁塔寺，潔淨。」太宗即令多官：「把真經各虔捧幾卷，同朕到雁塔寺，請御弟談經去來。」多官遂各各捧著，隨太宗駕幸寺中，搭起高台，鋪設齊整。長老仍命：「八戒、沙僧，牽龍馬，理行囊；行者在我左右。」又向太宗道：「主公欲將真經傳流天下，須當謄錄副本，方可布散。原本還當珍藏，不可輕褻。」太宗又笑道：「御弟之言，甚當！甚當！」隨召翰林院及中書科各官謄寫真經。又建一寺，在城之東，名曰謄黃寺。

長老捧幾卷登台，方欲諷誦，忽聞得香風繚繞，半空中有八大金剛現身高叫道：「誦經的，放下經卷，跟我回西去也。」這底下行者三人，連白馬，平地而起。長老亦將經卷丟下，也從台上起於九霄，相隨騰空而去。慌得那太宗與多官望空下拜。這正是：

聖僧努力取經編，西宇周流十四年。苦歷程途遭患難，多經山水受迍邅。
功完八九還加九，行滿三千及大千。大覺妙文回上國，至今東土永留傳。

太宗與多官拜畢，即選高僧，就於雁塔寺裡，修建水陸大會，看誦《大藏真經》，超脫幽冥孽鬼，普施善慶。將謄彔過經文，傳布天下不題。

卻說八大金剛，駕香風，引著長老四眾，連馬五口，復轉靈山。連去連來，適在八日之內。此時靈山諸神，都在佛前聽講。八金剛引他師徒進去，對如來道：「弟子前奉金旨，駕送聖僧等，已到唐國，將經交納，今特繳旨。」遂叫唐僧等近前受職。如來道：「聖僧，汝前世原是我之二徒，名喚金蟬子。因為汝不聽說法，輕慢我之大教，故貶汝之真靈，轉生東土。今喜皈依，秉我迦持，又乘吾教，取去真經，甚有功果，加升大職正果，汝為旃檀功德佛。孫悟空，汝因大鬧天宮，吾以甚深法力，壓在五行山下，幸天災滿足，歸於釋教；且喜汝隱惡揚善，在途中煉魔降怪有功，全終全始，加升大職正果，汝為鬥戰勝佛。豬悟能，汝本天河水神，天蓬元帥，為汝蟠桃會上酗酒戲了仙娥，貶汝下界投胎，身如畜類。幸汝記愛人身，在福陵山雲棧洞造孽，喜歸大教，入吾沙門，保聖僧在路，卻又有頑心，色情未泯。因汝挑擔有功，加升汝職正果，做淨壇使者。」八戒口中嚷道：「他們都成

佛，如何把我做個淨壇使者？」如來道：「因汝口壯身慵，食腸寬大。蓋天下四大部洲，瞻仰吾教者甚多，凡諸佛事，教汝淨壇，乃是個有受用的品級。如何不好！」——沙悟淨，汝本是捲簾大將，先因蟠桃會上打碎玻璃盞，貶汝下界，汝落於流沙河，傷生吃人造孽，幸皈吾教，誠敬迦持，保護聖僧，登山牽馬有功，加升大職正果，為金身羅漢。」又叫那白馬：「汝本是西洋大海廣晉龍王之子。因汝違逆父命，犯了不孝之罪，幸得皈身皈法，皈我沙門，每日家馱你馱負聖僧來西，又馱你馱負聖經去東，亦有功者，加升汝職正果，為八部天龍馬。」

長老四眾，俱各叩頭謝恩。馬亦謝恩訖。仍命揭諦引了馬下靈山後崖，化龍池邊，將馬推入池中。須臾間，那馬打個展身，即退了毛皮，換了頭角，渾身上長起金鱗，腮頷下生出銀鬚，一身瑞氣，四爪祥雲，飛出化龍池，盤繞在山門裡擎天華表柱上。諸佛讚揚如來的大法。孫行者卻又對唐僧道：「師父，此時我已成佛，與你一般，莫成還戴金箍兒，你還念甚麼《緊箍兒咒》捍勒我？趁早兒念個《鬆箍兒咒》，脫下來，打得粉碎，切莫叫那甚麼菩薩再去捉弄他人。」唐僧道：「當時只為你難管，故以此法制之。今已成佛，自然去矣。豈有還在你頭上之理！你試摸摸看。」行者舉手去摸一摸，果然無之。此時旃檀佛、鬥戰佛、淨壇使者、金身羅漢，俱正果了本位。天龍馬亦自歸真。有詩為證。詩曰：

　一體真如轉落塵，合和四相復修身。五行論色空還寂，百怪虛名總莫論。正果旃檀皈大覺，完成品職脫沉淪。經傳天下恩光闊，五聖高居不二門。

五聖果位之時，諸眾佛祖、菩薩、聖僧、羅漢、揭諦、比丘、優婆夷塞、各山各洞的神仙、大神、丁甲、功曹、伽藍、土地，一切得道的師仙，始初俱來聽講，至此各歸方位。你看那：

靈鷲峰頭聚霞彩，極樂世界集祥雲。金龍穩臥，玉虎安然。烏兔任隨來往，龜蛇憑汝盤旋。丹鳳青鸞情爽爽，玄猿白鹿意怡怡。八節奇花，四時仙果。喬松古檜，翠柏修篁。五色梅時開時結，萬年桃時熟時新。千果千花爭秀，一天瑞靄紛紜。

大眾合掌皈依。都念：

「南無燃燈上古佛。南無藥師琉璃光王佛。南無釋迦牟尼佛。南無過去未來現在佛。南無清淨喜佛。南無毗盧屍佛。南無寶幢王佛。南無彌勒尊佛。南無阿彌陀佛。南無無量壽佛。南無接引歸真佛。南無金剛不壞佛。南無寶光佛。南無龍尊王佛。南無精進善佛。南無寶月光佛。南無現無愚佛。南無婆留那佛。南無那羅延佛。南無功德華佛。南無才功德佛。南無善游步佛。南無旃檀光佛。南無摩尼幢佛。南無慧炬照佛。南無海德光明佛。南無大慈光佛。南無慈力王佛。南無賢善首佛。南無廣莊嚴佛。南無金華光佛。南無才光明佛。南無智慧勝佛。南無世靜光佛。南無日月光佛。南無日月珠光佛。南無慧幢勝王佛。南無妙音聲佛。南無常光幢佛。南無觀世燈佛。南無法勝王佛。南無須彌光佛。南無大慧力王佛。南無金海光佛。南無大通光佛。南無才光佛。南無旃檀功德佛。南無鬥戰勝佛。南無觀世音菩

薩。南無大勢至菩薩。南無文殊菩薩。南無普賢菩薩。南無清淨大海眾菩薩。南無蓮池海會

佛菩薩。南無西天極樂諸菩薩。南無三千揭諦大菩薩。南無五百阿羅大菩薩。南無比丘夷塞

尼菩薩。南無無邊無量法菩薩。南無金剛大士聖菩薩。南無淨壇使者菩薩。南無八寶金身羅

漢菩薩。南無八部天龍廣力菩薩。

　　如是等一切世界諸佛，願以此功德，莊嚴佛淨土。上報四重恩，下濟三途苦。若有見聞

者，悉發菩提心。同生極樂國，盡報此一身。十方三世一切佛，諸尊菩薩摩訶薩，摩訶般若

波羅密。」

《西遊記》至此終。

附：《西遊記》主要人物介紹

一、唐僧師徒

唐僧：俗姓陳，乳名江流，法名玄奘。唐玄宗拜為御弟，賜號三藏。如來佛祖觀音菩薩查訪取經人，選中玄奘，並賜三件寶物：袈裟、九環錫杖、緊箍咒。唐僧西天取經遭遇八十一難，始終痴心不改。但性格有懦弱的一面，又往往人妖不辨，是非顛倒，特別是對善於識破妖怪的孫悟空屢次誤解冤枉，以至親痛仇快。在三位徒弟的保護下，終於到達西天雷音寺，取得真經35部5048卷，被封為「旃檀功德佛。」

孫悟空：法名行者，唐僧的大徒弟。是由花果山一塊仙石迸裂而生，自稱「美猴王」。曾從菩薩提祖師學藝，一雙火眼金睛能看穿一切妖魔鬼怪。手中武器是如意金箍棒，重一萬三千五百斤。他敢於和天宮對抗，自稱「齊天大聖」，幾次大鬧天宮，天兵天將亦無可奈何。最後被佛祖如來鎮壓於五行山下，五百年後解脫，成為唐僧大弟子，助唐僧西天取經。一路上經歷九九八十一難，孫悟空都戰

而勝之化險為夷。他三打白骨精，收服紅孩兒，熄滅火焰山……最終取經成功，被封為「鬥戰勝佛」。孫悟空敢於向最高權威和一切惡勢力挑戰，大智大勇，斬妖除魔，是人民心目中的英雄，是理想、正義、力量和勝利的化身。

豬八戒：法名悟能，唐僧的二弟子，原來是玉皇大帝手下的天蓬元帥，因調戲嫦娥被逐出天界，到人間投胎錯投了豬胎，變作了人身豬頭模樣。他武藝高強，騰雲駕霧，手持九齒釘耙，是孫悟空的好助手。他貪吃食量大，好色，愛占小便宜，常常被悟空教訓和耍弄。但性格善良溫和，是頗受讀者喜愛的形象。唐僧取經成功有他的一份功勞，被封為「淨壇使者」。

沙和尚：法名悟淨。原是玉帝的捲簾大將，因失手打碎玉玻璃，被貶到流沙河東岸。他手持月牙鏟，在流沙河行凶吃人。經觀音菩薩點化，成為唐僧徒弟。他有兩件法寶，一是菩薩葫蘆，一是九個骷髏組成的項圈。他按觀音菩薩旨意，用這兩件寶貝做成法船，載唐僧師徒順利渡過流沙河。沙僧正直誠懇，忠心耿耿，保唐生取經成功，被封為「金身羅漢」。

白龍馬：原是西海龍王敖閏的三太子，因縱火燒了玉帝賜的明珠，犯下死罪。幸被觀音菩薩所救，並點化變成白龍馬，化為唐僧坐騎，最終被封為「八部天龍馬」。

二、神仙菩薩

如來佛祖：即釋迦牟尼祖師，手下有八大金剛、十八羅漢和各路菩薩。如來佛法力無邊，各路神魔都無法和他相比。孫悟空一個筋斗翻越十萬八千里，卻沒翻出如來的手心。他是佛教最高領袖，受

僧俗無上景仰，但在唐僧到達西天接取佛經時，他卻支持手下向唐僧索取「人事（禮物）」，令人費解？

觀音菩薩： 如來佛祖的弟子，人間無所不在的救世主。他受佛祖之旨尋訪到唐僧為取經人，又幫孫悟空收服了豬八戒、沙和尚和白龍馬。取經途中屢次幫唐僧師徒消災弭難，如孫悟空毀傷鎮元大仙人參果樹，難以脫身，全賴觀音法力使果樹起死回生，唐僧師徒才得以脫險。又如黑風山收伏黑熊怪，火雲洞收縛紅孩妖等等。觀世音菩薩手持淨瓶楊柳枝，救苦救難的形象在民間已深入人心。

玉皇大帝： 簡稱玉帝，是天、地、人三界的最高主宰，也是佛教、道教最尊崇的神。住在天宮凌霄寶殿，屬下十代冥王管人間生死；四海龍王管天氣變化；九曜星、五方將、二十八宿、四大天王及各路神仙均法力無邊，而且受如來佛祖的暗中保護。孫悟空大鬧天宮，挑戰玉帝，聲稱「皇帝輪流做，明年到我家」，終因玉帝勢力強大，最後被如來鎮壓於五行山。

太上老君： 即道教創始人李耳。住在兜率宮煉丹，曾把鬧天宮的孫悟空捉進八卦爐中燒煉結果沒燒死，還練就了悟空的火眼金睛。常騎青牛，有個法寶金剛琢，在捉拿大鬧天宮的孫悟空時立下功勞。後被他的青牛偷去興妖作怪，使孫悟空陷入困境。老君收回金剛琢，制伏了青牛怪。

二郎真君： 姓楊名戩，是玉皇大帝的外甥，住在灌江口，手持三尖兩刃槍，有七十三般變化。有一隻神勇無比的哮天犬，手下的梅山六兄弟個個武藝非凡。在與孫悟空的大戰中，各展其能，終是略勝一籌，捉住悟空。在唐僧取經路上，他曾幫助孫悟空大敗了九頭怪，助唐僧清除了又一個強魔。

三、妖魔鬼怪

黑風山黑熊怪：黑熊變幻而成，住在黑風山黑風洞，手持黑櫻槍，武藝高強。他偷走了唐僧的錦襴袈裟，要在他生日開「佛衣會」，為眾怪來慶賞。孫悟空與他多次廝殺也不能取勝，只好請南海觀音相救。觀音用仙丹誘騙他現出原形，為唐僧討回袈裟，後來此怪皈依佛門，做了落伽山守山大神。

紅孩兒：即聖嬰大王，是牛魔王和羅剎女（即鐵扇公主）的兒子。在火焰山修煉三百年，練就三昧真火，口裡吐火，鼻子噴煙。住在枯松澗火雲洞。唐僧師徒路經此處，紅孩兒妖怪用計攝走了唐僧，欲吃其肉。悟空雖與之力戰，卻敵不過這怪的濃煙烈火。無可奈何只好再請觀音菩薩，觀音派護法惠岸木叉收伏了紅孩兒，讓他做了觀音的善財童子。

牛魔王：是魔界的魔頭，法力無邊，號稱「大力牛魔王」。和孫悟空曾結拜為兄弟，也會七十二般變化。手使混鐵棍，坐騎避水金睛獸。孫悟空為熄滅火焰山之禍，變成牛魔王向鐵扇公主騙取芭蕉扇，但牛魔王卻變成豬八戒又把扇子從孫悟空手裡騙回來。哪吒太子受命收服了他，使他皈依佛門，終成正果。

白骨精：是屍骨修煉成精，又稱白骨夫人。為吃唐僧肉，她三次變幻形象，先變成少女，再變成八十歲老婆婆，第三次變成了一個衰朽的老翁。唐僧和八戒不辨真偽，中了奸計；孫悟空火眼金睛，看穿了妖怪的伎倆，接連打死了三番變化的白骨精，使唐僧免遭劫難。

國家圖書館出版品預行編目資料

西遊記／吳承恩；黎庶注釋，初版
-- 新北市：新潮社，2018.09
　冊；　公分
　　ISBN 978-986-316-707-5（上冊：平裝）
　　ISBN 978-986-316-708-2（中冊：平裝）
　　ISBN 978-986-316-709-9（下冊：平裝）

857.47　　　　　　　　　　　　107006273

西遊記 ⓪下

吳承恩／著

【策　　劃】張明
【出版人】翁天培
【出　　版】新潮社文化事業有限公司
　　　　　　電話：(02) 8666-5711
　　　　　　傳真：(02) 8666-5833
　　　　　　E-mail：service@xcsbook.com.tw

【總經銷】創智文化有限公司
　　　　　　新北市土城區忠承路 89 號 6F（永寧科技園區）
　　　　　　電話：2268-3489
　　　　　　傳真：2269-6560

印前作業　菩薩蠻數位文化有限公司

初版一刷　2018 年 09 月